Luis Zueco (Borja, Zaragoza, 1979) es director de los Castillos de Grisel y de Bulbuente, dos fortalezas restauradas y habilitadas como alojamientos con encanto y como sede de eventos. Además, es ingeniero industrial, licenciado en Historia y máster en Investigación Artística e Histórica, miembro de la Asociación Española de Amigos de los Castillos y colaborador, como experto en patrimonio y cultura, en diversos medios de comunicación. Ha logrado el éxito internacional de crítica y público con su fascinante Trilogía Medieval: *El castillo*, *La ciudad* y *El monasterio*, tres novelas que nos llevan a través de adictivas tramas de intriga ambientadas en los escenarios arquitectónicos más importantes de la época. Sus novelas posteriores, *El mercader de libros* (2020), *El cirujano de almas* (2021) y *El tablero de la reina* (2023), lo han consagrado como uno de los escritores de novela histórica más leídos y reputados de nuestro país.

Papel certificado por el Forest Stewardship Council®

Primera edición en este formato: abril de 2023
Quinta reimpresión: octubre de 2024
De este título se han hecho un total de 15 ediciones

© 2021, Luis Zueco
Autor representado por Bookbank, S.L.
© 2021, 2023, Penguin Random House Grupo Editorial, S. A. U.
Travessera de Gràcia, 47-49. 08021 Barcelona
© 2021, Ricardo Sánchez, por los mapas del interior
Diseño de la cubierta: Jose Luis Paniagua
Imagen de la cubierta: Composición fotográfica a partir de imágenes de Alamy,
Shutterstock y Depositphotos

Penguin Random House Grupo Editorial apoya la protección de la propiedad intelectual. La propiedad intelectual estimula la creatividad, defiende la diversidad en el ámbito de las ideas y el conocimiento, promueve la libre expresión y favorece una cultura viva. Gracias por comprar una edición autorizada de este libro y por respetar las leyes de propiedad intelectual al no reproducir ni distribuir ninguna parte de esta obra por ningún medio sin permiso. Al hacerlo está respaldando a los autores y permitiendo que PRHGE continúe publicando libros para todos los lectores. De conformidad con lo dispuesto en el artículo 67.3 del Real Decreto Ley 24/2021, de 2 de noviembre, PRHGE se reserva expresamente los derechos de reproducción y de uso de esta obra y de todos sus elementos mediante medios de lectura mecánica y otros medios adecuados a tal fin. Diríjase a CEDRO (Centro Español de Derechos Reprográficos, http://www.cedro.org) si necesita reproducir algún fragmento de esta obra.

Printed in Spain – Impreso en España

ISBN: 978-84-1314-601-0
Depósito legal: B-2.856-2023

Impreso en Black Print CPI Ibérica
Sant Andreu de la Barca (Barcelona)

BB 4 6 0 1 0

El cirujano de almas

LUIS ZUECO

Para mi hija Martina, que cumple su primer año el mismo día que se publica esta novela y que me ha permitido cumplir mi gran sueño de ser padre

Un estudiante preguntó cuál fue el primer signo de civilización en la Humanidad. Todos los alumnos esperaban que la respuesta fuera el arado o el descubrimiento del fuego. Pero no, la profesora contestó que fue un fémur que alguien se fracturó y luego apareció sanado.

Explicó que en el reino animal, si te rompes una pierna, mueres. Ya que no puedes procurarte comida o agua ni huir del peligro, eres presa fácil de los depredadores. Porque ningún animal con una extremidad inferior rota sobrevive el tiempo suficiente para que el hueso se suelde por sí solo.

De modo que un fémur quebrado y curado evidencia que alguien se quedó con quien se lo rompió, y que le vendó e inmovilizó la fractura. Que por primera vez en la Humanidad habíamos desarrollado la solidaridad, que cuidábamos unos de otros, incluidos los que habían tenido mala suerte o los más débiles.

Esta fue la explicación de la célebre antropóloga estadounidense Margaret Mead.

Prefacio

El cirujano de almas pretende transportarlos al espíritu de una época palpitante. Para mí, toda novela histórica debe serlo de aventuras, pues la historia es la mayor de ellas. También una novela negra, porque la vida es misterio y búsqueda.

Hacía tiempo que quería escribir una historia ubicada en el paso del siglo XVIII al XIX. La Ilustración, la independencia de Estados Unidos, la Revolución francesa, la guerra de la Independencia, la primera Constitución española, Francisco de Goya y muchos otros temas que me apasionan se reflejan en estas páginas. Fue una época de cambio, como la que estamos viviendo actualmente, donde el mundo estaba convencido de que el futuro sería mejor, apoyado en unos nuevos ideales y con la ciencia y el progreso como símbolos.

El periodista Riccardo Ehrman provocó la caída del Muro de Berlín con una simple pregunta. Sin embargo, él asegura que las preguntas en la vida no cuentan, cuentan las respuestas. Una pregunta puede ser una chispa, una respuesta puede ser más que un terremoto. He tenido esta idea muy presente en la novela.

He escrito *El cirujano de almas* durante el embarazo de mi hija Martina, y ese hecho ha influido en parte de la trama, como seguro descubrirán a medida que vayan leyendo.

El alma de este libro es la medicina. Creo que después de la dura época que estamos pasando somos más conscientes que nunca de la importancia que tiene para nuestra vida. Es increíble que ante una terrible pandemia se haya logrado una artillería de vacunas para combatirla y cómo la medicina ha librado una batalla épica contra un enemigo nuevo, desconocido e invisible. La ciencia avanza a una rapidez nunca vista y los progresos médicos se hallan a la orden del día.

Pero en el siglo XVIII solo acudían a los hospitales los más humildes, todo el que podía se pagaba un médico personal, el cual era muy costoso. En aquellos años, ante una operación, olvídense de nada parecido a la anestesia y piensen mejor en dar un buen trago de alcohol o en recibir un golpe para quedar aturdidos. Muerdan fuerte algo entre los dientes y no esperen ninguna medida de higiene; lavarse las manos antes de tocar un paciente resultaba mal visto y nadie limpiaba la mesa de operaciones ni el material quirúrgico. Todo lo contrario: estaba bien considerado acudir con la sangre del enfermo anterior en las ropas o las herramientas, y las amputaciones públicas eran un espectáculo.

Los había que se morían literalmente de miedo antes de ser operados y otros huían cuando veían entrar al cirujano.

Durante siglos, casi toda la medicina dependía todavía de la herencia clásica de médicos como Galeno. Solo algún caso excepcional logró avances; como el de la Escuela de Salerno con una mujer: Trotula; o Avicena en el mundo islámico. Hasta que una terrible pandemia, la peste negra, provocó la necesidad de despegarse de las reglas anteriores y comenzar a buscar nuevos caminos.

En el siglo XVI, Vesalio o el aragonés Miguel Servet dieron un potente empuje al arcaico conocimiento de esta ciencia. Pero fue el cirujano Ambroise Paré quien revolucionó y sentó las bases del cambio.

El final del siglo XVIII es el momento en el que la medicina corta definitivamente las amarras que la mantenían atrapada en las viejas ideas clásicas, en las teorías de los cuatro humores del cuerpo y en la diferenciación entre médicos y cirujanos. Los primeros, más cerca de la filosofía, teóricos que controlaban un saber médico ancestral, hombres de alto abolengo. Los segundos, humildes trabajadores manuales, con mala fama, sin formación reglada y en quien se había depositado toda la responsabilidad de luchar cara a cara contra la muerte.

Este es el trasfondo histórico de esta novela, cuyo protagonista aprende que la vida es tener un objetivo, un sueño, y perseguirlo. Amarrarse a él cuando todo viene en contra, disfrutarlo cuando nos acercamos a lograrlo, seguir peleando cuando se aleja. Los sueños pueden cambiar, transformarse y ampliarse, pero siempre tienen que estar ahí. Sin ellos, la vida no es más que un trance del que nadie puede salvarnos, ni el mejor cirujano.

LUIS ZUECO
29 de mayo de 2021

Prólogo

La carta

Cádiz, 1810

Las bombas no cesan de caer, impactan cada vez más cerca. Es una rutina a la que no me acostumbro. Escribo esta carta por si mi plan fracasa, por si no volvemos a vernos. Se la dejaré a alguien de mi confianza que me ha prometido custodiarla. Al menos quiero que sepas que lo intenté, aunque ambos sabemos que, si no estoy en Madrid en la fecha señalada, tú morirás y yo, si no lo he hecho ya, también dejaré este mundo, pues jamás podré superar perderos a los dos.

He preparado todo para huir esta misma noche, no puedo permanecer un instante más lejos de ti. No sé si lo lograré; el portugués con el que he contactado dice que él ha recorrido la ruta en un par de ocasiones, pero es arriesgado. No he encontrado otra forma de salir. Es imposible subir a los barcos ingleses, dicen que están preparando una contraofensiva y ya no trasladan pasajeros, y los nuestros siguen fondeados hasta que termine la asamblea.

¿Y cuándo será eso? Nadie lo sabe, pero dudo de que se pongan de acuerdo, y yo no voy a quedarme de brazos cruzados.

El portugués también me ha asegurado que la semana pasada los franceses avanzaron líneas por la laguna y que ahora es más peligroso el camino. Habrá patrullas y se rumorea que han limpiado los cauces.

Quieren evitar a toda costa que entren refuerzos a la ciudad, eso es lo que de verdad les preocupa. No vigilan con tanto ímpetu la salida de ningún desaprensivo, ¿adónde va a ir? Al fin y al cabo controlan todo el país; Cádiz es el último reducto, lo único que queda de una España libre.

No puedo esperar; además, nadie me asegura que mañana vaya a ser más factible escapar, y cada día que permanezco aquí es otro más que estoy lejos de ti.

Solo deseo llegar a tiempo de salvarte, como te prometí.

Nunca debí dejarte sola, pero quién iba a pensar que se desataría una guerra como esta. Se suponía que todo iba a ir mejor, que las nuevas ideas nos traerían la modernidad y el progreso, y sin embargo aquí estamos. Soy cirujano, estoy acostumbrado a la sangre, a operaciones graves y a contemplar la muerte cara a cara. Y aun así, estos meses he visto cosas horribles, escenas que no creía posibles, barbaridades impropias de los hombres. Todos llevamos dentro la semilla del mal y hay corazones en donde ha logrado germinar en abundancia.

Si logro escapar deberé caminar hasta Madrid, no puedo arriesgarme a tomar una diligencia ni monturas; los caminos están vigilados. Así que he calculado que tardaré unas cuatro semanas y llegaré justo a tiempo; habrán pasado casi nueve meses desde la última vez que estuvimos juntos.

Debes aguantar hasta mi llegada.

Mi tío no creía en la suerte; decía que era el dios de los necios. Es posible, pero llegados a este punto solo nos queda confiarlo todo al destino.

PRIMERA PARTE

REINADO DE CARLOS IV

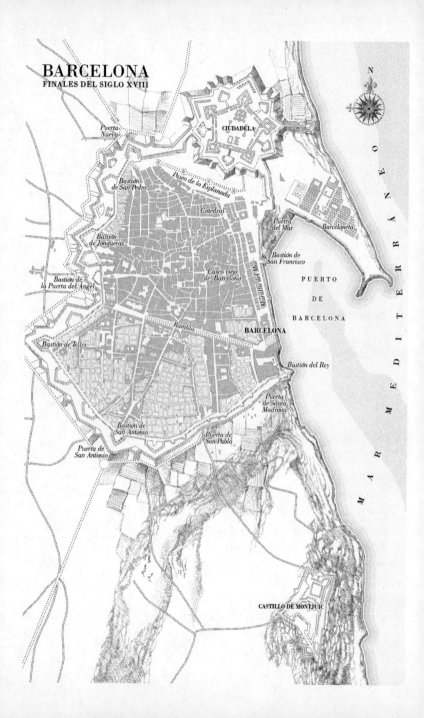

1

> El médico no es otra cosa que el consuelo del alma.
>
> PETRONIO

Bilbao, finales del año 1796

Un golpe retumba en el suelo y lo arranca del sueño; por el ventanuco puede comprobar que la noche es cerrada todavía cuando oye más ruidos. Él es solo un niño, y por muchas historias que le cuenten para hacerle dormir, en realidad hace tiempo que ha dejado de temer a la oscuridad. Al contrario, siente curiosidad por ella.

Se incorpora y camina hacia la cocina, casi tropieza con una mesa. Abre la puerta; un candil ilumina con disimulo la estancia donde observa a su padre tirado en el suelo, dándole la espalda. Bruno percibe su respiración forzada y unos extraños gruñidos que emite con dificultad. Avanza con precaución hasta que puede verle el rostro; está pálido y suda de manera ostensible. Sus dedos manchados de un rojo intenso ocultan una herida sangrante en el vientre.

—Bruno, ¿eres tú? Ven, ayúdame.

Busca el apoyo de su hijo para levantarse, entonces suelta un grito de dolor y cae de nuevo. Bruno puede ver cómo la sangre, roja, fluida y brillante, se desliza por el suelo de tierra y crea una mezcla pastosa.

—¿Vas a morirte, padre? —pregunta con timidez, sin ser todavía capaz de comprender lo que eso significaría para él.

—No, Bruno.

—Madre se murió.

—Sí, pero si me ayudas yo no lo haré, te lo prometo —afirma su padre, cada vez más débil—. ¿Harás lo que yo te diga?

Bruno asiente con la cabeza.

—Reaviva el fuego del hogar y trae la caja de madera que hay bajo mi cama, ¡corre!

Obedece y regresa con la caja en las manos. Al abrirla descubre utensilios metálicos, pequeños frascos y otras herramientas. Su padre le pide que también traiga agua y le limpie la herida con un paño.

—La bala solo me ha rozado, he tenido suerte. —Intenta sonreír—. Ahora debes coserla, ¿podrás?

—No sé... —Bruno tiembla ante tal petición.

—Debes hacerlo. Escúchame, olvídate de la sangre y de mí; piensa solo en cerrar la herida. Sé que puedo confiar en ti, Bruno, ¿verdad?

Él asiente.

—Primero acerca los dos extremos de la abertura con cuidado. Con una aguja delgada e hilo de seda que hay en la caja, cose la misma superficie de piel en cada lado de la herida, hasta donde pueda resistir. Debes dar cada punto con una punzada única, separando uno de otro. Y que quede libre por los extremos para que pueda salir el pus.

Nervioso, sigue todas las instrucciones que le da su padre.

—¿Quién le ha disparado?

—Ha sido culpa mía, debí imaginarme que era una emboscada —murmura su padre—. El mundo está cambiando y hay quienes se resisten a ello.

—¿Por qué está cambiando?

—Aún eres pequeño para entender eso, Bruno. —Observa cómo sutura la herida—. Lo estás haciendo de maravilla, veo que lo has heredado.

—¿Heredar de quién?

—De nuestra familia, hijo —dice con una media sonrisa que no disimula su dolor—. Una vez cosida, debes colocar estopa impregnada en vino y hacer un buen vendaje.

Cuando termina, llaman a la puerta. Su padre se lleva los dedos a los labios pidiéndole silencio; vuelven a dar tres toques seguidos y uno más prolongado.

—Abre, no pasa nada.

Bruno no está tan seguro, aunque obedece, y al otro lado de la puerta aparece una sombra oculta bajo una capucha oscura. En medio de aquella noche parece la mismísima muerte llamando a su puerta. Sin embargo, al desprenderse de la capucha surge una melena castaña y un rostro angelical. Es una mujer joven y hermosa, con gesto velado de tristeza.

—¿Está tu padre? ¿Ha venido aquí? —Bruno asiente y la deja pasar.

Al ver al herido, lanza una plegaria y va corriendo a socorrerlo.

—Tranquila, estoy bien. Aunque no lo creas, mi hijo me ha curado. —Le muestra el vendaje.

—¿Él ha hecho esto? Que suerte tienes; demasiada. Algún día se te acabará, no puede durarte siempre. ¿Por qué has tenido que ir? Te lo advertí: después de la alianza que han firmado, nosotros somos un problema. Ir a ese encuentro era una mala idea.

—No tenía elección.

—¡Claro que sí! Pero no piensas, solo te dejas llevar por... —Mira a Bruno—. ¿Qué va a pasar con él? Hay demasiado en juego, tienes que irte.

—Es mi hijo; solo me tiene a mí.

—Todos hemos hecho sacrificios, yo la primera. No olvides por qué luchamos, estamos muy cerca de conseguirlo.

Mira su herida y observa los puntos que le ha cosido.

—Bruno, eres un buen hijo y algún día serás un gran hombre, pero ahora tendré que ausentarme por un tiempo.

—¿Me deja aquí solo?

—Vas a irte de viaje a un lugar seguro, no tengas miedo. Únicamente hay una persona a la que puedo confiarte... Cuidará de ti y además te puede enseñar un oficio, cosa que yo no. Ahora escúchame bien, el viaje es largo y si quieres sobrevivir debes saber dónde buscar ayuda y refugio.

—¡Es un crío! ¿No pensarás mandarlo hasta...? —La mujer torció el gesto al ver como asentía—. No llegará hasta allí sin ayuda, y sabes de sobra que no querrá hacerse cargo de él.

—Sí que lo hará, porque es mi hijo y yo le explicaré cómo. Y se encargará de él, tiene que hacerlo. Bruno, yo siempre estaré a tu lado; aunque no me veas, cuidaré de ti.

2

Barcelona, inicios del año 1797

Aquella fría noche, Alonso Urdaneta sintió todo el peso de los años sobre sus hombros. Estaba agotado, hasta la espesa barba que cubría parte de su rostro le causaba un tremendo lastre. Entró en la casa que tenía alquilada en el reducto que se conservaba del antiguo barrio de la Rivera. Al quitarse el abrigo mostró su abultada figura. Colgó tras la puerta el sombrero, con un ala doblada, que siempre le tapaba el cabello que aún conservaba, y dejó su desgastado maletín. Tenía hambre, pero optó por coger de lo alto del armario del salón la botella de whisky escocés que allí ocultaba. Se sirvió un vaso y tomó asiento en el raído sillón. Por la ventana observó la luna sobre la silueta de la Ciudadela.

El viejo cirujano agitó el vaso en círculos y sintió que el mundo también giraba rápido a su alrededor, y dudó entonces de si seguir girando en él o si era mejor quedarse quieto y ver cómo lo hacían los demás.

Y es que hay momentos en la vida en que debemos decidir si vale la pena continuar, pues al final llegará un día en que todo acabará.

Bebió el whisky, era lo único que soportaba de las islas británicas. Odiaba con todas sus fuerzas a los ingleses; los había sufrido cuando luchó contra ellos cerca de La Habana. Ansiaba con ahínco oír noticias sobre alguna derrota, lo cual era cada vez menos probable, y no era cuestión de mala o buena suerte, sino de la organización y jerarquía militar.

Alonso Urdaneta era un hombre que odiaba la superstición. Recordaba que su padre tenía la firme convicción de que todas las decisiones relevantes de la vida debían hacerse con la luna creciente e intentó inculcárselo desde niño. Sin embargo, él era un hombre de ciencia, que creía en la razón y que, en una época de su vida, ahora lejana, había defendido con fervor las nuevas ideas ilustradas y liberales que llegaron a España desde el otro lado de los Pirineos.

Hacía ya mucho de eso.

No tenía ánimo de acostarse; cerrar los ojos no le traía nada bueno, pues la noche trae consigo fantasmas, libera los temores que mantenemos ocultos de día y vagan por nuestros sueños más profundos.

Nunca se lo había confesado a nadie, pero lo que más aterraba a Alonso Urdaneta eran los muertos, que no la muerte. Ella era su rival, se enfrentaba a ella en una batalla que sabía de antemano perdida, solo su obstinación y pericia le permitían robarle tiempo. Sí, Alonso Urdaneta se veía a sí mismo como un simple ladrón de tiempo.

Había vencido a la muerte en numerosas ocasiones, por eso no la temía. Otra cosa bien distinta eran los difuntos que lo visitaban en sus pesadillas. Todos esos pobres desgraciados que habían fallecido en sus manos. Había sentido sus cuerpos vacíos e inertes y le torturaba el alma misma que vinieran a rendirle cuentas, a culparlo de su destino.

En ese momento golpearon la puerta. Alonso Urdaneta tuvo el presentimiento de que no podía tratarse de nada bueno; si alguien llamaba a su casa era porque tenía problemas, y a esas horas de la noche debían de ser graves. Él se ganaba la vida como cirujano, sobre todo entre marineros y la gente que vivía cerca del puerto de Barcelona; aprendió de su padre y este, del suyo. Una larga tradición familiar que tristemente desaparecería con él.

De noche solían reclamarlo para tratar heridas abiertas en

alguna pelea entre borrachos o en un ajuste de cuentas por deudas o amoríos. Los hombres eran así: tenían la increíble inclinación a jugarse la vida por tonterías y, en cambio, a acobardarse cuando debían luchar por lo verdaderamente importante.

Por fortuna, no había bebido demasiado whisky; la última vez que tuvo que sacar una muela borracho le temblaba tanto el pulso que se equivocó de diente. Lo solucionó explicando al padre del chiquillo que su hijo tenía dos piezas podridas y que, como él era buena persona, la segunda no se la iba a cobrar. El padre quedó encantado, él salvó el cuello y el muchacho aún era joven y le quedaban muchos dientes sanos. Tal y como era de dura la vida en Barcelona, seguramente no tendría tiempo de perderlos todos.

Volvieron a llamar.

Se levantó de mala gana y al abrir la puerta encontró a un crío espigado, de unos doce años, con el pelo largo y oscuro y un abultado zurrón al hombro.

—Buenas noches. —Se quitó un humilde sombrero—. ¿Es usted Alonso Urdaneta?

—¿Quién lo pregunta? —Al cirujano aquellos ojos claros le resultaron familiares, aunque no recordaba de qué—. Lo que quiera que sea no me interesa. —Y cerró de un portazo.

Se volvía a su sillón cuando golpearon de nuevo.

Resopló, bajó la cabeza y abrió.

—¡Quieres dejar de llamar! ¡Vete de mi casa!

—Pero ¿es usted Alonso Urdaneta? —repitió el muchacho.

—Vaya insistencia; sí, soy yo. ¿Quién demonios eres tú?

—Soy Bruno, el hijo de vuestro hermano. Mi padre ha tenido que irse a un largo viaje y me manda con usted.

—Sabía yo que me resultabas familiar, ¡maldita sea! ¿Cómo no me he dado cuenta antes? —musitó mientras apretaba los puños—. Vete de aquí.

—¿Cómo dice?

—Ya me has oído, ¡lárgate! No quiero verte de nuevo por mi casa.

—He venido a pie desde Bilbao; he viajado solo todo el camino —se lamentó el muchacho.

—¡Eso no es posible! No seas mentiroso, si eres un crío...

—¡No miento!

—¿Y qué más me da a mí? Si has venido tú solo, mejor. Así te conoces el camino de vuelta. Venga, ¡arreando! —Le hizo un gesto para que se marchara—. Tu padre es un sinvergüenza. Cómo se le ocurre echarme a mí semejante muerto. ¿Qué se cree? ¿Que soy un hospicio?

—Me dijo que usted cuidaría de mí, que no tenía a nadie más con quien enviarme.

—¿Y qué? Conozco a mi hermano, siempre ha hecho lo que ha querido y ahora pretenderá irse a probar fortuna sabe Dios adónde y no sabe qué hacer contigo. Cuanto antes te hagas a la idea mejor; ¡tu padre es un desgraciado! —Alonso Urdaneta salió del umbral de la puerta y empujó al crío, que cayó al suelo del empentón.

—Se lo ruego, no tengo adónde ir...

—¡Vete de aquí o te muelo a palos! —Hizo amago de darle una patada.

El chico se levantó de inmediato y salió corriendo.

Alonso Urdaneta miró al cielo; la luna menguante se veía perfectamente en el despejado cielo de Barcelona. Se dio la vuelta y entró de nuevo en su casa. Estaba agotado, se echó en su jergón.

Aquella noche los fantasmas que lo visitaron perturbaron una vez más sus sueños.

3

Las mañanas eran bulliciosas en el antiguo barrio de la Rivera. Casi todas las casas de aquella zona de la ciudad se habían derribado por completo para construir la Ciudadela. Antaño, aquel lugar era una explanada que con frecuencia se inundaba por el cauce del río, hasta que se construyó la acequia condal. En época medieval se hallaba situada extramuros y siempre había sido un barrio de pescadores y marineros. La iglesia de Santa María del Mar era de lo poco que se había salvado, pues para levantar la fortaleza se destruyeron los conventos de San Agustín, Santa Clara y Nuestra Señora de la Piedad, la iglesia de Santa Marta y el hospicio de Montserrat.

Barcelona había cambiado desde los asedios de la guerra de Sucesión. Ahora en su trazado urbano mandaba la Ciudadela, que atraía a numerosos soldados a la ciudad. En el llano y junto a la costa, unos decían que protegía Barcelona en caso de una nueva guerra. Otros, que la vigilaba, junto al castillo de Montjuïc, este desde lo alto. Ambas defensas, junto con las antiguas murallas, daban un aspecto fortificado y militarizado a la ciudad.

Alonso Urdaneta era dueño de una espesa barba que le ocultaba los labios y toda la mandíbula; había engordado con los años y lo disimulaba envolviéndose en un abrigo negro que a veces le daba un aspecto siniestro. Cuando salía siempre se protegía la cabeza con un chambergo con un ala doblada y sujeta a la copa. Tenía Urdaneta unos ojos claros, herencia familiar, y brillantes que eran como dos enormes faros que parecían verlo todo. No cabía duda de que existía algo de singular en su mirada. Su rostro era serio; incluso cuando reía lo hacía de manera contenida, más parecida a una mueca. El cirujano era un hombre que administraba todos sus gestos y palabras como si costaran dinero.

Hacía dos décadas que había llegado a sus calles para trabajar de cirujano. Barcelona tenía el segundo colegio de cirugía de España tras el de la Armada, en Cádiz. El de Barcelona también era militar; estaba destinado al ejército.

Cuando él aprendió el oficio en su Bilbao natal todo era diferente; antaño se entraba como aprendiz de un maestro y este te enseñaba todo lo que sabía. Él había estudiado en el colegio de cirugía San Carlos de Madrid, pero los cirujanos de su generación no solían recibir formación reglada; de hecho, la mayoría eran iletrados. Ahora, para acceder a cualquier colegio de cirugía había que saber latín, y Alonso Urdaneta se preguntaba para qué quería un cirujano saber latín, ni que fuera un cura.

Su formación se basaba en la experiencia y dependía de la valía de su maestro, como sucedía con los carpinteros, los zapateros o cualquier otro oficio manual. La labor de un cirujano era eminentemente práctica, debía enseñarse mediante el precepto y el ejemplo.

De todas maneras, en Barcelona había pocos colegas que atendieran a civiles, y menos a gente del pueblo, como hacía él. Para la nobleza y los acaudalados comerciantes que se estaban haciendo ricos desde que se abrió el comercio con América sí abundaban los médicos de todo tipo. Pero para los pobres había nula competencia, porque paupérrima era la ganancia. Y eso que la mortalidad era terrible; además de los fallecidos por causas naturales y en los partos, la población padecía epidemias periódicas de enfermedades infecciosas, como el tifus, agravadas por las malas condiciones alimenticias, higiénicas y de trabajo de los más humildes.

Alonso Urdaneta era un hombre que poseía un peculiar sentido del humor, bastante negro, a veces cruel, otras sutil y siempre brillante. Lo usaba para sobrellevar los males como el que utiliza una muleta para la cojera. No la evita, pero la mitiga. Y ya que no podía defenderse como antaño, le era práctico para mantener a raya a cualquier bellaco que se le acercase con funestas intenciones.

Le encantaba comer bien y, aunque estaba de moda, él no fumaba. Sin embargo, el café era uno de sus mayores vicios. Le apasionaba tomar aquella bebida, bien caliente, casi abrasando. Para él no había nada peor que un café frío. Tenía la enorme suerte de que en la zona de la Barceloneta se hallaba la taberna con el mejor café de toda la ciudad: Los Cinco Dedos. El secreto estaba en que conforme llegaba al puerto y lo bajaban del barco, lo metían en su almacén. El dueño era un catalán del norte, de los Pirineos, llamado Arnau. Decían que le puso ese nombre a la taberna porque él había perdido el dedo índice de niño y cuando vino a Barcelona lo quiso recuperar en cierta manera. Otros rumoreaban que el dedo lo perdió más recientemente, por meter la mano entre unas faldas que ya tenían dueño.

Alonso Urdaneta le pedía cada día la receta con la que hacía el café y el posadero se la negaba de forma descomedida.

—¡Antes dejo que me sierres un brazo! —le decía Arnau.

—No me tientes, que voy a por mi maletín y te corto otro dedo.

El cirujano vasco era conocido en buena parte de Barcelona, sobre todo en las cercanías del puerto. Se dejaba ver con frecuencia por Santa María del Mar, el Born y la Barceloneta; sabía que esa era la mejor propaganda. Siempre había una herida que coser o un diente que extraer. También se encargaba de las fracturas de huesos. Cualquier tipo de caída sobre la cadera podía ocasionar la rotura del cuello del fémur, y eso en pacientes mayores provocar la muerte. Poseía una serie de aparatos diseñados por él para la inmovilización. Porque además de para la cirugía, Alonso Urdaneta siempre mostró talento para los ingenios mecánicos y en más de una ocasión había intentado unir ambas pasiones.

En las fracturas, otros cirujanos recomendaban pasar sesenta días en cama inmóvil, pero eso no le reportaba ningún beneficio económico, sus inventos sí. Además, aquellas gentes humildes no podían perder dos meses de su vida postrados en una cama, pues entonces morirían de hambre.

La cirugía sufría fama de ser una práctica repulsiva y peligrosa que la gente evitaba a toda costa. Numerosos cirujanos se negaban a operar si se olían que podía terminar mal, como ocurría demasiado a menudo.

Alonso Urdaneta era uno de ellos.

Lo tenía claro, no había que arriesgarse. Por ello solo atendía dolencias externas, heridas superficiales. Solía decir que para matar a la gente ya estaban los médicos, y bien que cobraban por ello y ni siquiera tocaban a los pacientes. Para lo que ganaba no valía la pena estar expuesto a que se le muriera algún cliente y entonces la familia buscara un responsable.

Porque la culpa siempre era de los cirujanos.

Antaño, su día a día era enfrentarse a casos de vida o muerte. Cuando era más joven fue un cirujano prometedor, con fama de operar con notable éxito dolencias difíciles y ser un adelantado con investigaciones innovadoras. Aquello quedaba tan lejos como la bravura del mar Cantábrico de su niñez.

Esa mañana atendió a una mujer con unas enormes llagas y a una anciana con úlceras en la espalda. Lo más complicado a lo que se enfrentaba últimamente era tratar las fiebres altas. Las gentes del puerto estaban mal alimentadas y sufrían peores trabajos que los esclavos de las Indias, eso las exponía a todo tipo de males y contaban con pocas reservas de fuerzas para hacerles frente.

Para sobrellevar mejor la vejez y la soledad, tenía pocos aliviaderos. Uno de ellos era el juego. Había en Barcelona una treintena de casas de juego o *triquets*, varios de ellos en el Born. Ocupaban parte de casas particulares y en ellos se jugaba a las cartas, a los dados, al billar, al juego de la argolla, al de la raqueta y ahora también había uno en torno a una ruleta.

Aquella noche sabía que había partida de cartas en Los Cinco Dedos. Acababa de llegar una flota de las Indias, nadie conocía con seguridad la mercancía y había opiniones para todos los gustos. Lo que estaba claro era que había dinero fresco en Barcelona, así que la taberna se hallaba a rebosar. Arnau había hecho traer toneles de los viñedos del Priorato, que eran los más caros. Se palpaba mucha animación. Para poder entrar a la partida de cartas había cobrado un favor a un vigilante del muelle al que le cortó dos dedos del pie después de que un carro lo atropellara.

Estaba convencido de que podía hacer fortuna en aquella partida y salir de la pobreza a la que lo habían llevado sus decisiones del pasado. Los otros jugadores lo dejaban todo a la suerte, pero él usaría la mente. Esa era su arma, él era más listo.

Así que iba a apostar fuerte.

4

El primer golpe le partió la nariz, con el segundo sintió cómo le crujían las costillas y el siguiente lo dejó inconsciente.

Lo tiraron en la Rambla: un antiguo torrente extramuros que durante la Edad Media marcaba el límite occidental de la ciudad, donde ahora abundaban nuevas construcciones. Horas después abrió tímidamente los ojos y vio una mirada conocida.

Lo siguiente que recordó fue estar tumbado en su camastro, allí pasó varios días. Escuchaba murmurar que de esta no salía. Postrado en la cama se encogió como una pasa, pues el dolor en el costado le resultaba terrible, le debían de haber roto una docena de huesos. La nariz la tenía taponada y le costaba respirar. Estuvo entre sueños por un tiempo que no supo medir, y cuando por fin despertó vio que al pie de su cama había una persona.

—¿Qué haces tú aquí? Te dije que te fueras. —Al hablar sintió una punzada en el costado—. ¿Quién me ha traído?

—Yo —respondió.

—Tú eres un crío, ¡cómo vas a traerme!

—Soy fuerte y... pedí ayuda a unos marineros.

—No tenías que haberlo hecho, sé arreglármelas solo. —Intentó levantarse y entonces soltó un sonoro quejido—. ¡Malditos cobardes! ¿Qué me han hecho?

—Dijeron que perdiste a las cartas todo tu dinero, y como no tenías suficiente para las deudas, se las cobraron a palos. Pensaron que te habían matado porque no te movías; dicen que estás vivo de milagro, que resucitaste.

—¡Cómo! No uses esa palabra... ¡Nunca! ¿Me has oído?

Entonces llamaron a la puerta de forma insistente.

—¿Y ahora quién es? —Insistieron y con más fuerza—. Abre antes de que la tiren abajo.

Entró una mujer con el pelo rizado y alborotado de tal forma que hacía parecer que su cabeza estaba desproporcionada. Iba ataviada con un vistoso traje confeccionado con una tela ligera y estampada, de las que estaban tan de moda en Barcelona.

—¡Urdaneta! Te desplumaron. ¡Mira que eres idiota!

—Usted no se meta, que bastante tengo...

—A mí como si te cortas lo que te cuelga con una de tus sierras del demonio, yo lo que quiero es que me pagues el alquiler.

—Acabo de despertarme y ya acude como un maldito buitre, ni que fuera capaz de oler mi ruina.

—Tu apestoso hedor se huele desde Montjuïc. ¿Cómo vas a pagarme?

—Llevo días inconsciente, un poco más y no salgo de esta.

—Por eso mismo, ¿o es qué te crees que nací ayer? Si te mueres, cómo cobro yo, ¿eh? Tienes una semana para pagarme o te echo a la calle.

—Señora Baldiri...

—Ni señora ni leches, a pagar o a la calle, ¡matasanos!

—¡Yo soy cirujano! ¿Se entera? ¡Cirujano!

—Tú eres un desgraciado —le contestó—. Muchacho, no te juntes con este adefesio o terminarás como él. —Y cerró de un portazo.

—Maldita sea... A ver cómo le pago ahora a esta arpía.

La herida del costado era bien fea y le causaba fuertes dolores.

—¿Quién me la ha cosido? —Lo miró—. ¿Tú? No es posible.

—Una vez tuve que hacerle lo mismo a mi padre.

—Por qué no me extraña... —dijo mientras no dejaba de mirar los puntos, que para su sorpresa estaban bastante bien cosidos.

Tardó un par de días en poder incorporarse, no sin padecimientos. A pesar de que se había cansado de prohibírselo, su sobrino llegaba todos los días a primera hora y le traía comida.

—Y tú... ¿Dónde duermes? ¿De dónde sacas la comida? No me habrás robado, ¿verdad?

—Una mujer que vende pescado en la esquina me ha dado comida.

—Pero si esa no da gratis ni los buenos días...

—Le dije que era huérfano, que usted era mi única familia y que no me dejaba entrar en su casa.

—Lo que me faltaba; antes ya me odiaba, así que ahora... Te habrá ayudado solo por fastidiarme a mí, como si lo viera.

—También me dijo que fuera a hablar con un aguador, que tiene un corral aquí detrás.

—¿El tuerto?

—Sí, le falta un ojo; me dijo que usted se lo sacó y que le dolió tanto que le advirtió que si volvía a tocarlo lo mataría.

—Qué poco aguante tiene ese hombre... Más le valdría pagarme; ni un real me dio.

—Me ha dejado dormir junto a su caballo a condición de que lo limpiara —explicó el muchacho.

—Me cuesta creerlo.

—Y la carnicera me dio media libra de cerdo; esa me comentó que le sacó una muela y que le destrozó la mandíbula. Que por si ella fuera le rajaba las tripas y las colgaba de un gancho en su tienda.

—No fue mi mejor operación, lo reconozco. Pero es que la carnicera no tiene tampoco aguante, no sé cómo ha podido traer trece críos al mundo. ¿Y te dio carne? Será posible... ¿Cómo lo consigues?

—Solo soy amable.

—Lo que me faltaba por oír —refunfuñó Urdaneta—. ¿Cuántos años tienes?, ¿doce?

—No, trece.

—Bueno, lo mismo da. —Lo miró de reojo—. Sí que pareces espabilado. Tu padre también lo era de joven, de hecho, se pasaba de listo. Ese ha sido su mayor problema, como cae siempre con las cuatro patas se cree que todo le saldrá bien en la vida. Tiene la cabeza llena de pájaros y así seguirá, porque eso no puede curarlo ni el mejor médico del mundo, ¿me oyes?

—Mi padre me dijo que usted diría eso de él y que no me preocupara.

—Vaya con mi hermano, no sé ni cómo sigue vivo. —Intentó levantarse y soltó un gruñido contenido.

—Si no puede moverse, ¿cómo va a pagar a la dueña de la casa?

—Claro que puedo... —Volvió a gruñir de dolor—. ¡Mierda!

—Una vez me caí saltando una tapia y me dijeron que tenía que estarme quieto una semana; creo que necesita más reposo.

—Ya, lo que me faltaba... Yo soy cirujano, ¿es qué nadie sabe lo que eso significa? Sé cuidarme solo. —Tenía una sed terrible y buscó con la mano la jarra que había sobre la mesa.

Estaba demasiado lejos de su alcance, así que su sobrino se la acercó. Alonso Urdaneta se mordió la lengua, tenía tantas ganas de beber que se contuvo de recriminárselo.

—¿Cómo te llamabas?

—Bruno, tío.

—¡Que no me llames así! Para ti soy don Alonso, ¿ha quedado claro? —El aludido asintió—. Ahora ve a ese armario de ahí y abre el tercer cajón.

Bruno obedeció. En el interior había multitud de frascos de todos los tamaños y con sustancias de todos los colores; parecían perfectamente ordenados siguiendo alguna pauta. También había un pequeño cofre, lo abrió y estaba lleno de papeles.

—¡No toques nada! Odio que manoseen mis cosas, ¿entendido? Coge el tercero de la segunda fila empezando por la derecha.

Era un tarrito de base ancha, lleno hasta la mitad de un líquido azulado. Bruno fue hasta la cama con él en la mano.

—Echa más agua en este vaso y disuelve en él cuatro gotas de esa medicina.

Así lo hizo con mucho cuidado y se lo dio a beber. Alonso

se lo tragó de un sorbo. Llamaron de nuevo a la puerta; hizo amago de incorporarse, pero la punzada fue intensa y desistió.

—Anda, ve a ver quién narices es... ¿O es qué tengo que hacerlo yo todo?

Su sobrino dio un brinco y fue corriendo a la puerta, Alonso Urdaneta lo mantenía en secreto, pero estaba sordo del oído derecho, así que intentaba con disimulo acercarse siempre con el otro lado cuando hablaba con alguien. No lograba oír qué estaba pasando en la puerta de su casa. Bruno volvió al poco y se lo quedó mirando. El muchacho era alto y bastante fuerte, tenía los brazos largos, tanto que le colgaban como dos ramas de árbol. Era la viva imagen de su padre a su edad, eso a Alonso Urdaneta le removía las entrañas. Porque si ya había tenido que sufrir una vez a su hermano pequeño, le repateaba hacerlo una segunda en su descendiente. Aunque, al mismo tiempo, le resultaba tan familiar y le hacía recordar tanto cuando él también era un crío que empezó a sentir cierta curiosidad.

—¿Quién ha llamado?

—Me ha dicho que se llamaba no sé qué Guilera y que trabajaba en las atarazanas. Se le ha roto una pierna a su hijo y requiere su ayuda, dijo que era urgente. Ya le he dicho que estáis convaleciente y que...

—¡Cómo! Por Belcebú... ¿Qué has hecho, sabandija? Estoy perfectamente.

—Pero...

—¡A callar! ¿No has oído a la casera...? —Al levantarse sintió un pinchazo en el costado y volvió la vista hacia su sobrino—. Vamos a hacer una cosa. Mientras esté así necesito un ayudante; ya que estás aquí, vas a ser tú. Las reglas son claras: no hablarás delante de mis clientes y harás todo lo que yo te diga; si cumples, puedes dormir en la cocina. Pero esto no significa nada, no soy tu tío. Te quedas solo hasta que se me curen las costillas, luego te vuelves a Bilbao.

Asintió.

—Y una cosa más: ya que te llevas tan bien con la pescadera, irás cada día a verla y le dirás que te trato muy bien.
—¿Eso por qué?
—Tú hazlo, es parte del trato, ¿entendido?
—Sí.
—Ahora tenemos que trabajar. ¿Ves ese maletín desgastado? Cógelo; ten cuidado, que pesa.

5

Cuando Alonso Urdaneta llegó a las atarazanas le indicaron que el herido estaba en su casa, cerca del monasterio de San Pablo del Campo, que era el más antiguo de la ciudad; tan es así que cuando se construyó la muralla actual el cenobio quedó intramuros.

La vivienda a la que acudieron era uno de esos viejos edificios de artesanos, con una estrecha fachada, que en el interior tenía el doble de profundidad. Comprendía un taller de carpintero en la planta baja desde donde se accedía a un piso para vivienda familiar. El inmueble no ocupaba toda la parcela, así dejaba espacio para un huerto en la parte de atrás. Los aguardaban una docena de hombres y mujeres, entre sollozos, rostros preocupados y lamentos. Al fondo, sobre una cama teñida de sangre, agonizaba un joven corpulento.

—¿Sois el cirujano? —preguntó una mujer morena con los ojos bañados en lágrimas.

—Así es, señora, pero... ¿qué ha sucedido aquí?

—Mi hijo, ¡es mi hijo! ¡Se me muere! ¡Mi único hijo!

—Creía que solo tenía una fractura... —Echó una mirada de reproche a Bruno.

La medicina que había ingerido Alonso Urdaneta había empezado a hacer su trabajo y el dolor de sus costillas iba remitiendo. Fue a la cama y comprobó para su desdicha que el muchacho agonizaba. No era para menos, tenía un disparo que le había reventado la pierna izquierda.

—Me temo que no es trabajo para mí. —Alonso Urdaneta entendió lo peligroso y poco rentable que podía resultar aquello.

—¡Tenéis que salvarlo!

—Le repito que yo no puedo; mejor busque a otro.

—No hay tiempo, le pagaré lo que pida.

—Es que no es cuestión de dinero, señora. De verdad que lo siento. —Y se dio media vuelta.

—¿No le da vergüenza? Pensaba que los de su gremio eran buena gente y en cambio dejan a un muchacho agonizando, entregándoselo a las garras de la muerte.

Los familiares que la acompañaban los rodearon, muchos de ellos con miradas amenazantes y puños apretados.

—Yo no tengo la culpa de que esté en ese estado, eso dígaselo a quien le haya pegado un tiro.

—Si no lo ayuda lo pagará bien caro. No habrá agujero en toda Barcelona donde pueda esconderse, ¡rata inmunda! —le advirtió con las venas de su frente a punto de estallarle y los ojos rebosantes de cólera—. Ese que yace ahí es mi hijo, ¡mi único hijo! Lo llevé dentro de mí nueve meses, el parto duró casi doce horas, perdí tanta sangre que mi marido ya había encargado mi sepultura. Pero yo no pensaba dejar solo a mi pequeño en este mundo. ¡Y tampoco voy a hacerlo ahora!

—Le repito que...

—Ni se imagina de lo que es capaz una madre por salvar la vida de su hijo, se lo advierto.

Dos hombres lo agarraron de los brazos y otro comenzó a remangarse.

Alonso Urdaneta maldijo su error, no había preguntado lo suficiente sobre el paciente antes de acudir.

—¿Quieren que lo salve? ¡Pues fuera de aquí! ¡Todos! —espetó, zafándose de quienes le apresaban.

—Haced lo que dice —dijo ella.

—Deben dejarnos solos a mi ayudante y a mí —demandó mientras se despojaba de su inconfundible abrigo oscuro.

—Los demás se irán, pero yo no abandono a mi hijo.

—Usted también señora, si quiere que se salve necesitamos que no haya nadie. Piense en él, ahora está en nuestras manos. Por favor, saque a toda la gente de aquí.

Aunque parecía imposible, la madre claudicó.

—Más le vale que viva, ya me entiende. —Le dio un beso en la frente al moribundo y se marchó llorando.

Estaba a punto de romper su regla de oro, su línea roja, de no operar a nadie en estado grave, no correr el riesgo de que un paciente muriera entre sus manos. El cirujano sabía lo impredecible que era una amputación y ninguna madre estaba preparada para ver cómo seccionaban una parte del hijo que había traído al mundo.

Los demás familiares maldecían el tener que irse; ver una amputación era un espectáculo en toda regla del que luego podías alardear en la taberna y ante los conocidos. Alonso Urdaneta cerró la puerta y echó el pestillo. Se inclinó sobre la herida; el joven había perdido abundante sangre y deliraba.

Lo primero se trataba de evitar que se desangrara, era uno de los principales riesgos de toda operación. Si el cuerpo humano perdía treinta onzas de su sangre, la muerte era segura. Por ello le realizó un torniquete con una correa a la altura del muslo.

—Pide que te den una botella del licor más fuerte que tengan.

Un enemigo peor que las propias heridas eran las infecciones; ningún médico o cirujano había logrado comprender aún por qué ocurrían o cómo se diseminaban. La realidad era que a menudo las heridas comenzaban a infectarse sin razón aparente y al final los pacientes morían entre terribles fiebres. Él tenía la convicción de que la razón se escondía en el propio ambiente, por eso intentaba limpiar todo lo que fuera a estar en contacto con el paciente, en la medida de lo posible.

Tomó la botella y echó una dosis generosa en un vaso, luego le añadió unas hierbas que llevaba en un pequeño frasco. Aquello adormecía a los pacientes, calmaba su sufrimiento y hasta aliviaba el dolor que padecían. Se aplicó alcohol en las manos y el resto lo echó en la herida. Luego le puso al herido un mordedor de madera entre los dientes.

—Muchacho, esto te va a doler.

Debía actuar lo más rápido posible para acortar el periodo de sufrimiento, ya que los pacientes también podían morir víctimas del propio dolor que padecían. Cuando revisó el hueso fracturado por la bala, los gritos se oyeron tan alto que retumbaron las paredes.

Tomó el maletín y dispuso sus herramientas sobre una mesa alargada. Por el arsenal casi parecía más un torturador de la Santa Inquisición. Cogió la sierra más grande y ocurrió algo inesperado: le tembló la mano.

Y comenzó a respirar de manera forzada.

Buscó con rapidez en su chaqueta un frasquito con su medicina y se bebió el contenido de un sorbo. Seguía faltándole el aire y su rostro se había tornado enrojecido.

Volvió a empuñar la sierra y de nuevo se detuvo.

—Don Alonso, ¿os encontráis bien? —preguntó Bruno.

—¡Claro que sí! —mintió.

Alonso Urdaneta supo entonces que no podría operar y que aquel muchacho iba a morir, porque comenzó a percibir el inconfundible olor de la muerte, que impregnó la habitación con su apestoso hedor.

El herido estaba medio desvanecido, deliraba y sudaba de manera copiosa. Decía palabras sin sentido ni lógica, como si estuviera más lejos que cerca de este mundo terrenal.

—No puedo hacerlo, no con mis dolores.

—¿Qué estáis diciendo, don Alonso?

—La herida es profunda —murmuró—, y demasiado alta. Hay que cortar pegado a ella, con buena mano porque le roza la vena. Si la tocamos, si solo la rozamos morirá desangrado como un cerdo.

—¡Tenéis que salvarlo!

Volvió a intentarlo, pero al acercar la sierra a la herida la mano le temblaba. Se detuvo y sintió un dolor intenso en el hombro;

las consecuencias de la paliza que le habían dado se mostraban ahora en su cruda realidad.

No iba a ser capaz de aplicar la suficiente fuerza, y el olor a muerte era cada vez más insoportable.

—Yo lo haré.

—¿Cómo dices? —Se volvió atónito hacia el muchacho.

—Dígame por dónde debo cortar. —Bruno habló con una firmeza impropia de su edad.

—¡Eres solo un crío!

—Este hombre va a fallecer, su madre lo pagará con usted y yo me quedaré solo.

—Santa María... ¡Estás loco! Amputar una pierna es muy complicado, no puedes llegar y meter la sierra así sin más. ¡No tienes ni idea!

—Usted diríjame.

—¡No! Además, el hueso es increíblemente duro.

—Yo soy fuerte —insistió Bruno—, puedo hacerlo.

Lo peor era que su sobrino tenía razón, y si no salvaba al paciente, él mismo no saldría con vida de allí. Alonso Urdaneta sabía que en su estado no podía cortar en una zona tan difícil, y que, aun en plenas facultades, era una operación a vida o muerte.

Observó al herido; se hallaba ya tan delirante que no sabía ni dónde se encontraba, así que no se iba a percatar de nada.

—Que Dios nos coja confesados —murmuró el cirujano.

Le dio la sierra a su sobrino y él agarró las piernas.

—Corta por aquí, no puedes dudar. La carne es blanda y como la cuchilla es afilada será como si estuvieras cortando un filete. Luego encontrarás el hueso, es resistente, más de lo que imaginas —le explicó entre sudores—. Deberás aplicar toda tu fuerza, no pienses que es un hombre, solo sierra con todo el ímpetu que puedas. Cuanto más rápido lo hagas, más opciones tenemos de salvarle la vida. Si dudas, si la sierra se traba, ¡morirá!

—De acuerdo. —Fue sorprendente el aplomo con que lo dijo.

—Me arrepentiré de dejarte hacer esto... Sé que lo haré. Eres como tu padre, te crees capaz de todo —refunfuñó el cirujano visiblemente nervioso mientras se rascaba la barba—. Sobre todo, corta en línea recta; si te tuerces y tocas la vena, dalo por muerto y a nosotros también —insistió Alonso Urdaneta.

Miró a su sobrino y, en un último destello de lucidez, pensó en quitarle la sierra de las manos. En que era injusto depositar en un muchacho toda aquella responsabilidad.

No lo hizo.

Alonso Urdaneta había estado en el interior de un buque de línea resistiendo los impactos de más de setenta cañones; había operado a cientos de hombres, decenas habían perecido ante sus ojos. Así que no era un hombre que se asustara con facilidad. Y sin embargo aquel día sí tenía miedo. Observó de nuevo a su sobrino con la sierra en la mano, sobre el herido ensangrentado, y vio el brillo de sus pupilas.

¿Cómo era posible que a aquel crío no le temblara el pulso ante lo que estaba a punto de hacer?

Pero así era.

—No vamos a salir de esta... —murmuró para sus adentros.

Bruno clavó los ojos en el hombre al que estaba a punto de cortarle una pierna, apretó los dientes y actuó con templanza.

Fueron unos minutos que se hicieron tan eternos que parecieron toda una vida. El ruido del serrucho rasgando el hueso fue el sonido más horrible que nunca antes había oído Bruno. Y se mezclaba con los lloros y las voces de los familiares, que amenazaban con echar la puerta abajo en cualquier momento. Su tío comenzó a rezar, y quizá funcionó, porque dejó de percibir el hedor a muerte por toda la habitación.

Bruno cayó extenuado con el último esfuerzo y Alonso Urdaneta se apresuró a coger la pierna y envolverla en unos trapos. Después tomó dos frascos de su maletín y los aplicó sobre el corte. Lo vendó todo con prontitud y ató con fuerza el vendaje. Comprobó que el intervenido respiraba de manera adecuada. Le tocó la frente, apenas tenía algo de febrícula. Seguía delirando, con la mirada perdida.

Alonso Urdaneta respiró aliviado, se arrodilló en el suelo y apoyó la espalda contra la pared.

Entonces alzó la mirada; no se había dado cuenta de cómo había reaccionado su sobrino. Bruno se hallaba al otro lado de la habitación, con la sierra ensangrentada todavía en las manos. Aquel niño que acaba de amputar una pierna y seguía conservando la misma mirada de confianza en sí mismo.

Ni en sus años en la Armada navegando por América, ni en Madrid, ni en todo este tiempo en Barcelona, atendiendo a todo tipo de hombres que llegaban al puerto desde los diversos rincones del mundo, el cirujano vasco había visto una mirada igual.

«¡Maldita sea!», pensó. Sí la había visto antes: eran los mismos ojos de su hermano.

6

La operación había sido un éxito y la madre pagó sin dilación los abultados honorarios que le exigió Alonso Urdaneta, que en eso sí estuvo hábil. Cuando las cosas salían bien, cobraba una tarifa alta; de alguna manera tenía que pagar sus deudas. Cuando las cosas se torcían, apenas unas monedas e incluso había llegado el caso de tener que salir por piernas y no recibir recompensa alguna.

De nuevo en la calle, el cirujano estaba sonriente y de buen humor.

—Muchacho, lo que has hecho es increíble. ¿De verdad que nunca habías serrado un hueso? ¿Aunque fuera de un animal?

—Claro que no.

—Fascinante. —Se rascó la barba—. Realmente fascinante. ¿Te gustan los caracoles?

—No sé, nunca los he probado.

—¡Válgame Dios! ¿Dónde te ha tenido tu padre escondido? Eso hay que solucionarlo; vamos a ir a la taberna donde mejor cocinan los caracoles de toda Barcelona.

—¿Y si no me gustan?

—¡Qué sacrilegio es ese! Nadie puede decir tal blasfemia en mi presencia.

Y es que a Alonso Urdaneta lo que más le encantaba comer eran caracoles fritos.

—Mira, muchacho, para los griegos los caracoles eran afrodisiacos, los romanos los apreciaban sobremanera y los purgaban en la leche durante varios días antes de cocinarlos y servirlos con varias salsas. Hasta los papas han sucumbido a su sabor, y a pesar de ser un animal terrestre, un sumo pontífice declaró que tenían que considerarse como peces, para poderlos comer también en el periodo de la Cuaresma. ¡Y tú no los has probado todavía! Te envidio.

—¿Y eso por qué?

—Te voy a dar un consejo, y no te voy a cobrar: disfruta siempre de las primeras veces. Tu primer viaje en barco, tu primera vez con una mujer, tu primera borrachera o tu primera amputación. Las que vengan después posiblemente serán mejores, pero la primera es distinta, tiene un sabor irrepetible, incomparable.

—Sigo pensando que no me van a gustar los caracoles.

Caminaron hasta los alrededores de la iglesia de Santa María del Pi, que se llamaba así porque enfrente había un enorme pino que los más viejos juraban que llevaba siglos plantado. A Alonso Urdaneta le gustaba aquella iglesia, era de las menos pomposas de Barcelona, a pesar de su llamativo rosetón y su esbelto campanario. El edificio se hallaba en mal estado porque le habían caído varias bombas durante la guerra de Sucesión y solo habían hecho unos apaños. Ese detalle no le molestaba; de hecho, a menudo se sentaba frente al retablo y observaba con interés los destrozos que habían sufrido las tallas.

El retablo estaba dedicado a los Reyes Magos y a él siempre le había fascinado la historia de esos hombres sabios que fueron a adorar al niño siguiendo una estrella.

Justo detrás de la iglesia había una escueta taberna. El interior no era llamativo, pocas mesas y apretujadas. Alonso Urdaneta pidió vino y caracoles fritos. Cuando Bruno los tuvo delante dudó qué hacer, si bien la insistencia de su tío limitó sus opciones y terminó claudicando.

Le resultaron desagradables, pero tenía hambre y no quería disgustarlo.

—Ricos, ¿verdad? Pensar que algo que se arrastra por el suelo puede ser tan delicioso... —Y absorbió un nuevo caracol.

Bruno intentó hacer caso a lo que le había dicho y grabar en su memoria esa extraña sensación en su paladar.

—Comer es una bendición que nos ha dado Dios, es de sabios saber aprovecharla. Dime una cosa: ¿de verdad viniste tú solo hasta aquí desde Bilbao? Es una distancia larga y apenas eres un zagal. ¿Cómo lo hiciste? —Devoró otra pequeña pieza—. ¿Qué comiste? ¿Dónde dormías?

—Mi padre me dijo que las monjas tratan bien a los niños —respondió Bruno mientras intentaba beber del vino, pero Alonso le apartó la mano de un golpe—. Así que cuando encontraba un convento me quedaba allí hasta que lograba que me dieran de comer y me dejaran dormir. Por eso fui de convento en convento.

—Veo que has heredado la caradura de tu padre, espero que eso sea lo único... Antes no te mareaste con la hemorragia; conozco a más de un hombre que se hubiera desmayado.

—Solo es sangre. ¿Son todas las operaciones así?

—Algunas son bastante peores. Mi trabajo está condenado al desastre, solo retraso lo inevitable, todos nos morimos.

—A mí no me preocupa morirme.

—¿No? ¿Y qué te preocupa, si puede saberse? —preguntó sonriente mientras se frotaba la barriga.

—El cielo. Mi madre se murió cuando yo era pequeño y me han dicho que fue al cielo.

—Eso te han dicho... Tu madre era una buena mujer, si alguien merece estar en el cielo es ella, de eso no hay duda. Pero nosotros iremos al infierno.

—¿Eso por qué?

—Yo me lo tengo merecido, aunque hasta que llegue ese momento voy a disfrutar.

Alonso Urdaneta se quedó mirando a su sobrino; aquel crío era clavado a su padre. Eso no presagiaba nada bueno: su hermano pequeño había sido siempre un dolor de cabeza. De joven erró su camino y desde entonces no había hecho otra cosa que intentar enderezarlo; sin embargo, hay árboles que por mucho que los cortes y los dirijas, siempre tienden a crecer por donde no deben.

Fue en ese momento cuando el bueno de Alonso Urdaneta entendió que debía actuar antes de que su sobrino cometiera el mismo error que su progenitor.

—Nunca he probado el vino —afirmó el muchacho.

—Eso para otro día, no quieras correr tanto. Ahora termina de comer los caracoles.

—¿Y luego?

—Luego vas a convertirte en mi aprendiz, pero tenemos que dejar algo claro desde este momento. —Alonso Urdaneta puso el semblante más serio que era capaz—. A mí nadie me ha dado nada gratis, así que tú tampoco lo esperes. Lo que logres será porque has trabajado. La vida es dura, cuanto antes lo aprendas mejor te irá. No como al engreído de tu padre. Tener buena fortuna es una de las cosas más peligrosas que puede pasarle a un hombre, pues te hace creer que se puede sobrevivir sin esfuerzo. Nada de eso, no somos nobles; la vida solo te va a dar palos, y gordos. Si quieres comer caracoles tendrás que ganártelos. ¿Entendido?

—Sí, debo trabajar duro.

—Eso es. Ahora escúchame bien lo que te voy a explicar. Yo soy un afamado cirujano. —Hizo un movimiento elocuente con las manos—. En Madrid hice cosas increíbles...

—¿Cuáles?

—No las entenderías y no te las aconsejo, todos nuestros actos tienen consecuencias. Por eso debes medirlos bien siempre... —Suspiró—. Luego vine a Barcelona y fui profesor, eran otros tiempos. Reinaba el rey Carlos III, ese si era un buen rey; el de ahora... Mejor no hablar de eso, que las paredes tienen oídos. Yo no soy un cirujano cualquiera de los de antes, de esos que cortaban barbas y cabelleras.

—¿Un barbero?

—Esos ya no tienen nada que ver con mi oficio; los cirujanos actuales no solo deben saben usar las manos, también la cabeza. Yo he leído mucho, ¿tú sabes leer?

—Me enseñó el sacerdote de mi parroquia y la hermana Prudencia de un convento en el que iba a comer los sábados.

—Un hombre que no sabe leer es como un animal, solo repetirá lo que le enseñen a hacer. En cambio, un buen lector será capaz de tener su propia opinión.

—¿Eso para qué sirve? —preguntó Bruno.

—La mayoría de las veces para meterte en problemas —respondió Alonso Urdaneta sonriente—, pero también para que no te engatusen. Bruno, en esta vida siempre van a intentar engañarte. En eso consiste todo.

—¿En qué?

—En no dejarte embaucar nunca, por nadie. —Se levantó y pidió algo al tabernero, al poco regresó con una hoja de papel y pluma, y se dispuso a escribir—. Esto es un contrato; si lo firmas, serás oficialmente aprendiz de cirujano. Te daré vestimenta y calzado. Por tu parte, el aprendiz se halla obligado a no fugarse de la casa y a obedecer todas las órdenes de su maestro. La enseñanza de la cirugía no es gratuita: el maestro debe recibir una cantidad de dinero estipulada por enseñar el oficio.

—Yo no tengo dinero.

—Iremos anotando todo lo que me debes y, cuando empieces a tener ingresos, me lo devolverás. Te estoy ofreciendo aprender un oficio, es lo más importante de la vida. Un hombre con oficio siempre podrá ganarse la comida y la cama allá donde vaya. Así que de ti depende, ¿quieres ser mi aprendiz?

—Quiero ser el mejor cirujano del mundo —respondió Bruno con rotundidad—, ¡quiero salvar vidas!

—Buena respuesta, pero ya te lo dije: nosotros solo retrasamos lo inevitable... Lo esencial es tener una vocación, y cuanto antes la descubres, mejor. A mí eso me ha salvado la vida, porque me han pasado cosas terribles, verdaderas desgracias. Pero siempre me he podido amarrar a mi vocación. Cuando la vida de uno se organiza sobre ella, siempre tendremos donde agarrarnos cuando llega la tempestad. De lo contrario, terminaremos a la deriva. ¿Lo entiendes?

—Creo que sí.

Alonso Urdaneta tragó el último caracol y bebió otro vaso de vino.

—No es un oficio fácil. Lo que quiero decir es que te permito estar conmigo como aprendiz, no como mi sobrino. Si te ayudo es porque creo que me serás útil, eso de la familia es una tontería. Toda la sangre es roja, no hay nada especial en ella, te lo dice uno que ha visto mucha.

—Entonces, me va a enseñar a ser médico.

—¡Yo no soy médico! Esos malditos se creen superiores a nosotros, se atreven a decidir sobre el bien y el mal de las personas, pero solo han observado dibujos. Yo he tenido mis manos dentro de un hombre, incluso he visto...

—¿El qué ha visto?

—Nada, olvídalo. ¡Pero he sujetado un corazón con mis dedos!

—¿Y cómo era?

—Palpitaba —respondió, abriendo y cerrando la mano—. El corazón impulsa la sangre. Si se detiene, estamos muertos.

—¿Por qué los médicos no operan ellos mismos a los enfermos?

—Esa es una buena pregunta. ¿Quién trabaja con las manos? Los campesinos, los carpinteros, los carniceros, hasta los soldados.

—¿Qué tiene de malo trabajar con las manos?

—Eso mismo me pregunto yo... Los médicos se creen al nivel de teólogos, filósofos y juristas; al igual que ellos, aprenden su oficio en las universidades —le explicó—. El mundo no es justo, Bruno. Están los de arriba y los de abajo, y en medio, todo tipo de personajes que solo aspiran a dejar a los segundos para formar parte de los primeros. Así se resume el mundo, todo lo demás es secundario. La vida es una larga lucha para llegar a lo alto de una larga escalera. Arriba está el cielo; abajo, el infierno.

—¿Dónde estamos nosotros?

—Demasiado cerca de lo último, por lo que ya podemos espabilar. Tú haces demasiadas preguntas; lo sabes, ¿verdad?

7

Como los marineros y pescadores eran su mejor mercado, para estar más cerca de ellos Alonso Urdaneta se había trasladado a vivir hacía pocos años a la Barceloneta, el nuevo barrio construido en unos terrenos ganados al mar, fuera del recinto amurallado, en el arenal comprendido entre el puerto, la puerta del Mar, la Ciudadela y la acequia Condal. En un terreno que no existía siglo y medio antes, pues se había ido sedimentando al contenerse por el espigón del muelle, formándose una lengua de tierra que perjudicaba al puerto y que antaño llegaba a cegarlo periódicamente. Allí se había instalado a una pequeña parte de los desalojados al destruir el barrio de la Rivera cuando construyeron la fortaleza de la Ciudadela. Un paciente, al que Alonso Urdaneta curó unos cólicos, le contó que dichos terrenos deberían pertenecer a Santa María del Mar, según un privilegio medieval por el cual todo terreno desde la iglesia hasta el mar era suyo. Pero la Corona no accedió a ello, es lo que tienes al apostar por el bando perdedor en una guerra como la de Sucesión.

Se trataba de un barrio pequeño y humilde, pero a la vez el más moderno de toda la ciudad. Él era un fanático del orden, lo enervaban las retorcidas y estrechas calles del barrio de la catedral. Por eso le agradaba deambular por las de la Barceloneta. Un barrio lineal y ordenado, con casas bajas de planta y un piso, de tal manera que la escasa altura no pudiera impedir la visibilidad desde lo alto de los muros de la Ciudadela. Y por esta misma razón se había prohibido a sus dueños la posibilidad de levantar más alturas. Tampoco se podía realizar ningún cambio en la cubierta ni en la fachada. No tenían patio ni jardín y en el barrio tampoco había plazas, solo un par de zonas de trabajo que pronto habían sido ocupadas por los toneleros, que instalaron allí sus obradores.

Además, él era vasco y le gustaba el mar; en la Barceloneta se sentía feliz, rodeado por el Mediterráneo. A veces echaba de menos la bravura del Cantábrico, su oleaje y su viveza, que le recordaban su juventud. El Mediterráneo era más suave y tranquilo, más adulto.

Estudió en una de las primeras promociones del colegio San Carlos de Madrid, cuando reinaba Carlos III, un reinado que él recordaba con entusiasmo. Fue su padre quien insistió en que debía recibir la nueva formación de los cirujanos. Por aquella época tenía grandes ambiciones y proyectos. Lamentablemente, hubo un momento en que todo se torció y no le quedó más remedio que alejarse de la capital. Tras estar un tiempo en la Armada, recaló en Barcelona.

Él admiraba las monumentales construcciones de las catedrales, los castillos y, por encima de todas, los puentes. Le fascinaba cómo lograban sujetarse, cómo resistían el peso de quienes los cruzaban, los empujes de los ríos y del viento. Si no hubiera sido cirujano, le habría encantado ser constructor de puentes. Quizá por ello le atrajo la idea de diseñar inventos quirúrgicos.

—Esto es una jeringuilla —le explicó un día a Bruno—, sirve para inyectar sustancias en la corriente sanguínea.

—¿Cómo funciona?

—Partiendo de ese concepto de un tubo hueco, se observó que las serpientes podían inocular veneno con sus colmillos también huecos, así que sería posible administrar ungüentos y unciones a través del mismo sistema. Galeno ya habló de ello en su época. Primero combinaron plumas de ganso huecas, vejigas de cerdo y opio, y un cirujano inglés inyectó vino y cerveza inglesa a perros callejeros. Usó las plumas a modo de tubo, biseladas en un extremo, y ató en el opuesto la vejiga, donde depositó las sustancias. Poco después, dos médicos alemanes trataron de inyectar varias sustancias a personas, que les causaron la muerte.

—Entonces es bastante peligroso.

—Te puedo asegurar que sí, pero también útil.

Alonso Urdaneta era un hombre excéntrico, entrado en años y en peso; la pronunciada barba le daba el aspecto de alguien incluso con mayor edad y el cabello le clareaba cada vez más en la coronilla. Vestía de riguroso oscuro y con un abrigo que le daba cierto aire de monje.

Había tardado poco tiempo en darse cuenta de que su sobrino era la viva imagen de su padre, no solo en lo físico, sino en la forma de ser. Desde crío, su hermano se comenzó a dispersar con suma facilidad, le gustaban demasiadas cosas y nunca se centró en un oficio. A saber en qué descabellado proyecto andaría ahora metido.

En cambio, Alonso Urdaneta creía en la constancia y en tomar un rumbo correcto. Lo había aprendido en la Armada, navegando por el océano, donde, si no son bien dirigidos, hasta los mejores barcos se pierden y naufragan.

En la vida hay que tener una brújula a la que recurrir siempre que pierdes el rumbo, si no, terminarás naufragando.

Por eso, al observar a su sobrino pensaba que debía guiarlo, evitar que se torciera por el camino. Lo primero que hizo con él fue instruirlo para que se convirtiera en un buen ayudante. Como comprobó que reaccionaba bien, pasó a darle nociones básicas de más materias.

Alonso Urdaneta se vio como profesor con un solo estudiante. Esto que en un primer momento podía parecer tedioso, se volvió gratificante, porque el pequeño Bruno era un alumno excepcional. Conforme fueron avanzando los meses, asimilaba todo lo que le enseñaba como una auténtica esponja y lo colmaba de preguntas. Era especialmente talentoso para la anatomía, poseía un instinto innato para comprender el cuerpo humano. Además, era curioso y también obediente.

Con el paso del tiempo y sus lecciones, llegó el momento de

contarle uno de sus más íntimos secretos. Se había vuelto reacio a hablar de ello, pero no podía guardar en su alma tantos misterios, así que una mañana de agosto paseando cerca del muelle se lo explicó.

—Cuando me encuentro ante un paciente y hay una herida abierta, o llagas sangrantes o cualquier otro fluido interno, en ocasiones distingo un aroma distinto del resto, indescriptible para poder explicárselo a nadie, pero que siempre acarrea la misma fatal consecuencia: la muerte del paciente, aunque su estado no pareciera tan grave.

—¿Puede oler la muerte? —preguntó Bruno boquiabierto—. ¡Como los perros!

—¿Cómo has dicho?

—Una vez me contaron que un perro que había cerca de un hospital del Camino de Santiago se recostaba por las noches solo con los peregrinos que iban a morir en breve.

—Bueno, es cierto que tienen un olfato más desarrollado que el nuestro... —Alonso Urdaneta se sorprendió al ver la naturalidad con que su sobrino se tomaba la revelación de su secreto.

—Al pobre animal lo mataron porque nadie lo quería cerca —añadió Bruno.

—Eso me lo creo. —Se rascó la barba y observó perplejo a Bruno—. Dejando a un lado lo de ese perro, ahora debes guardarme el secreto. Ten bien claro que por menos que esto te acusan de brujería y te detiene la Inquisición.

—Juro que no lo contaré. ¿A qué huele la muerte?

—Es la primera vez que me lo preguntan —murmuró Alonso Urdaneta, rascándose su frondosa barba—. Se trata de un hedor repugnante, el más asqueroso que puedas imaginarte. Por eso prefiero pasar hambre que arriesgarme con enfermos que están condenados.

Alonso Urdaneta nunca le había contado a nadie a qué olía la muerte y había tenido que llegar ese muchacho para hacerle reflexionar. Mirando a su sobrino, pensó que quizá algún día podría explicarle su más terrible secreto.

8

Como cirujano, la labor de Alonso Urdaneta se hallaba limitada a la curación de las enfermedades externas y heridas. No podía tener injerencia alguna en los llamados «padecimientos internos», terreno exclusivo de los médicos, los cuales trataban los desequilibrios de los cuatro humores del cuerpo. Una creencia que llevaba vigente casi quince siglos, desde la época de Galeno, y que explicaba, entre otras cosas, que la salud dependía del equilibrio de los cuatro humores o líquidos: sangre, bilis, linfa y pituita.

Alonso Urdaneta no podía estar en más desacuerdo.

Los médicos, que se cuidaban bien de no abrir a nadie, les dejaban ese riesgo a los cirujanos. Ellos tenían el privilegio de ser respetados, provenían de familias de renombre y acomodadas, atendían a los ricos comerciantes, a los altos funcionarios y a los nobles. Y no se las tenían que ver en situaciones de vida o muerte. Ellos trataban enfermedades duraderas, con complicados tratamientos a base de brebajes que mandaban preparar a los boticarios y de sangrías que practicaban los cirujanos.

Cuando alguien se hallaba a punto de morir, entonces eran los cirujanos los que tenían que acudir. A pesar de que le contaba todo esto, Bruno estaba ilusionado con su labor de aprendiz.

—Cuando serré la pierna de aquel hombre... Fue extraño, no sabía que éramos así por dentro.

—¿Y cómo te creías que éramos?

—Es que nunca me había parado a pensar en eso, pero ahora... Me lo pregunto a cada instante, cuando me cruzo con la gente en la calle, o en este mismo momento, cuando estamos comiendo... Continuamente. ¿Qué ocurre con lo que ingerimos? ¿Adónde va? Me gustaría saber más de cómo somos debajo de nuestra piel.

Alonso Urdaneta se quedó mirando a su sobrino.

—A veces puede que lo que encuentres te desilusione... —Alonso Urdaneta se reclinó sobre la silla.

—Pero hay muchas cosas por descubrir, ¿no es cierto? Antes usted hacía operaciones difíciles, me lo dijo una vez.

—Vaya memoria tienes... También te conté que mi trabajo es retrasar lo inevitable, así de sencillo. Y para ello debemos recurrir a lo que sea, no hay límites. El cuerpo humano es... ¿Sabes cómo es una máquina?

Asintió con la cabeza.

—Pues así somos, como si tuviéramos conductos, engranajes, desagües, filtros y demás. Y como cualquier máquina, nos averiamos, hay obstrucciones y roturas, y hay que repararlas. Como le sucede a un barco, que en cada viaje sufre mil percances.

—¿Y... ha visto alguna vez cómo somos? Quiero decir, ¿ha diseccionado un cuerpo?

—Muchacho, no tengas miedo, no estamos en el Medievo, ¡claro que lo he hecho! Pero los cuerpos para el estudio anatómico son difíciles de conseguir. Nadie quiere que lo abran una vez muerto —murmuró—. Gran parte de lo que sé sobre el cuerpo y las enfermedades lo debo a que fui ayudante del cirujano de un navío de la Real Armada Española, el Poderoso. Tenía sesenta y ocho cañones de línea y serví en él casi doce años, los mejores de mi vida.

—¿Viajasteis mucho? —Bruno se había percatado de que su tío estaba sordo del oído derecho, pero no quería decírselo. A cambio le hablaba siempre por el otro lado de la manera más natural posible.

—Ya lo creo, por todo el mundo; bajo las órdenes del marqués de la Victoria escoltamos a la reina María Luisa de Parma desde Génova hasta España. En la Armada a los cirujanos se nos trata con respeto, no como en tierra, donde todavía somos poco más que matasanos.

Bruno asistía con enorme interés a la larga charla.

—Hace tiempo hubo un cirujano francés, Ambroise Paré; era de origen humilde y limitada educación, pero logró dejar de ser barbero y convertirse en cirujano de reyes.

—¡Trataba a los reyes! —A Bruno se le saltaron los ojos.

—Su padre era un lacayo y su madre, una prostituta, lo que se dice una familia pobre de solemnidad.

—Como yo... También a mí me gustaría ser un famoso cirujano; usted me enseñará todo lo que sabe. Lo que aprendió en la Armada y en... ¿Dónde más aprendió, don Alonso?

—En Madrid, en el colegio San Carlos —respondió con evidente nostalgia—. Allí llegué hasta donde ningún cirujano, ni médico ni hombre había llegado.

—¿Cómo dice?

—Nada, tonterías mías, no me hagas caso. Venga, vámonos, que hoy te voy a enseñar la importancia de la higiene.

Alonso Urdaneta le explicó que la gente se lavaba de manera insuficiente y solo se frotaba con paños húmedos. Ello se explica en buena parte por la extendida creencia de que la salud del cuerpo dependía del equilibrio entre los cuatro humores que lo integraban.

Los malos humores se evacuaban mediante procesos naturales, como las hemorragias, los vómitos o la transpiración, y cuando estos no funcionaban se recurría a purgas o sangrías. Así que creían que introducir un quinto elemento, como el agua, era peligroso. Hacía tiempo que los médicos habían desaconsejado los baños calientes por considerar que el agua podía facilitar el contagio de la peste. Como el calor abre los poros, se creía que se introducían efluvios malignos en el organismo que desequilibraban su funcionamiento.

Alonso Urdaneta había viajado mucho y sabía que no existía

nada peor que la falta de higiene. Así que él podía ser muchas cosas, pero era un hombre limpio. Y si aquel muchacho trabajaba a su lado, debía actuar con la misma pulcritud. Por eso decidió llevarlo a una casa de baños.

Al entrar, Bruno se quedó paralizado y dio un paso atrás.

—Vas a hacer lo que yo te diga. Lo primero, tirar toda tu ropa, que está llena de bichos que puedo ver sin necesidad de acercarme. Los cirujanos estamos en primera línea, cuando operamos siempre corremos el riesgo de contagiarnos de las enfermedades de los pacientes.

Bruno lo miró con recelo, pero obedeció y se desnudó.

—Ahora date el baño y yo te traeré ropa nueva.

Así fue; media hora más tarde le dio una muda, que sin ser ningún lujo, le daba otro aspecto al muchacho. Alonso Urdaneta tomó una de sus tijeras y lo sentó para cortarle el pelo. Le dio unos buenos tajos al cabello castaño y todavía húmedo, hasta dejárselo mucho más arreglado. Después lo peinó hacia un lado, para que se vieran bien sus ojos claros, herencia familiar.

—Ya estás listo, vamos.

Salieron a la calle. Con el paso del tiempo se acostumbró a pasear junto a su tío por las calles de Barcelona. Esta liturgia de Alonso Urdaneta podía parecer casual, hasta ociosa a miradas externas. Sin embargo, con los años Bruno descubrió que su tío recorría las calles de la ciudad con una intención. Pasaba cerca de pensiones, talleres y determinados comercios; frecuentaba tabernas y remoloneaba siempre alrededor de las iglesias, sobre todo a la salida de misa.

Allí lograba buenos clientes, porque numerosos feligreses que acudían a la eucaristía lo hacían para rezar por sus familiares enfermos y pedir a los santos y vírgenes de los que eran devotos que intercedieran por ellos y los sanasen. Pero viendo que no obtenían su ayuda, se mostraban más abiertos a contratar los servicios de un oportuno cirujano que estuviera casualmente cerca del templo.

Era obvio que la mayor parte de sus ganancias las gastaba en comer bien y le privaba el buen café.

—Pocos deleites como la comida, muchacho —le dijo mientras se agarraba la barba—. Es algo que hay que hacer todos los días y varias veces, así que es de tontos hacerlo mal, ¿no crees?

Bruno asentía, aunque él era de poco apetito. Aun así seguía creciendo y tenía una talla mayor de lo normal a su edad. Era curioso, por eso las pocas veces que Alonso Urdaneta lo dejaba solo en la casa aprovechaba para husmear. Le llamaban la atención todas las herramientas, los frasquitos y utensilios médicos que atesoraba. Y gustaba de inspeccionarlos en soledad.

Una noche que el cirujano se retrasó más de lo habitual, preso de su curiosidad aprovechó para fisgonear en su alcoba. Buscó hasta hallar una botella de whisky, pero inconformista como él era, husmeó detrás del armario. Solo encontró desilusión, así que se disponía a volver a ponerlo en su lugar cuando se percató de que el suelo bajo el mueble tenía un ladrillo cuyo aspecto desentonaba del resto. Al palparlo también le encontró una rugosidad distinta. Quizá un hombre de la calle no se hubiera dado cuenta, pero las lecciones de Alonso Urdaneta le habían aguzado los sentidos.

Fue a buscar una herramienta con la que hacer palanca y, efectivamente, el ladrillo cedió; lo levantó y encontró un pequeño escondite, con algo envuelto en una tela.

La excitación le recorrió las venas y no dudó en tomarlo. Fue hacia el jergón y se sentó con ello entre las manos. Lo destapó y solo halló una carta.

Esperaba algo más de su tío, pero todos sus secretos parecían limitarse a aquel papel.

El sobre era anodino; la letra era de buena caligrafía, clara y legible. También escueta y extraña.

Querido Alonso:

Hoy ha aparecido, ha sido de noche y de camino a mi casa.
No pude verle el rostro, pero sé que era él.
Solo quiero que sepas que no me arrepiento de lo que hicimos,

pero nos hemos condenado hasta el fin de nuestros días.
Ten cuidado, me temo que pronto te encontrará también a ti.

Recuerdos de tu amigo Eusebio.

Oyó entonces el ruido de la puerta de la casa y corrió a dejarlo todo tal como estaba.

9

Barcelona andaba revuelta porque se iba a inaugurar un nuevo y amplio cementerio en unos terrenos deshabitados cerca del mar, hacia levante. Dentro de la vieja ciudad amurallada, los lugares de enterramiento de las parroquias se hallaban completos, tan era así que debían deshacerse de restos antiguos para enterrar nuevos o cuando debían intervenir en los templos con humedades o fallos de cimentación. El acto iba a ser presidido por el mismísimo obispo de Barcelona.

Alonso Urdaneta asistió para dejarse ver entre lo más ilustre de la ciudad; al final todos los allí presentes terminarían bajo aquellas tierras, pero algunos recurrirían a él para retrasar al máximo su próxima y definitiva visita. Observó a quien ya escogía sitio para la familia. El cementerio no dejaba de ser una parte más de la vida social: importaba dónde se iba a descansar por la eternidad, los vecinos que tendría, las vistas, cuándo pegaba el sol, si le daba el viento y un sinfín más de aspectos banales.

—Hace años hubo una epidemia en un pueblo de Guipúzcoa. El hedor que salía de la iglesia parroquial era insufrible —le explicó a Bruno—, la causa era la multitud de cadáveres enterrados en su interior. Así que seis años después, el rey Carlos III dictó una real cédula por la que prohibió las inhumaciones en las iglesias salvo para los prelados, patronos y religiosos.

—La epidemia venía de los muertos.

—Imagínate las consecuencias que tiene para la salud de los

vivos la arraigada costumbre de enterrar a los muertos en las iglesias. En tiempos de los romanos, Barcelona era una ciudad importante y ya estaban prohibidos los enterramientos en su interior.

—Claro, los cuerpos comienzan a descomponerse.

—Los vapores fétidos que despiden, las aguas y el suelo propagan numerosas enfermedades.

—¿Y por qué no se prohibió antes? —preguntó mientras la gente comenzaba a abandonar el acto.

—Es que no es tan fácil ir contra las supersticiones del pueblo.

Bruno llevaba tiempo queriendo preguntarle por la carta, pero no encontraba la manera de hacerlo sin revelar que había husmeado por la casa.

—Una pregunta que quería haceros...

—¡Vaya por Dios! —Alonso Urdaneta lo cortó y le cambió el gesto a la vez que se acercaban a una pareja de su misma edad.

Él era un hombre elegante, llevaba el cabello oculto bajo una peluca empolvada, poseía unos ojos limpios y vivos en un rostro agraciado, de frente despejada, nariz pequeña y labios bien dibujados.

—Alonso, ¡cuánto tiempo! Habéis engordado —dijo mirándole la panza.

—Gimbernat, yo os veo más arrugado. Aunque tenéis suerte. —Hizo una pausa—: Vuestra esposa luce tan hermosa como el día que os casasteis.

—En eso tenéis razón. —Lo miró con gesto agrio.

—Qué amable sois, Alonso. ¿Por qué no nos visitáis un día de estos?

—Nada me gustaría más, señora.

—Alonso es un hombre muy ocupado, ¿verdad? —intervino Gimbernat, visiblemente molesto—. Necesita el aire del mar y el vino de las tabernas.

—Más bien la libertad, querido Gimbernat.

—Llamadlo como queráis.

—Lo llamo libertad.

—Esas ideas revolucionarias vuestras... Sois un ingenuo, España no es Francia.

—Aquí también pueden cambiar las cosas y no tenemos por qué derramar sangre como nuestros vecinos.

—A veces es lo mejor, cortar primero para luego crecer con más fuerza —musitó Gimbernat—. Por cierto, ¿qué haces aquí? ¿Cómo puedes soportar el olor?

Bruno se percató del comentario y miró expectante a su tío.

—Nunca vas a entenderlo, Gimbernat. Aquí todos están muertos ya; si la muerte estuviera cerca, quizá viniera a verte a ti...

—Por suerte no es así. Debemos irnos, tengo asuntos importantes en el colegio.

—Señora. —Le dirigió una leve inclinación—. Adiós, Gimbernat. ¡Vamos, Bruno!

Se despidieron y Alonso Urdaneta continuó caminando. Gimbernat siempre le causaba sentimientos encontrados. Había sido uno de los primeros cirujanos que salió del colegio de Cádiz, dirigía el de Barcelona y había creado el de Madrid, los únicos tres de España.

Era un hombre brillante, pero Alonso Urdaneta percibía en sus ojos el inconfundible brillo del que siempre antepone el fin a los medios. Además, sabía que estaba colocando a toda una corte de vasallos en el colegio de Barcelona. Y Alonso Urdaneta no podía soportar que los cirujanos cayeran tan pronto en el mismo error que los médicos: creándose una corte y pretendiendo reinar sobre el resto. Ellos no podían hacer eso; eran la última esperanza de la medicina. Debían seguir en primera línea. Él tenía la firme convicción de que estaban a punto de alcanzarse enormes logros en la cirugía. Que un sinfín de descubrimientos sucederían más temprano que tarde.

Se volvió y no encontró a Bruno; echó la vista a un lado y lo halló frente a una lápida, con un epitafio en relieve:

ESTA TUMBA GUARDA TU CUERPO; DIOS, TU ALMA Y NOSOTROS, TU RECUERDO.

—¿Qué haces ahí?

—¿Por qué la gente escribe estas frases en sus tumbas?

—Son epitafios. Para la Iglesia existen tres vías para lograr la vida eterna y redimir los pecados: vivir con rectitud, practicar la caridad y orar por los difuntos. Así que se escriben frases en las tumbas, haciendo alusión a los méritos y virtudes del fallecido, para que el que las lea rece por él.

Bruno leyó otra: EL FINAL DE NUESTRA FE ES LA SALVACIÓN DEL ALMA.

—¡Vamos, Bruno! Deja de leer eso.

—Pero...

—¡He dicho que vamos! ¿O es qué no me has oído? —le dijo enervado.

Bruno obedeció acongojado, aunque no entendía el enfado de su tío. Daba la impresión de que Alonso Urdaneta estaba siempre peleado con el mundo, o con los fantasmas que le merodeaban, pues en las noches que había estado postrado, Bruno lo había oído balbucir en sueños y agitarse peleando con sus remordimientos. Fuera lo que fuese lo que aprisionaba su alma, no parecía ser nada bueno.

Cuando lo veía enojado prefería no insistir, así que decidió posponer sus preguntas sobre la carta.

Lo que no entendía era por qué le había molestado tanto que leyera un simple epitafio.

10

Al final de aquel año se anunció un ajusticiamiento público, lo cual entusiasmaba a los habitantes de Barcelona. Incluso acudían familias de poblaciones cercanas que aprovechaban para pasar toda la jornada en la ciudad. Desde temprano por la mañana se vislumbraba un ambiente festivo, los negocios sacaban su mejor género, llegaban comerciantes que montaban puestos en las calles más concurridas. Las barberías y las tiendas de ropa se llenaban; todos querían estar presentables aquel día. Había quien cogía sitio en primera fila varias horas antes. Las fuerzas del orden debían estar bien atentas a que no se produjeran altercados, las cofradías desfilaban juntas hasta la plaza y todas las autoridades se afanaban en estar bien visibles.

Se esperaba una espléndida ejecución, el reo agraciado con toda aquella atención era un hombre joven y corpulento. Se estaban moviendo grandes sumas de dinero apostando por cuánto tiempo resistiría colgado antes de morir.

Cuando entró custodiado por dos guardias se hizo un inmenso silencio, no se oían más que los pasos del condenado. Para Bruno Urdaneta era su primera ejecución, y aquel silencio lo sobrecogió. Nunca había visto tanta gente junta mantenerse callada al mismo tiempo.

El crujido de cada paso era como una punzada, porque los presentes sabían que caminaba directo hacia la muerte.

Bruno miró a su tío, ¿de verdad podría olerla?

El silencio apenas duró unos instantes, ya que a continuación un ruido ensordecedor llenó la plaza con improperios contra el condenado.

Aquel desgraciado subió cabizbajo los escalones que lo conducían al cadalso, donde lo aguardaba un verdugo enmascarado que le pasó la soga alrededor del cuello y se retiró.

El condenado quedó solo, solo ante miles de barceloneses que tenían sus miradas clavadas en él y las gargantas irritadas por los chillidos.

Y entonces la trampilla se abrió, sonó un chasquido horrible y el hombre quedó suspendido de la soga. Llegó el primer estertor y luego otro cuando se balanceó y sus pies se retorcieron. Pero entonces... la soga se rasgó y el condenado a muerte cayó con violencia. Los espectadores se llevaron las manos a la cabeza y se abalanzaron para ver mejor lo que ocurría. Tirado en el suelo, aquel hombre permanecía inmóvil. La mayoría lo daba por muerto hasta que el verdugo lo tomó por la cabeza y comenzó a toser.

Estaba vivo.

—Vámonos —dijo su tío—, esto va a ponerse feo.

—¿Feo por qué?

—Tú hazme caso, rápido.

Se marcharon justo cuando comenzaban las primeras amenazas. Bruno no entendía nada e insistió hasta que Alonso Urdaneta se lo explicó. Resultaba que el gremio de los Corders era uno de los más ricos de la ciudad y muchos les atribuían disponer de una doble caja de recaudación. Se dedicaban desde época medieval a fabricar y a vender cuerdas hechas con cáñamo o intestinos de animales. Tenían dos grandes grupos de clientes: los propietarios de barcos mercantes y los representantes de la justicia, que las usaban en los ahorcamientos.

—Ahí es donde tienen un buen negocio —puntualizó el cirujano—. Reciben pagos extra para ser muy o muy poco diligentes con la calidad de las cuerdas que fabrican para los patíbulos, ya que si una cuerda se rompe, como ha sucedido hoy, el condenado logra la libertad y no es ejecutado.

—¡Estaba amañado!

—Así es. El problema es que se han realizado apuestas, se ha movido mucho dinero y además hay gente que ha venido desde lejos expresamente para verlo morir. Así que contentos no están, te lo aseguro.

—¿Apuestan si se va a romper la soga de la horca? —preguntó Bruno con inquietud en la voz.

—Apuestan hasta si se va a mear encima. Es un acto público, todos pueden verlo. Así que es idóneo para esos menesteres.

Tras el incidente de la ejecución, Alonso Urdaneta y su sobrino se sentaron a una mesa en la taberna de Los Cinco Dedos a comer caracoles. Desde allí se veía uno de los cinco flancos de la imponente Ciudadela.

El cirujano comió uno a uno los preciados moluscos, acompañándolos con un generoso vino. Su sobrino había aprendido a entender que cuando se mantenía en un prolongado silencio, era mejor dejarlo así. Que Alonso Urdaneta estuviera callado no significaba que se hubiera entregado por completo al placer de la comida. En el fondo de sus ojos azulados era posible adivinar cómo su mente estaba maquinando alguna idea que poco a poco iba cogiendo forma. Como un escultor que moldea un irregular bloque de mármol hasta darle una bella silueta humana.

Mirándolo, Bruno pensaba en la carta que había descubierto.

«¿Quién sería Eusebio?».

Y lo más importante: «¿Quién era ese hombre del que habla de manera tan siniestra?, ¿y qué hicieron para condenarse?».

Las preguntas lo carcomían por dentro, pero no se atrevía a hacerlas, así que lo miraba en silencio y se llevaba la comida a la boca.

—Muchacho —dijo con la boca llena—, ¿qué te pasa que estás tan callado? ¿No tienes nada que preguntar?

—¿Yo? —Temió que fuera capaz de leerle el pensamiento—. No sé.

—Tienes que acostumbrarte a hablar alto y claro a los enfermos, nada de palabras técnicas incomprensibles que solo les causan inseguridad, ¿entendido? Muy bien. —Le acercó el vino—. Anda, que te lo mereces.

—Gracias. —Lo tomó y dio un trago.

—En cambio, tienes que ser cauto con el uso de las herramientas, procura que el paciente no vea las más intimidatorias. Es una crueldad innecesaria, si de por sí ya sufren por el dolor de una operación, al menos lo lógico es no torturarlos mentalmente. —Le quitó el vino y dio él un trago.

—Algún día encontraremos un remedio para el dolor, ¿no?

—Los griegos ya utilizaban mandrágora hervida y daban a los enfermos vino para practicar amputaciones y la cauterización de las heridas. También hay quien ha usado los vapores de la planta de la amapola o de una mezcla de plantas, principalmente de mandrágora, amapola, cicuta y beleño, las cuales se hervían. Ya secas se encendían y se ponían cerca del enfermo para que este inhalara la emanación y cayera en un sueño profundo lleno de fantasías y alucinaciones.

—Entonces ¿por qué no las usamos? —inquirió Bruno.

—La Inquisición las prohibió por considerarlas magia negra.

Aquel día, de vuelta a la Barceloneta, cruzaron frente a la Casa de Seda. Alonso Urdaneta se quedó mirando el bello edificio justo cuando llegaba un carruaje con un cartel que indicaba que hacía el servicio Madrid-Barcelona.

—Don Alonso, ¿cómo es Madrid? —inquirió Bruno.

—¿Y a qué viene ahora esa pregunta?

—Usted vivió allí y también trabajó de cirujano.

—Hace mucho de eso, y yo era entonces otro tipo de hombre y también de cirujano.

—Y eso, ¿por qué?

—Creíamos que todo era posible. —Sonrió de manera discreta.

—Eso es bueno.

—No siempre; tuvimos la gloria frente a nosotros, la oportunidad de hacer historia... Pero salió mal, rematadamente mal. —Suspiró.

—¿Tiene todavía amigos allí?
—Solo uno, Eusebio...
A Bruno le cambió la cara.
—¡Pero deja ya de hacer tantas preguntas! El pasado es mejor dejarlo atrás; si te alcanza, date por perdido. Lo más importante para no morirse es tener ganas de vivir, y eso no lo encontrarás en lo que dejaste atrás, sino en lo que quieres lograr más adelante.

Fueron a buscar clientela a una iglesia y entraron en ella. Como chico curioso que era, Bruno escuchaba el sermón del párroco. Le gustaban las lecturas de esos pueblos extrañísimos: los caldeos, los amorreos... Aunque aquel día fue sobre el alma de los hombres y aquello llamó su atención. Al salir de misa no se aguantó las ganas.

—Don Alonso, hay una cosa que no entiendo.
—Si solo es una, estás de suerte, muchacho —murmuró el cirujano—. A ver, ¿qué se te ha ocurrido ahora? —Detuvo el paso.
—Me ha explicado las partes del cuerpo humano y qué función tiene cada una.
—Sí, eso he hecho —asintió orgulloso.
—Sin embargo, no me ha hablado nunca del alma. ¿Dónde está el alma?

A Alonso Urdaneta le cambió la expresión del rostro; la cara se le fue tornando cada vez más roja. Tuvo que tragar saliva para intentar poder respirar mejor y se apoyó en el muro de un edificio.

—Bruno, el alma es territorio de los curas, ¿has entendido?
—Pero...
—No hay pero que valga. ¡Basta de preguntas! Vamos a casa, que tengo que descansar y tú irás a ver a la pescadera; apáñatelas para traer pescado fresco para la cena.

11

Cada 24 de septiembre se conmemoraba una fiesta especial en la ciudad, la Virgen de la Merced. En el año 1687, cuando Barcelona fue atacada por una plaga de langostas, el pueblo invocó su protección y la salvó. Desde entonces, los barceloneses la celebraban con devoción.

Abundantes marineros y soldados daban buena cuenta de un vino de Aragón que había llegado a la taberna de Los Cinco Dedos. Arnau, el tabernero, les había asegurado que calentaba como el que más y que no dejaba resaca al día siguiente. Así que el caldo corrió como si fuera agua entre los parroquianos del lugar. En fiestas como aquella, en los antros del antiguo barrio de la Rivera se bebía siempre con avaricia. Conforme les llenaba el vaso se lo tragaban. No concebían tener vino y no bebérselo. Arnau era consciente de ello, por eso corría a servirlo en cuanto veía ocasión.

Alonso Urdaneta se volvía abstemio en esos días de tanto exceso; de sobra sabía que eran los de mayor trabajo para él. Además de ser el momento idóneo para tener la oreja atenta, la buena, y enterarse de rumores y noticias, pues el vino soltaba la lengua hasta al más tímido y precavido.

Hacia la medianoche llegó a su oído una conversación sobre unos enfermos a bordo de un barco recién atracado en el puerto. Con ese instinto que solo dan los años, preguntó de inmediato por el nombre del buque. Luego buscó a Bruno, que andaba distraído con las historias de un soldado que había estado en la defensa de La Habana cuando la tomaron los británicos, y juntos salieron de inmediato a la caza de la susodicha embarcación.

La hallaron en el extremo de poniente, y en cuanto se acercaron salieron dos hombres a su encuentro.

—Urdaneta, ¿qué haces aquí? —preguntó el más recio y entrado en años.

—Balcells, cuánto tiempo...

—Contigo nunca es el suficiente.

Balcells tenía el puesto de alguacil del puerto, y sabido era que se dejaba sobornar y que andaba siempre metido en asuntos turbios. Andaba cojo, decían que de luchar contra los franceses, pero vete tú a saber. Que siempre queda mejor decir que se ha quedado lisiado peleando por España que porque se cayó borracho, por una paliza o porque se ha nacido así. De todas formas, a Balcells no solo le fallaba la pierna, pues tenía un ojo oculto bajo un parche, aunque de eso no había oído explicación alguna. Y cuando hablaba se le veía que le faltaban varios dientes.

—No tienes muchos clientes por aquí —le dijo.

—Nunca se sabe, la noche es larga.

Alonso Urdaneta había conocido a lo largo de su vida más hombres como Balcells, de aspecto oscuro y con el alma agujereada. Se trataba de gentes peligrosas que no obedecen más que al que más le paga. Frecuentarlas era desaconsejable porque tenían el don de salir indemnes de los problemas, pero dejando un rastro de sangre y dolor a su alrededor.

Al hombre que lo acompañaba también le faltaba una extremidad, en su caso un brazo, así que conformaban una inusual pareja de lisiados. Su tío le había mencionado en una ocasión que los tullidos solían tener malas pulgas.

Este tenía en lugar del brazo una prótesis de madera. Bruno se quedó impresionado al verla, pues la mano falsa disponía hasta de dedos y se movían. En uno de los libros de su tío había leído algo de un cirujano inglés que diseñó una prótesis elaborada con una pierna de madera con encaje, una articulación de rodilla de acero y un pie articulado controlado por tendones de cuerda de tripa de gato desde la rodilla hasta el tobillo.

—¿Vos sois el capitán? Soy cirujano y he oído que hay un barco con enfermos a bordo.

—Urdaneta, cuidado, que esto te viene grande —advirtió Balcells.

—Eso que lo decida el capitán. —Y lo miró a él—. Barcelona está repleta de gente hoy, celebran La Merced, dejadme que os ayude.

—No os fieis de él —murmuró Balcells—, está mal de la cabeza, dice que puede oler la muerte. Y se tuvo que ir de Madrid porque se creyó Dios, ¿verdad?

—Lo que os interesa es que puedo ayudaros, he navegado y sé qué puede provocar una enfermedad contagiosa a bordo.

—¿Quién os ha dicho nada? —inquirió el capitán.

—Esas cosas se terminan sabiendo, los marineros hablan.

—Sobre todo si están borrachos... —musitó Balcells—. Yo puedo encargarme de esto, no lo necesitamos.

—Tú no eres cirujano —advirtió el capitán—. Está bien, pero cuidado con lo que hacéis y decís.

Alonso Urdaneta y Balcells nunca habían congeniado. Eran dos hombres completamente distintos. El alguacil se aprovechaba de su cargo. Él había atendido a muchachos que solo habían cometido algún pequeño hurto, pero que al ser cazados habían recibido una brutal paliza del alguacil. Balcells argumentaba que era la mejor manera de que se alejaran del camino incorrecto, que debían aprender a golpes. A muchos les daba auténtico pavor cruzarse con él; se rumoreaba que en el ayuntamiento lo valoraban porque lograba mantener el orden en el puerto, cosa difícil. Por eso no cuestionaban sus métodos, lo importante era que servían para el fin que todos deseaban.

Alonso Urdaneta se abrochó bien su abrigo negro, sacó un pañuelo, se lo anudó al cuello y se tapó la boca y la nariz con él. Le dio otro a su sobrino para que lo imitara, tomó un farol de aceite y ascendieron por una escalera de cuerda. El capitán los guio hasta la bodega. Hacía calor allí abajo, mucho. El aire parecía viciado y el olor era tan repugnante que observó cómo su sobrino se mareaba y tenía dificultades para soportarlo.

Había cinco hombres alrededor de una luz. Cuando vio sus rostros, a Bruno se le estremeció el corazón. Parecían fantasmas, espectros del inframundo con el rostro repleto de úlceras. Tenían la piel amarillenta, estaban deshidratados y bañados en sudor, por lo que la fiebre debía de ser muy alta.

—¿Están todos?

—Sí —respondió su capitán—. El primero de ellos, que es el de la izquierda, comenzó a sentirse mal hace tres días. Luego ha caído el resto.

—¿Y la fecha del último puerto donde fondearon?

—Hace diez días en Damasco, traemos telas de allí.

—Solo cinco días... ¿Me oyes, hijo? —Se acercó al enfermo situado más a la izquierda—. Escúchame bien, ¿puedes abrir la boca?

El enfermo parecía tener la mirada perdida, como si estuviera más en el otro mundo que en este. Su aspecto era fantasmagórico, se le marcaban todos los huesos del cuerpo, y Alonso Urdaneta reconoció enseguida el olor que desprendía su cuerpo. No parecía que pudiera ya escuchar ni decir nada.

Entonces soltó un gemido y abrió la boca, sus encías estaban ensangrentadas. En ese momento vio el vómito negro de los cuencos y repasó con la mirada a los otros enfermos. Todos con iguales síntomas y en diferentes estados de lo que, sin duda, parecía la misma enfermedad.

Se volvió hacia sus acompañantes, pero no se detuvo y prosiguió hasta salir de la bodega y respirar de nuevo aire puro. Se apoyó en el mástil y observó Barcelona, con las luces de la Ciudadela a la derecha y las del castillo en lo alto del monte de Montjuïc. Decían que había unos cincuenta mil habitantes en Barcelona. Aquella era ahora su ciudad, por eso quería observarla en soledad antes de hablar con el alguacil. Quería contemplar lo que debía defender.

—¿Y bien? Ya los has visto, ¿qué demonios les pasa a esos desgraciados? —Balcells no le dio más tregua.

—Es fiebre amarilla.

—¿Eso quiere decir que es contagiosa, como la peste? —inquirió el capitán, visiblemente nervioso.

—No estamos en la Edad Media, la fiebre amarilla es diferente. Pero sí, se contagia... De hecho, es posible que haya otros marineros contagiados y que todavía no lo sepan porque no se han mostrado los principales síntomas. ¡Ese es el peligro!

—Que Dios los asista. —El capitán se santiguó.

—Debes buscarlos, a los tripulantes del barco. ¡A todos!

—Un momento, tú no me dices lo que tengo que hacer —le advirtió Balcells.

—No lo entiendes, puede que estén infectados. Esos desgraciados estarán bebiendo, comiendo en las tabernas abarrotadas, luego buscarán con quién pasar la noche... Mañana tendrás cientos de contagios en la ciudad y será solo el inicio.

—¡Espera! —El capitán alzó la voz—. ¿Tan grave es la situación?

La fiebre amarilla era una enfermedad altamente contagiosa, se transmitía por contacto directo del enfermo, sus fluidos y la ropa. Presentaba una mortalidad de cuatro de cada diez infectados. Tras un periodo de incubación con fiebre alta y la aparición de pústulas en la cara, brazos y piernas, evolucionaba a costras que se desprendían en tres semanas; entonces ya no era contagiosa, pero dejaba unas cicatrices permanentes.

—Ahora mismo, Barcelona está en grave peligro; debemos detener los contagios de inmediato.

A Bruno le asustó la indefensión de luchar contra algo invisible, que no sabían exactamente cómo se propagaba ni el remedio para curarlo.

Se percibía el miedo. El temor que se les tenía a estas enfermedades era peor que a una batalla donde tienes al enemigo delante, puede ser superior en número, pero al menos lo ves. Las epidemias eran auténticas guerras, donde había que minimizar pérdidas, elegir a quién sacrificar, levantar barreras, organizar la defensa de las ciudades, preparar víveres y planes de evacuación por si penetraba en el interior.

—Debéis alejar el barco del puerto y llevar a los enfermos a un lazareto u otro lugar donde estén aislados.

—¿Y mi carga?

—Bajadla de inmediato al muelle, pero metedla en un almacén y cerradlo con llave hasta dentro de diez días.

—¿Tanto tiempo? —inquirió el capitán contrariado.

—Me temo que sí, y poned vigilancia para que nadie entre, absolutamente nadie. Haced llamar a vuestros marineros antes de que la propaguen, os lo ruego.

—¿Cómo voy a traerlos de nuevo a bordo? Estarán ya borrachos y de juerga.

—Yo me ocupo de eso —afirmó con rotundidad Balcells—. Urdaneta, más te vale que esto salga bien.

—Creía que no confiabas en él. —El capitán se quedó mirando sorprendido al alguacil.

—Este hombre conoce al diablo mejor que cualquiera de nosotros, si esto lo asusta es que es verdaderamente grave.

12

La fiebre amarilla se incubaba durante un periodo que podía ir desde varios días hasta una semana. Por ello se aisló toda la Barceloneta, se fumigaron los muelles con ácido, las casas donde habían estado los tripulantes se cerraron y se extremó la limpieza de las calles.

Balcells cumplió su palabra. Avisó a las autoridades militares de la Ciudadela y los soldados se encargaron de hacer cumplir las restricciones y las medidas de seguridad e higiene.

El problema radicaba en que nadie sabía con exactitud cómo se transmitían las enfermedades infecciosas. Se suponía que se contagiaban de persona a persona, o por medio de elementos intermedios, como las mercancías. Debía de haber algún diminuto elemento invisible que las propagaba, así que la única opción era declarar una cuarentena.

Alonso Urdaneta confiaba en que algún día se encontrarían las sustancias culpables y este tipo de enfermedades pasaría a la historia.

Barcelona entera se oscureció, como si estuviera de luto. La gente dejó de salir a las calles y se llenó de silencio, que solo rompían los repiques de las campanas de las iglesias. Algunos decían que era como cuando la guerra; otros, que todo lo contrario, que durante el sitio de Barcelona había mucha gente en las calles, pues todos querían defenderla, mientras que ahora tenían pánico a salir y miraban tras las ventanas de sus casas.

—No lo entiendo, ¿cómo se pueden contagiar a bordo de un barco si están en el mar? —preguntó Bruno contrariado.

—Siempre hay ratas en el casco, esos animales son obra del demonio. Portan todo tipo de males. Hace siglos hubo una epidemia terrible, la peste negra, y las ratas fueron las culpables. Y a principios de este siglo hubo otra epidemia terrible en Marsella. Falleció casi la mitad de su población, y más de la tercera parte de toda la región de la Provenza.

Aquello duró cuarenta días, hasta que por fin se abandonó el miedo y Barcelona volvió a resurgir. La gente estaba contenta de volver a su vida de antes, las tabernas se llenaron y se celebraron todo tipo de eventos que se habían pospuesto; sus habitantes se reencontraron como si cualquier excusa fuera buena para olvidar lo sucedido.

Bruno Urdaneta había estado esos cuarenta días ayudando a su tío, identificando a contagiados, auxiliándolos día y noche. En jornadas interminables y con el temor a un rebrote cuando se relajaran las medidas, así que Alonso Urdaneta andaba con mucho ojo, más aún cuando se acercaba la Semana Santa, que muchos habían temido que se aplazara. Pero los gremios habían impuesto su voluntad e influencia en la ciudad.

En todos los gremios era esencial la vinculación con algún santo protector. Un apasionado del orden como Alonso Urdaneta envidiaba la organización gremial, sus normas, su disciplina, el contacto directo de los aprendices con los maestros. Para él, los cirujanos deberían copiar esa estructura y no la de las universidades, que es la que usaban los médicos.

La Semana Santa tenía enorme devoción; Alonso Urdaneta pertenecía a la Real e Ilustre Archicofradía de la Congregación de la Sangre, que era una institución caritativa dedicada al acompañamiento espiritual de los condenados a muerte por la justicia. Era de las más importantes de toda Barcelona y sus miembros acudían a todas las ejecuciones públicas de Barcelona. Retiraba los cuerpos de los ajusticiados de las horcas de la ciudad, motivo del dicho popular «ir al quinto pino» en relación con la procesión que se organizaba desde la plaza del Pino para sacar a los colgados de las horcas de la Trinidad, más allá del pueblo de San Andrés de Palomar, las más alejadas de la ciudad.

—La muerte nos atrae, es curioso. Quizá porque no la conocemos, quizá porque la única vez que lo hacemos es la última. Así que nos gusta ver cómo matan a los demás.

La Congregación de la Sangre poseía el privilegio de indultar a un reo a muerte. También era conocida porque custodiaba la imagen del Santo Cristo Gros, que era la que acompañaba, cubierta con un velo negro, a los condenados. Además, tenían el privilegio de ir a recibir a las personalidades que llegaban a Barcelona, como los reyes. También se sacaba cada año para la célebre procesión del Jueves Santo, la más importante de la ciudad.

Alonso Urdaneta participó en la procesión como cada año. En ella salían los gremios más importantes de la ciudad, cada uno con su paso procesional rivalizando en mérito artístico, diseñados por los mejores escultores. Acudían a verla gente de toda Barcelona y de las poblaciones de alrededor, lo que creaba aglomeraciones y por eso temía que pudiera provocar un rebrote de la fiebre amarilla.

Tras la procesión, Bruno y su tío cenaron una sopa de pescado en una taberna donde se concentraron varios gremios. A la salida un hombre los abordó; Bruno lo identificó pronto.

—Cada día estás más gordo, Urdaneta. Ya veo que la cuarentena te ha sentado bien —murmuró Balcells.

—El apetito es un síntoma de buena salud.

—Si tú lo dices...

Se miraron en silencio durante unos instantes.

—¿Está todo arreglado? —inquirió Alonso Urdaneta.

—Por supuesto, aquí tienes la dirección. —Pero retiró la mano antes de dársela—. Primero lo mío.

—Aquí lo tienes —refunfuñó, y le dio una pequeña bolsa.

—A ver. —La abrió y Bruno llegó a ver que dentro había unas piezas blancas que parecían dientes.

—¿Conforme?

—Sí. —Le entregó un papel y miró a Bruno—. Ándate con buen ojo, a tu tío lo persiguen los fantasmas. —Y se marchó hacia la plaza.

—¿Por qué ha dicho eso?

—Porque no sabe tener la boca cerrada, por eso.

13

Con la creación de la Real Compañía de Barcelona se legalizaron las exportaciones de productos hacia América, que durante años se había hecho de forma ilegal a pesar del monopolio de Cádiz. Gracias al interés de la Real Compañía, el puerto había mejorado de manera ostensible en los últimos años. Se había prolongado el muelle hacia levante, construido un andén debajo y el espigón hacia poniente.

Un mercader de azúcar había reclamado los servicios de Alonso Urdaneta; vivía cerca de las murallas, entre las puertas de la Boquería y de Santa Ana. La vivienda parecía recién edificada; las que la rodeaban tenían un aspecto totalmente distinto y antiguo. En el interior había muebles nuevos y abundantes plantas de alargadas hojas que no parecían autóctonas. El comerciante se llamaba don Augusto González Costa y se puso nervioso nada más verlos llegar.

—Os pedí absoluta discreción, puse mucho énfasis en ello. ¿Precisáis del ayudante? —Miró con recelo a Bruno.

—Totalmente. No os dejéis influenciar por la edad, ahí donde lo veis tiene una enorme habilidad para las amputaciones.

—¡Yo no quiero que me corte un brazo!

—Es discreto; yo respondo por él —intentó tranquilizarlo.

Los llevó a su despacho y cerró la puerta con llave. El cirujano dejó su maletín en la mesa.

—Me temo que padezco algún mal que... Esto que les voy a

contar no puede saberlo mi mujer. Somos una familia respetada, los González Costa tenemos una enorme reputación y en el mundo de los negocios esto es fundamental.

—No se apure, nadie sabrá por nosotros que ha probado otras frutas aparte de las que tenía en casa. No hay nada malo en ello, salvo que la fruta esté podrida, eso ya es otro cantar. Entiendo que padece de picores o rojeces en sus partes íntimas.

—¿Cómo lo sabe?

—Ya le he dicho que somos profesionales y discretos.

Alonso Urdaneta había desarrollado un eficaz ojo clínico para detectar las diferentes enfermedades venéreas, en especial la sífilis, la cual era incurable y terminaba causando la muerte a todos los que la padecían. Si los que frecuentaban los burdeles cercanos al puerto hubieran visto la mitad que Alonso Urdaneta, se abstendrían de visitarlos, por muy tentador que fuera lo que ofrecían en su interior.

Los médicos no trataban a los enfermos de ese tipo, así que los pobres desgraciados visitaban a los cirujanos, que ante la posibilidad de acabar con la enfermedad discurrían remedios a cuál más disparatado.

Uno de los principales males era las evidencias externas de la sífilis. En pocas palabras, como decía Alonso Urdaneta: quien lleva una vida alegre lo tiene escrito en la cara. Y así era, porque la sífilis dejaba unas terribles úlceras en la piel que producían enormes marcas corporales. Además, en las fases más avanzadas, los enfermos padecían de ceguera, demencia y la peor secuela de todas: la destrucción del tabique nasal, por lo que quedaban desnarigados.

Alonso Urdaneta, en cuanto se olía que el paciente tenía sífilis, le repetía:

—Hay que saber dónde mete uno... la nariz.

Él había visto casos donde todo el cuerpo presentaba horribles forúnculos, parecidos a una bellota, que emitían un hedor fétido y pestilente, de color verde oscuro y que dolían más que estar acostado sobre fuego.

Es fácil imaginar que un hombre con sífilis era un hombre que daba por perdidos su estatus social, su familia, su honor y su nariz, así que recurriría a lo que fuera. Se trataban a menudo con mercurio, mediante ungüentos, píldoras o incluso baños de vapor. Pero Alonso Urdaneta conocía bien los efectos secundarios que podía causar el mercurio cuando se prolongaba el tratamiento: se caían los dientes, se abrían úlceras y, lo peor, aparecían brotes de locura.

Todo esto no se lo dijo a don Augusto González Costa, pero sí que no había un remedio al cien por cien efectivo.

—¿Algo más podrá hacer por mí?

—Tomad esta medicina y remitirá; si volvéis a empeorar, repetidlo. No se puede hacer más.

—¿Y si me ingresan en un hospital?

—Debéis saber, don Gonzalo, que las puertas de los hospitales son las puertas de la muerte; si empeora, llamadme a mí.

Abandonaron la casa del comerciante de azúcar con una buena bolsa de monedas.

—¿Por qué le ha dicho que los hospitales son lugares de muerte?

—Cuando se realiza una operación, surge una sustancia en la herida, el pus. Los médicos creen que es parte natural del proceso de curación; sin embargo, se equivocan. Es la señal de una infección que nada tiene que ver con el mal tratado.

—Y entonces ¿con qué tiene que ver?

—Esa es la cuestión, que no sabemos el origen, aunque yo creo que es externo. Mucho me temo que la causa es la falta de higiene en las operaciones. Nada es seguro, solo las consecuencias. Hazme caso: hay que limpiar siempre todo el material y el lugar de la operación. En los hospitales lo único que se puede conseguir es infectarse, a ellos solo van los más pobres y humildes. Todo el que puede permitírselo es atendido en su casa.

Salieron por la puerta de la Boquería y siguieron caminando hacia el cementerio, hasta unos edificios bajos de tapial. Era un lugar extraño, parecía un almacén. Entonces apareció un viejo e inesperado conocido.

—Siempre puntual, Urdaneta —dijo Balcells.

—El tiempo es lo más preciado que tiene un hombre.

—Por una vez vamos a estar de acuerdo. —Sonrió de esa forma que te hacía dudar si era sincera o escondía alguna oscura intención—. Tienes una hora. Y con esto en paz y después gloria.

—Que así sea.

Balcells los dejó en aquel espacio diáfano. Al fondo había una puerta rasgando uno de los muros.

Bruno estaba tan expectante como desconcertado.

Caminaron hacia la puerta y su tío la abrió. Al otro lado había un ventanal en el techo que iluminaba una mesa, y en ella había un cuerpo.

—No quiero que digas nada, solo observa y escucha.

—¿Cómo que...?

—¡Shhh! Esta lección es de las más importantes que te voy a dar.

Empezó explicando que el cadáver ideal era el de un ahorcado, que no fuera ni demasiado obeso ni demasiado delgado, pero sí de buen tamaño, para que se pudiera observar mejor la disección.

Durante esa hora, Alonso Urdaneta se comportó como un experto anatomista. Era obvio que no era la primera vez que se hallaba en una situación como aquella. Abrió el cuerpo y fue mostrando los distintos órganos a su sobrino, la circulación de la sangre, los músculos más importantes. Y se centró sobre todo en el corazón.

Bruno escuchaba atentamente y le fascinaba que aquel pedazo de carne fuera lo que movía toda la sangre de una persona.

Al cumplirse el tiempo abandonaron el lugar sin cruzarse con nadie.

14

Aquella lección de anatomía jamás la olvidaría. Su tío le prohibió hablar de ella en público, pero en privado salía a menudo a colación. Era obvio que poder diseccionar un cuerpo humano suponía un estimable avance en la formación de Bruno.

—¿Qué le dio al alguacil, don Alonso? Parecían dientes.

—Y lo eran.

—No lo entiendo, para qué quiere él unos dientes.

—Son difíciles de conseguir, solo cuando hay una gran batalla aparecen en el mercado abundantes piezas. Tras la contienda surgen en el campo de batalla auténticos carroñeros para arrancárselos a los muertos y heridos.

—¿Qué estáis diciendo, don Alonso?

—Hay mucha demanda entre los ricos que tienen poca dentadura, pero mucho que masticar. Una demanda solvente que está más que dispuesta a aflojar la bolsa por unos buenos incisivos. Mejor tener los dientes de un joven soldado que los arrancados por los profanadores de tumbas.

—¿Y dónde ha conseguido usted esos dientes?

—Tengo mis medios. Y ahora, basta de preguntas —respondió tajante.

Uno de los días grandes en la ciudad era el Carnaval. Los barceloneses se ponían máscaras de cera y disfraces variopintos, asistían a obras de teatro y corridas de toros. Hubo quienes querían abolir la fiesta porque las autoridades eclesiásticas denunciaban pecados escandalosos y también había quien hablaba de supuestos abusos y robos que se cometían, aprovechando la ingente cantidad de personas que salía a la calle. El Carnaval en Barcelona era una fecha que todo el pueblo esperaba, ya que permitía a todos olvidarse de las penurias y calamidades. Para celebrarlo no se escatimaba en actos, se iluminaban las principales calles mediante antorchas y se lanzaban fuegos artificiales, para hacer la noche día y que la fiesta durara hasta el alba.

Los más osados y ebrios solían terminar en la playa o incluso zambulléndose en el mar. No sería la primera ocasión en que apareciera algún ahogado, aunque no se sabía si era a causa de la celebración del Carnaval o porque aprovechaban el anonimato de la cita para saldar cuentas.

En la Barceloneta se había organizado una extraordinaria fiesta en la explanada tras la iglesia de San Miguel. Para ello se colgaban guirnaldas de colores, se montaban barracas donde se servía vino y aguardiente. Había varios puestos de dulces en el lado que seguía al puerto. También se dispuso de un escenario formado con tablas gruesas y vigas sobre el que un grupo de músicos comenzó a amenizar el Carnaval. Hasta la Ciudadela tenía encendidos todos sus faroles. Pero lo que realmente le daba color a la fiesta eran las máscaras.

Bruno había conseguido una que le cubría todo el rostro; era blanca, tenía amplios orificios para ver, aunque para respirar eran un poco justos, por lo que cada cierto tiempo se la tenía que abrir. Su tío había optado por taparse solo la zona de los ojos y la nariz, y por una noche había dejado en casa su abrigo negro. En realidad, se veía una enorme variedad de modelos; nadie quería repetir máscara. Había quien además vestía con ropas llamativas, con esos tejidos de algodón que empezaban a proliferar y que destacaban por sus vivas tonalidades y sus estampados, y que eran perfectos para acentuar más el Carnaval.

—Bruno, hoy es una gran noche —pronunció su tío—.

Cuando nos ocultamos bajo una máscara solemos desinhibirnos, para lo bueno y para lo malo.

—¿Y eso qué significa?

—Que tengas cuidado y, al mismo tiempo, yo que tú aprovecharía; habrá muchas chiquillas por ahí deseando que las saquen a bailar. Pero no te metas en líos. Eso déjamelo a mí, que tengo más experiencia.

Conforme su tío pronunció aquellas palabras se marchó directo hacia una mujer pelirroja con una máscara con forma de rostro de gato. Bruno se quedó observando la fiesta; todos reían, bailaban y bebían. Nunca había asistido a una celebración tan animada y por ello dudó cómo proceder. Cuando quiso darse cuenta, ya había perdido de vista a su tío. Solo esperaba no tener que rescatarlo en unas pocas horas.

Fue hacia la zona más concurrida, donde había una pareja vendiendo unos extraños brebajes. Siguió hacia donde estaban bailando; habían formado dos filas: una de hombres y otra de mujeres. Al ritmo de la música se aproximaban unos y otros, pero en el último envite se separaban antes de que pudieran tocarse.

Entonces una mano tiró de él y lo arrastró al baile. Era una muchacha con una preciosa máscara, distinta al resto. Su vestido también; el estampado era más elaborado, con muchos detalles.

Unos gritos hicieron enmudecer a los músicos, de pronto todos cesaron los bailes y frente a la iglesia de San Miguel se formó un tumulto. Bruno no entendía nada, su pareja desapareció y él, como todos, rodeó el origen del revuelo. Una mujer embarazada que yacía en el suelo, auxiliada por otras dos.

—¡Viene de nalgas! ¡El parto se ha adelantado! —gritó una de las arrodilladas.

—Pobre —murmuró una anciana a su lado.

—Cuando un parto se adelanta y la criatura viene del revés, lo más normal es que mueran la madre y el niño. Mirad, ese es el padre. —Otra mujer señaló a un hombre que lloraba de manera desconsolada—. Ya se lo han dicho.

—Pero habrá algo que se pueda hacer —insistió otra más joven a su espalda.

—Rezar, hija, rezar. —La anciana se santiguó varias veces.

—¡Un médico! Llamad a uno, rápido.

—No vendrá, nunca lo hacen en un parto. Buscad a una comadrona... ¡rápido!

—Mi tío es cirujano —murmuró Bruno.

—¿Y a qué esperas? ¡Anda a por él! —le gritó la joven.

—¿No has oído lo que te han dicho? —espetó la anciana—. ¿Cómo se llama tu tío?

—Alonso, Alonso Urdaneta.

—¡Urdaneta! —gritó con todas sus fuerzas sacando un vozarrón que bien podría servir para la ópera—. ¿Dónde estás, Urdaneta?

Bruno miró a la embarazada chillando de dolor y observó los rostros compungidos a su alrededor.

—Iré a buscar a mi tío. —Y volvió de inmediato al centro de la explanada.

El cirujano no podía andar lejos, conociéndolo estaría bebiendo o apostando. Escrutó el ambiente buscando alguna pista de su paradero y entonces vio una de las casas donde entraba y salía gran cantidad de gente. Era una vivienda cualquiera de la Barceloneta, salvo porque un par de individuos parecían custodiar el acceso.

—Me mandan a buscar al cirujano —dijo frente a ellos.

—Aquí no hay de esos.

—Me han asegurado que ese hombre hace trampas. Que toda Barcelona lo sabe.

—¿Cómo dices? —Ambos guardias se miraron—. Sácalo de inmediato.

El hombretón se perdió en el interior y no tardó en sacar a empujones a Alonso Urdaneta, que blasfemaba e injuriaba sin ningún tipo de recato.

—¿Cómo os atrevéis? ¿Quién os creéis que sois?

—Viejo, cálmate. No queremos que termines esta noche en la playa, ¿entendido?

—Tío, venid.

—¿Y tú qué haces aquí?

—Tenemos trabajo.

—¡Cómo! —Acercó su oreja buena para oír mejor—. ¿Qué es eso de que tenemos trabajo? ¿Acaso esto es cosa tuya?

—Es una mujer, necesita vuestra ayuda. Está de parto y vienen mal dadas.

—No pienso atender a una embarazada... ¿Es qué estás loco?

—Si no lo hacéis morirán ella y el niño que lleva dentro. Además, ya he dado su nombre.

—¿Que has hecho qué? ¡Maldito seas, desgraciado! —Resopló y se pasó ambas manos desde la frente hasta la nuca y después por el cuello, quedando despeinado—. Reza lo que sepas, no sabes dónde acabas de meternos.

15

No habían movido a la parturienta más que para subirla a una improvisada cama hecha a base de apilar mantas. Ella seguía gritando rodeada de un tumulto todavía más multitudinario, como si fuera una atracción de feria. Todos se habían quitado las máscaras, el Carnaval se había detenido por completo. Lejos de irse, había acudido más gente para ver de primera mano el sufrimiento de la joven madre.

Alonso Urdaneta no necesitó abrirse camino, todos se apartaban ante él, como si se tratara de una figura destacable, un letrado o una autoridad.

Cuando llegó hasta ella todavía torció más el gesto, pidió que trajeran abundante agua caliente y telas limpias. Se agachó y puso las manos sobre el vientre.

—¡No puedo más! Me va a romper... —La madre estaba extenuada por los dolores—. ¡Sacádmelo!

—Viene de nalgas —dijo la mujer que le agarraba la mano con un tono fúnebre—. Ella no podrá sacarlo, la matará.

—Ayudadla, por favor —dijo un hombre a su espalda—. Soy el padre, os daré lo que queráis. Debéis salvarlos; si mi mujer y mi hijo mueren, también lo haré yo de pena.

—Lo siento, no es tan sencillo. Yo no puedo...

—Haga algo. —Le puso las manos en los hombros—. Se lo ruego.

—¡Empuja! —se desgañitaban gritando los que la rodeaban—. ¡Más fuerte!

Alonso Urdaneta sintió ese hedor, inspiró con más fuerza para cerciorarse, era el olor de la muerte.

La parturienta dejó entonces de agitarse y los curiosos comenzaron a murmurar y a llorar. Él tomó su brazo, después acercó el oído al pecho y, por último, le abrió la boca y sacó un pañuelo para ponerlo sobre ella.

—Está muerta.

El marido soltó un gemido que estremeció hasta al más duro de los presentes; varios de sus familiares lo agarraron para reducirlo y evitar que hiciera una locura. El hombre lloraba y lloraba, maldecía a Dios y blasfemaba de una manera tan obscena que la gente se santiguaba asustada.

—¡Se mueve! —gritó la mujer arrodillada—. ¡Mirad! El bebé aún se mueve dentro de la madre.

—¡Maldita sea! —Alonso Urdaneta sintió un latigazo dentro del pecho y se abalanzó sobre la fallecida.

—Salvaremos al niño. Necesito una navaja afilada, ¡rápido! ¡Aguardiente! Traed una botella.

Para su sorpresa, su sobrino había llevado su maletín. Derramó el licor sobre el vientre y en la hoja metálica de una de sus herramientas. Palpó la piel en busca del lugar donde practicar la incisión. Y entonces se creó un silencio infinito, hasta el recién viudo calmó su rabia ante lo que estaba a punto de suceder.

Alonso Urdaneta practicó un tajo limpio y recto. Después colocó unos separadores, abrió el corte y metió las manos dentro de la difunta.

Una anciana que estaba a escasos metros se desmayó y tuvieron que asistirla, y otra más joven se arrodilló suplicando a san Antonio. Bruno jamás había visto a su tío tan concentrado como en ese preciso momento. Entonces sacó al bebé de dentro de la madre, envuelto en sangre y fluidos viscosos. Cortó el cordón que aún la unía a ella. La criatura no se movía, Alonso le limpió la cara y le masajeó el pecho. Después le dio un suave golpe en las nalgas y esta rompió a llorar.

Estaba viva.

16

Nada fue igual después del milagro del Carnaval, como muchos comenzaron a llamarlo. Alonso Urdaneta gozó de una fama inusitada en todos los barrios pegados al puerto. Tras practicar con éxito aquella cesárea, su fama incluso se extendió hasta las calles más pudientes. El cirujano era saludado y elogiado por el Born, si pasaba por Santa María del Mar lo paraban y lo aclamaban. Un día hasta tuvo que renunciar a tomar su ración de caracoles porque la taberna estaba llena de admiradores y a él le gustaba disfrutar de aquella comida en paz y sosiego.

Sin embargo, Alonso Urdaneta no comprendía aquella notoriedad. Es verdad que había salvado a un recién nacido, pero ¿y la madre? Nadie parecía acordarse de la difunta, aquella joven. Siempre había recelado de los partos, bien es sabido que en demasiadas ocasiones había que elegir entre la madre o el hijo, siendo en casi todos los casos ella la escogida. Al fin y al cabo, el niño ni siquiera había nacido, mientras que la madre, si salía con vida, podría concebir de nuevo. Quizá por ello había sido tan sonado lo sucedido, porque en contadas ocasiones, con la madre muerta, se lograba extraer a la criatura con vida.

El cirujano seguía acudiendo por las noches a la taberna Los Cinco Dedos. Aquel día había numerosos marineros procedentes de un barco de Cuba. Venían con ganas de comer y, sobre todo, de beber vino, después de tantos meses en alta mar.

Él sabía cómo caer bien a aquellos hombres, que embriagados por la vuelta a casa no sabían distinguir a un viejo cuervo de una simple paloma. Se hablaba en abundancia de las colonias inglesas que se habían independizado de los ingleses. España las había apoyado enviando armas, munición, medicinas y paños, así como ingentes cantidades de dinero. Sin embargo, ahora muchos no veían que aquel apoyo hubiera sido rentable para nuestra Corona. Habían debilitado a Inglaterra, cierto, pero a qué coste.

La noche se alargó y Arnau tuvo que tirar de la reserva de vino que guardaba en la bodega. Tal y como intuyó Alonso Urdaneta, antes del alba tres marineros salieron corriendo de la taberna empecinados en demostrar quién de ellos corría más. Uno de ellos resbaló nada más empezar, los otros dos tomaron la dirección al puerto, pero el que iba en primera posición no vio un profundo socavón en el suelo.

Cogió el maletín y sonrió al tabernero.

Fue una noche de lo más fructífera; regresó agotado, pero más que satisfecho de las ganancias. Por eso cuando creyó ver una sombra que lo seguía temió que lo hubieran vigilado y vinieran a robarle.

Se había visto en una de estas antes, así que no se lo iba a poner fácil. Se apresuró a sacar buena parte de las monedas de su bolsa y las ocultó en un bolsillo interior de su abrigo negro, que estratégicamente colocado pasaba desapercibido. Con sus años y su peso no podía intentar escapar, así que la única opción era darles un señuelo; con suerte tendrían pocas luces.

La sombra lo vigilaba a cierta distancia sin llegar a alcanzarlo.

Eso le preocupó aún más. ¿Qué ladrón se comportaba así?

Y entonces un sudor frío le subió desde la pantorrilla a la coronilla, que ya clareaba en su cabeza.

Echó a correr de una manera descoordinada y poco fructífera.

Pronto el corazón comenzó a palpitarle desbocado y las piernas le dolían como si llevara horas brincando. Los años y los excesos no perdonaban, pero siguió corriendo. El miedo era un fantástico rejuvenecedor en circunstancias así. Por suerte conocía la Barceloneta con los ojos cerrados, así que nada más llegar a su barrio se coló por un callejón que pocos conocían y fue a dar al lado de la iglesia de San Miguel.

Tuvo que detenerse para coger aliento, le parecía que fuera a echar el corazón por la boca. Oyó pasos y le sirvió de acicate para reanudar la escapada, aunque para entonces estaba ya desfondado, se tambaleaba por la calle como un moribundo.

Ya no podía más, era inútil escapar.

A punto de caer logró agarrarse a un poste, le faltaba tanto aire que no podía respirar ni hablar. La sombra comenzó a acercarse y él alzó la mirada.

—¿Qué os sucede? ¿Se encuentra bien? —preguntó Bruno.

—¿Dónde está?

—¿De quién habla?

—El fantasma... Te habrá visto llegar —respondió, mirando de un lado y a otro, asustado y confundido.

—Don Alonso, aquí no hay nadie más que nosotros dos. ¿Habéis bebido?

—A casa, llévame a casa...

—No podéis andar, necesitáis ayuda.

—A casa, Bruno, quiero ir a casa.

El joven obedeció. Nada más llegar le preparó un jarabe para calmar los nervios y le puso paños fríos para bajarle la fiebre que parecía tener. Bruno nunca lo había visto en ese estado. Lo tuvo que auxiliar para acostarse y se quedó junto a él. Pero Alonso Urdaneta no lograba conciliar el sueño, respiraba de manera forzada y seguía sudando. Cuando por fin cerró los ojos y comenzó a roncar, Bruno pensó que todo había pasado ya.

No fue así.

Su tío estuvo toda la noche balbuceando en sueños, alborotado y haciendo aspavientos. Como si estuviera rodeado de fantasmas y quisiera espantarlos a manotazos.

17

Su tío ya no fue el mismo. Bruno no entendía cómo un simple atracador podía haber causado tal nerviosismo y depresión en alguien tan fuerte de espíritu. Dejó de salir y frecuentar las tabernas, y permanecía la mayor parte del día encerrado en su alcoba.

Bruno intentó todo lo imaginable para hacerlo reaccionar, sin embargo sus intentos fueron tan bienintencionados como estériles.

Dejaron de ver pacientes y Bruno pasaba la mayor parte del tiempo ocioso, así que de vez en cuando salía a pasear por Barcelona. Un día que andaba por las cercanías de la Ciudadela vio un anuncio que llamó su atención, y no se lo pensó dos veces. Corrió a casa, tomó el poco dinero que tenía ahorrado y se dirigió al hospital de la ciudad. Aquella tarde se iba a realizar una sesión de operaciones públicas en su anfiteatro, a cargo de un cirujano inglés llamado Luton.

No le comentó nada a su tío.

Al llegar le sorprendió la concurrencia; oyó que en otra ocasión el número de asistentes había llegado a ser tal que se cambió el horario para que pudiera asistir un mayor número de espectadores.

El anfiteatro estaba situado dentro del que fuera el complejo hospitalario de la Santa Creu, el principal hospital de Barcelona de la Edad Media. Habían dispuesto faroles para iluminarlo, y en el centro, bien visible, una alargada mesa. El suelo estaba bien preparado, cubierto de serrín para absorber la sangre.

El tratar la medicina como un espectáculo similar a los gladiadores en el Coliseo de la antigua Roma no era nuevo. Había pinturas que mostraban que en el Renacimiento ya se creaban anfiteatros anatómicos iluminados como si fueran sesiones de teatro.

El presentador anunció que Luton podía amputar una pierna en apenas dos minutos y medio, y un brazo en el asombroso tiempo de medio minuto.

Salió al escenario como si fuera un famoso actor de teatro. Se trataba de un hombre exageradamente alto. No era únicamente su altura; su corpulencia también llamaba la atención. Tenía unos brazos abultados, una espalda ancha, y al mismo tiempo se lo veía ágil y rápido. En el centro del escenario, además de la camilla, dispusieron dos mesas con herramientas. Luton se remangó las mangas de la camisa y varios espectadores lanzaron gritos indescifrables para Bruno.

Entonces aparecieron dos hombres por uno de los extremos; entre ambos llevaban a otro al que parecían forzar para avanzar. Lo subieron a la camilla y le ataron las piernas y los brazos.

Empezó a gritar, fue un aullido aterrador que recorrió el anfiteatro.

—Esto no es nada, hace un año hubo uno que se murió antes de empezar —murmuró un asistente a su lado.

—Perdone, ¿qué ha dicho? —Bruno no creyó entender bien—. ¿De verdad uno falleció antes del inicio?

—Lo que oye, sucede a veces. Tienen tanto miedo que se mueren.

—Perdóneme otra vez, pero sigo sin entenderle. ¿Se mueren de qué?

—¿De qué va a ser, muchacho? —El espectador lo miró medio riéndose—. ¡De miedo! —Alzó la voz e intentó asustarlo moviendo las manos—. Les da un golpe de algo, no sé..., aunque ni siquiera llegan a tocarlos; la mayoría se mean o se cagan, pero alguna vez la palman. Shhh, que empieza ya.

Aquella cirugía a modo de espectáculo no tenía nada que ver con la que le había enseñado su tío, y estaba convencido de que este no la aprobaría. Era como si ellos solo fueran unos aficionados comparados con lo que estaba presenciando. Ellos hacían su trabajo de forma casi clandestina, en el interior de las casas. En cambio, lo que estaba a punto de presenciar se parecía más al ambiente del ahorcamiento que fueron a ver juntos.

Luton alzó sus enormes manos y tomó un cuchillo alargado, con una empuñadura en marfil y una hoja enorme. Se hizo un silencio sepulcral y, sin previo aviso, dio un certero golpe debajo de la rodilla del pobre hombre.

El primer destello de su cuchillo fue seguido tan rápidamente por el chirrido de la sierra en el hueso que parecieron simultáneos.

Sangre; todo se llenó de sangre.

La mirada de Bruno se manchó de ella, quizá por esa razón no se dio cuenta de lo que estaba pasando y, sobre todo, de la rapidez con que sucedió. Porque mucho antes de que pudiera imaginarlo, Luton saltó con una agilidad felina, se colocó encima del paciente y usando toda su descomunal fuerza comenzó a seccionarle una pierna para el delirio del público que lo vitoreaba como a un héroe.

Bruno miró el rostro desencajado del paciente postrado en la mesa, que ya había perdido el conocimiento, presa del dolor y la impresión. Cuando volvió su mirada al cirujano, Luton ya había amputado la pierna en un alarde de pericia, fuerza y técnica.

—¡No es posible! —Se levantó para verlo mejor.

—Es increíble, ¿verdad? —dijo el espectador a su lado—. Es el mejor cirujano de Europa; qué digo de Europa, del mundo.

—¡Tiempo, caballeros, tiempo, tiempo! —les gritó Luton a los presentes con relojes de bolsillo que se asomaban desde las butacas de la primera fila.

Su tío le había explicado siempre que la velocidad era esencial para minimizar el dolor de los pacientes y mejorar sus probabilidades de sobrevivir a la cirugía, pero aquello era una verdadera locura.

—¿Siempre es así? —preguntó Bruno, que estaba sudando y emocionado por la impresión.

—¡Qué va! Hay veces que es mucho mejor. —Y le dio un fuerte golpe en la espalda—. Dicen que una vez cortó los dedos de su asistente y rajó el abrigo de un espectador, que se desmayó del susto. —Soltó una sonora carcajada—. En otra ocasión, junto a la pierna que trataba de amputar cortó un testículo a su paciente. En otra, le seccionó los dedos al asistente que lo sujetaba.

—Válgame Dios; ese hombre es un animal.

—Es posible, pero tiene lista de espera allá por donde va. Muchos desgraciados a los que no les queda otra opción pagan lo que sea para que los opere —afirmó mientras le volvía a dar un golpe en la espalda, esta vez más suave—. Es pasar por su navaja o palmarla. Y esa es otra: ¿ves su cuchillo? Se cuenta que la empuñadura es de marfil de elefante y que hace una muesca por cada miembro que amputa.

—No...

—Luton salva a siete de cada diez pacientes, cuando lo normal es que mueran uno de cada cuatro.

—Hay diferencia, desde luego.

Cuánto echaba de menos que su tío no estuviera allí con él.

18

Pasaron unas semanas, y un buen día Alonso Urdaneta se vistió con su mejor chaqueta y alquiló una de esas pelucas que tanto detestaba. Fue al barbero para recortarse la barba, y también a los baños. Cualquiera podría haber pensado que iba a ver a una mujer.

No probó el vino y había sido prudente con el café. Tenía que estar sereno para lo que iba a hacer. No todos los días uno entrega su alma al diablo.

Se plantó delante del edificio del colegio de cirugía del ejército, y una vez dentro cruzó el alargado pasillo que daba a la zona norte. La puerta se hallaba cerrada. Golpeó dos veces y, cuando le dieron paso, respiró profundamente y entró.

El hombre de aspecto ilustre que había al fondo del despacho, tras una mesa alargada, lo miró como si estuviera viendo un fantasma.

—No creí que viviera para ver este momento —dijo entonces.

—Eso es que te has hecho demasiado viejo, Gimbernat —replicó Alonso Urdaneta.

—Es posible, no te lo niego. —El director del colegio dejó sus papeles y le indicó con un gesto que se sentara frente a él.

Alonso Urdaneta avanzó con las mismas dudas que un condenado a muerte por el cadalso ante la atenta mirada del verdugo. Sintió el mismo cosquilleo en la garganta que los que ven la soga de la horca.

—No me hago una idea de por qué has podido venir, pero no puede ser nada bueno.

—En eso te equivocas, Gimbernat. No vengo por mí.

—Eso todavía me sorprende más.

—Tengo un sobrino; es un muchacho especial. Lo viste en el cementerio y es mi aprendiz desde hace años. —Se le trababa un poco la lengua—. Acepta todo como le viene, lo capea y sigue adelante.

—¿Seguro que sois familia? No podría imaginarme a nadie más diferente a usted.

—Mi sobrino tiene una habilidad innata para la cirugía. Siendo un crío no se inmutó cuando tuvo que cortarle él solo la pierna al hijo de un carpintero. Me hace preguntas, muchas preguntas. Preguntas bien hechas, propias de un verdadero cirujano, no de un muchacho.

—Un chico listo.

—No es solo eso. Cuando le hablo del cuerpo humano, de su funcionamiento, lo entiende con la misma facilidad que si estuviéramos hablando entre nosotros, ¿lo comprendes? Está especialmente dotado para la anatomía, y conoce de manera precisa el interior del cuerpo de un hombre.

—Urdaneta, ya me conozco yo tus cosas, tus intuiciones y, ¿cómo dijiste aquel día? —Se paró a pensarlo—. ¡Ah, sí! Que podías oler... la muerte.

—Sabes perfectamente que es posible oler las enfermedades. Igual que, por ejemplo, el color y olor de la orina son un recurso probado para muchos diagnósticos.

—Conozco mejor que tú las ruedas de orina, pero la orina no se huele, se analiza por su sabor —recalcó Gimbernat.

—No siempre, y sabes de sobra que un reconocido médico francés recomendó memorizar los diferentes olores que exhalan los cuerpos, tanto sanos como enfermos, a fin de crear una tabla olfativa de las enfermedades para elaborar un primer diagnóstico. Un aliento que huele a pescado crudo se produce por un trastorno del hígado. Y un olor similar a la orina suele ser signo de insuficiencia renal o de infección en la vejiga.

—Podemos discutir sobre esos olores, pero recuerda lo que hicisteis tú y tu amigo Eusebio Lahoz... Las consecuencias que tuvo.

—Gimbernat, no he venido por eso. El pasado hay que dejarlo atrás. He venido por el futuro, por mi sobrino. Te aseguro que tiene habilidad, facilidad, predisposición, o llámalo como a ti te dé la gana. No deberías desaprovecharlo porque sea de mi familia. Ya sabes que yo no creo en esas cosas de la lealtad a la sangre; dale una oportunidad, se la merece.

—Así que quieres que tu sobrino estudie aquí. Urdaneta, esto es un colegio militar —le recordó Gimbernat—. Si tu sobrino entra aquí, ¿cómo sé que no hará como tú?

—Porque no se parece en nada a mí.

—Me temo que no es suficiente, ¿cuántos años tiene?

—Casi diecisiete.

—No es posible; hay un protocolo —le recordó Gimbernat—: antes debería entrar en el ejército y pasados unos años...

—Conoces de sobra que eso no es siempre así, que hay excepciones.

—Muy pocas —receló Gimbernat.

—Te pagaré.

—Tú no tienes dinero, Urdaneta.

—Gimbernat, pídeme lo que quieras, pero déjale estudiar aquí. Mi sobrino será un magnífico cirujano, el ejército necesita gente como él.

—Urdaneta, nunca cambiarás; crees que después de todo este tiempo puedes venir aquí y exigirme...

—Recuerda cuando eras más joven, tú tampoco lo tuviste fácil. Tus padres eran pobres, ¿o es que lo has olvidado? Viajaste hasta Cádiz, la base de la Armada de España. Fue el jefe de cirugía quien te ayudó. Y cuando él abandonó Cádiz para fundar aquí el Real Colegio de Cirugía de Barcelona, te trajo aquí.

—¿A qué viene eso ahora?

—Te eligieron como profesor de anatomía antes de haber conseguido tu graduación. Sin embargo, la administración central de Madrid se opuso a que se te concediera la plaza de profesor por tu juventud.

—¡Por Dios! —exclamó Gimbernat—. Yo tenía casi treinta años ya...

—No te pido que mi sobrino ingrese como alumno, solo como oyente.

—Urdaneta, esto no es un hospicio ni una casa de caridad, es un colegio del ejército de España. Por si no te has enterado, hemos firmado una alianza con la Francia de Napoleón; pronto entraremos en guerra contra los ingleses. Ya sé que vives en tu mundo de ensoñaciones, en cambio yo lo hago en el real. Y la realidad es que me estás haciendo perder el tiempo.

—Gimbernat, por favor. ¿No te parece suficiente precio mi humillación?

—Te lo diré claro: no quiero un Urdaneta en mi colegio. Después de lo que hiciste... ¡estás maldito! Y seguro que tu sobrino también. ¿Por qué crees que puedes oler la muerte?

Alonso Urdaneta salió del colegio de cirugía de Barcelona enervado, Gimbernat lo odiaba. Su ira, lejos de decrecer, era ahora mayor que en Madrid. Había sido un error acudir a él, pero algo tenía que hacer.

Fue consciente de que solo había una persona a la que podía recurrir ahora. Regresó a su casa, se sentó en el escritorio, tomó la pluma y la mojó en el tintero. Pocas veces una carta tan breve tenía unas implicaciones tan abrumadoras.

19

Después de su repentina salida, Alonso Urdaneta volvió a estar como ausente, como si solo hubiera tenido un efímero episodio de normalidad. Permanecía ensimismado en sus pensamientos, e incluso había perdido su insaciable apetito y a veces ni se terminaba los cafés en Los Cinco Dedos. Bruno probó a llevarlo a comer caracoles, pero ni con esas logró despertarlo de la apatía.

Todos los días salía a media mañana. Había pedido que no lo acompañara; sin embargo, Bruno le desobedeció y lo siguió. Alonso Urdaneta caminó hasta las dependencias de la delegación de Correos, no permaneció por tiempo prolongado en su interior y desde allí marchó al muelle, por donde paseó durante un par de horas.

Bruno pensó que habría recibido alguna carta, así que al día siguiente esperó a estar solo para husmear en el escondite bajo el armario. No halló nada. No obstante, él sabía que su tío tramaba algo. Lo que no esperaba era que, de manera espontánea, Alonso Urdaneta recuperara a los pocos días su comportamiento habitual.

Intentó buscar la explicación y todo fueron evasivas por parte del cirujano. Como aquel estado de ánimo se prolongó, Bruno decidió aparcar sus pesquisas hasta que su tío no volviera a cambiar de humor.

Tuvieron bastantes pacientes aquellas semanas, algunos aquejados de dolores complejos, que su tío trató sin dudarlo. Los pacientes que hacían cola en la puerta de la casa entraban y él los observaba en silencio, contemplaba su postura, sus movimientos. Les realizaba una entrevista y tomaba un martillo o una aguja e iba probando las reacciones del cuerpo del paciente a los distintos estímulos.

Una tarde lo visitó una mujer con dolores en el pecho, que aseguraba que le habían echado mal de ojo.

—En la historia de la medicina han convivido genios, charlatanes y criminales —murmuró Alonso Urdaneta después de curarle la indigestión que en realidad tenía—. ¿Has leído el *Quijote*? El protagonista, después de un largo día de correrías, llega a una posada, y al preguntarle su dueño quién es, él responde con todos sus títulos: duque de Béjar, marqués de Gribraleón... Y el posadero le responde que tanta gente no cabe.

»Debemos ser humildes, Bruno. Un cirujano tiene que ser capaz de tener los conocimientos de un médico y la sensibilidad de un artista. Debe preguntarse por el sentido de la vida, por el alma de las personas, por sus sentimientos.

—¿Por sus sentimientos?

—Sí, por todos ellos.

—¿Y el amor? ¿También debemos curar a los que pierden la cabeza por amor?

—Válgame Dios, Bruno. Es que el amor no nace en la cabeza; al contrario, la nubla y la domina, es como una enfermedad.

—Pero afecta al corazón, eso dicen.

—Sí, eso dicen. —Su tío estaba distinto: sonriente, bromista...—. Los hombres somos asimétricos, ¿te habías dado cuenta de eso?

—No le entiendo.

—Tenemos el corazón en la izquierda, el hígado en el lado derecho. Si miras el interior de una cabeza, también es asimétrica y un enorme misterio —explicó mientras se alisaba la cada vez más espesa barba—. Hace unos años había un personaje por la Rambla que había sufrido una extraña enfermedad, no lo mató, pero le dejó graves secuelas. Conservaba una idea bastante vaga sobre su identidad, pero mantenía su destreza para la música, pues era uno de los mejores violinistas de Barcelona.

»He visto casos de gente que sufre ataques a la cabeza, algunos se recuperan a las pocas semanas, otros tardan meses o incluso años. Algunos no vuelven a hablar y muchos se transforman en otra persona. Otros pierden la capacidad de distinguir entre izquierda y derecha, y los hay que olvidan su pasado. O leer y escribir. Siempre me he preguntado el porqué.

»¿Por qué nos convertimos en hombres distintos a pesar de que nuestra apariencia no cambia? El alma, Bruno, el alma puede cambiar.

—Pero una vez me dijo que el alma era cosa de los sacerdotes.

—Porque tú no estabas preparado para esta lección. La gente habla de casas encantadas, o de lugares malditos, ¡ingenuos! Nuestra mente puede albergar más fantasmas que cualquier cementerio.

—¿El alma y la mente son lo mismo?

—No, Bruno. ¿Dónde ubicarías tú el alma?

—Esa pregunta es difícil, supongo que la buscaría en el centro del cuerpo, en el corazón —respondió con dudas.

—Y si no la hallaras ahí, ¿dónde irías después?

—A la cabeza.

—Hace muchos años, en Madrid, asistí a una sesión en un anfiteatro anatómico. Sé que tú has hecho lo mismo aquí.

—Yo...

—No estoy enfadado, eso ahora da igual. En aquella ocasión, el cirujano que dirigía la sesión iba descubriéndonos el interior del cuerpo humano, intentando que pudiéramos observarlo lo mejor posible. Al final de la mañana diseccionábamos los órganos, los dibujábamos. Pero para mí y para un buen compañero y gran amigo, Eusebio Lahoz, aquello no fue suficiente. Así que sobornamos al guardia del colegio con una botella de vino y nos dejó entrar de noche en la sala de anatomía del colegio San Carlos, donde estudiábamos.

—¿Y qué pasó?

—Había un cuerpo y decidimos hacer nosotros mismos la disección. —Alonso Urdaneta suspiró y le brillaron los ojos—. La muerte a nuestro alcance. Estábamos decididos a encontrar dónde se escondía el alma.

—¿La hallasteis? —preguntó, ensimismado por la historia.

—Bruno, ¿de qué manera buscas algo que no sabes cómo es? Que ni siquiera conoces su tamaño, su aspecto...

—Pues..., ni idea.

—Nos precipitamos; era imposible encontrar el alma a ciegas, ¿lo entiendes? Siempre hay que saber lo que uno busca en la vida.

20

Al final de aquel mes, Bruno cumplió diecisiete años. Había cambiado mucho desde que llegó de Bilbao y todo se lo debía a su tío. Así que había decidido hacerle un regalo. No podía permitirse excesivos lujos, pero sí algo que seguro que le gustaría, para lo que se desplazó hasta las afueras de Barcelona, a un almacén que le habían contado que comerciaba con el norte de Europa.

Retornó tarde y cansado, y a la vez ansioso por entregarle la sorpresa.

A pocos pasos de la casa vio que la puerta se abría y salía un hombre del interior; iba envuelto en una capa con capucha y no logró más que ver que se alejaba y desaparecía.

Bruno entró al momento. Una corriente fría lo recibió y le recorrió todo el cuerpo. Sus pisadas crujían más de lo normal, como si de pronto la casa llevara años abandonada. La encontró también más oscura y lacónica. Agarró bien el regalo para que no se le cayera y llamó a su tío.

No respondió. La sordera le estaba empeorando, pensó.

Golpeó con los nudillos la puerta de su alcoba, y al no obtener respuesta terminó girando el picaporte y cruzando el umbral.

Su tío estaba recostado en la cama, mirando al techo. Los enriscados pelos de su barba no se movían y su abultada panza tampoco se balanceaba al ritmo de su respiración.

Se puso a su lado; nunca lo había visto con los ojos tan abiertos. Le tocó la frente: era un témpano de hielo. Tenía las manos estiradas hasta las caderas y su rostro expresaba serenidad, afortunadamente no había sufrido.

Dejó la botella de whisky que le había comprado.

Sintió más frío y, de repente, lo inundó un miedo que provenía de lo más profundo de sí mismo.

Bruno se echó a llorar de una forma terrible y desconsolada.

21

Bruno lo auscultó por completo en dos ocasiones y no encontró ninguna señal de que la muerte hubiera sido provocada. Examinó todos los elementos que pudo y la conclusión fue siempre la misma: Alonso Urdaneta había muerto de forma natural. Quizá la apatía de aquellos extraños días había sido un síntoma de que su vida se apagaba. Y el buen ánimo de los últimos, un respiro antes de que llegara su hora.

Pero ¿y el encapuchado que abandonó la casa?

Eso era lo que no le cuadraba.

Tampoco la expresión del rostro inerte de su tío. Alonso Urdaneta no tenía ese semblante de serenidad. El suyo era compungido, el de alguien peleado con el mundo y la vida.

¿Por qué en el momento de la muerte presentaba uno tan opuesto? No era porque hubiera sido una liberación, su tío no quería morir.

Bruno no tenía explicación para ello.

Fue enterrado en el mismo cementerio cuya inauguración presenciaron juntos. Bruno estuvo tiempo pensando qué epitafio ponerle, recordando lo que le había explicado su tío sobre aquellas frases.

Asistió bastante gente; al final, Alonso Urdaneta había sanado a cientos de personas, la inmensa mayoría gente humilde, y aunque la fama de los cirujanos en general no era buena, sin su tío muchos de ellos estarían muertos o en unas condiciones peores. También vino Arnau, el de la taberna; la pescadera y otros compañeros suyos; hasta Balcells pasó por allí. Cuando le dio el pésame vio que en su boca relucían varios dientes nuevos.

Al que no esperaba era al director del colegio de cirugía. Él no se acercó, en cambio su esposa sí le dio el pésame.

—Lo siento, hijo —dijo ella—. Alonso era... Bueno, había sido un magnífico cirujano en su juventud en Madrid.

—Hablaba poco de esa época.

—En aquella época, tu tío era otra persona; se encontraba a la vanguardia de la cirugía, era un torbellino. Quería operarlo todo, aunque fueran casos perdidos.

—Mi tío operando casos a vida o muerte... Cuesta creerlo.

—Más bien a muerte o muerte —puntualizó ella.

Bruno se quedó confundido.

—Cuando volví a verlo años después aquí, en Barcelona, era ya otra persona —afirmó la señora con tristeza.

—¿En qué sentido?

—Tengo que dejarte, ya sabes que a mi marido no le agradaba tu tío.

—¿Es por sus ideas políticas? —preguntó Bruno.

—No, claro que no. Es verdad que tu tío era un liberal, pero no un radical.

—Entonces ¿por qué su marido lo odia? ¿Qué le sucedió antes de venir a Barcelona?

—Yo que tú no entraría en ese jardín, no vale la pena. Con un Urdaneta desquiciado es suficiente.

—¿Cómo se atreve a hablar así de mi tío en su propio entierro?

—Te estoy haciendo un favor advirtiéndote.

—Márchese, señora.

—Como prefieras, no era mi intención molestarte. Lo dicho: lamento la pérdida. —Y se fue hacia donde esperaba su marido.

Cuando todos se marcharon, Bruno se quedó solo frente a la tumba. Se preguntó qué sería ahora de su vida sin su tío.

Sin respuesta regresó a la Barceloneta, entró en la alcoba y abrió el armario. Cogió los papeles, los libros y el cofre y los puso en la mesa. Revisó todo por si había algo interesante, pero nada más lejos de la realidad. Tampoco en el escondite. Era lógico, lo había revisado hacía poco tiempo. Enrabietado, puso patas arriba toda la casa, buscó en cada rincón, estante, hueco y pared. Y no halló nada.

Le dio igual, necesitaba soltar su ira, solo eso.

Vio el viejo abrigo negro de su tío colgado, lo tomó y, con él puesto, se sentó en el suelo. Allí estuvo varias horas, abatido, hasta que llamaron a la puerta. Abrió con pocas ganas de ver a nadie. Era Arnau.

—Buenas tardes, Bruno. Ya sabes que he estado antes en el cementerio, pero tu tío insistió en que esperara a que estuvieras solo en vuestra casa. —Le entregó dos cartas, una llevaba su nombre escrito—. Tu tío era un buen hombre, por desgracia cargaba con un enorme peso.

—¿Cómo sabe eso?

—Demasiadas noches terminó solo en la taberna, y el vino suelta la lengua incluso a los mudos. Ven cuando quieras y te pondré un plato de caracoles, por Urdaneta. —Y se despidió.

Bruno cerró y se sentó de nuevo en el suelo.

Abrió la carta con su nombre.

Querido sobrino:

Sé que voy a morir pronto, lo huelo de manera cada vez más insoportable.

Debes proseguir con tu formación. Lo he intentado en Barcelona, pero no es posible. La otra carta que aquí te dejo es la recomendación para ingresar en el colegio de cirugía San Carlos de Madrid. Está firmada por un viejo amigo, que es profesor, don Eusebio Lahoz.

Preséntate allí lo antes posible.

Tienes en el otro sobre los documentos de limpieza de sangre y otros que necesitarás para el acceso.

Solo un último consejo: ten siempre claro cuál es tu vocación en la vida, agárrate a ella, y sigue ese camino. No quieras volver atrás ni tampoco recorrer otros que no te pertenecen. Huye de las sombras y las nieblas que lo ocultarán, busca siempre la luz.

Serás un gran cirujano, no me defraudes.

Quema esta carta, nadie más que tú debe leerla.

Alonso Urdaneta

SEGUNDA PARTE

MADRID

22

> En las revoluciones hay dos clases de personas: las que las hacen y las que se aprovechan de ellas.
>
> NAPOLEÓN BONAPARTE

Madrid, septiembre del año 1804

Bruno no ocultaba su entusiasmo; había oído hablar tanto de Madrid que tenía una imagen proyectada en su mente que ahora comprobaría en persona. La capital le sorprendió por su bullicio y por lo variopinto de sus habitantes; se mezclaban criados con nobles, militares, artistas, extranjeros y religiosos en una amalgama difícil de unir y, a la vez, una clara muestra de cómo era realmente España, una tierra de contrastes.

Buscó hospedaje en el barrio de Lavapiés; una habitación humilde pero limpia. Se había traído pocos enseres de Barcelona y llevaba el dinero bien guardado en un doble fondo de sus pantalones. Estaba tan ansioso como nervioso por cumplir con la voluntad de su tío.

El Hospital General era un ambicioso proyecto del anterior rey, Carlos III, que había sido diseñado para estar formado por seis patios y una iglesia central. Pero una cosa es lo que se sueña y otra la realidad; finalmente solo se había construido uno de los patios y algunos edificios. Aun así, era un conjunto notable y el colegio San Carlos ocupaba la parte baja de la construcción principal. Era el único colegio de cirujanos civiles de España, el más moderno. Además no era religioso, como sí lo eran los colegios universitarios. Pretendía ser la punta de lanza de una nueva medicina, transformar el sistema educativo sanitario y convertir a Madrid en el centro de todo ello.

Al entrar se percató de lo nuevo de las instalaciones y no pudo evitar sentir una inmensa emoción. Él no estaba acostumbrado a deambular por un espacio de tales dimensiones, repleto de múltiples salas y largos pasillos.

Tuvo que esperar una hora hasta que fue recibido en el despacho del decano, un hombre mayor e impolutamente vestido, con el mentón cuadrado y unas prominentes orejas que no lograba ocultar bajo una peluca blanquecina.

Bruno llevaba puesto el abrigo negro heredado de su tío. Se presentó y entregó la carta y las credenciales que portaba.

—No es fácil entrar aquí, señor Urdaneta —murmuró el decano—. Para poder ser admitidos, los estudiantes necesitan un certificado de sus estudios de latinidad, así como tres años de lógica, álgebra, geometría y física experimental. Nada de eso tiene usted.

—Pero lo compenso con una gran habilidad.

—¿Habilidad? —El decano lo examinó como su tío escrutaba una mala herida antes de operar—. ¿Sabe usted latín?

—Me temo que no.

—Al menos es sincero. —El decano se mostraba incómodo, eso saltaba a la vista—. ¿Qué me dice del abolengo? Debe acreditar su limpieza de sangre.

Bruno presentó el testimonio por escrito de tres personas conocidas que aseguraban la pertenencia de la familia a la clase de los «cristianos viejos», el certificado de bautismo, el de comunión y el de buena vida y costumbres, firmados todos por un párroco.

—Está claro que su candidatura es singular y es un hecho que andamos escasos de estudiantes. No obstante, usted no tiene formación y, qué quiere que le diga, cuesta creer que haya amputado con éxito una pierna con solo trece años.

—Decano, le aseguro que fue así. Precisamente quiero formarme para completar mis conocimientos y poder operar enfermedades más complejas, y sobre todo quiero luchar contra el dolor.

—¿Cómo dice, joven?

—Deseo encontrar la manera de eliminar el sufrimiento y así poder operar con más éxito.

—Madre mía... —El decano se llevó las manos a la cabeza—. Pues lo siento porque no va a ser posible, al menos no en el San Carlos.

A Bruno se le encogió el corazón.

—Ha dicho que necesitan estudiantes.

—Mire, joven, los que mandan son los médicos; poco a poco los cirujanos nos estamos abriendo camino, ya tenemos hasta nuestros propios colegios. Los cirujanos somos el futuro de la medicina. Se están haciendo avances y descubrimientos increíbles, y más que se harán. Es como cuando Colón descubrió América, pero en nuestro propio cuerpo.

—Eso es fabuloso, señor decano.

—Pero para participar en esta nueva era es esencial una formación larga y compleja. Y usted es un aprendiz de cirujano de la vieja escuela, le ha enseñado su tío... Se parece más a un barbero o a un sangrador que a un cirujano moderno. Nosotros buscamos a gente formada y letrada, no a matasanos.

—Con todos mis respetos... Es cierto que yo no he recibido formación académica, pero mi tío sí estudió aquí y él me ha enseñado personalmente.

—Ya... Mire, sé de primerísima mano cómo era su tío. —El decano lo observó con cierto aire de amenaza en la mirada—. Alonso Urdaneta no es precisamente una buena referencia, así de claro se lo digo.

—¿Y don Eusebio Lahoz? Quizá él pueda responder por mí y defender mi candidatura a entrar en el colegio.

—Ignoro cómo ha logrado una carta tan generosa; sus motivos tendría Lahoz. Pero ya nunca lo sabremos; el profesor don Eusebio Lahoz falleció hace unas semanas.

—¿Está muerto?

—Eso me temo. Y no tenemos nada más que hablar.

Se despidió de manera cortés. Bruno recorrió cabizbajo los alargados pasillos del hospital y salió a la calle Atocha. Un carro a toda velocidad casi lo atropelló, pero ni los improperios del conductor lo hicieron despertar de su estado de abatimiento. Siguió caminando, hundido y sollozando.

Su sueño se había hecho añicos.

¿Y ahora qué?

23

No era la primera vez que le cerraban la puerta nada más llegar a una nueva ciudad. Y si no se había rendido siendo un crío, no lo iba a hacer ahora que casi era un hombre. Bruno confiaba en sí mismo, sabía que la clave era perseverar y no rendirse. Debía pensar bien qué podía hacer, y para ello necesitaba huir del bullicio de las calles de Madrid, de aquel ambiente alborotado con los gritos de las gentes por las calles, el trajín de los carruajes, el ir y venir de todo tipo de viajeros.

En el fondo, aún le pesaba la prematura muerte de su tío, y el no haber sido admitido no hacía sino hacerle sentir que le había fallado. Con la desilusión como única compañera salió por la puerta de Toledo y buscó la orilla del río Manzanares. Allí tomó asiento y contempló la silueta del Palacio Real a lo lejos. Donde el rey Carlos IV estaría despachando asuntos de Estado, tan cerca y a la vez tan lejos de él. Aunque su tío decía que el monarca pasaba más horas en el campo cazando que dentro del palacio gobernando.

No sabía qué iba a hacer ahora.

Comenzaba a creer que la fortuna le estaba siendo esquiva por alguna razón desconocida.

Cogió una piedra plana, la lanzó a las aguas del Manzanares y observó cómo saltaba hasta hundirse. Hacía un día estupendo, el sol calentaba en un cielo despejado hasta el infinito. Recorrió la orilla hacia el oeste, donde la vegetación se hacía más prominente, había mayor variedad de árboles y el terreno formaba unos tupidos prados. Se detuvo junto a unos campos de vides; las uvas aún estaban verdes. Eran racimos pequeños y con los frutos apretados.

Entonces le llamó la atención el ruido que se oía al otro lado de una chopera. Bruno, curioso como era, la cruzó. En una pradera vio a un grupo de jóvenes divirtiéndose. Algunos jugaban a la gallinita ciega, otros andaban sobre zancos y varios bailaban al ritmo de unas guitarras.

Se quedó mirándolos, disfrutando de su alegría; joviales y felices, gozaban de la vida sin importarles el futuro.

¿Por qué la suya no podía ser como la de ellos?

En ese momento, uno de los que andaban en zancos perdió el equilibrio, con tan mala fortuna que cayó sobre una mujer, que lanzó un terrible grito de dolor.

Bruno salió corriendo a auxiliarla.

La joven tenía sangre en el brazo y una ceja abierta. Bruno gritó que era cirujano y demandó espacio. Le rasgó la manga de la camisa ante la estupefacción de todos, inspeccionó la herida y la limpió con unos paños que alguien le acercó.

—No parece que haya rotura, aunque sí se ha podido astillar el hueso. ¡Que alguien me traiga una rama corta y lo más recta posible! También unas cuerdas finas, ¿le duele aquí? —preguntó a la vez que presionaba a la altura del codo.

—¡Sí! ¡Mucho!

—Esto resultará aparatoso. —Improvisó la manera de inmovilizar el brazo—. No hay otro remedio; si no corre el peligro de perder movilidad.

—Pero... ¿me quedará bien? —Hablaba con un acento peculiar.

—Por supuesto; eso sí, debe guardar reposo.

—Yo... No sé cómo darle las gracias.

—No se preocupe. —Hasta ese momento no se había fijado en su rostro.

La joven se echó el cabello hacia atrás. Tenía una larga y cuidada melena y unos ojos que brillaban como dos grandes soles de agosto. Eran unos ojos extraños, enormes, separados y saltones, que llamaban la atención y casi intimidaban. Eran muy extravagantes, y Bruno quedó prendado de ellos.

Intentó concentrarse en su labor y en terminar de inmovilizar la extremidad, pero le imponía estar tan cerca de ella, tocándola y sintiendo su respiración. Incluso escuchaba cómo le latía el corazón. La joven tenía la piel salpicada de pecas ocres y se imaginó la sangre de un rojo intenso recorriendo todas las venas de su cuerpo.

—No debe usarlo ni levantar peso en varios días, y hay que limpiar la herida cada mañana con agua y unas gotas de alcohol.

—¿Sois médico? —inquirió con una suave voz que tenía el don de acariciar el oído de quien la escuchaba.

—No... Aprendiz de cirujano —respondió, y la ayudó a incorporarse.

—Muchas gracias. Me llamo Vega Marèchal —dijo con una preciosa sonrisa que dejaba ver unos dientes perfectos y brillantes.

—Un nombre poco habitual.

—Es por la Virgen de la Vega; es la patrona del pueblo de mi abuela, Haro. Ella era riojana, pero mi madre nació en Sevilla.

—Pero tenéis apellido extranjero y un acento muy peculiar. —Bruno no podía dejar de mirarla.

—Sí, mi padre es francés.

—Perdonadme, siempre hago muchas preguntas —se disculpó Bruno.

—No tenéis por qué disculparos. Mi padre es comerciante de algodón. Mi madre era española y yo también, nací aquí en Madrid, pero he vivido mi juventud en París. —Se miró el vendaje—. Cuando mi padre me vea entrar con esto, se va a llevar un susto de muerte.

—Es solo provisional.

—¡Vega! ¿Estás bien? Nos vamos ya, ¿vienes? —interrumpió una de sus amigas.

—No sé si eso lo dejará más tranquilo... Debo irme, gracias por su inestimable ayuda. —Y empezó a caminar hacia la ciudad.

—De nada. ¡Yo me llamo Bruno! Bruno Urdaneta.

Ella volvió ligeramente sus ojos hacia él y sonrió antes de alejarse.

24

Pasó las siguientes semanas buscando trabajo en Madrid, lo cual era tarea harto complicada. Huelga decir que la situación económica de España no era demasiado boyante, y él solo sabía de cirugía. Dio voces por varias tabernas ofreciéndose, pero aquel lugar no era Barcelona. En Madrid las cosas eran diferentes, más difíciles. En la capital, si no tenías alguien que respondiera por ti, poco había que hacer.

El dinero se le acababa, también la paciencia. Tuvo que empezar a buscar la caridad de las monjas, algo que le había ido bien de crío. El problema era que ya no era un niño y no daba la misma pena.

Ni para eso servía.

Bruno no dormía bien por las noches; por mucho que intentaba conciliar el sueño lo asaltaban las dudas. Por un momento recordó a su tío y los fantasmas que merodeaban sus sueños. Él no quería acabar como el malogrado cirujano, por ello le empezó a rondar la idea de marcharse a otra ciudad, incluso de retornar a Barcelona o a su Bilbao natal. O probar fortuna enrolándose en un navío que fuera a las Américas.

Un sábado por la mañana salió a la calle temprano, los comerciantes trabajaban instalando sus puestos en la plaza de la Cebada. Buscó algo barato que poder llevarse a la boca. En un tenderete vendían caracoles fritos, y estuvo tentado. Obviamente el precio era excesivo para su maltrecha economía, así que terminó comiendo unas empanadillas de tripa de cerdo. De lo que no se privó fue de una buena taza de café.

No pudo evitar ir caminando hasta el Hospital General y quedarse frente a su entrada. El desánimo lo venció y se alejó hasta llegar a una monumental puerta con un cuerpo central formado por un arco de medio punto y coronado por un frontón. Al otro lado, a través de la rejería, se divisaba un espléndido jardín.

Asomó la cabeza entre los barrotes. Había plantas de todo tipo, algunas que jamás había visto antes. Era realmente extraordinario. El jardín parecía continuar de forma indefinida, saltando por unas terrazas hasta una colina.

Buscó un resquicio en la tapia por donde poder ver más. Cuando se volvió de nuevo hacia la puerta, halló a un hombre con una capa ocre y un bastón con empuñadura brillante.

—Perdone, señor. ¿A qué palacio pertenece este espléndido jardín?

—¿Palacio? Me temo que a ninguno; este es el Real Jardín Botánico, nutre de materia prima al Hospital General y al colegio de cirugía.

—Un jardín botánico... Debe de ser fabuloso. ¿Trabaja en él?

—No, yo soy doctor. El doctor Arrieta.

—¿Un doctor? Yo soy... Bueno, estoy intentando entrar en el colegio San Carlos.

—Un estudiante de cirugía, qué alegría.

El doctor Arrieta era un hombre de talla común; vestía bien, algo propio de los médicos. Y sobre todo parecía agradable y de cuidados modales.

—El creador de este jardín era cirujano y trajo aquí más de dos mil variedades de plantas. Yo vengo todos los jueves a esta hora, pasear por aquí me ayuda a ordenar las ideas. Como ya sabrás, es imprescindible que un colegio de cirugía cuente con un buen jardín botánico para disponer de los elementos con los que fabricar los fármacos para los pacientes.

—Por supuesto... Disculpe, es que estoy algo abatido; mi admisión en el San Carlos se ha complicado.

—No se desanime, joven —dijo el doctor Arrieta—. Hay siempre más de un camino para llegar a nuestro destino. Debo dejarlo. He quedado con un paciente, un pintor, y ya sabe cómo son los artistas... Ojalá volvamos a vernos, y suerte con su admisión.

Bruno debía seguir buscándose la vida por Madrid; tenía que encontrar alguna forma de progresar en esa ciudad. Su tío habría sabido perfectamente cómo desenvolverse; pensó como él y, después de indagar, fue a una taberna.

La Fontana era la más de moda de Madrid; en ella se conversaba principalmente de literatura, de amores y de toros. Había mucho poeta y escritor, y también viajeros y cualquiera que fuera en busca de diversión, pues las juergas allí duraban hasta que no quedaba vino en los barriles.

Bruno pidió un café e hizo lo que tan bien le había enseñado su tío: callar, observar y esperar.

La paciencia es una virtud poco valorada, pero terriblemente útil. Además solo precisa de tiempo, y eso ahora le sobraba.

Bruno vio desfilar por allí a hombres de todo tipo y condición, y a medida que fueron pasando las horas comenzaron a subir el tono de las discusiones. Que si era una barbaridad que no pudiese entrar prensa francesa por miedo a que se contagiaran las ideas revolucionarias; que si España debía buscar la paz con los británicos; que si había sido un error apoyar a los rebeldes norteamericanos... Hasta llegar a cosas más graves, como que el primer ministro Godoy era amante de la reina. Que si no era la primera vez que le era infiel y que el rey era el mayor cornudo de España.

Un individuo pequeñajo y regordete juró que el príncipe heredero, Fernando, en realidad no era hijo del monarca. Y cosas peores que Bruno ni siquiera llegaba a entender.

—Tú eres nuevo por aquí —le habló un hombre enjuto, que tenía una mandíbula sobresaliente, nariz grande, tez pálida y cejas poco pobladas.

—He llegado hace poco a Madrid.

—Uno nuevo en la capital, ¡bienvenido! Madrid, nueve meses de invierno y tres de infierno. En invierno, el aire procedente de la sierra de Guadarrama es tan helador y seco que los ha habido que han muerto de frío cuando han ido al médico. Bueno, eso si no es el médico o el cirujano quien los ha matado, que ya se sabe... —Soltó una sonora carcajada.

—¿Qué se sabe?

—Ya dejó escrito Tirso de Molina cómo se las gastan esos barberos sangradores: «A cuatro casas de aquí por el barbero salí, y de ventosas cargado hallé en su tienda al maeso, que iba a echar un tabardillo y de sangrar un tobillo a doña Inés Valdivieso acababa de volver». Y aún dijo más: «Sin parar saca una muela; más almas tiene en el cielo que un Herodes y un Nerón; conócenle en cada casa: por donde quiera que pasa le llaman la Extrema-Unción».

—Esos barberos de los que habláis son un vestigio del pasado —le recriminó enojado Bruno—. Sacaban dientes y muelas, sangraban y ponían ventosas y sanguijuelas; ahora los métodos son distintos.

—Ya veo.

—¿Qué ve?

—Eres... Esas ropas no son dignas de un estudiante de medicina. Hum. —El hombre se rascó su rasurado rostro—. ¿A qué te dedicas, zagal?

—Supongo que era aprendiz de cirujano.

—¿Supones? ¿Eras? —preguntó, arqueando unas cejas casi inapreciables.

—No me han admitido en el colegio de cirugía y el que era mi maestro, mi tío, murió. Un amigo suyo que podía recomendarme también falleció.

—Vaya eres peor que Atila.

—¿Quién?

—Atila, el rey de los hunos. Por donde pisaba su caballo ya no crecía la hierba. Por donde pasas tú se muere todo el mundo. Si me permites un consejo, no es la mejor publicidad para un cirujano.

—Quizá atraigo a la muerte; mi tío decía que podía olerla...

—Seguro que no olía peor que las alcantarillas de Madrid, te lo aseguro. —Pidió un par de vinos para ambos—. Te invito; lo necesitas, muchacho.

—Saldré adelante.

—Así se habla. Yo soy Romualdo Fustiñana, y puedo obtener cualquier producto o cachivache que necesites. Previo pago de su precio, por supuesto. A más difícil, más caro.

—¿Cualquier cosa?

—En efecto.

—Entrar en el colegio de cirugía.

—Eso es más bien un mérito; yo me refería a cosas materiales. Ya sabes, una especia, una tela, un documento que acredite tu apellido, una licencia... Enviar una carta a cualquier parte del mundo.

—No sé a quién podría mandar una carta y tan lejos... Bueno, hay alguien: mi padre, pero desconozco su dirección.

—¿Y cómo se llama tu padre?

—Sebastián Urdaneta. Hace años que no sé nada de él —confesó Bruno con tristeza.

—Bueno, eso déjalo en mis manos. Si lo encuentro, te avisaré.

—Gracias, pero yo lo que necesito es un milagro.

—Eso es trabajo de curas, con la Iglesia no me meto. —Negó con el dedo índice.

Fustiñana era un hombre peculiar. Le contó que era navarro, de Tudela, a orillas del río Ebro. A simple vista parecía poca cosa, pequeño y con un rostro poco agraciado. Tenía una conversación interesante, no era un borracho o un alborotador. Y, sobre todo, era un fanático del teatro.

—Lope de Vega, muchacho. Lope de Vega.

—No he ido nunca al teatro.

—¡Válgame Dios! ¡Eso es imperdonable!

—¿Tan bueno era ese Lope de Vega?

—¡Sacrilegio! —alzó la voz—. Muchacho, Lope es el fénix de los ingenios —dijo orgulloso Fustiñana mientras sacaba tabaco—. ¡El más grande! Quien no ha visto una obra suya no merece vivir.

—Perdonadme la vida por ahora, prometo ir en cuanto tenga algo de dinero. Ahora mis preocupaciones son otras; desde que he llegado a Madrid nada es como esperaba.

—Me caes bien, así que voy a darte un consejo —afirmó Fustiñana—. La clave para sobrevivir en Madrid es estar siempre con el oído bien atento. Date cuenta de que todas las oportunidades están aquí. Los nobles, la familia real, los altos funcionarios, los ricos comerciantes... Pero Madrid no es tan grande como Londres o París. Aquí todavía es posible acceder a ellos, a todos.

—¿Cómo? Eso es imposible. ¿Cómo voy a conocer yo a un noble?

—Te equivocas, muchacho; encontrarás la manera. Solo tienes que ser listo y estar atento —insistió Fustiñana—. Mira a tu alrededor, en este antro hay más gente importante de la que imaginas. El propio Napoleón podría estar aquí hoy disfrazado y pasar desapercibido.

—Un poco exagerado, ¿no crees?

—Los nobles salen de noche de sus palacios por túneles secretos en busca de diversión. Las novicias se escapan de los conventos con sus criadas. Si hasta la misma reina sale en busca de amantes.

—Eso no puede ser verdad. —Echó un ojo alrededor; por un momento creyó ver un rostro familiar, pero cuando volvió a buscarlo ya no estaba.

—Todo el mundo trata de guardar las apariencias —le susurró Fustiñana mientras miraba de reojo a los parroquianos de La Fontana—, los que nos gobiernan son unos sinvergüenzas. Ya me gustaría que viniera una revolución y limpiara a todos esos carroñeros.

—Estáis en contra de la monarquía...

—No estoy en contra de nada, solo detesto a los que viven de su apellido. Yo no tenía nada, absolutamente nada, cuando llegué. Y ahora regento un negocio rentable. Todos tenemos al menos una oportunidad en la vida para prosperar, ¡una seguro! Hay que atraparla con las dos manos, agarrarla con los pies, morderla con los dientes si hace falta.

Bruno apuró el vino mientras pensaba en las palabras de Fustiñana.

25

Más animado, decidió que debía sobrevivir en las calles de Madrid fuera como fuese. Había aprendido bien de su tío a buscar clientela allá donde hiciera falta, así que frecuentó las salidas de misa, los talleres de carpintería, las carnicerías y todo negocio donde fuera factible que necesitaran un cirujano.

Pero seguía sin lograr clientes, así que tuvo que reducir sus pretensiones y volvió a intentarlo, y en todos esos lugares se ofreció para sacar muelas y curar cualquier tipo de mal.

Con esfuerzo e insistencia logró atender a varios comerciantes de paso por Madrid. Con el primero aún le fue bien; sin embargo, el segundo no le pagó alegando que le había destrozado el diente, y el siguiente solo le dio la mitad.

No se desanimó.

Al contrario, cada mañana se levantaba más pronto y buscaba cómo ganarse la vida. Así empezó a atender a los borrachos que aparecían magullados al alba o a los que sufrían accidentes a primera hora y les apremiaba seguir trabajando para sacarse el jornal.

Con mucho esfuerzo y dedicación empezó a ver algo de luz al pasar mes y medio desde su llegada. Al final del día terminaba molido y solía tomarse una taza de café bien caliente cerca de la Cava Baja para recuperarse. Una noche regresaba hacia la posada pensando en cómo podía ampliar sus trabajos cuando un hombre le cerró el paso a la altura de la plaza del Humilladero.

Bruno no le dio importancia hasta que vio otra sombra a su espalda.

Buscó con la mirada una vía de escape, pero le habían preparado bien la encerrona.

—Tomad. —Sacó una bolsa—. Es todo lo que tengo.

El primer hombre no dijo nada y avanzó hacia él.

—Tú eres el que va por ahí sacando muelas y arreglando huesos, ¿verdad?

—Sí; no gano mucho, creedme. Esto es todo —insistió Bruno.

—Y menos que vas a ganar.

Cuando quiso darse cuenta, el otro le había agarrado por detrás inmovilizándolo y haciéndole hincar las rodillas. Mientras el primero le quitaba la bolsa, sacó una vara de madera y le soltó un golpe en todo el mentón que le hizo saltar un diente que rodó por el firme.

Bruno sintió un dolor indescriptible a la vez que el sabor salado de su sangre en la boca. El ver aquella pieza fuera de su mandíbula hizo que algo despertara en su interior, como una ola de ira que le hizo olvidarse de la aflicción. Se revolvió como un animal herido y lanzó un certero derechazo a la boca del estómago de su primer asaltante, que no lo esperaba y quedó noqueado a la vez que perdía la vara de madera.

Él corrió a cogerla, pero su otro rival la sujetó pisándola y lo golpeó con un puño en todo el ojo. Bruno cayó de nuevo abatido y, antes de que pudiera recuperarse, lo volvieron a golpear y le abrieron una ceja de tal modo que la sangre brotó de forma incesante.

—Solo te lo diré una vez: si sigues trabajando en este barrio, lo próximo que te romperé serán las dos piernas, ¿entendido?

—¿Cómo? —balbuceó Bruno—. Yo no le he hecho nada...

—Me has robado la clientela, sabandija —le respondió antes de escupirle en la cara.

—No le entiendo, yo solo he curado unas fracturas y pequeñas dolencias.

—Cobrando más barato que ningún otro matasanos. ¿Te

crees que puedes llegar aquí y hacer lo que te dé la gana? ¡Pero si solo eres un maldito muchacho! Yo soy el barbero de esta zona y no permitiré que un zagal recién llegado me arruine el negocio.

—Es lo único que sé hacer para sobrevivir; podemos llegar a un acuerdo, quizá...

—Veo que no lo has entendido aún —dijo, rascándose los cuatro pelos que tenía en la cabeza; y le soltó otro puñetazo que le rompió la nariz—. Ahora seguro que lo has comprendido, ¿verdad?

Bruno cayó al suelo sin decir nada.

—¿No me has oído? ¿Lo has entendido o necesitas que te lo vuelva a explicar?

—Lo he... entendido —dijo con un hilo de voz.

—Muy bien, muchacho. Así me gusta, y si necesitas que te cure algún golpe, ya sabes dónde encontrarme. —Se rio y su compañero le asestó un puntapié en el costado.

26

Llegó a duras penas a la posada. No pudo comer nada en varios días, y solo se movía para beber agua. No tenía ayuda alguna, pero había aprendido de su tío cómo recuperarse de una buena paliza. Subsistió como pudo, hasta que consiguió incorporarse de nuevo. Los golpes del rostro tardarían semanas en curarse y había perdido un diente para siempre, aunque al menos no había sido una muela, solo un incisivo del que podía prescindir.

Lo peor era que ya no podía ganarse la vida como barbero en su barrio.

Pasó la Navidad de aquel año y en los primeros días del nuevo año buscó trabajo en otras calles de Madrid. Pero su aspecto era descorazonador y nadie se le acercaba. Se resistía a creer que sus últimas esperanzas lo habían abandonado aquella noche e hizo un esfuerzo por parecer más respetable y siguió ofreciéndose allá donde podía. Deambulaba cerca del convento de las salesas reales cuando pasó un crío dando gritos.

—¡Se busca cirujano competente! ¡Bien pagado!

—¡Eh! Espera, ¿quién busca cirujano?

—No lo sé, a mí solo me han dicho que si daba voces me pagaban una moneda.

—¿Y a dónde hay que ir?

—A un edificio aquí cerca. —Señaló con la mano—. Es ahí donde buscan.

—¿No sabes nada más? —El crío se encogió de hombros.

—Está bien; gracias, zagal.

Bruno dudó, por alguna extraña razón presintió que era demasiada casualidad. La paliza del matasanos en la Cava Baja le había servido para desconfiar y se temía que fueran a timarlo o algo peor. Pero aun así se puso en camino y accedió con reticencia al edificio. Nada más entrar había un torno como en los conventos, aunque ignoraba qué utilidad podía tener allí. Se percató rápido de que era un verdadero caos de pasillos, escaleras y desniveles, donde la más elemental unidad constructiva brillaba por su ausencia, lo cual le hizo desconfiar todavía más.

Lo siguiente que le extrañó fue cruzarse con dos muchachas jóvenes que se quedaron mirándolo y se echaron a reír. Un poco confundido, fue avanzando hasta que el guarda de aquel lugar le explicó que si venía por el anuncio debía ir al despacho de una tal doña Josefa.

—Primero lávate ahí dentro; vas hecho un adefesio.

Así lo hizo.

Subió una escalera empinada, llamó a la única puerta que había y, cuando le dieron permiso, la abrió. Dentro se encontró con los ojos más vivos que había visto en su vida. Aquella mujer llevaba el cabello recogido en un moño, era de talla gruesa, con un busto prominente que aún resaltaba más por el vestido negro ceñido. Aunque lo que de ella destacaba era algo que iba mucho más allá de la indumentaria, el dinero o la belleza. Una aureola que se tiene o no se tiene, y ella desde luego que la poseía.

Se llamaba doña Josefa de Amar y Borbón. Le hizo una serie de preguntas someras y se quedó mirándolo. Bruno estaba intimidado y no se atrevía a abrir la boca.

—Así que usted viene de Barcelona.

—Sí, pero soy de Bilbao —corrigió Bruno.

—Pues no tiene cara de vasco.

—Me fui siendo muy niño de allí a Barcelona.

—Mirándolo bien, la verdad es no sé de qué tiene cara, y eso que yo soy buena fisónoma. Se puede saber mucho de una persona por la forma de su cabeza, ¿lo sabía?

—La verdad es que no.

—Pues sí; hay una nueva ciencia que estudia la forma de la cabeza. Vaya cirujano está hecho usted... —Doña Josefa tenía un tono de voz grave y cada una de sus frases era intencionada, ninguna parecía baladí.

—Con trece años amputé mi primera pierna, señora. —Bruno ya se había cansado de que no lo tomaran en serio.

Doña Josefa de Amar y Borbón se quedó mirándolo como el que observa un cuadro de Velázquez.

—No quiero parecer insolente. —Bruno se disculpó—. Mi juventud es obvia, pero que no la engañe: soy un buen cirujano y quiero ser mejor.

—Tiene arrojo, se agradece. En estos tiempos escasea. —Doña Josefa de Amar y Borbón impregnaba sus palabras de un sutil barniz de elegancia y sofisticación—. Cuénteme más sobre usted.

—Vine a Madrid para estudiar en el colegio San Carlos, pero a pesar de que traía carta de recomendación no he sido admitido. Tengo experiencia en amputaciones, fracturas de huesos, heridas con armas de filo, de pólvora... También en un parto.

—¿Cómo que en un parto? —Aquello llamó la atención de doña Josefa.

—Sí, en una cesárea, para ser más precisos —puntualizó Bruno.

—¡Eso no es posible! ¿Cómo va a haber realizado una cesárea? Se cree que soy tonta, ¿es eso?

—Discúlpeme si no me he explicado bien. No la practiqué yo; es más, mi tío me decía que evitara los partos, que a menudo terminan mal. Sin embargo, una vez yo mismo lo obligué a atender uno y lo auxilié.

—¿Por qué dice que lo obligó? —Arqueó una ceja en gesto de incredulidad.

—Aquella mujer iba a morir, pero su hijo... Había que salvarle —explicó con emoción en las palabras—. Mi tío le practicó una cesárea y el niño vivió; fue algo realmente increíble.

—Ha asistido en una cesárea... ¿Sabe lo difícil que es llevarla a buen término? Siéntese. —Doña Josefa de Amar y Borbón le señaló una austera silla de madera—. He de reconocer que me cuesta creer que con su edad y sin estudios sirva como cirujano. Yo no puedo perder el tiempo; si miente lo descubriré en cuanto empiece a trabajar, así que sea totalmente sincero conmigo. ¿Es de verdad un buen cirujano?

—No sé si el mejor, pero yo...

—Esa no es una respuesta válida; no tengo tiempo para la modestia, es una característica que valoro bien poco. Así que no vaya por ese camino conmigo. —Doña Josefa de Amar y Borbón era todo un carácter—. ¿Es buen cirujano, sí o no?

—Sí, soy un buen cirujano.

—¿Lo ve?, no era tan difícil. Si hago preguntas directas, quiero respuestas igual de directas. ¿Sabe cuál es el lema de la Real Sociedad Económica Matritense de Amigos del País, la cual dirijo? Claro que no lo sabe —no le dejó responder—: «Socorre enseñando».

—No podría estar más de acuerdo; yo lo que quiero es aprender.

Doña Josefa de Amar y Borbón rezumaba pasión sin decir ni una sola palabra, como si emitiera una energía difícil de medir y describir.

—Así que un joven humilde, sin formación, quiere estudiar en ese nuevo colegio de cirujanos. Querido, lamento decirle que era fácil imaginar que no lo aceptarían. —Doña Josefa de Amar y Borbón fue hacia uno de los armarios, extrajo una botella de licor y se sirvió un pequeño vaso—. Tiene que aprender a venderse mejor; Madrid entero es un escaparate. Los pudientes y mandamases eligen lo que les agrada, lo que sobresale o, simplemente, lo que les apetece. Lo primero que debe hacer es aprender a impresionarlos. Y no hay nada que llame más la atención que la confianza en uno mismo.

—Le aseguro que aprendo rápido y que he ayudado a mi tío muchas veces. Seguro que soy más válido que los alumnos que van al colegio.

—¿Y? Eso a ellos les da igual; las mujeres somos mucho más válidas de lo que creéis los hombres para todo lo que no nos permitís hacer y seguimos viendo cómo os equivocáis una y otra vez. Poniendo mil excusas, como la idea de que el gobierno femenino sobre los hombres resultaría contrario a Dios.

—Yo no entiendo mucho de esas cosas. Sé que la posición de las mujeres es difícil y que muchos hombres las creen solo útiles para tener hijos. Mi padre me enseñó que no es así, que una mujer vale lo mismo que un hombre.

—¿Tú padre te enseñó eso? —Fue la primera vez que se esbozó un simulacro de sonrisa en su rostro.

—Sí. Me abandonó hace años —confesó con tristeza—, pero aún me acuerdo de lo que me decía de niño.

—A veces la vida nos pone ante caminos difíciles y nos obliga a renunciar a lo que más queremos. —Lo miró de una forma que Bruno no supo a qué atenerse—. De nosotras solo se espera que seamos una buena esposa y madre. No importa si somos reinas o campesinas, siempre estamos atadas a la moralidad y al recato. Hay mil tipos de mujeres, y al igual que los hombres nacemos, nos hacemos valientes o cobardes, generosas o egoístas, afectuosas o frívolas, según nuestro aprendizaje en la vida.

Se hizo un silencio y doña Josefa de Amar y Borbón se dirigió hacia el alargado ventanal que iluminaba la estancia.

—No logrará lo que desea, no en Madrid. La gente de mi clase no querrá que un hijo de unos campesinos vascos les abra la carne, de ninguna manera —sentenció.

—Puedo atender a gente más humilde.

—¿A pobres, quieres decir? ¿A vagabundos? ¿A prostitutas?

—Bueno... A lo que sea.

—¿Y a huérfanos de un hospicio? ¿Y a las nodrizas? ¿Y a las parturientas? —Doña Josefa de Amar y Borbón era más incisiva que un inquisidor.

—¿Cómo dice? —Bruno quedó confuso.

—¿Podría o no?

—Supongo que sí.

—La Junta de Damas logró que el rey Carlos IV nos autorizara a dirigir la Real Inclusa de Madrid.

—Disculpe mi ignorancia, ¿qué es la Real Inclusa?

—Donde estás ahora mismo —refunfuñó—. Ayudamos a huérfanos; casi un noventa por ciento de ellos mueren siendo aún niños pequeños.

—¿Y a qué se debe ese nombre de la Inclusa?

—Hay una ciudad flamenca llamada Enkhuizen. Un soldado encontró en ella, en una iglesia, un cuadro de la Virgen de la Paz rodeada de ángeles y con un niño a sus pies —explicó doña Josefa en un tono más relajado—. Tras su regreso le regaló al rey Felipe II la imagen, y el monarca decidió a su vez donarla a la cofradía que en la capital se dedicaba a cuidar niños abandonados. Los madrileños no sabían pronunciar aquel nombre y poco a poco la institución pasó a denominarse simplemente Inclusa.

—Yo estaría encantado de trabajar aquí.

—No me sirves si solo eres un matasanos sin formación. Pero eres un ingenuo; no van a dejarte entrar en el colegio San Carlos para que luego atiendas a los pobres. —Doña Josefa de Amar y Borbón se estiró el vestido—. Sin embargo, hay otro camino que podrías escoger. Hay una especialidad en el San Carlos que está libre de competencia, con la que podrías ayudarme a mí y a la vez entrar en contacto con la gente relevante de Madrid. —Se bebió el vaso de golpe.

—¿Con la gente importante ha dicho?

—Desde luego, ¿o es qué no me ha oído? —le recriminó ella—. Con los más influyentes y poderosos.

—¿Y cuál es ese camino? Tan solo dígame qué tendría que hacer.

Doña Josefa de Amar y Borbón guardó silencio y giró varias veces el único anillo que adornaba sus dedos. De pronto, Bruno sintió que la habitación se hacía más pequeña y que el aire escaseaba, hacía más calor. Se percató de que no se oía ruido alguno, como si el tiempo se hubiera detenido hasta que aquella imponente mujer volvió con sus palabras a reanudarlo.

—Hasta comienzos del siglo pasado, el arte de partear ha sido una actividad exclusivamente femenina. Desde la realeza hasta el pueblo llano, todas las mujeres preñadas y paridas, en sus necesidades y para las criaturas, acudían a las parteras antes que a los médicos o cirujanos. Era una costumbre que se justificaba por la necesidad de defender la honestidad de las mujeres, ¿se imagina?

—Imagino que ningún marido quiere que otro hombre toque a su mujer, y menos ahí...

—¡Es inadmisible! —Doña Josefa de Amar y Borbón estalló alzando la voz de una manera imponente—. Estamos en el siglo XIX, ya es hora de abandonar ese pensamiento retrógrado y retrasado.

—¿Qué es lo que me está queriendo decir, doña Josefa? ¿Qué desea que haga?

—Que si yo lo ayudo a entrar en el colegio San Carlos, usted aprenderá el arte de partear y las enfermedades de las mujeres.

—Y sus palabras cayeron como losas de piedra.

—¿Cómo ha dicho? —inquirió Bruno.

—Lo que has oído perfectamente por esas dos orejas que te salen de la cabeza. No hay ni médicos ni cirujanos en Madrid que sepan de nuestras enfermedades o que atiendan partos con eficiencia. Y mucho menos una cesárea.

—Pero eso es labor de las parteras...

—¿Por qué? —Doña Josefa alzó de nuevo su ronca voz y Bruno dio un respingo—. ¿Cuántas mujeres mueren dando a luz? ¿Cuántos bebés fallecen en el parto?

—Ciertamente muchos, pero...

—¡No hay peros que valgan! —exclamó, acorralando al joven Bruno con su dialéctica—. Aquí somos responsables de más de cien nodrizas, de cientos de bebés y también de los partos de mujeres que por distintas razones no tienen dónde dar a luz.

—Quiere decir mujeres adúlteras...

—No, muchacho —dijo, cerrando los ojos, suspirando y negando con la cabeza—. Al contrario de lo que pensáis los hombres, no todas las mujeres son unas prostitutas.

Bruno pudo ver en el fondo de los ojos de doña Josefa que había cometido un terrible error pronunciando esa última frase.

—Perdón, no era eso lo que quería decir.

—Esa mentalidad es la que debemos combatir; hay mujeres que se quedan embarazadas siendo aún muy niñas, otras son violadas; las hay a quienes sus maridos abandonan, otras son repudiadas por sus familias por enamorarse del hombre equivocado... ¿Quieres que siga?

—No es necesario, lo siento —se disculpó Bruno de nuevo—. Entonces me ayudará a acceder al San Carlos para que aprenda sobre partos y así atender a todas esas mujeres...

—Y a muchas otras. Piénselo bien, joven. ¿Qué estaría dispuesto a hacer un rey porque el mejor cirujano experto en el arte de partear atendiera el nacimiento de un príncipe? ¿Qué no haría un conde para que su primogénito viniera al mundo en las mejores manos?

Entonces Bruno lo entendió, y doña Josefa de Amar y Borbón vio el brillo que esperaba en sus ojos.

—En la vida, aquellos que lo tenemos más difícil debemos saber tomar los caminos alternativos, no son los más rectos ni los más rápidos; pero llevan al mismo sitio. —Doña Josefa sonrió, satisfecha de haber doblegado las reticencias de Bruno—. Lograré que lo admitan en el colegio de cirujanos porque nos ayudará en los partos y también con la salud de las nodrizas. No a tiempo completo; tranquilo, que tendrá tiempo para estudiar. ¿Lo comprende ahora?

—Sí —respondió con firmeza.

—No podemos permitir que mueran tantas mujeres. —Doña Josefa se levantó de nuevo; esta vez llenó dos copas y le ofreció una a Bruno—. Es coñac francés, lo mejor para el cuerpo.

Bruno dio un pequeño sorbo y sintió que le quemaba todo

el pecho. Mientras, doña Josefa se lo bebió de un trago sin inmutarse.

—Mira, muchacho, uno debe saber aprovechar las oportunidades, la medicina está cambiando. Soy consciente de que estamos en el inicio de una nueva mentalidad sanitaria. Hasta hace pocos años, la cirugía era un saber menor. Más práctico que teórico, impropio para los caballeros, que menospreciaban el trabajo manual. Sin embargo, ahora comienza el tiempo de los cirujanos.

—¿El tiempo de los cirujanos?

—Sí. Entiendo de medicina mucho más de lo que usted cree. Mi padre era José Amar y Arguedas, nació en la ciudad de Borja y fue médico de cámara del rey Fernando VI.

—¿Médico de un rey?

—Así es —respondió doña Josefa de Amar y Borbón orgullosa—. La tradición profesional de las familias tanto de mi madre como de mi padre ha sido la medicina. Mi bisabuelo materno fue un afamado facultativo y profesor universitario de Zaragoza. Mi abuelo, cirujano, catedrático y vicepresidente del Real Tribunal del Protomedicato de Castilla y perteneció también al protomedicato de Cataluña.

—¿Y su marido también es médico?

—No, mi marido era ministro civil de la Audiencia aragonesa, pero sufrió un accidente de perlesía y ha quedado imposibilitado. Está bajo mi estrecho cuidado.

—Lo lamento mucho, señora.

—Gracias. —Doña Josefa recompuso su gesto—. Señor Urdaneta, soy su mejor opción, yo casi diría que la única, para entrar en ese colegio de cirugía. A cambio de que estudie el arte de partear y trabaje aquí. Por supuesto, tendrá un sueldo justo y hasta podemos alojarlo en nuestras dependencias.

—Necesito meditarlo... Nunca pensé en dedicarme a los partos, yo quería combatir el dolor.

—Haga las dos cosas a la vez. ¿O es qué cree que las mujeres no sufrimos? ¿Usted sabe el dolor que se soporta en un parto?

—Doña Josefa de Amar y Borbón le advirtió con un tono fuerte de voz, después se estiró el vestido y lo miró desde lo alto de su posición—. Ya le he dicho que no me gusta perder el tiempo. Ahora depende de usted; deme una respuesta lo antes posible. Pero le advierto que la vida es demasiado corta, señor Urdaneta, no hay tiempo para las dudas.

27

Todavía confuso por la visita a doña Josefa de Amar y Borbón, deambuló por los puestos de vendedores cerca de la plaza de la Cebada. En uno de ellos fue donde se enteró de las nuevas noticias que llegaban de fuera. Napoleón se había coronado emperador hacía unos meses, decían que eso implicaba que Francia iba a pasar a la ofensiva en Europa.

Lo mismo se comentaba en La Fontana. A Bruno esos temas antes no le importaban, sin embargo ahora comenzaba a prestarles más atención. También le pasaba con las mujeres; desde que había llegado no podía evitar fijarse en ellas. Ya no era un niño, sino un joven con ganas de descubrir el mundo. De todos modos, sus problemas actuales iban por otros derroteros. Lo más importante era saber qué hacer con la oferta de doña Josefa de Amar y Borbón, así que cuando apareció por allí Fustiñana, después de un par de vinos le preguntó y este saltó al quite como un buen torero.

—Es una mujer notable, con contactos e indudable influencia. Es liberal, una de esas que abraza las ideas modernas, así que hay que andarse con ojo con ella. Pero es incuestionable que tiene las llaves de muchas puertas.

—Ya veo...

—No lo pienses tanto, muchacho. Yo creo que lo que te propone es la solución a tus problemas, un buen golpe de suerte como si alguien ahí arriba hubiera decidido echarte una mano —le dijo mientras encendía un alargado cigarro.

—No es tan sencillo; mi tío no estaba a favor de asistir en partos...

—Tu tío está muerto y enterrado, en algún momento tendrás que empezar a tomar tus propias decisiones.

En ese instante, unos que había en el fondo de la taberna se envalentonaron discutiendo sobre Napoleón.

—No me fío de los franceses —murmuró un viajante de Burgos que tenían al lado.

—Pues yo si conociera algún francés me arrimaría bien ahora —dijo Fustiñana—; sacaría una buena tajada, seguro. Ahora los ministros son todos afrancesados; Godoy es más francés que el propio gallo.

—Que dicen que ahora su símbolo es un águila, que el gallo era poca cosa... —espetó el de Burgos.

—También es verdad que un gallo miedo miedo no daba —musitó Fustiñana—. Yo solo sé que si uno quiere triunfar más vale saber francés. Por eso me conozco a todos los franceses importantes que viven en Madrid.

—¡Menos lobos, Fustiñana! —exclamó el tabernero, que también los estaba escuchando.

—¡Será posible! ¿Es qué alguien se atreve a dudar de mi palabra?

—Fustiñana, que nos conocemos y esto no es una obra de Lope de Vega —dijo el tabernero—, que eres muy teatrero.

Todos se echaron a reír.

—¿Qué tipo de confabulación es esta? —dijo, poniéndose en guardia, aunque con su escasa estatura intimidaba más bien poco—. ¡A ver! Ponedme a prueba, ¡venga! —Los miró desafiante, sacando pecho—. ¿Nadie?

—Yo sé de un comerciante francés en Madrid —intervino Bruno—, ¿lo conoceréis por el apellido?

—¡Desde luego! Hay pocos en Madrid, ¡vamos!

—¿Os suena un tal Marèchal?

—Hum, déjame pensar...

—No tiene ni idea —murmuró el tabernero mientras limpiaba unos vasos.

—¡Sí! Claro que lo conozco; comercia con algodón y vive cerca del Palacio Real, por las Vistillas.

Justo entonces, dos parroquianos comenzaron a remangarse y se hizo un corrillo alrededor de ellos. Al parecer, uno era afrancesado y el otro había combatido en la última guerra contra el francés. No eran los únicos con ganas de usar las manos aquella noche, pues había más discutiendo sobre la reina y sus amantes.

Así que Bruno y Fustiñana creyeron que lo más prudente era escabullirse antes que recibir algún golpe perdido, o que viniera la autoridad y terminaran durmiendo en el calabozo.

Una vez fuera de La Fontana avanzaron hacia la puerta del Sol, donde estaban derribando una casa de tres alturas.

—Bárbara reina, bárbaro gusto, bárbara obra, bárbaro gasto.

—¿Cómo dices?

—A veces se me olvida que no eres de Madrid; es un dicho popular sobre el convento de las Salesas Reales, que está cerca. Su coste fue desorbitado y pésimo el gusto. Fue mandado construir por la reina Bárbara de Braganza, la esposa del rey Fernando VI.

—Que fácil es gastar el dinero que no es de uno... Estos reyes...

—¡Cuida esa lengua! —Fustiñana le propinó un buen empujón—. Que en Madrid hasta los árboles tienen oídos.

—Pero si en La Fontana se dicen cosas mucho peores.

—La Fontana es diferente —puntualizó Fustiñana—. Lo que se dice allí, allí se queda. La calle es otra cosa, apréndetelo rápido.

—Yo no había hablado nunca antes de política.

—Craso error; en tiempos como estos no hay nada peor que las medias tintas. Siempre hay que elegir, así que mejor hacerlo cuanto antes y tenerlo claro.

—¿Y tú qué piensas de los Borbones?

—Son nuestros reyes —recalcó Fustiñana—, y hasta que no me demuestren que hay algo mejor, yo me quedo con lo malo conocido.

Se cruzaron con unos críos que arrastraban unos calderos de agua con un carro de mano un tanto viejo y destartalado. Bruno se quedó mirándolos y uno de ellos le hizo un gesto de burla.

—Déjalo, que te meterás en problemas. Ese es un furtivo de agua.

—¿Quiénes son esos?

—Los dueños de casas que pinchan las tuberías para conseguir el agua gratis —respondió Fustiñana mientras se paraba a orinar en la tapia de un convento—. El agua potable es un bien escaso, el suministro de agua a la ciudad se realiza por medio de los viajes de agua. Un laberinto de galerías y conducciones subterráneas. Muchos de ellos se dejan sobornar. —Terminó de orinar y reinició la marcha.

—¿Para qué?

—Para pinchar las tuberías, ya te lo he dicho. Hay algunos caños enormes, dicen que puede correr por ellos una persona de pie y que son tan largos que salen de la ciudad. He oído historias de gente que se ha perdido en ellos y nunca ha aparecido. Por eso son tan importantes los fontaneros.

—Y, por supuesto, conoces alguno.

—No lo dudes, Bruno. Amigos hasta en el infierno, ¿me oyes? ¡Hasta en el infierno! —afirmó—. Lo del agua es un negocio muy lucrativo, dicen que solo quinientas casas particulares y conventos tienen agua a domicilio. Así que las diez mil casas restantes deben acudir a las cuatro docenas de fuentes públicas o surtirse a través de los aguadores, como los críos que hemos visto.

—O pincharla y robarla.

—Veo que vas aprendiendo. —Fustiñana le guiñó un ojo.

28

A la mañana siguiente, Bruno madrugó y fue hacia las Vistillas. Después de indagar entre varios vendedores de tejidos, averiguó que un comerciante francés residía al lado de la basílica de San Francisco el Grande, en la calle Nueva que iba hacia el palacio. Al comienzo de esta había unas caballerizas, y después, sobre un cerro, el Palacio Real, construido en el mismo lugar donde se alzaba el alcázar de los Austrias, destruido por un incendio en una nefasta Nochebuena.

Indagó hasta llegar a un moderno palacete, habló con unas criadas que encontró para cerciorarse de que era la dirección que buscaba y se quedó allí plantado.

A la media hora se preguntó qué estaba haciendo, dio media vuelta y se encaminó de nuevo hacia Lavapiés.

—¡Hola! —Alguien lo saludó—. ¿Es usted? ¡Sí! Claro que lo es; vaya pregunta... ¿Qué hace aquí?

Aquellos enormes ojos eran inconfundibles. La que hablaba era Vega Marèchal, que vestía un traje de color pastel, largo y con cola, que esbozaba unas caderas anchas y un pecho abultado.

—Iba camino de... ¡Qué casualidad que nos hayamos visto con lo grande que es Madrid!

—Sí, es cierto... —A Vega se le notaba sorprendida.

—¿Qué tal su herida?

—Está mejor, aunque aún me duele al levantar el brazo. —Hizo el gesto—. Un médico va a venir a vérmela.

—Podría revisársela yo; si lo desea, claro. Un médico ni siquiera va a tocarla, le recetará algún fármaco y además le saldrá muy caro. Somos los cirujanos los que mejor conocemos la anatomía y podemos ayudarla.

—Así que conocéis bien cómo somos por dentro —murmuró ella.

—Sí, un cirujano debe saberlo para poder operar. Dese cuenta de que los médicos son solo teóricos agarrados a conocimientos antiguos. El mundo sanitario está evolucionando y los cirujanos estamos haciendo enormes progresos.

—Mi padre está de los nervios, le preocupa que vaya a perder movilidad.

—Nada de eso, se lo aseguro.

—Me ha convencido. Acompáñeme, vivimos aquí mismo. —Señaló el palacio—. Además, mi padre estará encantado de conocerlo.

Bruno hizo como si no supiese que el edificio del comerciante francés de algodón era ese.

El interior era bastante austero, desembocaba en un pasillo alargado que atravesaba una zona de almacenaje hasta un patio abierto con abundante luz. Al fondo, una escalera señorial daba acceso a la zona noble, en cuyas paredes colgaban numerosos tapices; eran todos de tonos alegres y representaban escenas ociosas. Le llamó la atención un ambiente tan distendido; los únicos cuadros que había visto Bruno en su corta vida eran representaciones religiosas, nunca profanas.

Vega Marèchal abrió una puerta de madera labrada, enmarcada por dos cornucopias doradas. Al otro lado había un salón con sofás y una mesa baja, y un aroma peculiar que no supo identificar. Un generoso ventanal iluminaba la estancia con una luz clara que hacía brillar los cabellos de la joven.

—¿Va a examinarme? —Vega estaba recostada esperándolo.

—Por supuesto. —Se arrodilló con el mismo pudor que cuando se conocieron.

Le remangó la camisa y se quedó unos instantes observando

la piel de Vega, donde se esbozaban unas venas púrpuras como hilos enhebrados entre infinitas pecas. Cuando se percató de que quizá tardaba demasiado, comprobó el estado de la herida.

—Está francamente bien; tiene usted una capacidad de cicatrización envidiable.

—Nunca me habían dicho nada igual, ¿es un halago? —Se echó a reír.

—Supongo que... —Bruno sonrió también—. La piel es muy importante. Es nuestra primera defensa y tiene sus propias reglas. Se enrojece si se la pone al sol, se arruga con el paso de los años, es sensible a muchos estímulos.

—Yo prefiero otros sentidos más que el tacto, como el olfato.

—Precisamente aquí huele a algo que no distingo qué es —comentó Bruno.

—¿Le gusta? Es palo santo; mire. —Tomó unas pequeñas ramitas que había sobre una mesa baja—. Crece en los bosques secos de la América tropical y la costa del mar del Sur. Su madera es utilizada por los chamanes de varias tribus de Nueva España. Los incas ya usaban su humo y su aceite con fines medicinales.

—¿Medicinales?

—Elaboran un aceite esencial de color amarillo que posee un perfume de cítricos, que es lo que ha olido. Mi padre usa la corteza macerada en alcohol contra el reuma que padece.

Bruno se quedó sorprendido por la explicación e hipnotizado por la mirada de Vega. Mientras hablaba, él la observaba con detenimiento. Ella tenía una risa limpia y contagiosa, y al sonreír dejaba ver unos dientes blancos y perfectos. No era hermosa a la manera tradicional, precisamente por eso lo atraía tanto.

—Me fascina su olor —dijo la joven—. Perdone mi atrevimiento, es que tengo obsesión con los olores y los perfumes. ¿Sabe? Todos tenemos un olor propio y todas las fragancias huelen de manera diferente en cada persona.

—¿Es eso cierto? —Bruno comenzó a darse cuenta de que Vega Marèchal era un enigma del que todavía apenas sabía unas líneas.

—¡Por supuesto!

—Mi tío decía que podía oler a la muerte.

—Qué tétrico, ¿no? ¿Y a qué olía?

—La verdad es que nunca se lo pregunté —respondió Bruno contrariado.

—*Vega! Où étais-tu?* —Un hombre entró de repente; no era muy alto y llevaba una vistosa casaca hasta las rodillas, con unos enormes botones decorativos en la parte delantera.

—*Tout de suite?* —Ella se incorporó—. Este señor es... —Entonces Vega se percató de que no recordaba su nombre.

—Soy Bruno Urdaneta —saludó él, y fue hacia el francés para estrecharle la mano, pero este guardó la distancia y puso cara de pocos amigos.

—El médico —afirmó el hombre con un pronunciado acento, y le echó una mirada afilada.

—Cirujano —lo corrigió él—. Aprendiz para ser más exactos.

—Me ayudó el otro día en la ribera del Manzanares, nos hemos visto casualmente por la calle y ha accedido muy amable a revisarme la herida.

—Señor Urdaneta —siguió con un profundo acento—, muchas gracias por atender a mi hija. ¿Cómo es que estaba por aquí cerca?

—Iba de paso.

—¿A dónde? —insistió.

—Pues... —Tardó en responder—. A Lavapiés.

—Y decís que sois aprendiz de cirujano.

—He sido ayudante de cirugía en Barcelona y ahora estoy preparando mi entrada en el colegio de San Carlos.

—Qué casualidad que hayáis coincidido de nuevo con mi hija. ¿Cuántas posibilidades hay de que ocurra algo así tan pronto de haberos conocido?

—Supongo que escasas.

—Eso mismo pienso yo. —Miró a su hija—. *Chérie, le médecin est en train d'arriver. Dites au revoir à ce monsieur.*

—*Il m'a dèjá regardé ma blessure.*

—Hasta otra ocasión, joven. —Miró a Vega—. No tardes, hija.

Bruno respiró aliviado cuando el francés los dejó solos de nuevo. Vega se acercó por su espalda.

—Yo creo que le ha causado buena impresión.

—No sé... A su padre se le ve un hombre de un carácter fuerte. Dijiste que tu madre era riojana ¿verdad?

—¿Ahora me tuteas?

—Perdona. ¡Perdone!

—No pasa nada, mientras no esté mi padre delante. Podría pensar otra cosa... —Volvió a mostrar esa sonrisa tan embaucadora—. Mi madre... —Hizo una pausa que entristeció su rostro—. Murió al poco de nacer yo.

—Vaya, lo siento. —Bruno habría deseado que el suelo bajo sus pies se abriera y lo tragara por su inoportuna pregunta—. Tuvo que ser terrible.

—Ahora yo soy la única descendiente de la familia de mi padre, porque a sus dos hermanos los mataron en la revolución, lo cual es un problema. Él hubiera querido tener al menos un hijo varón para mantener su apellido y que prosiguiera con los negocios familiares.

—Tú puedes darle un nieto.

—No, Bruno. —Una lágrima recorrió su mejilla—. Yo no puedo.

—¿Qué ocurre? ¿Te encuentras bien?

—No debería estar hablando de esto. Si se entera mi padre... Y además...

—Vega. —Bruno se arrodilló frente a ella y la cogió del brazo, estaba fría como un témpano de hielo—. ¿Qué te sucede?

—Es una maldición...

—Es verdad, los hijos varones estamos siempre en mejor posición. Es injusto, no debería ser así. Tienes que conocer a una mujer, doña Josefa; ella dice que...

—No, quiero decir que es realmente una maldición de mi familia.

—Vega, ¿qué estás diciendo? —Bruno dibujó un interrogante en su rostro.

—Lo que oyes.

—¿De qué maldición me estás hablando?

—No sé por qué te cuento esto. De todas maneras... da igual. Desde hace generaciones, mi familia está maldita. La rama de mi madre proviene de una estirpe morisca y fue maldita por un amor no correspondido de una de mis tatarabuelas.

»Un amante desdichado que tuvo, recurrió a una bruja para vengarse por abandonarlo, y la bruja creó un conjuro que la condenó a morir si engendraba un niño con mi tatarabuelo.

—Vega, es una maldición de hace muchas generaciones...

—Suena una locura, lo sé; sin embargo es la realidad.

—¿Me estás diciendo que crees esa historia?

—No es que la crea, es lo que les ocurre desde hace más de cien años a las mujeres de mi familia. Te estoy hablando muy en serio; sabía que no tenía que habértelo contado. —E hizo mención de marcharse.

—No, espera. —Bruno la cogió del brazo—. Yo te creo.

—¿De verdad?

—Por supuesto. Cuéntame más: ¿tu tatarabuela murió cuando tuvo a su hijo?

—Sí, falleció en el parto de su primer hijo. De hecho, antes había tenido dos niñas y se habían olvidado de la maldición porque no tuvo ningún problema. Buscaron a la bruja para que deshiciera el conjuro, por desgracia ya había muerto. Así que desde entonces todas las mujeres de la familia de mi madre han fallecido en el parto de sus hijos varones.

—Eso no tiene ningún sentido; ¿por qué va a pasar eso? ¿Y solo cuando nace un niño?

—Sí, solo si son niños.

—Vega, eso es imposible...

—Ya te lo he dicho: es una maldición —recalcó Vega, que seguía sollozando—. Algunas se arriesgan confiando en que nazca una niña, como fue mi caso. Aunque, como imaginarás, es tentar mucho a la suerte. Las mujeres de mi familia han recurrido a todo: médicos, curanderos, curas, hasta magos y brujas. Han hecho peregrinaciones a lugares santos, han tomado baños milagrosos, y han seguido muriendo al dar a luz a niños.

»Mi padre lo sabía y aun así quería tanto a mi madre que se casó con ella. No iban a tener hijos, pero debido a la muerte de mis tíos cambió la situación y se arriesgaron.

—Pero tu madre también murió al poco de que nacieras.

—Eso es diferente, fue por la fiebre de las parturientas —explicó Vega—. Yo nací bien, ya me ves. Bueno, a excepción de...

—¿De qué?

—Mis ojos; son demasiado grandes, separados y saltones.

—Eso es una completa estupidez, Vega.

—No lo es; de pequeña las demás niñas me decían que parecía un pez por la forma que tienen.

—¡Esas niñas eran tontas o unas envidiosas! Y seguro que hay una explicación lógica a lo que me has contado, ¡debe de haberla!

—Ojalá —suspiró Vega—, aunque me temo que no. Por eso he decidido que nunca voy a quedarme embarazada.

—¡No vas a tener hijos! —Bruno se incorporó.

—Quiero parar la maldición, el sufrimiento de mi familia.

—Vega, ¡es solo una superstición! Una explicación sencilla a un fenómeno que tendrá una razón científica, ¡médica! No estamos en la Edad Media, esta es la época de la ilustración.

—Eres cirujano; ¿cuál es la explicación científica?

—Pues... —Bruno se quedó de repente mudo—. Los partos se complicarían por diversas causas, y en vez de buscarlas alguien halló una solución más rápida y surgió lo de la maldición.

—Bruno, mi abuela murió al dar a luz. ¿Te parece una superstición? —dijo enervada con la última afirmación de Bruno.

—Perdona, claro que no.

—Ahora tienes que irte, tengo cosas que hacer.

—Pero...

—Bruno, por favor.

Él asintió, se despidieron de manera fría y Bruno salió maldiciendo su torpeza. Entonces se cruzó con un hombre de apariencia extranjera. Vestía elegante, con una peluca nueva a la última moda, la espalda bien recta, una chaqueta entallada y un fino bigote bajo una perfilada nariz. Calzaba unas botas altas, como las que usan los soldados. El hombre le mantuvo la mirada. Una vez salió del edificio volvió la mirada hacia la primera planta. Desde el gran ventanal, Vega lo observaba.

29

Cuando salió de casa de los Marèchal tenía decidido a dónde debía acudir. Pasó frente a la puerta del Sol y llegó a la Real Inclusa. Tras dar varias vueltas por las laberínticas dependencias, vio a doña Josefa de Amar y Borbón ante la cama de una futura parturienta.

—Alabados sean los ojos del Señor, si es el aprendiz de cirujano.

—Señoras. —Hizo una leve inclinación con la cabeza.

—Si estáis aquí es porque habéis aceptado mi oferta, creía que no os interesaba —afirmó con indiferencia—. La juventud hoy en día os rendís a las primeras de cambio. Como nos invadan no sé lo qué será de España.

—¿Quién va a invadir España, doña Josefa? Si ahora la Francia de Napoleón es nuestra aliada.

—A Dios ruego para no tener que saberlo nunca. ¿Y puede decirme la razón por la que ha tardado en aceptarla?

—Necesitaba meditarlo bien.

—Como no mejore a la hora de mentir, la lleva clara. No lo veo convencido, y odio perder mi preciado tiempo —le advirtió doña Josefa, negando con la cabeza.

—Doña Josefa —dijo firme—, es cierto que el otro día tenía dudas. Desde que llegué a Madrid he cometido errores y me ha faltado decisión. No volverá a suceder, ese Bruno dubitativo y tímido ha quedado atrás. Ahora sé muy bien lo que quiero y lo voy a conseguir.

—Una buena dosis de determinación, se agradece de su parte. Pero ¿qué es lo que desea? Si puede saberse.

—Entrar en el San Carlos y ser el mejor cirujano de España.

—¿El mejor? ¿No es eso apuntar muy alto? —inquirió doña Josefa.

—No, sé que puedo hacerlo.

—Reconozco que parece convincente, y cierto es que cuando nos conocimos no me dio buena impresión; en cambio, hoy... parece otra persona. —Doña Josefa de Amar y Bobón lo miraba con recelo—. Recuerde que el trato es que se dedique a aprender sobre el arte de partear y las enfermedades de las mujeres.

—Eso es lo que haré, se lo juro.

—No jure tanto. Sea lo que sea que le ha hecho cambiar de opinión, me alegro. —Doña Josefa de Amar y Borbón se despidió de la mujer embarazada—. Ahora déjelo en mis manos, yo lo avisaré cuando deba ir al colegio de cirugía.

—¿Y ya está?

—No, señor Urdaneta. Esto solo acaba de comenzar. Tome. —Le dio unas monedas—. Cómprese algo de ropa nueva y coma bien, lo quiero preparado. No me defraude, confío en usted y no suelo equivocarme cuando lo hago. Soy muy buena analizando a las personas y, por lo que he visto de usted en nuestras conversaciones, es usted un joven brillante. Entrar en ese colegio es solo un primer paso, a partir de entonces deberá esforzarse como nunca antes lo ha hecho. Piense en todo lo que puede llegar a hacer si se convierte en un buen cirujano, las vidas que puede salvar, los avances en los que puede participar. Señor Urdaneta, en su mano está hacer de este un mundo mejor, no puedo imaginar un objetivo mejor en la vida que ese. —Doña Josefa de Amar y Borbón avanzó por la sala con unos andares propios de una alta dama de la corte.

Cómo puede cambiar la vida en pocos días; cómo se pasa de la desesperación al júbilo. El doctor Arrieta y Fustiñana tenían razón: en Madrid todo era posible. Pero era algo más profundo. Bruno se había dado cuenta de que tenía que dejar atrás al muchacho retraído de Barcelona y convertirse en un joven decidido en Madrid.

Una semana después de su visita a la Real Inclusa, Bruno Urdaneta fue recibido en el Real Colegio de Cirugía San Carlos, ubicado en los sótanos del Hospital General y de la Pasión. Esta vez sin hacerle más preguntas ni exigencias. Doña Josefa de Amar y Borbón había cumplido su parte del trato; ahora él debía hacer lo propio.

—Tiene usted unas amistades muy considerables, lo cual es una inesperada sorpresa. —El decano en persona firmó su admisión.

—Yo solo quiero formarme para ser un buen cirujano.

—Ya. Si también quiere un consejo: no crea que las cosas van a serle fáciles, lo estaré vigilando. Y no solo yo, su presencia aquí es incómoda.

—¿Por qué razón? ¿Qué le he hecho yo?

—No se equivoque, no es de mí de quien se tiene que preocupar.

No le dijo más, pero si el decano era el responsable máximo del colegio, ¿a quién más debía temer? Su primer profesor fue don Eugenio Celadas, un hombre desgarbado, con un bigote prominente y oscuro, con un denso cabello.

—Ya me han informado de lo inusual de su incorporación; tengo su expediente. Sus motivos habrá, aunque eso no es de mi incumbencia. Quiere especializarse en partos, enfermedades de la mujer y de los niños. ¡Vaya sorpresa! Y eso, ¿por qué? —preguntó el profesor Celadas.

—Opino que las mujeres deben ser mejor atendidas en el momento del parto. Las tasas de mortalidad son demasiado elevadas.

—Aquí pone que ha trabajado como aprendiz de un cirujano desde que tenía doce años. Es usted bastante precoz, ¿no? —El profesor Celadas lo miró reacio—. Y que ha realizado amputaciones, ¿no es también algo exagerado? Conozco a la gente de aquí, y no creo que la de Barcelona sea muy distinta, y dudo de que nadie se pusiera en las manos de un crío para que le cortara una pierna o le abriera el abdomen, la verdad.

—A veces las circunstancias mandan.

—¿Cómo ha dicho, joven? —El profesor Celadas se inclinó hacia Bruno.

—Pues eso: que en ciertas ocasiones no queda más que actuar y ahí lo que importa es que uno esté dispuesto a hacerlo.

—Y usted lo está, por lo que veo. —El profesor Celadas se alisó su voluminoso bigote—. Arrojo no le falta, por eso no entiendo lo de estudiar partos. Por decirlo suavemente, no es muy emocionante que digamos. —Lo vio torcer el gesto—. Además, estas materias no se verifican hasta llegar al tercer curso, así que este primer año no podrá estudiarlas.

—¿Y no podría simultanearlas?

—¡Por Dios santo! ¿Se ha escuchado usted? —El profesor Celadas perdió la compostura—. No puede entrar directamente en esas clases sin saber de anatomía, fármacos, operaciones... Podemos adelantarlas un año para usted, pero no dos. Y aun así es algo inusual a todas luces.

—Como bien dice, ya he trabajado como cirujano; no soy un simple estudiante, mi matrícula es algo distinta. Déjeme alternar las clases de primer año con las de la cátedra de Partos

—Mire, le voy a ser franco. —Bruno temió que lo mandara al cuerno—. Se agradece que alguien quiera ocuparse de estas materias; aquí todos quieren ser cirujanos de cámara del rey, de un ministro o de toda la familia real. Por no hablar de quienes quieren abrir cabezas. Qué obsesión tiene ahora la gente con eso, ¿qué esperan encontrar?

—El cerebro...

—Sí, ya sé lo que hay dentro —refunfuñó—, pero eso no sirve de nada. Los pulmones, el hígado, el corazón, ahí es donde debemos centrarnos. ¿Para qué abrir una cabeza?

—Lo ignoro, profesor.

—Pues está muy de moda en Europa, sobre todo en Inglaterra. Allí andan como locos buscando cabezas que examinar, ya verá como tarde o temprano hacemos lo mismo aquí —masculló el profesor Celadas—. Mejor no hablamos más de esto, que me enervo. Así que alternar dos cursos... Eso supone un enorme esfuerzo por su parte.

—Le repito que tengo experiencia y conocimientos previos; podré con ello. No voy a dejar escapar esta oportunidad, me ha costado mucho llegar hasta aquí. Le aseguro que si confía en mí, no se arrepentirá. Pienso aferrarme a esta oportunidad con uñas y dientes.

—Está bien —claudicó el profesor Celadas—. Mire, las lecciones de la cátedra de Partos y su adjunta, la de Enfermedades Venéreas, empiezan el día 1 de marzo, hasta finales de julio. Las de enfermedades peculiares de las mujeres, las de los niños, y todo lo relativo al arte de partear se inician el 1 de octubre y duran hasta finales de noviembre. En ambos casos, el horario es de una a seis de la tarde. Solo se ha perdido el inicio, espabile para recuperar las clases, y el curso que viene empezará con la especialidad.

—Me parece fantástico.

—Esfuércese, no le va a ser fácil manejar todas esas asignaturas. Bienvenido al San Carlos, mi ayudante le dará todo lo que necesite.

Bruno salió emocionado hacia su primera clase. Parecía increíble, ya era alumno del San Carlos. Era un sueño hecho realidad. Aunque si en ese momento el profesor Eugenio Celadas le hubiera abierto la cabeza para examinar su cerebro, habría encontrado que estaba pensando en Vega Marèchal y en la posibilidad de acabar con la maldición de su familia.

30

Llamaron a la puerta, tres toques.

Dejó el libro que estaba leyendo junto al fuego del hogar y al llegar vio que habían deslizado una carta por debajo. Era un papel párvulo y rugoso, con el membrete del colegio de San Carlos.

Solo tenía una frase escrita con buena letra, que decía:

Hay un nuevo Urdaneta en el San Carlos.

Apretó el papel en su puño y fue hacia la chimenea, lo arrojó y vio que prendía rápidamente.

Ahora tenía una disyuntiva y no sabía qué camino tomar.

Si el sobrino era como su tío, debía actuar de inmediato.

31

Tras fracasar en su intento de invasión de Gran Bretaña, Napoleón había ideado un bloqueo a este país que prohibía el comercio de productos británicos en el continente europeo. Lo cual también obligaba a España, aliada de Francia, a cumplir con las órdenes del francés.

Bruno tenía ahora menos tiempo para acudir a La Fontana y estar al corriente de lo que se hablaba por Madrid. Y es que los días se volvieron frenéticos para él. Debía adaptarse al ritmo de las clases y recuperar el tiempo perdido desde el inicio del curso. Necesitaba papel, libros, plumas, un maletín; de todo ello se ocupó doña Josefa. Hasta de facilitarle ropa nueva; nada lujoso, pero sí presentable para no desentonar en el San Carlos.

Las materias básicas que componían el currículo eran osteología, anatomía, fisiología, higiene, patología, terapéutica y operaciones. Más adelante empezaría con la medicina práctica en las salas del hospital.

Bruno tomaba asiento a mitad de aula, junto a un estudiante flaco y algo desgarbado que no parecía mostrar excesivo interés por las lecciones. Por suerte, a las pocas semanas comenzó a sentarse a su lado un joven de ojos almendrados y oscuros. Se llamaba Leopoldo Gálvez y dijo ser malagueño. Era puro nervio, en clase le temblaba casi siempre la pierna derecha y eso distraía a Bruno. Tenía que darle un codazo y Gálvez controlaba su defecto. Pese a ello, su compañero era bien recibido. Cuando abría la boca, lo que decía era a menudo inteligente y acertado. Le contó que era huérfano y que a él también le había costado sangre y sudor acceder al San Carlos.

—A la gente humilde no nos quieren ni en misa —le decía en un descanso entre clases—. Tienes que demostrar que vales y puedes; yo he tenido que buscarme la vida desde crío.

—Yo también; mi madre murió pronto y mi padre me dejó con mi tío.

—Al menos tenías un tío —dijo Gálvez con tristeza.

—Eso es verdad, tenemos que aprovechar esta oportunidad. A la medicina le queda tanto por descubrir... Podemos hacer tanto por la gente..., por mejorar y alargar su vida.

—¿Eres ambicioso, Bruno?

—No te estoy hablando de ambición; sé que mi destino es ser cirujano y que lo lograré.

—Yo soy más pragmático —replicó Gálvez—, odio el pasado y creo que el futuro está en este colegio.

La excitación por aprender era tal que Bruno absorbía las lecciones como una esponja. Lo quería memorizar todo, las asignaturas eran a cuál más fascinante. Además, comenzó a descubrir a los más célebres médicos y cirujanos de la historia, con ellos su interés por el cuerpo humano no hizo sino aumentar.

Le hablaron en profundidad de Vesalio, el médico personal de los reyes Carlos I y Felipe II, a quienes acompañaba en sus campañas militares. Desde joven, Vesalio fue un portento de la medicina. Era el padre de la anatomía moderna, en buena medida porque estudiaba cadáveres, gracias a que un juez le proporcionaba los cuerpos de asesinos ejecutados en la horca. Bruno recordó como su primera y única disección había sido cerca de un cementerio y que los mejores cuerpos para esos menesteres eran los de los ahorcados.

En la clase de anatomía les hicieron hincapié en que cada día era más difícil y costoso obtener cadáveres para su estudio.

—Vesalio realizó una descripción de los principales huesos, ligamentos y músculos. También estudió los sistemas conectivos, como los vasos sanguíneos y los nervios, y los sistemas que impulsan la vida —explicó el profesor Celadas—. Pero ni siquiera él fue ajeno a las críticas, puesto que en la corte tuvo problemas en sus relaciones con los otros médicos, que lo consideraban un simple barbero por envidia. Los cirujanos hemos sufrido el desprecio más absoluto; pero aquí estamos, dispuestos a salvar vidas.

Aprendió que la inquietud de Vesalio encajó mal con el poder establecido, por eso no tardó en cuestionar los principios de la enseñanza dogmática del momento y, claro, en ser seriamente reprendido por ello. Tuvo que sortear multitud de obstáculos; sin embargo, no se amedrentó y siguió investigando sobre el cuerpo humano.

—Aristóteles decía que los sentimientos nacen en el corazón —indicó el profesor Celadas en otra de sus clases—. Por eso los franceses dicen *J'ai mal au coeur*, «me duele el corazón», cuando están tristes.

—¡Qué pena los pobres franceses! ¿No deberían decir «perder la cabeza»? —interrumpió Gálvez y todos se echaron a reír.

—Señores, por favor.

—Pero si es cierto; solo a ellos se les ocurre un invento para cortar cabezas, y puestos a probarlo lo hacen con sus reyes.

—Este es un colegio de cirugía serio. —El profesor Celadas se afanaba en mantener el orden de su clase.

—Por supuesto; solo digo que los franceses son expertos en cortar la cabeza, eso también es anatomía. A la guillotina se la podría considerar una herramienta propia de un cirujano, ¿no?

Gálvez solía actuar siempre así, se convirtió pronto en el alumno más popular. Bruno agradecía cierta distensión, pues en su día a día no tenía tiempo para ella. Después de clase iba a la Real Inclusa, donde también se había trasladado a vivir, en una alcoba con una diminuta ventana por donde el sol se negaba a entrar hasta última hora de la tarde. La Real Inclusa era siempre un hervidero de gente, no solo de niños, también había numerosas nodrizas jóvenes. A Bruno le despertaban una creciente curiosidad; eran de su misma edad, pero ya tenían hijos y amamantaban por dinero a los de otras mujeres.

A petición de doña Josefa comenzó a atenderlas; la mayoría estaban sanas y no padecían males complejos. Ese era el principal requisito que debían cumplir para trabajar de nodrizas, y también seguir teniendo leche, por supuesto. Al parecer algunas ocultaban que ya no la generaban para seguir cobrando y alimentaban a los bebés con leche de vaca y otros sucedáneos, así que debían vigilarlas continuamente.

Una de ellas entró aquella tarde en el despacho donde estaba Bruno.

—Me han dicho que venga a verlo porque es usted cirujano.

—Soy todavía estudiante, pero seguro que puedo ayudarla. ¿Qué le sucede?

Era una joven muy delgada, con el cabello rubio y ondulado; tenía el rostro más pálido que Bruno había visto nunca y la comisura de los labios era un dibujo perfecto en el delicado lienzo de su rostro, que ni el mismísimo pintor de cámara del rey hubiera sido capaz de esbozar.

—Me llamo Carolina; tengo un fuerte dolor en el costado.

Bruno tardó en reaccionar, al levantarse tiró sin querer unos libros y la joven se echó a reír, todavía más cuando al agacharse a cogerlos se le rajó la costura de la chaqueta.

—Qué desastre; le prometo que no soy tan torpe como pueda parecer.

—Eso espero...

Al volverse se cercioró de su abrumadora y perturbadora belleza, casi irreal. Más propia de un cuadro de Tiziano que de un ser de carne y hueso.

—Soy Bruno; permítame examinarla. Siéntese, por favor.

Cuando puso la yema de los dedos sobre ella para palparle el abdomen, sintió que la piel era finísima, casi como una capa de mantequilla, que se erizó al contacto con las yemas de Bruno.

—Me hace cosquillas —dijo ella.

—Disculpe, no era mi intención. Y aquí, ¿le duele?

—¡Au!

—Perdóneme, no quería... dañarla.

—No se preocupe, estoy acostumbrada al dolor —dijo con una serenidad sobrecogedora.

—No tiene por qué sufrir; si alguna vez siente dolor, venga a verme...

—Carolina, me llamo Carolina. Y el dolor no es lo que me preocupa, hay quienes lo llegan a considerar placentero. Es el hinchazón que siento aquí lo que me molesta, por eso he venido.

—Es una indigestión; le daré una medicina para que la tome con las comidas. Pero insisto, si alguna vez tiene otro dolor...

—Hay muchos tipos de dolor, Bruno. No se preocupe, el dolor es parte de la vida. Es como el placer.

—Es más bien lo contrario.

—A veces —respondió mirándolo fijamente.

Bruno se quedó con la mirada fija en el cuerpo de la nodriza y por un momento no reaccionó. Entonces entró doña Josefa y se formó un silencio incómodo. Bruno podía haber explicado rápidamente que la estaba auscultando, o ella decir que tenía una indigestión. Sin embargo, ninguno de los dos habló y doña Josefa, en su infinita experiencia, los escrutó como una jueza implacable.

—Carolina, ¿te encuentras bien? —le preguntó.

—Sí, quiero decir, no. Es solo un leve dolor, no se preocupe, señora.

—Eso espero. —Les echó una mirada de desaprobación—. Hay un niño que te está esperando.

—Solo necesito unos minutos más y podrá irse —añadió Bruno.

—Pues que sea rápido. —Y volvió a repetir la mirada, antes de dejarlos.

—Es una mujer imponente —murmuró Bruno.

—Sí que lo es.

—Hace una labor inmensa aquí, con ustedes y con los niños abandonados. ¿Todos los huérfanos de Madrid vienen a la Real Inclusa?

—Los recién nacidos que abandonan en la calle, en las puertas de iglesias y conventos o en los tornos que hay aquí, en el templo de San Ginés, y en el puente de Segovia, junto al tramo del río Manzanares al que acuden las lavanderas —enumeró la nodriza—. Casi todos mueren en los primeros días, pocos sobreviven, y nos los dan a nosotras para que los amamantemos.

—¿Mueren casi todos?

—Los que abandonan sí, pero hay más. Están los que llegan desde el Hospital de los Desamparados, donde existen unas camas para atender a lo que se llama «paridas clandestinas», cuyos hijos, nada más nacer, se trasladan a la Inclusa, pero en buenas condiciones. También están los que nacen en hospitales y tienen a su madre enferma. Permanecen hasta que la madre es dada de alta o, si esta fallece, son reclamados por el padre u otros familiares.

—No había pensado en esos casos, creía que todos los niños de la Real Inclusa habían sido abandonados al nacer.

—Esos son los menos, porque también los hay de familias que atraviesan graves crisis económicas y dejan a sus hijos recién nacidos, y hasta a alguno ya mayorcito. Con el compromiso de recogerlos cuando la situación mejore, cosa que en demasiadas ocasiones no llega nunca a suceder.

—Qué situación... Tener que dar al hijo es como empeñarlo hasta que se pueda volver a recuperarlo —dijo Bruno con tristeza.

—Por eso se preserva el anonimato, así las personas que se ven en la necesidad de abandonarlos y que por vergüenza lo hacían antes en plena calle con altísimo riesgo, ahora no tienen el temor de ser descubiertos.

—La idea es buena.

—Fue de doña Josefa —aclaró la nodriza.

—La hinchazón que tiene puede ser por algo que ha comido, le voy a recetar una medicina. Se la anoto aquí, puede obtenerla en cualquier boticario.

—Gracias.

—¿Y usted se dedica a amamantar a esos niños? —preguntó Bruno mientras cogía papel y pluma.

—Sí, necesito el dinero. Mi marido ha... desaparecido.

—¿Cómo que ha desaparecido?

—Sí, hace semanas que no sabemos de él, y tengo una niña de año y medio que alimentar —contestó Carolina cabizbaja.

—Vaya, cuánto siento lo de su marido. Confío en que aparezca pronto.

—Seguro que sí... La vida nos pone pruebas, está en nuestra mano superarlas. Yo creo que hay que disfrutarla, que son cuatro días y ya han pasado tres. ¿Usted disfruta de la vida? —preguntó la nodriza.

—Bueno, ahora tengo poco tiempo. —Le dio la nota para el boticario.

—Eso nos pasa a todos. Pero ¿es feliz?

—Vaya pregunta, Carolina. No sabría qué decirle...

—Si tiene que pensarlo es que no lo es. La felicidad es pasajera, ¿sabe? Es un instante, como el agua que se nos escurre entre los dedos de la mano. Queremos atraparla, pero es imposible. Tenemos que volver a poner las manos debajo del grifo y llenarlas. Con la felicidad sucede lo mismo. Sin embargo... —La nodriza enredó sus dedos en uno de los mechones de su cabello.

—Sin embargo, ¿qué?

—Nada. Hasta pronto, doctor.

—No, ya le he dicho que solo soy estudiante de cirugía —se excusó.

Ella sonrió.

Cerró la puerta; Bruno se dio cuenta de que ahí dentro faltaba aire. Nunca había conocido a una mujer como aquella, tan llena de misterio y provocación.

32

Vega disfrutaba paseando por Madrid, no era feliz encerrada entre los muros del palacio de las Vistillas. Cuando no le quedaba más remedio que permanecer en su interior, se refugiaba en la lectura, como si los libros fueran restos de un naufragio en los que amarrarse para sobrevivir en un inmenso océano de soledad.

Sobre todo le gustaba aprender las más diversas disciplinas: arte, ingeniería, literatura, hasta política.

Su padre se lo permitía porque era su única hija.

Muchos le habían mencionado lo extraño que era que su padre no se hubiera vuelto a casar. La verdad es que hacía tiempo de la muerte de su madre y aun así ella nunca lo había visto del brazo de otra mujer. Sí que había observado la forma en que miraba a damas hermosas, cómo flirteaba y se reía con alguna de vez en cuando. Pero nada más; era como si todavía siguiera de luto, como un eterno viudo.

A Vega le gustaba pensar que todavía seguía enamorado de su madre. Le habían dicho que ella era una mujer alta; de hecho, más que su padre. Que ese era precisamente el rasgo más característico de su familia materna. Pero como su padre era más bien bajito, ella había salido promediada.

Una de las cosas que más le agradecía a su progenitor era la formación que le había otorgado; se había esforzado en que varios profesores fueran a su casa desde niña. Le preguntó una vez el porqué de tanta insistencia en sus estudios y él le contestó que era lo que le habría gustado a su madre. Y también que el siglo XIX sería de las mujeres y ella debía estar preparada. Más aún ahora que él no iba a tener más hijos.

Era cierto que las damas, a pesar de vivir bajo la tutela de su esposo o de su padre, eran ahora bastante libres en el manejo de sus asuntos privados. Las casadas llegaban a disponer de gabinetes donde recibir visitas, estancias que se conocían como salones de estrado por contener una tarima. Una vez le dijo una amiga que ese estrado tenía su origen de cuando, hacía siglos, España estuvo ocupada por los musulmanes. En aquella época, las mujeres, sentadas sobre cojines y almohadones con las piernas cruzadas, se dedicaban a labores de aguja, recibían visitas mientras tomaban chocolate caliente y compartían lecturas en voz alta.

A Vega le gustaba imaginarse en el Madrid islámico, escuchando una dulce canción en árabe, a la vez que se deleitaba con los olores a jazmín y otras plantas exóticas. Pero había un problema: el chocolate era uno de los productos nuevos que trajo Colón de América, así que no sabía si creerse esas historias.

Le gustaba viajar con los libros y la imaginación, y también en la realidad. Porque para Vera un viaje, una salida, o un simple paseo eran una fiesta. Y como tal se preparaba y vestía para ello.

No era algo baladí. La indumentaria femenina en las clases altas era una muestra de la propia complejidad de la sociedad, la política y las ideas que estaban cambiando Europa. Las mujeres habían abandonado la moda de los tejidos elaborados en seda de mucho cuerpo, sobrecargados de bordados, adornos y pedrería. El traje dependía de cada ocasión, y una dama se cambiaba varias veces al día.

Para el evento de aquella tarde, sobre un camisón de hilo se colocó la enagua, la cotilla y la pieza que daba estructura al conjunto, un armazón colocado alrededor de la cintura y realizado a base de aros de metal o mimbre unidos con cintas. Sobre esta base se puso el vestido, que evidenciaba el nivel de riqueza de la portadora. La ley estipulaba el nivel de opulencia de los vestidos, aderezos y joyas femeninos, y limitaba su exuberancia por rango social y así impedía que duquesas o condesas compitieran contra la reina.

El suyo era sencillo, a la vez que elegante y hermoso.

Vega poseía un cuerpo que era más bien ancho. No se consideraba especialmente hermosa; su rostro era extraño por culpa del tamaño y la excesiva separación de sus ojos, y por esa razón detestaba los espejos y los evitaba siempre que podía. Su peculiar forma de hablar era consecuencia de haber pasado su juventud en París. Vega sabía que era imperfecta, y le gustaba. No entendía ni le llamaba la atención la simetría ni la idealización que se representaba en el arte y los edificios, porque no le parecía real. La gente buscaba la perfección, pero en cambio ella estaba cautivada por lo opuesto. Sentía una irremediable curiosidad por todo aquello que se salía de lo establecido, que rompía las reglas.

Tampoco soportaba las modas, como por ejemplo las pelucas o los postizos de cabello adornados y empolvados, que estaban tan a la moda. Ni los sombreros ni los voluminosos tocados profusamente ornamentados. Más que las modas inglesa o francesa, a Vera le fascinaba el uso de mantilla con peineta, pues pensaba que España debía tener su propia moda y no ser un petimetre, en ningún sentido.

Era como en la música; a ella lo que más le gustaba era la zarzuela. Decían que había nacido un siglo antes en el pabellón de caza del palacio de la Zarzuela, al que llamaban así por las numerosas zarzas que lo rodeaban. Era la corte de la dinastía de los Austrias. Uno de sus últimos reyes gustaba de los espectáculos musicales cargados de efectos, que se representaban de noche, y para distraerse contrataba compañías madrileñas que representaban obras donde se alternaba el canto con pasajes hablados.

Pero con la llegada de los Borbones, la zarzuela tuvo que dejar paso a la ópera, representada por compañías italianas.

Y a ella, la ópera, la dormía.

Aquella mañana estuvo de paseo con unas amigas cerca de la puerta de Toledo, luego acudió a la comida que daba el embajador francés. Su padre la obligaba a acudir a esos eventos. Era parte de su trabajo, solía decir. A ella no la molestaba; es cierto que al principio eran terriblemente aburridos, se hablaba de trivialidades, se hacían preguntas obvias para mostrar interés por los invitados y se trataban temas poco gratificantes. Pero conforme avanzaba la velada, las conversaciones cambiaban y entonces se ponían más interesantes. Aquel día, un grupo de invitados comenzó a comentar sobre el arte en España.

—Los Borbones aspiran a una vida cultural y artística similar a la de París y Versalles —murmuró un comerciante de armas—, y son tan ingenuos que están dispuestos a pagar por ello hasta lo que no tienen.

Todos rieron.

—La espléndida tradición de Velázquez se ha perdido y los Borbones se limitan a importar pintores extranjeros para llenar el vacío —prosiguió.

—No subestiméis a los artistas españoles, hay uno con un talento inhabitual —interrumpió el padre de Vega.

—¿Y quién es, si puede saberse?

—Seguro que lo dice por el valenciano —añadió la mujer del embajador francés.

—No, me temo que es de más al norte —respondió el padre de Vega—. Estoy hablando de Goya.

—Tonterías. A Goya le han prohibido hasta una serie de grabados a los que llaman los *Caprichos*. Si no llega a intervenir el rey, lo quema la Inquisición.

—¡Y además está medio sordo! —recalcó el comerciante de armas.

—Cuentan que esa serie circula mucho de forma secreta, e incluso que los duques de Osuna organizan veladas en las cuales suelen divertirse jugando a interpretar alguno de los *Caprichos* de Goya —añadió el embajador de Nápoles.

—Desmenuzar esas imágenes es una auténtica distracción —prosiguió el padre de Vega—. Bajo una máscara de rasgos exagerados y aires caricaturescos ha mostrado, con enorme crudeza, los vicios y defectos de la sociedad española. La aristocracia deficitaria e improductiva, el clero más reaccionario y un pueblo que se deja manipular con facilidad.

—Ese pintor es amigo de Francia, lo sé de buena tinta —añadió el mismo embajador.

—Goya representa el renacimiento del arte español. —El padre de Vega era el que hablaba con más pasión del pintor—. No solo posee una técnica extraordinaria, sino que además sus temas son originales y, lo más importante de todo, arraigados en la población española, reflejan su verdadero estilo de vida, sus actitudes y tradiciones.

Vega abandonó la defensa acérrima que su padre estaba haciendo del pintor aragonés y atravesó el amplio salón para ir a buscar una limonada. Cuando regresó se fijó en que ahora su padre hablaba con un joven alto y moreno, sin peluca y con el cabello corto y liso, algo inusual en aquellos ambientes. Sus miradas se cruzaron entonces y Vega rápidamente la retiró y se marchó junto al piano, donde seguían hablando de arte.

Conforme avanzaba la velada y se vaciaban las copas del vino francés, que se traía para estas ocasiones, se soltaba la lengua y se rompían las ataduras de los corsés que mantenían las apariencias firmes.

Y se empezaba a hablar de política sin tapujos.

Vega disfrutaba de aquel momento; lograba enterarse de toda la actualidad, de la real. No de lo que contaban en la prensa. Y sobre todo podía adelantarse a los acontecimientos, pues los allí presentes tenían los mejores informadores de Madrid y las noticias más frescas de toda Europa.

—El rey es un auténtico desastre, España no es un aliado útil —sostenía una gran dama.

—¿Cómo podéis ser tan necia? Conserva una importante flota y su imperio está casi intacto —defendía un comerciante de telas.

—Reliquias del pasado —desmereció ella.

—¡Eso no es verdad!

—Da lo mismo, mientras lo gobierne ese inepto... Este país

terminará en la ruina. Y su mujer es todavía peor, por no hablar de su hijo Fernando....

—Pero el emperador parece dispuesto a firmar una nueva alianza con ellos —dijo en un tono más bajo otro de los presentes.

—No lo hará. Napoleón no es tonto; España solo nos dará problemas —seguía argumentando la misma mujer.

—Mejor con nosotros que contra nosotros.

—No sabría qué deciros...

Vega salió a la balconada del edificio, soplaba una brisa fresca y la luna llena iluminaba los jardines. Oyó unos pasos y se giró creyendo que sería su padre.

Se asustó al volverse.

—Perdonadme..., no quería violentaros.

—No. —Se llevó la mano al pecho—. Es solo que... No es nada, disculpadme.

—Eso nunca. —Sonrió—. Soy Françoise Lemar.

—¿De qué hablabais antes con mi padre?

—De negocios. Vuestro padre es un hombre admirable.

—Sí, lo es.

—Y que tiene una hija encantadora. —Sonrió sin enseñar los dientes y al hacerlo se le formó un gracioso hoyuelo en su barbilla.

—Muy halagador. —Vega se ruborizó.

—Solo es la verdad y yo siempre digo la verdad.

—Eso sí que no me lo creo, señor Lemar, y no soy tan fácil de engatusar.

—No esperaba menos siendo hija de su padre.

—¿Eso por qué lo decís? ¿Habéis intentado engañarlo?

—Claro que no... —Sonrió mostrando su perfecta dentadura—. Más bien le he recordado los ideales de la revolución que Francia está implantando en toda Europa. Somos el futuro, eso lo tenemos claro, ¿verdad?

—Cada uno debe elegir su futuro, ¿no cree?

—Se equivoca, para saber elegir hay que ser libres. Y los españoles no lo son, siguen presos de sus reyes.

—¿Y cómo los vais a liberar?

—Quizá no es momento para hablar de ello. —Volvió a sonreír—. ¿Queréis una copa?

—No, gracias. En esta fiesta tenéis damas mucho más hermosas y elegantes que yo, si es compañía femenina lo que busca —advirtió Vega con indiferencia.

—Me interesa más conocerla a usted.

—Pues no se lo aconsejo, yo soy complicada.

—Razón de más. ¿Quién quiere lo sencillo? ¿Qué interés hay en lo corriente? ¿En lo perfecto?

—Perdone, ¿cómo ha dicho?

—Lo que oye: la imperfección nos hace humanos y mejores. La vida en sí misma es una sorpresa constante —afirmó pronunciando las palabras de forma cautivadora—. ¿Qué es la vida sin sorpresas, Vega? —La miró desafiante—. ¿No tiene curiosidad por saber cómo soy?

—La curiosidad mató al gato.

—También hizo a Colón descubrir América —dijo Lemar que era realmente encantador.

—Y hace que la gente espíe a sus vecinos y escuche tras las puertas —contradijo Vega.

—Pero a la vez permite que queramos conocer cómo respiramos con los pulmones, la manera en cómo piensa nuestra cabeza o late el corazón. —Y lanzó una sutil mirada al pecho de Vega.

—Señor Lemar, tiene respuestas para todo.

—Hay quienes prefieren hacer preguntas, a mí lo que me interesa es encontrar respuestas.

—¿Respuestas a qué?

—Sobre todo a respuestas para progresar; estamos haciendo historia. —Volvió a sonreír sin enseñar la dentadura.

—¿Estamos?

—Se ha acabado la época de los reyes, del absolutismo; llega el tiempo de la burguesía, del pueblo. De la libertad y la igualdad ante la ley. Francia ha desatado un vendaval revolucionario y el mundo nos mira fascinado. Somos un espejo, todos se miran en él, así que debemos mostrarles el camino del progreso.

—¿No es eso mucha responsabilidad para Francia?

—Sin duda, pero es nuestro deber.

—¿Deber? Dicho así suena... pretencioso.

—No tenemos opción, es la responsabilidad con el progreso, con la libertad, la igualdad y la fraternidad —enumeró Lemar.

—¿Tanto ha cambiado las cosas la revolución?

—Con la caída del máximo exponente de la estructura feudal, el rey, han desaparecido derechos arbitrarios, como el desproporcionado peso político de los nobles sobre el resto de la población. También se han suprimido los diezmos y se ha eliminado la primacía de los hijos mayores en la herencia de las propiedades.

—En España no ha pasado nada de eso, siguen mandando los Borbones, y creo que Napoleón ha firmado una alianza con ellos..., así que no veo ese reflejo que decís. Están ayudando a perpetuar lo que aseguran que van a cambiar —contrapuso Vega, que seguía evitando mirarle directamente a los ojos.

—A veces, cuando el camino se vuelve empinado, uno cree que aunque anda no avanza, ¿cierto?

—Cierto.

—Sin embargo, si continúa termina coronando la cima.

Entonces el piano comenzó a entonar las notas del nuevo himno de Francia y todos se volvieron hacia él. Dejaron las copas; los que estaban sentados se incorporaron y la letra de *La Marsellesa* comenzó a salir de los labios de cada uno de los invitados.

Vega se quedó observando al señor Lemar, y entonces este se giró y sus miradas se volvieron a cruzar. Ella la desvió pronto hacia el piano, pero siguió sintiendo la del joven francés clavada en ella.

Aux armes citoyens!
Formez vos bataillons!
Marchons, marchons...!

33

Una de las primeras mañanas de junio, los estudiantes bajaron a los sótanos del San Carlos y recorriendo un estrecho pasillo llegaron a una sala más amplia, con las estanterías repletas de tarros de cristal en cuyo interior se bañaban en alcohol todo tipo de extremidades, órganos y restos humanos. Se colocaron alrededor de unas mesas en grupos de cuatro. En cada una de ellas había un cráneo.

—Ahora que ya conocen a sus nuevos amigos —pronunció el profesor Celadas—, quiero que observen los huesos que forman la parte superior. Todos conocen a Vesalio, el padre de la anatomía moderna, que con menos de treinta años, con la obcecada fe de los genios, se pagó de su propio bolsillo la edición de una obra que revolucionó las ideas y concepciones vigentes sobre la anatomía humana. Corrigió los abundantes errores de Galeno de Pérgamo, el médico griego del siglo II en el que todavía confiaba la mayor parte de la medicina, e instauró la práctica de la observación directa, la disección de cadáveres y la cirugía.

»El libro con el cual revolucionó la medicina y fundó la anatomía moderna ilustrado por brillantes artistas, entre ellos alumnos de Tiziano. Vesalio debió superar la reticencia y desprecio de los partidarios de Galeno, que lo llamaban "barbero" por el uso de la disección de los cadáveres de asesinos ejecutados que le proporcionaba un juez, y llegó a ser condenado a la hoguera. Fue salvado por la intervención personal del rey Felipe II, que, para guardar las apariencias, cambió el castigo por una peregrinación a Tierra Santa, al regreso de la cual el investigador enfermó y murió en Chipre a los cincuenta años.

»Les traigo a colación a Vesalio porque en cierta ocasión este tuvo que atender al hijo de Felipe II, el heredero al trono que nunca llegó a rey. El príncipe se había fracturado la parte derecha del cráneo con una puerta y no despertaba. Vesalio consiguió evacuar la sangre practicándole un pequeño orificio de drenaje.

—Profesor, ¿quiere decir que le hizo un agujero en la cabeza al hijo del rey de España como si perforara la cáscara de una nuez? —preguntó el siempre locuaz Gálvez.

—Exacto, y gracias a ello sobrevivió. Hay que ser muy osado para hacer un agujero en la cabeza de un príncipe, ¿no creen? Y más en aquella época; piensen que, por ejemplo, las disecciones estaban aún mal vistas, por decirlo de una manera suave.

—¿Mal vistas o prohibidas? —inquirió otro alumno.

—Estuvieron prohibidas durante mucho tiempo; finalmente se permitieron porque había multitud de envenenamientos. La gente moría y nadie sabía de qué. Además, pese a su mala prensa, en aquella época se pensaba que las autopsias permitían ver si había signos de divinidad en el interior de las personas piadosas.

—¿Signos de divinidad dentro de un cuerpo? —Bruno alzó la voz, sorprendido.

—Si abrían un cuerpo y encontraban algo singular, podían justificar que era divino.

—¿Y sucedía?

—Estamos en clase de anatomía, Urdaneta, no de teología —le replicó el profesor Celadas.

Aquella semana estudiaron el sistema óseo del cuerpo, y para la siguiente el profesor les advirtió que empezarían con las vísceras. Lo que no esperaba Bruno era cómo iban a hacerlo.

Los citaron en el teatro anatómico. Al igual que el de Barcelona, era el espacio donde se hacían las operaciones para el visionado de los estudiantes, también de curiosos y público en general que pagaba una entrada por ver cómo operaban a pacientes. Aquel día estaban solo alumnos del San Carlos.

Gálvez tuvo el detalle de guardarle asiento en primerísima fila.

—Aquí casi nos salpicará la sangre. —Bruno alzó la mirada para ver las herramientas sobre las mesas auxiliares—. ¿Dónde está el profesor Celadas?

—Hoy no da la clase él. Tenemos suerte; he oído que aprovechando que estaba en Madrid la va a impartir el mejor anatomista de España.

—¿Quién es el mejor anatomista?

—Don Antonio Gimbernat y Arbós.

—¡Gimbernat! Vaya por Dios...

—¿Qué te ocurre, Urdaneta? —Gálvez le pidió que bajara el tono.

—Lo conozco; es el director del colegio de Barcelona.

—Ingenuo; Gimbernat es algo más que eso. Es quien ha creado nuestro Real Colegio de Cirugía. Es el director y catedrático de operaciones y álgebra.

—¿Cómo va a ser también director de operaciones en el San Carlos?

—Porque Gimbernat es el amo y señor de la cirugía, es primer cirujano de cámara del rey, con título nobiliario, y presidente de todos los colegios de cirugía de España, ¡de todos! —dijo de carrerilla Gálvez—. Es una suerte que lo conozcas; ese sí que puede abrirte puertas.

—O cerrártelas... —murmuró.

—¿Qué has dicho?

—Nada, olvídalo. —Bruno tragó saliva.

—Casi nunca viene a una clase —murmuró Gálvez—, esto es excepcional. —Su compañero estaba realmente emocionado.

Bruno no podía evitar enervarse al ver el rostro del hombre que había ninguneado a su tío en el cementerio de Barcelona. Estaba tal y como lo recordaba: elegante, con una peluca radiante, la frente despejada y, bajo ella, una nariz pequeña y unos labios bien dibujados.

Enseguida se percató de que Gimbernat era considerado toda una eminencia, sus demás compañeros se encontraban tan excitados como Gálvez. Aquella tarde se disponía a impartir una clase práctica y les contó que el cuerpo era el de un hombre desconocido que había sido asesinado y decapitado.

—Tienes suerte, el último al que abrimos era un viejo —murmuró Gálvez—. El olor era insoportable, estaba podrido por dentro. Mira este, es joven y parece en buen estado.

—¿A cuántos habéis abierto?

—Tranquilo, que no te has perdido mucho entrando a medio curso. Solo a tres, no es lo más habitual. Por eso han creado una sala con figuras de cera, es un proyecto personal de Gimbernat.

—¿Una sala con figuras de cera?

—Así es; es increíble y carísima. Gimbernat es un hombre de recursos, fue pensionado por Carlos III. Era de origen humilde, como nosotros. Estudió cirugía en Cádiz y viajó a París y Londres para visitar los mejores hospitales y aprender de los pioneros de la nueva anatomía. Y regresó con una idea clara: crear la sala de figuras de cera.

—Pero, Gálvez, ¿cómo estás al corriente de todo eso?

—Hay que estar bien informado, Bruno. —Sonrió—. Él ha trabajado con los mejores cirujanos del mundo, ha asistido a clases del mismísimo Hunter y en una de ellas explicó su innovación técnica en la cirugía de la hernia crural. Fue un rotundo éxito y ahora ese ligamento lleva su nombre. ¡Es la única parte del cuerpo humano que tiene el nombre de un español! ¿Te imaginas?

Nada de eso le había contado su tío sobre él.

—Esa sala anatómica con figuras de cera, ¿cómo es?

—Absolutamente increíble. He oído que Gimbernat trajo la idea de Londres, porque esa es otra. Son la envidia de los colegios de cirugía de toda Europa, sobre todo por la exactitud de los detalles anatómicos.

—Quiero verlas —dijo Bruno con determinación.

—El acceso es restringido, pero creo que pronto las veremos, no te apures.

Se centraron en la clase de anatomía. Bruno se vio de nuevo en Barcelona, en aquel almacén cerca del cementerio, con su tío frente al cuerpo inerte que diseccionaron. Nunca supo quién era ni cómo lo había conseguido.

—Como no tiene cabeza y le han quitado los anillos y cualquier cosa de valor, nadie sabe quién es. Por eso nos lo ha cedido el juez.

—Dicho así, casi tenemos que dar gracias al asesino por facilitarnos un muerto sin cabeza —murmuró Bruno.

—Este fallecido se hallaba en un perfecto estado físico, no tiene ni una sola herida ni estaba enfermo —recalcó Gimbernat—. Es una verdadera suerte que haya caído en nuestras manos, lástima lo de la cabeza, pero no se puede tener todo.

Los alumnos sonrieron.

Entonces, Gimbernat reconoció la mirada de Bruno y se le agrió el gesto. Lejos de amedrentarse, el joven se la sostuvo desafiante, y durante unos segundos el afamado cirujano se mantuvo en silencio mientras los alumnos aguardaban sorprendidos.

—La cabeza... ¿Podría saber usted cómo se la han cortado? —preguntó Bruno ante la sorpresa de todos los allí presentes.

—La clase de hoy es de anatomía.

—Y la cabeza es una parte del cuerpo, ¿no?

Sus compañeros saltaron en una carcajada unísona.

—¡Silencio! ¡Están ustedes en un anfiteatro anatómico, no en un teatro!

—Pero a veces cobran entrada y dejan entrar a espectadores, eso se parece bastante a lo que hacen en el teatro —continuó Bruno a la ofensiva, al más puro estilo de su amigo Gálvez.

—¡Será posible! —Gimbernat tenía el rostro completamente desencajado.

—Bruno —le susurró Gálvez—, ¿qué estás haciendo?

—La cabeza —insistió Bruno ante el asombro de los alumnos—. ¿Podéis o no saber cómo la cortaron?

—Por supuesto que sí. —Gimbernat se estiró la chaqueta y recuperó la compostura—. El corte ha sido perfecto. Por poner un pero, presenta un pequeño rasguño, mejor dicho, una incisión en el brazo derecho. Aunque no nos vamos a poner quisquillosos, ¿verdad, señores?

—Bruno, no vuelvas a abrir la boca. —Gálvez lo cogió del brazo—. Quédate callado, por lo que más quieras, ¿me oyes?

—Haré lo que quiera.

—No —masculló—, no se te ocurra, no lo permitiré.

—Seccionar una cabeza es complejo —continuaba explicando Gimbernat, sin quitarle ojo a Bruno—. Hay que romper huesos, tendones y músculos. Si una persona normal lo intentara, sería un completo desastre. Aunque ahora hay gente que tiene práctica; está de moda cortar cabezas entre nuestros vecinos franceses.

Se oyeron varias risas.

—Miren si es difícil amputarla que antes, en la Edad Media, había gente especializada: los verdugos. Una labor poco agradecida, eso es cierto, pero que alguien debía hacer. En algunos lugares, como en Suecia, el trabajo lo realizaban condenados a muerte cuya sentencia era aplazada al ofrecerse como voluntarios. ¿Su rito de iniciación? Ejecutar a su predecesor.

Bruno fue a decir algo, pero su amigo le dio un codazo y tomó él la palabra.

—No parece un trabajo con muchas perspectivas —afirmó Gálvez, y todos rieron.

—Imagínense a alguien cuyo principal trabajo es separar la cabeza del resto del cuerpo, cómo uno se relaciona con él... Además, son los protagonistas de todo tipo de leyendas y es habitual que se concierten matrimonios entre sus familias de verdugos porque..., ¿quién se iba a casar si no con sus hijas? —Gimbernat sabía la manera de ganarse a los estudiantes—. ¿Saben por qué les hablo tanto de los verdugos?

—Pues porque tienen mucho de cirujanos —respondió Gálvez.

—¡Exacto! Piensen que también deben torturar a los prisioneros o aplicar castigos menores, como la amputación. Las manos de un condenado son codiciadas por los supersticiosos. También había quien atribuía poderes a la sangre de un decapitado o al semen de un ahorcado.

—¿El semen? —Gálvez levantó la voz de nuevo—. Perdone, profesor, pero creo que todos los presentes nos hacemos la misma pregunta: ¿cómo obtiene un verdugo el semen de un ahorcado?

—Bueno, que yo sepa solo hay una manera. —Se echaron a reír—. Como acto de gracia, algunos condenados recibían en su última noche una visita, imagínese el resto.

—Qué detalle —prosiguió Gálvez—. Pero si no es fácil cortar una cabeza, debían practicar antes, ¿no?

—Sí; de hecho, los verdugos poseían un buen conocimiento de la anatomía humana y una estimable precisión. En algunos lugares, si el verdugo necesitaba más de tres golpes de espada para dar muerte a la víctima, él mismo era ejecutado. Una idea que podíamos retomar en el colegio de cirugía, la verdad.

La clase explotó en una carcajada unísona. Gimbernat se había vuelto a ganar a los alumnos con su negro sentido del humor.

—Ríanse lo que quieran, pero sepan que en más de una ocasión también actuaban como cirujanos en pequeñas operaciones.

—Así que también podemos dedicarnos a cortar cabezas y torturar a la gente —saltó de nuevo Gálvez—; tomo nota.

—De hecho, me temo que la mayoría de sus pacientes los considerarán unos verdaderos torturadores, créanme, y más de uno también su verdugo.

—Entonces, esta muerte es una ejecución realizada por alguien que sabe de anatomía y tiene experiencia cortando cabezas, ¿no? —Las palabras de Bruno cambiaron de nuevo el ambiente de la sala.

—Bueno, somos cirujanos, no policías, y esto es un colegio.

Quizá nos hemos desviado demasiado de nuestra lección. Por hoy hemos terminado la clase, caballeros. —Gimbernat se dio la vuelta, no sin antes lanzarle una mirada a Bruno.

—¿A qué venía eso? —murmuró Gálvez—. ¿Cómo se te ocurre desafiar así a Gimbernat? Pero ¿es que no me has escuchado antes? Ese hombre es jefe de todos los colegios de cirugía de España y tú... ¡solo eres un simple estudiante!

—Ha sido un calentón.

—¡Dios! Piensa un poco las cosas, tú no eres así. ¿Qué ha pasado?

—No sé, había un muerto en la sala, ¡decapitado! Y nosotros estamos riéndonos como si nada, me ha afectado —mintió.

—Bruno, serás un buen cirujano, pero tienes que aprender a convivir con la muerte. A reírte de ella.

—¿Reírme de la muerte?

—Claro. ¿Cómo crees si no que vas a poder dedicarte a esto toda tu vida? Vas a ver muertos cada día. Es más, la gente se va a morir en tus manos. Si no eres capaz de abstraerte de eso, terminarás mal de la cabeza.

—Mi tío era cirujano también y decía que podía oler la muerte.

—¡Lo ves! Hazme caso: o aprendes a reírte de la muerte o terminarás viéndola en todas partes u oliéndola. Muchos cirujanos pierden la cabeza, tienen alucinaciones, ven fantasmas y qué sé yo más —le explicó Gálvez con un tono paternalista.

—¿Crees qué me echarán del colegio?

—Yo qué sé... Bruno, eres un maldito inconsciente, pero me caes bien. —Sonrió—. ¿Has visto la mirada de Gimbernat? Le has sacado de sus casillas.

34

Al concluir la jornada, Bruno se quedó solo en medio del interminable pasillo del colegio San Carlos. En vez de salir del edificio y respirar aliviado, fue a buscar al profesor Celadas a su despacho y lo encontró ordenando sus libros.

—Urdaneta, usted tiene la suerte por castigo. No hubiera dado ni una moneda por que continuara con nosotros y ya ve...

—¿Qué ha pasado?

—Que Gimbernat pidió su expulsión, por supuesto —respondió el profesor mientras seguía ordenando sus papeles—. Pero tiene amigos influyentes, muy influyentes. ¿Cómo se le ocurre hablarle de esa manera a Gimbernat? ¡Alma de Dios!

—Solo le pregunté por la cabeza del muerto.

—Hizo mucho más, y lo sabe perfectamente. —Al profesor Celadas se le erizó su pronunciado bigote—. Usted solo es un alumno, no puede desafiar al director de los colegios, que además es el cirujano más respetado del país. ¿En qué estaba pensando, Urdaneta?

—Yo... Se me fue de las manos...

—No negaré que hubiera disfrutado al ver cómo ponía en apuros a Gimbernat. Que quede entre nosotros: es bastante tedioso y pretencioso, dicho queda. —Hizo un movimiento con las manos—. Esto último lo negaré aunque me torture la Santa Inquisición, ¿queda claro? —Le sonrió.

—Gracias, profesor. —Bruno permaneció plantado frente a él.

—¿Qué le ocurre ahora, Urdaneta?

—Es acerca del cuerpo que estudiamos ayer. Tengo preguntas.

—¿Que tiene preguntas...? —El profesor Celadas lo miró confuso—. Usted siempre tiene preguntas, Urdaneta —resopló.

—Es la segunda decapitación de la que tengo constancia en mi vida. Y esas heridas eran precisas; sin embargo, cuando operamos la gente se muere de dolor. No pueden soportarlo y, en cambio, quienquiera que fuera ese hombre al que decapitaron no se resistió.

—Pudo cogerlo desprevenido.

—¿Qué a uno le corten la cabeza lo puede coger desprevenido? El corte es perfecto, por fuerza mayor debía estar totalmente inmóvil.

—Quizá dormía —sugirió el profesor Celadas.

—¿Le cortaron la cabeza mientras estaba durmiendo...?

—También es posible que lo emborracharan, o le hicieran perder el conocimiento con un golpe certero... —El profesor Celadas se quedó dudando.

—¿Hay algún fármaco que pueda dejar a un hombre tan aturdido que no sienta dolor?

—Ya me gustaría conocer un medicamento que evite el dolor. Sería una revolución, Urdaneta. Imagínese poder eliminar el dolor, que la gente no gritara como salvajes cuando los operamos, ¡que no se movieran! Hay quienes se levantan de la mesa y huyen cuando nos ven acercarnos con un cuchillo. Los ha habido que se han cagado encima o que han muerto de miedo antes de que los tocáramos... ¡La gente tiene terror a los cirujanos!

—Y si lo hubiera, ¿quién puede saber sobre un fármaco así?

—Usted no se rinde nunca, ¿verdad?

—De lo contrario no estaría aquí, eso se lo aseguro.

—Eso me temía... —Lo escrutó y dio varios golpecitos con los dedos sobre la madera de la mesa de su despacho—. Hay alguien, pero mejor no... —El profesor Celadas torció el gesto—. No he dicho nada. —Y movió las manos en forma de negación.

—¿Quién? ¿En quién piensa?

—No es buena idea; no lo es.

—Profesor, alguien me dijo que a veces hay que probar caminos más complicados si los principales no están accesibles —afirmó Bruno con un tono convincente.

—Desde luego no le falta ímpetu, Urdaneta; quién lo tuviera... Hay un antiguo profesor en farmacología, Olivares. Es muy mayor, está retirado, pero era una referencia por sus años al servicio de varios reyes.

—¿A cuántos reyes ha servido?

—Dicen que a todos los Borbones.

—¿A todos? ¿Es eso posible? Tendría que tener...

—Muchos años, lo sé. Ya le he dicho que no es buena idea hablar con él, la cabeza ya no le funciona como es debido —le advirtió el profesor.

—De todos modos, me gustaría preguntarle.

—¿Por qué no me extraña? Es usted un tormento, Urdaneta. ¡Un verdadero tormento!

—¿Puede decirme dónde encontrarlo?

—Me temo que no, dejó el colegio —resopló de nuevo el profesor Celadas—. Si me entero de dónde está, le avisaré. Aunque quizá usted sea capaz de encontrarlo con su tenacidad. Ahora le ruego que abandone mi despacho, que tengo mucho trabajo.

35

Con el paso de los meses, Bruno descubrió que Madrid era una urbe en transformación; desde el reinado anterior se había comenzado un ambicioso programa de reurbanización para abandonar la ciudad medieval herencia de la dinastía de los Austrias y convertirla en una más europea, acorde con los gustos de los Borbones.

—Las obras acometidas en la ciudad suponen un gasto continuo para las arcas reales —le explicó doña Josefa de Amar y Borbón—. Los impuestos han subido y no todos están contentos, hasta han llegado a inventarse un juego.

—¿Qué juego?

—Un sorteo de lotería, y la gente ha caído en la trampa. Fuera de Madrid no es muy conocido, aunque pronto todo el país jugará, si no, tiempo al tiempo.

—Deberían daros un puesto en el gobierno.

—Sí, y lo que deberían hacer es destinar más fondos a medicina y cirugía. Y, sobre todo, dejarnos estudiar a las mujeres. La medicina, como la mayoría de las ciencias, está vetada para nosotras. Sin embargo, hemos sido las mujeres, en la intimidad de las casas, quienes hemos cuidado desde siempre a los enfermos.

—Eso es cierto.

—Hemos sido capaces de aplacar y curar multitud de dolencias. ¿Quién cuida a los niños? ¿A los ancianos? ¡Nosotras! Siempre ha sido así, tú Bruno, tienes que cambiarlo.

Lo sorprendió que se dirigiera a él por su nombre.

—Deposita mucha responsabilidad sobre mis hombros; solo soy un estudiante de cirugía.

—Si solo fueras eso no te habría puesto bajo mi protección. Y abandona esa falsa modestia, que ya no te va a servir de nada.

—Lo sé.

—La educación, Bruno, eso es lo que nos hará libres a todos; también a las mujeres. Así que aprovecha las clases, ¡sé el mejor de todos ellos!

Bruno pasaba consulta en la Real Inclusa los miércoles y jueves después de comer, aquello era parte del trato con doña Josefa de Amar y Borbón. En el fondo, para él era una estimable oportunidad, pues podía ir poniendo en práctica lo que aprendía en el San Carlos. Atendía a los niños y a las niñas, y también a los recién nacidos. A las embarazadas todavía no se sentía capaz más que de aconsejarlas, pero no de auxiliarlas en el parto.

Aquella tarde tuvo abundante trabajo en la Real Inclusa: atendió a una embarazada de pocos meses con fuertes pinchazos en el bajo vientre, a una nodriza que tenía un fuerte dolor en las vértebras dorsales y a una niña pequeña que se había caído y fracturado la muñeca. Lo más complicado fue una nodriza que llegó con úlceras y fiebre, y que al examinarla descubrió que presentaba parches húmedos en la vagina. Tenía sífilis, por lo que tuvo que avisar de inmediato a doña Josefa. Fue una situación difícil, porque Bruno sabía de lo complejo de su curación y de los problemas que le acarrearía a aquella mujer.

Su horario ya llegaba a su fin cuando la última de sus pacientes fue de nuevo Carolina. La bella nodriza parecía siempre a punto de romperse, con su infinita palidez y su cabello tan claro como una mañana de verano. Poseía una figura esbelta, con una cintura que se estrechaba como si hubiera sido esbozada de forma irreal por un pintor.

—¿Qué tal está, Carolina?

—Hola, Bruno. El dolor en el vientre ha empeorado, es como si me tiraran desde dentro, y me sube por el pecho, temo que sea el corazón. —Hablaba casi acariciando las palabras, las cuales te envolvían como en un sueño.

—Que extraño... ¿Puede tumbarse? —Y señaló la cama que tenía en su sala de consultas.

La joven se sentó primero y después se colocó estirada sobre el jergón. Bruno se acercó y puso las manos sobre el vientre de Carolina.

Al sentir su cuerpo tuvo que detenerse; se había jurado a sí mismo actuar como un profesional. Era cirujano, no podía dejarse llevar por las pasiones. Sin embargo, fue posar los dedos sobre ella, aunque estuviera vestida, y que todos sus buenos propósitos se fueran al traste.

—¿Qué cree que tengo? ¿Es grave?

—No, claro que no. —Quitó las manos y fue a buscar su aparato para escuchar los latidos—. Sentaos. Necesito que os desvistáis para colocar esto en vuestra espalda, ¿os importa?

Ella no respondió; se incorporó y buscó los cordajes de su vestido. Los soltó sin dejar de mirar a Bruno. Este observaba como si fuera un espectáculo, expectante ante cada movimiento de la joven. Carolina dejó caer el vestido; debajo llevaba una saya blanca y lisa. Se dio la vuelta y bajó los tirantes, de manera que su espalda emergió por completo, interminable y ondulada, como una ola de mar.

—¿Así está bien?

—Sí... Es suficiente. —Bruno se acercó y colocó la oreja junto a su corazón.

—Bum, bum —latía Carolina.

El joven cirujano se movió más a la derecha, posó las manos sobre la piel de Carolina y sintió perfectamente que se estremecía.

Su mano se quedó fija contra ella.

El corazón seguía latiendo.

Bruno sintió la inconfesable tentación de rodearla con sus brazos, pero en cambio se despegó de la nodriza.

—No tiene que preocuparse, su corazón se encuentra bien.

—El corazón de una mujer nunca lo está, ya debería saberlo.
—Él se quedó mudo—. ¿Y el suyo, Bruno? ¿Cómo está su corazón? ¿Se lo han roto alguna vez?

—Carolina, un corazón no se rompe por un desamor, si es eso lo que pregunta.

Los silencios en Carolina eran premeditados y llenaban la espera de incertidumbre, porque ella era capaz de jugar con el tiempo.

—Una vez me contaron una historia de unos amantes de la ciudad de Teruel. Se prometieron amor eterno, pero no podían estar juntos porque ella era noble, y él, humilde. Así que el amante decidió ir a la guerra prometiendo volver colmado de riquezas pasados cinco años, y ella juró esperarlo. Pasó el tiempo y él no volvía, así que rendida a la evidencia la amante dio su mano a otro hombre y se estableció día para la boda. En esa misma fecha regresó él y entró en la iglesia; al verla casándose con otro se le rompió el corazón y cayó muerto al instante. Ella corrió a abrazarle y lo besó, esperando resucitar a su amor.

—Y ella también murió —contestó Bruno—. Déjeme adivinar, se le rompió el corazón de pena, ¿verdad?

—¿Cómo lo sabía? Al menos les dieron sepultura juntos, cogidos de la mano. Para que pudieran yacer juntos para la eternidad.

—Un corazón no puede romperse así; soy cirujano, se lo puedo asegurar.

—Eso lo dice por una sola razón, Bruno —afirmó Carolina—: porque nunca ha estado enamorado, ¿cierto? No ha querido a nadie tanto como para desear morir por él.

—Yo...

—No diga nada. —Le tapó los labios con sus dedos y lo besó en la mejilla.

Entonces, Bruno se volvió y la besó en los labios, la rodeó con los brazos y sintió toda la levedad del cuerpo de Carolina.

—Eres dulce, Bruno —susurró—. Eso me gusta porque los hombres son amargos, o ácidos, o fuertes, también salados, calientes o fríos; pero jamás dulces. ¿Y sabes una cosa? A las mujeres nos vuelve locas el dulce.

Entonces se oyeron ruidos al otro lado de la puerta y Bruno recuperó la compostura.

—Lo siento, pero debo seguir trabajando.

—Claro, hasta pronto. —Carolina se separó, abrió la puerta y salió.

Bruno, ya solo, lanzó un enorme suspiro. Se quedó pensativo durante un buen rato, hasta que llamaron a la puerta y alguien entró.

—¡Vega!

—Perdona si estabas con una paciente; he visto salir a esa mujer tan hermosa, parecía muy compungida... ¿Es grave lo que tiene?

—No, es una dolencia leve. Se trata de una nodriza de la institución. ¿Qué haces aquí?

—Pasaba por la puerta del Sol y... No sé... He pensado en ti y he venido.

—Vaya, pues es una sorpresa. Yo...

—He llegado en mal momento, ¿verdad? Discúlpame, estás trabajando; soy una idiota, ya me voy. No te preocupes.

—¡No! Es solo que estaba concentrado en una cosa. —Y avanzó hacia ella.

Vega y Carolina eran tan distintas... No solo físicamente, la delgadez de la segunda frente a las curvas de la que tenía delante de él. También sus caracteres eran opuestos: la melancolía adictiva de Carolina contra la alegría contagiosa.

—He venido por lo que me dijiste el otro día —arrancó a decir Vega.

Bruno intentó disimular su confusión.

—¿De verdad crees que puede ser una enfermedad que tenga cura?

—Desde luego —respondió rotundo—. Vega, las maldiciones son para los cuentos de caballerías. Estamos en el siglo XIX, el mundo no tiene nada que ver con las historias de brujas, castillos y caballeros. Esto es la modernidad, ahora es el tiempo de la ciencia.

—¿Y crees que es posible encontrar un remedio? Tú... ¿Tú podrías ayudarme? —preguntó timorata.

—Vega, yo haría lo que fuera por... —Se detuvo al darse cuenta de la efusividad que estaba utilizando en su respuesta—. Sí, por supuesto que puedo hacerlo.

—Estaba convencida de que dirías eso.

36

El doctor Arrieta nunca se había dejado crecer la barba, algo habitual en los médicos que creían que les confería una especial dignidad. Tampoco era partidario de llevar guantes ni anillos. Admiraba profundamente a Miguel Servet por haber sido el primer médico que comprendió la respiración. Hasta entonces primaba la teoría de Galeno, según la cual el aire viajaba al corazón por la vena pulmonar para mezclarse con la sangre, que después cruzaba de un ventrículo a otro a través de poros para distribuirse por el organismo. Pero Miguel Servet estableció que la arteria pulmonar llevaba la sangre a los pulmones no solo para nutrir esos órganos, sino para recoger el aire a través de capilares, y que después regresaba por la vena pulmonar al corazón.

Llevaba una vida metódica y rutinaria, se levantaba a las seis de la mañana y rezaba durante un cuarto de hora. Realizaba su higiene personal y tomaba siempre un desayuno con chocolate, del que era un ferviente entusiasta. A las ocho de la mañana comenzaba a atender a pacientes hasta las once. Comía y dormía la siesta en verano, nunca en invierno. A veces jugaba a las cartas, después cenaba de manera austera, casi siempre los mismos alimentos. Rezaba y se iba a dormir. Nunca asistía a grandes espectáculos, ni a la ópera ni a la música y mucho menos al teatro. Y en su agenda tenía marcado su paseo semanal por el jardín botánico.

Siempre que el doctor Arrieta caminaba por él, admiraba su puerta enrejada, que parecía custodiar un verdadero tesoro tras ella. Fue el conde de Floridablanca, primer ministro de rey Carlos III, quien puso especial interés en la creación del Real Jardín Botánico, para que sirviera como un símbolo del mecenazgo de la Corona a las ciencias y las artes. Y en esta zona ubicó también el Real Gabinete de Historia Natural y el Observatorio Astronómico.

Bruno había intentado varios días encontrarse con él, sabedor de sus paseos. Pretendía que fuera un encuentro casual; de su última conversación con él había deducido que el doctor Arrieta era mucho más que un médico. Sin duda estaba bien relacionado, conocía Madrid y sobre todo estaba al corriente de lo que sucedía en los círculos sanitarios, y al atender a pacientes de renombre, como el pintor de cámara del rey, seguro que también tenía información sobre las altas esferas.

Por eso insistió en ir a pasear en varias ocasiones por el Real Jardín Botánico, hasta que por fin, en una mañana soleada, lo divisó contemplando un árbol de gran fuste. Bruno fue de inmediato a saludarlo e intentó tener una charla coloquial con él para ganarse su confianza.

—Lo que tenemos que lograr es que el pueblo cambie su opinión sobre los hospitales —comentó el doctor Arrieta tras hablar sobre banalidades—. Nadie hoy en día cree que el mejor sitio si uno se halla gravemente enfermo sea el hospital.

—La realidad es que la mayoría lucha por no ingresar en uno —añadió Bruno—, lo asocian con la pobreza y la muerte.

—Cuando se asentó el sistema tripartito de la asistencia sanitaria en la Edad Media, según el cual el médico diagnosticaba la enfermedad y prescribía las medicinas, el boticario las preparaba y el cirujano aplicaba la terapia que el primero le indicaba y realizaba las operaciones, no se pudo actuar de manera coordinada; y arrastramos ese problema desde entonces.

—¿Y por qué no funciona ese sistema, doctor?

—He de confesar que fue por culpa de los altos honorarios que cobrábamos los médicos y, en segundo lugar, por nuestra ausencia en las poblaciones menores. Así que la gente terminaba recurriendo, no se ofenda, a los barberos y cirujanos para todas las enfermedades; y entonces no estaban preparados.

—Y ahí radica el problema y nuestra mala fama —asintió Bruno.

—La medicina está cambiando, cada día llegan noticias nuevas, Bruno. ¿Ha oído lo de la vacuna de la tuberculosis?

—Nos han hablado de ella en el San Carlos.

—Es fascinante, se están logrando avances impensables hace solo unos años. Porque, entre usted y yo, la medicina de nuestros padres y abuelos era muy medieval. Vuestra generación debe llevarla a otro nivel, olvidarse de un montón de axiomas, cambiar los paradigmas y abrirse.

—¿Abrirse a qué?

—A la ciencia —contestó el doctor Arrieta—. Por ejemplo, ¿sabe que existe una máquina para curar la sordera? Es una máquina eléctrica.

—¿Eléctrica? —Bruno juntó los labios y negó con la cabeza—. Eso no lo había oído nunca. ¿Qué significa?

—No sé todos los detalles, solo que ha sido inventada hace poco por un físico alemán. La máquina es propiedad del mismísimo rey Carlos IV.

—¿Y tenéis acceso a ella? —inquirió Bruno.

—Yo no, pero mi paciente sí. Es el pintor de cámara del rey.

—No estoy muy puesto en arte, doctor Arrieta.

—Ya le he hablado de él, es un aragonés de un pueblo llamado Fuendetodos, cerca de Zaragoza. Somos buenos amigos y le propuse que pidiese usar ese adelanto médico. Por desgracia, a la máquina se le había roto una pieza fundamental y el mecanismo había dejado de funcionar.

—¿Y no lo pudisteis usar?

—Sí, por suerte encontramos un recambio. Para tratar la sordera se electriza el oído durante unos minutos a través de dos electrodos; uno de ellos se introduce en el conducto auditivo lesionado, que previamente se ha llenado con agua salada, y el otro, en el oído opuesto.

—Mi tío estaba sordo del oído derecho y sé lo que se sufre. Curar la sordera es un gran avance. —Bruno no salía de su asombro.

—Desde luego. Goya tuvo que dimitir como director de Pintura de la Real Academia de San Fernando por culpa de la sordera que le impedía desarrollar su cargo. Ahora ha mejorado mucho, pero estos tratamientos son largos —afirmó el doctor Arrieta—. ¿Y usted? ¿Qué es de su vida desde la otra vez que nos vimos aquí?

—Marcha bien; trabajo en la Real Inclusa y estudio en el San Carlos.

—Cuánto me alegro. Si va a ser cirujano debe venir más a menudo a este jardín. Aquí hay todo tipo de plantas medicinales.

—¿Puedo preguntaros algo? —Bruno pensó bien la pregunta.

—Por favor.

—Lo que a mí realmente me preocupa es el dolor.

—¿El dolor?

—Sí, creo que es lo que más tememos los hombres. Los soldados no tienen miedo de ir a la guerra, pero sí temen perecer sufriendo. Sucede lo mismo con los pacientes, cuando acuden a nosotros no es como a ustedes los médicos. Frente a los cirujanos temen el dolor, porque saben que vamos a cortarles una pierna, a abrirles el abdomen, a extirparles un tumor..., y los hay que prefieren no sufrir y morir; y los hay incluso que se mueren en la mesa de operaciones por el dolor que sufren durante la operación.

—Entiendo lo que exponéis, pero el dolor es inevitable. —El doctor Arrieta suspiró y se pasó la mano por la nuca.

—Eso quería preguntaros: ¿sabéis de algún medicamento que lo palíe? Digo algo nuevo, no los viejos inventos que todos conocemos —recalcó Bruno.

—Algo que alivie el dolor...

—No me habéis entendido, lo que yo deseo encontrar es la manera de que desaparezca, ¡de erradicarlo! Eso revolucionaría la cirugía; hay operaciones imposibles de realizar por el extremo dolor que padecen los pacientes. Si hubiera un método para eliminarlo por completo, la cirugía avanzaría de manera nunca vista. Y la medicina también, por supuesto.

—Urdaneta, eres un cirujano curioso, no hay duda. Pero esta fijación con el dolor... ¿Hay algo más que no me hayas contado?

Bruno se percató de lo inteligente que era el doctor Arrieta.

—Ha habido dos decapitaciones en Madrid y Barcelona. Los cuerpos aparecen con la cabeza perfectamente seccionada del tronco y sin un solo indicio de haber opuesto resistencia —explicó Bruno—. Solo algo parecido a un pinchazo o una incisión en el brazo.

—Y por eso crees que les suministran algún tipo de inhibidor del dolor...

—Eso es, doctor.

—Si fuera cierto, si existiera ese fármaco, sustancia o veneno sería un extraordinario avance, y más en los tiempos actuales. Europa se ha convertido en un interminable campo de batalla. Imagínate un fármaco así en los hospitales de campaña; nunca ha habido tantos muertos ni heridos ni amputaciones como ahora.

—Me han hablado de un tal doctor Olivares.

—Por supuesto, el «longevo», como lo llaman algunos. Se niega a decir su edad, quizá por eso su leyenda todavía crece más.

—Si pudiera hablar con él...

—¿Con Olivares? —El doctor Arrieta sonrió—. Por supuesto que puedes. Lo conozco bien. Tienes algún día libre?

—¿Libre? ¿Por qué me pregunta eso?

—Porque Olivares ya no vive en Madrid. Tendrás que irte de viaje, Urdaneta.

37

Cuando Bruno caminaba por las calles de Madrid no podía evitar fijarse en las gentes que lo poblaban, en especial los que estaban trabajando. Los hombres que transportaban pesados bultos; los conductores de los carruajes que con sus caballos ponían en muchas ocasiones en peligro a los transeúntes o a otros transportes; las aguadoras con sus pesados cántaros; una mujer que corría y se resbalaba torciéndose un tobillo; el carpintero que maldecía haberse cortado un dedo; el veterano militar lisiado que caminaba con una pierna de madera, y decenas de casos más.

Él veía el sufrimiento en sus rostros, el dolor. Y pensaba en que si todos ellos tuvieran acceso a cuidados sanitarios, podría mejorar sus vidas.

Más tarde, de noche, en la soledad de su alcoba, lo que lo carcomía por dentro era la incertidumbre de conocer cuándo el doctor Arrieta le diría dónde se ocultaba Olivares. Esa doble labor suya de cirujano e investigador lo apasionaba. Y es que se había dado cuenta de que su tío tenía razón: había que conocer los secretos de los pacientes para hallar las causas de sus enfermedades. Pero también había que conocer bien a los sanitarios para entender sus procederes.

Fue a la semana siguiente: el doctor Arrieta no solo le dijo dónde vivía ahora Olivares, sino que le indicó qué carruaje podía llevarlo hasta él. Su intuición no le había fallado: el doctor Arrieta era una magnífica fuente de información sobre Madrid.

Olivares vivía a la sombra de una torre desmochada, vestigio de épocas mejores. Se ubicaba a medio camino entre Madrid y Toledo. Su casa era solo fachada, pues una vez dentro el espacio se hallaba excavado en la propia roca del cerro donde se erigía la torre. La humedad se calaba hasta los huesos de forma inmediata y el olor era desagradable.

El anciano, que había sido profesor de fármacos, tenía aspecto de haber vivido incluso más de lo que delataban las múltiples arrugas de su rostro. Parecía un personaje del siglo XVII, un recuerdo de la época de los Austrias. Como si hubiera nacido bajo el reinado de esa dinastía, antes de la fatal guerra de Sucesión que desangró el Imperio español. El doctor Arrieta le explicó que era una eminencia, que se formó en París y luego regresó a España. Pero le advirtió que lo había abandonado la cordura.

Su vivienda no tenía ni un solo hueco libre: sobre las paredes colgaban numerosos cuadros de temática religiosa, sobre las mesas y estantes se levantaban torres de libros que corrían el riesgo de venirse abajo en cualquier momento, como la famosa Torre Nueva de Zaragoza.

—Soy Bruno Urdaneta, estudio en el San Carlos.

—Es usted un privilegiado, ahora los cirujanos estudian en Cádiz, Barcelona o Madrid; en mis tiempos no sabían ni leer.

—La cirugía avanza, es el futuro.

—No joven, los cirujanos son el presente. ¿Y sabe por qué?

—No —respondió Bruno con interés en saber la respuesta.

—Porque no tienen complejos —dijo Olivares—. No temen meter sus manos dentro de un cadáver, ni dudan en operar a vida o muerte; y mucho menos se preguntan si deben o no abrir una cabeza. Tienen determinación, audacia y están convencidos de que se puede ir más lejos.

—¿Qué quiere decir con más lejos?

—¿Usted qué cree? Cualquier dolor o enfermedad debe poder curarse. Si hay un mal, debe haber un remedio. Eso sí, encontrarlo puede ser realmente complejo.

—Señor Olivares, he venido porque me han dicho que podría ayudarme.

—¿Y en qué puede ayudarlo una reliquia como yo? —Tomó una pipa, puso tabaco y la prendió.

—Quisiera saber si conoce algún fármaco para paliar el dolor de forma total. Sé que no hay nada que funcione de manera adecuada, pero quizá usted...

—Los hombres recurren a cualquier cosa cuando están enfermos —afirmó Olivares con una voz ronca—: la magia, la adivinación, las plegarias y los sacrificios; el incienso y la mirra; los bálsamos y las pócimas; los ungüentos; las inhalaciones y enemas de esto y aquello. Todos ellos se usan para algo tan sencillo como dar esperanza.

—¿Esperanza?

—Sí. No se equivoque: los hombres buscan esperanza en nosotros.

—Pero no podemos darles eso... —replicó Bruno—. Quiero decir que la medicina detecta un mal, da un diagnóstico y busca una cura.

—Joven, no tiene ni idea. —Y llenó el espacio entre ambos de un espeso humo blanco hasta que empezó a toser de una forma aparatosa.

—¿Se encuentra bien?

—Sí, sí. Deme un poco de agua de aquel botijo.

—¿No sería mejor que dejases de fumar?

—¿Cómo cree que he llegado a viejo? Este humo es mi elixir de la juventud. La vejez es cruel, no es algo que venga de pronto. Primero se nos apaga la curiosidad por otras gentes, por todo; nos volvemos más huraños. Todo nos resulta conocido, desaparece cualquier resquicio de misterio. Perdemos la vista, el oído; luego nos fallan los órganos, el corazón o el hígado. Nuestra energía se desvanece, nos puede siempre el cansancio. Dejamos de salir, desaparecen las alegrías y ya solo queda la memoria. Es entonces cuando la muerte comienza a rondarnos y buscamos dónde escondernos de ella, a veces en lo más profundo de una cueva como esta.

Bruno le acercó el agua y se quedó observando los objetos de aquel lugar, sobre todo los cuadros.

—¿Le gusta la pintura?

—No entiendo mucho. —Bruno les prestó más atención.

—Hay un cuadro del famoso pintor Rembrandt sobre una lección de anatomía allá en el siglo XVI. Representa una muerte majestuosa, con los cirujanos concentrados admirando los secretos del cuerpo humano. En aquella época, asistir a una disección se consideraba una distinción tal que se escribía el apellido de los presentes en una tarjeta, que en el cuadro sostiene uno de los presentes que rodean al doctor.

—Aquí todos sus cuadros son muy oscuros, y la temática... En casi todos hay sufrimiento y...

—Muerte, eso es lo que se representa. La mayoría de los santos y mártires son representados en el momento de su muerte. El propio símbolo de Cristo es la cruz, donde pereció. ¿Por qué rezamos ante un elemento de dolor como es la cruz? ¿No es un sinsentido? Incluso los colgamos de nuestro cuello, pero la crucifixión era la peor de las muertes en la época romana.

—Supongo que la muerte es el momento culmen de la vida, ahí llegamos todos, no hay otra opción —sugirió Bruno.

—Todas las religiones, absolutamente todas adoran a la muerte, incluso la veneran y hablan de las maravillas que hay tras ella; en la mitología nórdica lo llaman Valhalla; nosotros, el Cielo, la Yanna del Corán... Hubo alguien que dijo que no deberíamos nacer, pero si nacemos no deberíamos morir.

—Me parece bastante certero, pero nacemos y morimos.

—Así es —asintió el viejo Olivares—, y la muerte ha sido siempre uno de los motores fundamentales de la creación artística. Hemos intentado representar a la muerte, materializarla. Hoy en día, si no puede medirse y pesarse, no existe. Mire ese cuadro de allí. —Olivares señaló la pared derecha—. Proviene de una iglesia de León, tendrá tres o cuatro siglos.

—Son unos ángeles.

—Sí, subiendo un alma hacia el Paraíso —respondió Olivares—. El alma, como la muerte, ha sido representada de multitud de formas, pero nadie sabe cómo es. Me ha preguntado por el dolor; es lo mismo. ¿Qué es el dolor? ¿Se puede medir y pesar? Si la respuesta es afirmativa, también se debería poder curar.

—¿Cómo?

—Para tratar cualquier mal hay que saber cómo es, no puede acabar con el dolor si desconoce sus características. Como no puede ver el alma si no conoce su forma.

—¿Y cuáles son? —preguntó Bruno, que se esforzaba por oír bien las palabras de Olivares.

—Se han buscado desde tiempos inmemoriales pócimas y ungüentos que mitigaran el dolor —relató mientras tomaba la pipa en su mano derecha—, pero usted lo que quiere es algo que le permitiera operar a un paciente sin que este sienta nada, ¿cierto?

—Entonces sí es posible. ¿Usted cree qué lo es?

—Sin duda, pero aún no lo ha logrado nadie.

—¿Podría ser la solución el veneno de algún animal? Alguna..., no sé..., víbora o insecto que con su picotazo nos inocule una sustancia que nos paralice y anule nuestra sensación de dolor.

—Es un planteamiento curioso, aunque poco probable —respondió el viejo cirujano—. Ignoro qué veneno podría sumir a un hombre en un estado así.

—¿Y no tiene alguna teoría? ¿O una idea, por extravagante que parezca? ¿Algo?

—Lo que tengo son muchos años —respondió Olivares—, por eso le puedo decir que, si existiera, es extraño que no estuviéramos al corriente de semejante descubrimiento, ¿no cree?

—Desde luego, pero tiene que existir un remedio. ¿Y si fuera algo que se suministrara a través de una incisión en la piel?

—Galeno describió métodos de inyección de sustancias en las venas. Realizaba inyecciones aprovechando incisiones o provocándolas él. No obstante, es una práctica que se abandonó.

—Dio una fuerte calada y se quedó mirándolo en silencio—. Su tío sí era bueno con esa clase de cosas.

—¿Mi tío?

—Yo conocí a su tío, porque Alonso Urdaneta es su tío, ¿verdad? No puede ser su padre porque no concibo al bueno de Alonso con descendencia, no sé el porqué, pero no me hago una idea. —Se recostó en una silla mientras volvía a llenar la sala con el humo blanco.

—¿Cómo es que conocía a mi tío?

—A mi edad conozco a demasiada gente..., y casi todos están ya muertos. —Soltó una carcajada grotesca—. Su tío era un buen cirujano, muy prometedor en su época.

—Murió.

—Bueno, eso es irremediable. Lo acompaño en el sentimiento. ¿Le dijo que podía oler la muerte?

—Sí, lo hizo.

—¿Le contó algo más? —insistió Olivares.

—¿A qué se refiere?

—A si descubrió por qué podía olerla.

—No, pensaba que siempre había sido así.

—Pues estaba equivocado —le informó Olivares—. ¿Conoce a Eusebio Lahoz? ¿Le suena ese nombre?

—Sí; sé que eran amigos, pero también falleció hace poco.

—Usted se parece mucho a su tío, ha heredado de él su obstinación por descubrir los misterios del cuerpo. A él no le preocupaba tanto el dolor; era más materialista.

—¿Qué quiere decir con eso?

—No sé si sabe que Platón suponía que el alma estaba situada en el cerebro. Aristóteles la colocaba en el corazón. Heráclito la buscaba en la sangre. Epicuro sospechaba que estaba en el pecho, y hace un siglo incluso Descartes también la buscó.

—Disculpe, pero no le sigo, ¿Dónde se supone que está el alma?

—Su tío también se hizo esa pregunta, y muchos antes que nosotros. No sabemos en qué consiste el alma; ignoramos si es materia física, química, energía... Los filósofos llevan siglos discutiendo sobre dónde está situada. No sabemos si nace o muere. Pero los sacerdotes llevan desde la noche de los tiempos hablándonos de ella.

»Para las culturas antiguas era una cuestión principal averiguar dónde se situaba el alma —prosiguió con un ritmo pausado de hablar—. Sus sacerdotes extraían el cerebro de los cadáveres cuando preparaban el viaje al más allá y, sin embargo, dejaban intacto el corazón porque creían que era el motor de la vida y que, probablemente, allí residía el espíritu.

—Y la Iglesia sigue representándola de ese modo —añadió Bruno—. Las imágenes de Jesús abriendo su corazón guardan relación con esa idea del hombre mostrándonos su verdadero yo. Porque creemos que lo más recóndito de cada ser está en el corazón.

—Eso es. Jesús no abre su cráneo y nos muestra su cerebro, ¿verdad?

—Es una idea del pasado que hemos perpetuado... De todos modos, es muy posible que el alma no exista físicamente —comentó Bruno con dudas.

—La razón nos enseña una cosa: todo es material. Algo que no se puede ver, ni tocar, ni medir, ni pesar... ¡no existe!

—Entonces me está diciendo que el alma es real, es material.

—Urdaneta, no corra tanto. Dicen que hace varios siglos, el emperador Federico II ordenó encerrar a un hombre en un tonel hasta que muriera de hambre porque quería ver cómo salía su alma, por supuesto se quedó con ganas de ver nada. Hay cosas que son intangibles y aun así son reales.

—Acaba de decir que si no se puede ver, ni tocar, ni pesar no existe.

—Pero quizá sí podemos medir sus consecuencias, comprobar cómo influyen en lo que les rodea, en nosotros. Isaac Newton descubrió la gravedad porque una manzana le cayó sobre la cabeza, pero la gravedad no puede verse, en cambio sí sus consecuencias.

—La gravedad es algo complejo, la conozco de las clases de física. Dígame otra cosa más mundana que no puede apreciarse directamente con los sentidos.

—¿Qué me dice del amor? —le preguntó Olivares.

—No sé, ¿qué tiene que ver con todo esto?

—Claro, usted es demasiado joven...

—¿Demasiado joven para qué?

—Para haber estado enamorado. ¿O es que lo ha estado alguna vez?

—¿Enamorado? Últimamente me lo preguntan mucho.

—Urdaneta, no pierda el tiempo, que no es uno joven siempre, ¡créame!

—Ya, ¿por dónde íbamos? No sé cómo hemos terminado hablando de la gravedad y del amor. —A Bruno se le notaba confuso—. ¿Y qué pasa entonces con el alma?

—Su tío era listo y buscó lo que llevamos anhelando desde hace cientos de años. Una prueba física de la existencia del alma dentro de nosotros.

—Eso es imposible —musitó Bruno.

—Él y su amigo Lahoz. Sus primeros intentos fueron infructuosos porque es complejo obtener cuerpos que diseccionar y, de todos modos, ningún médico o cirujano ha descrito jamás el alma. Si está dentro de nosotros, se halla bien escondida.

—O quizá no podamos verla directamente.

—¡Exacto! Hay muchas facultades que no sabemos dónde están. La inteligencia, ¿cómo la medimos? ¿La memoria? No hemos encontrado el espacio físico de todas esas cualidades.

—Estarán en el cerebro —respondió Bruno.

—Es posible, pero no somos capaces de identificarlas.

—¿Y cómo la buscaron? —inquirió Bruno, que se frotó las manos porque la humedad se le estaba calando en los huesos.

—Ah, eso ya lo desconozco.

—¿No sabe nada más? ¡No es posible!

—¿Le parece poco lo que le he contado? No puedo ayudarlo más. —Olivares se encogió de hombros—. Mire dónde vivo. ¿Sabe cuánto tiempo hacía que alguien de la capital me visitaba?

—Mucho, supongo.

—Y supone bien. —El viejo resopló—. De hecho, no sé cómo me ha podido encontrar, casi nadie sabe que vivo aquí.

—Tengo mis medios. —Sonrió—. Un profesor me habló de usted.

—¿Le habló de mí un profesor del San Carlos? Es extraño que aún se acuerden de mí, me defenestraron.

—Sí; el profesor Celadas.

—¿Celadas? Ese apellido... ¡Claro! Celadas era de la misma promoción que su tío y Lahoz.

—Eso no lo sabía.

—Sí, pero no se mezcló nunca en los proyectos de su tío. Él era más pragmático y con las ideas muy claras. Pensé que algún día llegaría a director.

—Pues no ha sido así —comentó Bruno—. Volviendo al inicio, yo había venido preguntándole por los cuerpos decapitados que le he comentado, es posible que les cortaran la cabeza para buscar el alma dentro —sugirió Bruno.

—Lo ignoro, la verdad. Es una teoría interesante, Urdaneta. Y como todas las teorías, lo más difícil no es formularla, sino demostrarla. Veo que usted tiene un grave problema: se le acumulan las preguntas y no tiene respuestas. Permítame, con la experiencia que dan los años, que le advierta que eso es lo peor que le puede suceder a un hombre.

—¿Hacer muchas preguntas?

—No, las preguntas son buenas: lo peligroso es no tener respuestas. Un hombre sin respuestas es un hombre perdido.

38

Un par de días después de regresar a Madrid, doña Josefa lo hizo subir por una empinada escalera que crujía como si fuera a partirse toda la estructura, aunque a ella parecía no importarle lo más mínimo. Alcanzaron una puertecilla de tablas, ella sacó una escueta llave de algún recoveco de su vestido y liberó el pestillo. La luz del espacio lo sorprendió; provenía de un ventanal acristalado, excesivo para aquel espacio, si no fuera porque era una pequeña biblioteca con un escritorio al fondo.

—Es mi biblioteca particular. Cuando estalló la revolución en Francia se prohibió traer libros y prensa de allí. Aunque en España siempre hemos sido hábiles con el contrabando, así que siguieron llegando.

—¿Y tiene aquí esos libros?

—Shhh. ¡Está loco! Eso ni lo mencione.

—¿Puedo? —preguntó Bruno, tocando con la yema de los dedos los lomos.

—Por supuesto.

Se detuvo en uno y lo tomó, era de zoología. Al abrirlo vio que estaba profusamente ilustrado.

—Yo también le recomiendo este. —Doña Josefa tomó un volumen y se lo entregó.

—¿Qué es? Está en latín.

—Por supuesto que está en latín. Se trata de un libro antiguo, lo escribió una mujer que era médica en la Escuela Salernitana. Cerca de Nápoles. En el siglo XIII era célebre por sus técnicas innovadoras en los diagnósticos y las terapias: y sobre todo por la prevención, sus preceptos higiénicos y normas para llevar una vida sana a través de dietas en las comidas y de costumbres saludables.

—Ha dicho que lo escribió una mujer.

—Sí, Trotula. Una verdadera revolucionaria. —Doña Josefa de Amar y Borbón sonrió—. Aportó ideas novedosas en sus tratados de medicina; por ejemplo, en el tema de la fertilidad consideró que la causa podría estar tanto en hombres como en mujeres.

—¿Y cómo lo encajaron en aquella época? ¿No sufrió censura?

—No, porque ella misma gozaba de un notable prestigio dentro de la Escuela Salernitana, que se caracterizaba por ser la vanguardia en Europa.

Bruno pensó que estaba hablando de ella misma.

—¿En el siglo XIII? Han pasado quinientos años de eso... ¿Cómo es posible? Ahora las mujeres no pueden estudiar medicina.

—Su éxito se debía al hecho de acoger ideas médicas orientales en contraposición a otras escuelas. Siglos más tarde, la medicina practicada por hombres ha olvidado sus aportaciones y tratados.

—Imagino que estudió los partos, ¿verdad?

—En efecto —asintió contenta con la apreciación de Bruno—. Por ejemplo, en sus recomendaciones para la asistencia al parto aconsejaba crear una atmósfera serena y tranquila para la mujer. Ella recomienda contacto físico frecuente, calor y masajes en todas las partes del cuerpo y proporcionarle agua caliente y miel en el paladar. También habla de estimular los sentidos del recién nacido con colores y sonidos armoniosos.

—En los libros del colegio no se menciona nada de eso —puntualizó Bruno, interesado en la historia de Trotula.

—Hay muchos libros, Urdaneta. No deseo que solo aprenda con textos escritos por hombres, quiero que también lea a mujeres. No debe conformarse con una única visión de la realidad. Pues la realidad no es un espejo que la refleja con claridad, sino un prisma con múltiples caras y ángulos. En algunos la imagen se deforma, se engrandece o empequeñece; hay que observarlos todos bien para entenderla.

—Es usted muy buena oradora, doña Josefa.

—Lo que soy es buena escritora, Urdaneta. Y mis escritos son munición para la lucha por lograr la igualdad de oportunidades entre hombres y mujeres en esta sociedad que se dice ilustrada, y para promover la valía individual y el propio mérito ya sea hombre o mujer. Yo sé de libros igual que usted sabe de medicina, por eso le advierto que hay que leer mucho para saber distinguir la verdad. Y que los libros son el arma más duradera; las palabras pesan más sobre una hoja de papel, ahí no se las puede llevar el viento.

—Los libros se pueden quemar —recordó Bruno.

—Me temo que todo puede arder, hasta nosotros mismos.

—Pero mis conocimientos de latín no son suficientes para comprender estos textos.

—Yo le enseñaré; soy traductora, sé cómo hacerlo. Todos los días a esta hora quedaremos aquí.

—¿Todos?

—No tiene tiempo que perder. ¿Quiere ser un gran cirujano?

—¡Claro que sí! —exclamó Bruno.

—Pues debe dominar el latín, y para entender las enfermedades de las mujeres y nuestras peculiaridades, leer a Trotula de Salerno. En el fondo le estoy haciendo el favor de su vida.

—¿Por enseñarme latín?

—No, por enseñarle cómo somos las mujeres. —Suspiró—. Te voy a tutear, Bruno. La maternidad es compleja, tú eres un hombre y no puedes comprenderlo.

—Pero lo intento, eso no puede negármelo.

—Eso es verdad, y se agradece —asintió doña Josefa—. Ser madre es como un meteorito de carne y hueso que hace saltar por los aires toda tu vida anterior. Te lo digo yo que tengo uno,

Felipe, que ahora está en Quito, en el otro lado del mundo. Nadie puede prepararte para tener un hijo, esa es la gran verdad. El arte de partear siempre ha estado mal visto; durante la Edad Media se produjo una fuerte asociación entre magia, brujería y asistencia al parto y a las embarazadas, así la superstición se adueñó del ámbito de las comadronas y gestantes. Debemos cambiar esa imagen tan nefasta.

—No entiendo de qué manera se puede relacionar la brujería con el embarazo.

—Eran siglos oscuros, las parteras fueron aborrecidas por su relación con la sexualidad y la reproducción. Las mujeres siempre hemos sido un problema para la Iglesia, y la mayoría de los hombres no tenéis ni idea de lo que es un embarazo, y menos los religiosos.

—El parto es algo natural —insistió Bruno—. No se moleste, pero no me parece tan oscuro como menciona.

—Es cierto que es natural, pero también que puede complicarse, y mucho... ¿Entiendes por qué es tan relevante que aprendas sobre ese arte? En la vida siempre hay que tener un sueño, que no varios, eso son ensoñaciones. Pero un verdadero objetivo es lo que hace que nuestra existencia tenga sentido. Sin él no somos nada y en nada nos convertiremos. Yo te lo estoy dando; eres un Urdaneta, ¡aprovéchalo!

—Sé que sin usted nunca habría entrado en el San Carlos. Por eso me esfuerzo. Ya hemos aprendido la teoría sobre los fórceps, unos utensilios, unas especies de tenazas, que usan los mejores cirujanos en partos para extraer a las criaturas cuando vienen mal dadas. Hasta hace pocos años incluso se utilizaban en secreto.

—No te entiendo, ¿qué quieres decir? —Había logrado captar su interés.

—Una familia francesa, los Chamberlen, se percató de que muchas mujeres morían en el parto e idearon una solución para los complicados. Cuando los niños se colocaban mal y no podían salir, había que sacarlos sí o sí, de lo contrario el niño mataba a la madre y morían los dos.

—Hacían una cesárea.

—Me temo que no, doña Josefa. A los bebés atascados en el canal de parto los sacaban a la fuerza, a menudo en pedazos. Los cirujanos que intervenían tenían espantosos aparatos para enganchar, apuñalar y destrozar el cuerpo del bebé difícil de sacar.

—¡Por Dios santo! ¡Eso es terrible! —Doña Josefa se llevó la mano al pecho, sofocada.

—No quiero entrar en detalles desagradables...

—¡No me vengas con idioteces! Sigue de una vez.

—En ocasiones, las parteras les quebraban el cráneo, con lo que mataban al niño pero salvando a la madre; otras rompían el hueso púbico, que a menudo resultaba en la muerte de la madre y la salvación del hijo. Pero esa familia francesa ideó un aparato que salvaba la vida del niño y de la madre.

—¿Qué aparato era ese? —preguntó doña Josefa muy intrigada.

—Eso se preguntaron el resto de los cirujanos durante un siglo, pues fue el secreto de esa familia y se aseguraron de ocultarlo bien, lo que los hizo famosos y ascendieron a médicos de la corte real.

—Ocultaron un avance así durante un siglo... Eso es una barbaridad.

—Según cuentan, los franceses llegaban a la casa de la mujer en parto en un carruaje especial, acompañados de una enorme caja de madera elegantemente adornada. —Bruno estaba demostrando una nueva habilidad para captar el interés con sus historias—. Se necesitaban dos hombres para cargarla; la gente pensaba que se trataba de una máquina compleja. Hacían salir a todo el mundo de la habitación y se quedaban solos tras la puerta cerrada con la mujer que iba a dar a luz, a la que le vendaban los ojos.

—Toda esa parafernalia para que no descubriera el secreto, me parece de lo más ruin.

—Al otro lado de la puerta —prosiguió Bruno—, los familiares podían escuchar los ruidos peculiares, tañidos de campanas y otros sonidos siniestros que supuestamente hacía la máquina al funcionar.

—¿Y cómo se descubrió el secreto?

—Precisamente por una especie de venganza del destino. El último descendiente de la familia se casó varias veces, tuvo numerosas hijas, pero ningún varón. Y al ver que iba a morir sin un heredero que pudiera seguir la estirpe familiar...

—Ya que las mujeres no podemos ser médicos... —interrumpió doña Josefa.

—Exacto. Así que desveló el secreto.

—¡Lo ves! Por eso te necesitamos, Urdaneta —recalcó doña Josefa de Amar y Borbón—. Tú entiendes mi causa, los cirujanos deben atender a las embarazadas y a las parturientas... y también al resto de las mujeres, incluidas las nodrizas. Observé cómo mirabas a Carolina; tienes buen gusto. Es sin duda hermosa, casi como una pieza de porcelana, frágil y exquisita. Pero tiene que estar sufriendo tanto...

—Lo dice por lo de su marido.

—¿Ya lo sabes?

—Sí, me lo dijo ella.

—Qué valor tiene... —Doña Josefa suspiró—. Los hombres sois así, nos abandonáis en cuanto percibís problemas.

—¿Problemas?

—Los hijos, Bruno, los hijos. ¿No es mucha casualidad que haya dado a luz y su marido haya desaparecido sin dejar rastro?

«Yo jamás hubiera abandonado a una criatura tan hermosa», pensó Bruno para sí mismo.

—Aprende a usar esos fórceps, hazme el favor. Y ten cuidado con Carolina, una belleza así es presa codiciada por los hombres. Así que o termina siendo un juguete o aprende a defenderse.

39

Regresó para dormir en su alcoba junto a la entrada de la Real Inclusa. Le costó conciliar el sueño; ¿sería verdad que su tío intentó encontrar la ubicación del alma? ¿Que en su búsqueda lo que obtuvo fue la capacidad de oler el hedor de la muerte? Ahora estaba seguro de que los fantasmas que lo merodeaban de noche tenían que ver con todo aquello.

Todo era confuso y extraño.

Además, en varias ocasiones había sentido que alguien lo vigilaba desde que llegó a Madrid.

¿Y los decapitados?

Estas dudas lo mantenían en vilo, y le impedían dormir. Por eso aquella noche fue de los primeros en oír los ruidos. Al ir hasta la puerta se encontró con el guarda consolando a Carolina, que estaba envuelta en lágrimas.

—La pobre, que viene impresionada porque han encontrado a uno sin cabeza —murmuró el guarda.

—¿Estás bien, Carolina? Ven conmigo. —Bruno buscó algo de abrigo para cubrirla.

La acompañó hasta una salita que había con el fuego aún encendido y se sentó junto a ella.

—Sé que presenciar algo así es desagradable, no sé quién puede hacer algo tan horrible —intentó consolarla.

—No lo entiendes, yo... —Carolina rompió a llorar de nuevo.

A Bruno se le estremeció el corazón ante la fragilidad de la nodriza.

—Carolina, debes borrar ese recuerdo de tu mente. Piensa en lo que más quieras de este mundo para contrarrestarlo. Por ejemplo en tu hija, o en cuando te enamoraste de tu marido.

—Es que... mi marido... No puedo contarte eso a ti.

—Ya sé que os abandonó.

—Bruno, ¡mi marido está muerto!

—¡Cómo! Creí entender que había desaparecido, no tenía noticias de su fallecimiento.

—Ni tú ni nadie, pero estoy segura de que mi marido está muerto y nunca encontrarán su cuerpo.

—¿Por qué dices tal cosa?

—Cuando desapareció estuve dos días esperándolo sin moverme de casa. Pensé que regresaría, acabábamos de ser padres y todo iba bien.

—Hay hombres que dejan a su esposa para no asumir la responsabilidad de sus vástagos —comentó Bruno.

—Él no era de esos; no iba a abandonarme.

Bruno la creyó porque cualquier hombre debería estar loco para dejar a una mujer de una belleza tan cautivadora como Carolina.

—Así que el tercer día me recorrí todo Madrid, pregunté a la policía, a los alguaciles, tenía que haberle pasado algo —explicó todavía sollozando—. Fui a las prisiones por si se había metido en algún problema. También acudí a los hospitales, busqué heridos, gente que hubiera quedado sin sentido, que no estuviera identificada.

—¿Y lo encontraste?

—No. Pero me dieron un listado de los fallecidos sin identificar de aquellos días. No era una lista demasiado larga, la mayoría eran ancianos, también había algún recién nacido.

—Qué horrible...

—Y un hombre joven, que había sido imposible de identificar porque le habían quitado todos sus objetos personales y le habían cortado la cabeza.

Bruno se echó para atrás.

—Hoy, al ver a ese decapitado me ha podido la tristeza, perdóname. Tenía que contárselo a alguien. —Y le cogió la mano—. Gracias por escucharme.

—Es lo menos que puedo hacer, Carolina.

El suave tacto de la piel de ella sobre la suya le erizó todo el vello del cuerpo, y su corazón palpitó tan fuerte que podía oírlo, y estaba seguro de que ella también. La tenía tan cerca que podía olerla; era un olor que penetraba por todos sus poros y le hacía despertar dentro de él las más bajas pasiones.

—Mi marido nunca volverá, así que estoy sola —pronunció de una manera sugerente.

—Pero... ¿Cómo sabes que aquel cuerpo era de tu marido? —Bruno intentó zafarse por un momento de la tentación.

—Porque me dijeron un pequeño detalle que yo solo conocía: tenía una cicatriz en el pecho.

—¿De una operación?

—No, se la había hecho en casa hacía pocos días.

—¿Y lograste ver el cuerpo? —insistió Bruno.

—Sí, justo antes de que se lo llevaran...

—Claro, de que se lo llevaran para enterrarlo.

—No, los cuerpos sin identificar no se entierran directamente —contestó ella—. Eres estudiante de cirugía, deberías saberlo.

—¿Por qué dices eso?

—Bruno, esos cuerpos van al San Carlos. ¿Por qué, Bruno? ¿Dónde los enterráis?

—Esos cuerpos no se entierran... Al menos no directamente y no... —tartamudeó—. Carolina, se usan para hacer disecciones, se abren y se estudian sus órganos. Entiendo que luego les dan sepultura en alguna fosa común, al menos lo que queda de ellos. Lo siento.

—¡Eso es horrible! Habéis cortado a mi esposo y habéis tirado sus despojos. No sois mejores que quien lo mató y le cortó la cabeza.

—Yo... solo soy un estudiante. Nada tengo que ver con los procedimientos, créeme. Ahora debo dejarte, pero debo preguntarte algo importante: ¿cuánto hace que has visto ese cuerpo en el Retiro?

—No sé, apenas una hora.

40

El Retiro no era un lugar cualquiera; era el sueño de un rey, del primero de los Borbones que se sentó en el trono de España. Un inmenso jardín repleto de fuentes, estanques, esculturas, largas avenidas arboladas y un palacio al más puro estilo francés. Felipe V tardó poco en comprobar que Madrid no era París. Desde el sobrio protocolo heredado de los Austrias hasta las oscuras vestimentas de la corte, no le gustó nada de lo que vio. Su residencia era el alcázar, un austero castillo medieval de la época de Felipe II. El monarca pronto fijó su mirada en el Buen Retiro, lo eligió como segunda residencia por sus extensas zonas verdes y la abundante caza. Y por eso quiso convertirlo en un auténtico *château* a la francesa. Por desgracia, del sueño de revivir su añorado Versalles en el Retiro solo se llevaron a cabo algunas intervenciones.

Cuando Bruno llegó ya había un círculo de hombres rodeando el cuerpo inerte.

—¿A dónde va usted? —le preguntó un alguacil fusil en mano.

—Soy estudiante de cirugía, puedo auxiliar al herido.

—Lo que necesita es un cura, está muerto.

—Entonces quizá pueda certificar cómo murió. Puede ser útil para encontrar al asesino —afirmó Bruno mientras se cerraba el abrigo heredado de su tío.

—¿Cómo sabe que lo han matado?

—Esas noticias vuelan. Estudio en el colegio San Carlos; he

oído que le han cortado la cabeza. Yo puedo decirles con qué tipo de arma lo mataron y también cuánto tiempo lleva muerto.

—¿De verdad? No me lo creo...

—Póngame a prueba —le desafió Bruno.

Ya no era el jovenzuelo de Barcelona, ni el inexperto que llegó a Madrid. Bruno Urdaneta se había convertido en un hombre con determinación. Al que su altura y corpulencia otorgaban mayor seguridad si cabe a sus gestos y su forma de hablar.

—Ja, ja, me cae bien. Ande, pase antes de que me arrepienta.

Bruno avanzó y se arrodilló frente al cadáver. Se trataba de un hombre joven y, en efecto, le habían seccionado la cabeza. El corte era preciso, hecho por alguien experto; le recordaba al de la clase de anatomía y también al muerto de Barcelona.

—¿Y bien? —El policía le dio un golpecito en la espalda.

—Le cortaron la cabeza cuando estaba vivo.

—Eso es obvio.

—Podrían haberlo asfixiado, ahogado o propinado un golpe mortal... Pero el *livor mortis*. —Se percató de la expresión del rostro del agente—. El *livor mortis* es cuando la sangre se acumula en la parte inferior del cuerpo; comienza poco después de la muerte.

—¿De qué me está hablando?

—Mire, la piel toma una coloración amoratada debido a la acumulación de la sangre en esas zonas. No ocurre si estas partes están en contacto con una superficie rígida. Se acumula sangre porque el corazón deja de bombearla, lo que provoca que los componentes pesados de la sangre precipiten por la acción de la gravedad.

—La sangre se estanca y cae hacia abajo, ¿es eso?

—Sí, empieza a ser visible entre los veinte minutos y las tres horas posteriores a la muerte; comienza a coagularse en los capilares entre las tres y las cuatro horas tras el fallecimiento —explicó Bruno, intentando ser lo más claro posible—. Por otro lado, no lo han matado aquí; no hay casi sangre. Y murió en el acto, no tiene ni una sola marca más, el cuerpo está perfecto. Lo han dejado con mucho cuidado, por eso lo han puesto sobre una manta.

—Primero le cortan la cabeza y luego se preocupan por él... Cuesta creerlo.

—Es extraño, sí —pronunció Bruno pensativo—. Se han esforzado en depositarlo con sumo cuidado, me pregunto el porqué.

—Desde luego que la gente está cada día peor. ¿Qué será lo siguiente? Esto es culpa de esos malditos liberales —comentó el guardia mientras se encendía un cigarrillo.

—¿De los liberales?

—¡Claro! Ahora que dicen que somos aliados de los franceses se creen más fuertes. A esos sí les encantaría cortarle la cabeza a nuestro rey, ¿no le parece casualidad?

—¿El qué? —Bruno seguía examinando el cuerpo.

—¡Qué va a ser! Que le hayan cortado la cabeza ahora que mandan los franceses en toda Europa y que se las cortaron a sus reyes.

—No lo había pensado... ¿Quiere decir que es una señal?

—Llevo demasiados años en esto; las casualidades no existen. Lo de cortar la cabeza es un mensaje —masculló el guardia—. Tienen que ser esos malnacidos de los liberales, llevamos ya cuatro en un año.

—¡Han aparecido cuatro decapitados en un año! ¿Y no les ha parecido sospechoso?

—Ya le estoy diciendo que son los liberales, quieren cortar la cabeza de Carlos IV o la de Godoy. —El guardia tenía la mirada perdida y asentía con la cabeza todas sus afirmaciones.

—¿Y cómo eran los otros decapitados?

—Pues no me acuerdo...

—¿No aparecieron con ropas o algún documento, joya...? Algo que sirviera a tal efecto.

—Claro que no; les robaron todo, como a este.

—Lógico... —Bruno se quedó mirando el cadáver.

—Les quitan cualquier cosa que pueda servir para identificarlos, así es más difícil dar con ellos. Y si le cortan la cabeza entonces ya imposible. A saber quién narices es este. Podría ser hasta el mismísimo Godoy y no habría forma de saberlo.

—Tiene toda la razón... Pero ¿qué harán con las cabezas? De alguna manera el asesino tiene que deshacerse de ellas.

—Bueno, una cabeza pasa más desapercibida. Puede llevarla en una bolsa y nadie tiene por qué darse cuenta —comentó el guardia mientras daba una fuerte calada—. ¿Ha terminado ya?

—Un momento. —Bruno volvió a agacharse y examinó el brazo.

Cuál fue su sorpresa al hallar la misma pequeña herida.

—Estos cuerpos terminan casi siempre en el colegio para que los examinemos y aprendamos con ellos.

—¡Qué asco! ¿De verdad les gusta meter las manos ahí dentro?

—Es la única manera de formarse como cirujanos.

—¿Y no les basta con unos dibujos o algo así?

—Me temo que no.

—Ahora es mejor que se marche; llega ya la autoridad y no les gustan los curiosos.

—Gracias por todo.

—Suerte.

Buscó la salida del Retiro y caminó hasta la calle principal. Una vez allí se detuvo pensativo. Un decapitado en Barcelona, tres más en Madrid desde que llegó él, pero que podían ser más según el guarda. ¿Cómo era posible que no hubiesen llamado la atención de nadie? Ni en la Revolución francesa se habían cortado tantas cabezas.

No lo entendía.

Fue a una taberna y pidió un café bien caliente. No era tan bueno como el de Barcelona, pero se dejaba beber y lo ayudaba a despejar su mente. Con sus dudas por montera regresó a las calles madrileñas, colmado de preguntas sin respuesta.

Bruno sintió entonces una mirada clavándosele en la espalda, se volvió buscándola y solo halló la noche. Regresó a la Real Inclusa con la extraña sensación de ser observado y no se sintió seguro hasta que cruzó las puertas y pasó junto al torno.

41

En su primer año, Bruno obtuvo excelentes calificaciones en las asignaturas que cursaba. Solo Gálvez lo superó en las clases prácticas, y es que su amigo era un portento con el bisturí. La verdad es que todo iba con viento a favor y así empezó el siguiente curso. Con una novedad a tener en cuenta: a partir de entonces las clases de anatomía serían en la misteriosa sala de figuras de cera del San Carlos de la que tanto había oído hablar.

Estaba entusiasmado con el momento en que por fin entrara en ella, y ese llegó a las pocas semanas. Bajaron a los sótanos del San Carlos y recorrieron un alargado pasillo.

—Madre mía —murmuró Gálvez—, pero ¿dónde las tienen escondidas?

—Shhh.

—Si parece que estamos en la galería de un viejo castillo.

—Debe de ser por la temperatura, el calor quizá las dañe —comentó Bruno.

—A saber de cuándo son estos túneles, dicen que Madrid está repleto de ellos.

—Sí, la mayoría son conductos de agua.

Gálvez se había convertido en su mejor amigo y compañero de estudios. Bruno se había percatado de que aunque daba una imagen algo frívola, estaba dotado para la cirugía. Además, según le contó él mismo, no lo había tenido nada fácil en la vida.

Al nacer, su padre los abandonó a su madre y a él. No dejó

rastro tras él. Ningún dato. Nada de donde tirar para dar con su progenitor. Desapareció para siempre. Para una mujer sola y sin ayuda, era imposible sacar adelante a un hijo. Así que fue entregado a un matrimonio humilde de Guadalajara que acababa de perder a un hijo. Buena gente sencilla del campo, de una zona de secano de difícil comunicación. Allí, junto a ellos, vivió ajeno y feliz su infancia, entre azadas y sacos de trigo. Hasta que para su sorpresa lo llevaron de viaje a Madrid y lo entregaron a la Real Inclusa.

Cuando Bruno supo que su amigo había estado en la institución que dirigía doña Josefa sintió una pena enorme por él, aunque no se atrevió a confesarle que ahora él trabajaba allí.

Dejó de pensar en la infancia de Gálvez cuando por fin cruzaron la última puerta de los sótanos del San Carlos y accedieron a una sala alargada e iluminada con candiles de aceite. Allí estaba: una colección de figuras de cera que parecían cobrar vida. Bruno sintió una atracción irrefrenable hacia ellas, eran tan... ¡reales!

—Parece que están vivas, ¿verdad? —dijo Gálvez a su lado.

—Sí, desde luego...

Las fue observando una a una, cada figura era mejor que la anterior. Así llegó al final de la sala, donde descubrió las presentaciones fetales de los nueve meses de gestación.

—Esto es... ¡increíble!

Era el proceso completo del embarazo.

«¡Si lo viera doña Josefa!», pensó. No le iba a creer cuando se lo contara. Todo cobraba sentido observando las sucesivas etapas, la evolución del feto, ¡todo! Desde la concepción hasta el parto, las distintas posiciones dentro de la matriz, y su comunicación con la madre.

La primera que le llamó la atención fue la que representaba un feto de cuatro meses, con la estructura anatómica de toda la pelvis. En ella se apreciaban la mayor parte de los músculos que mueven el fémur, algunos de los motores de la pierna, los nervios lumbares y sus propagaciones, y las numerosas ramificaciones de arterias y venas que se distribuyen desde la última vértebra dorsal hasta medio muslo.

Una por una, examinó todas las figuras con un interés inusitado.

Y llegó a la representación del último mes de gestación y allí estaba la mejor de las esculturas, a la que llamaban *La parturienta*. Una figura recostada y con un niño en su vientre de un realismo sobrecogedor.

—Atentos, señores. —Un profesor nuevo alzó la voz para que los estudiantes se fijaran en él—. Aquí tienen las famosas ceras obstétricas, constituyen uno de los capítulos más significativos de la ceroplástica. Con ellas se consigue mostrar la fisiología y la patología del aparato genital femenino, las fases del embarazo, así como las diversas presentaciones y situaciones fetales y del parto. Son de incuestionable e incalculable valor por la eficiencia demostrativa de la gestación, un fenómeno biológico dinámico, difícilmente explorable con las técnicas instrumentales disponibles.

—¿Quién es? —inquirió Bruno a su amigo Gálvez.

—Es el vicerrector del colegio, don Agustín Ginesta, una eminencia en el arte de partear y del cuidado de los niños; escribió una obra fundamental en la que criticó muchas costumbres que no eran beneficiosas para los recién nacidos.

Bruno no conocía sus aportaciones, pero pronto se percató de que cuando el vicerrector Agustín Ginesta alzaba la voz, todos escuchaban con entusiasmo. Poseía una aureola similar a la de obispos y cardenales, como si fuera un santo en vida y sus palabras, salmos del evangelio. Hablaba desde un tono tan elevado que sus palabras caían con gravedad, como si pesaran y fueran inamovibles. Además portaba una peluca pomposa, demasiado afrancesada para los gustos españoles, sin embargo a él le quedaba natural y todavía amplificaba su aspecto distinguido.

En este nuevo curso eran unos treinta alumnos en clase; Agustín Ginesta utilizaba unas pizarras móviles para anotar los temas que iban tratando. Estudiaban siguiendo el tratado de *Morbis mulierum*, que constaba de dos tomos y estaba escrito en latín, por lo que agradeció sobremanera las clases de doña Josefa.

El primero trataba de las enfermedades del aparato reproductor femenino, fundamentalmente las uterinas, también las de sus anejos y las vaginales. El siguiente, de la gestación y su patología asociada. Además, constaba de diez capítulos centrados en la patología mamaria y la lactancia. Le llamó poderosamente la atención la falta de ilustraciones que presentaba la obra. Solo una lámina desplegable insertada al final del primer tomo contenía cuatro figuras que representaban la circulación feto-placentaria.

Por suerte él ya conocía los estudios de Trotula de Salerno. Las explicaciones en el aula resultaban mucho más claras al estar acompañadas del estudio de las figuras de cera, con las que Bruno estaba fascinado.

—Hay conformaciones anatómicas que raras veces se presentan en la naturaleza y parecen tan reales...

—No digas nada —Gálvez bajó el tono de voz—, pero yo creo que los escultores las hicieron a partir de disecciones.

—No es posible, es inviable conseguir cadáveres con el feto en los estados de la preñez.

—Por eso son tan valiosas —respondió Gálvez—; no hay nada igual en el mundo. Son la joya del San Carlos y de tu amigo Gimbernat.

—Son maravillosas, pero a la vez...

—¿Qué Bruno?

—Si Gimbernat está por medio, algo me hace desconfiar. Perdona, estaba pensando en voz alta.

—No te metas en líos, Bruno —le pidió Gálvez.

—A veces pienso que estoy desarrollando una habilidad para detectar las mentiras y a los embusteros. Por eso te digo que estas figuras de cera me huelen mal.

Y entonces se quedó sorprendido de sus propias palabras. ¿Y si él era capaz de oler las mentiras igual que su tío lo hacía con la muerte?

—Bruno, deja de decir tonterías.

Fuera como fuese, las preguntas lo carcomían por dentro y tenía una irremediable necesidad de encontrar respuestas.

Después de las clases, Bruno se sumergió en las ajetreadas calles de Madrid, que eran pasto del traqueteo de los carruajes, de los gritos de los niños y de las voces de las gentes que las inundaban. Madrid tenía cerca de doscientos mil habitantes, a escala internacional era una capital mediana, poco más que Berlín o Ámsterdam; inferior a Viena, a San Petersburgo y a Moscú. Y alejada de las dos principales: París y, sobre todo, Londres, que rebasaba el millón.

Bruno no se imaginaba en una ciudad tan poblada.

De pronto el cielo se nubló y se oscureció por completo, se movió un viento frío de la sierra y la gente corrió a protegerse en su casa. En un abrir y cerrar de ojos desapareció el gentío. Pocos deambulaban ya por las calles cuando oyó unos pasos tras él y se volvió.

Había un hombre envuelto en una capa oscura y oculto bajo un sombrero de tres picos. Estaba inmóvil, y aunque no le veía el rostro sintió que lo estaba mirando fijamente.

Podía haber echado a correr, huir de allí.

Y, sin embargo, caminó hacia él, mordiéndose el miedo.

El siniestro personaje metió la mano dentro de la capa y entonces Bruno se detuvo, percatándose de su temeridad.

Ahora sí iba a echar a correr, cuando la sombra sacó una carta, la alzó para que la viera bien y la dejó sobre el suelo.

Se dio la vuelta y desapareció en la penumbra, como si se hubiera desvanecido. Bruno pensó si no sería un fantasma o una alucinación, pero la carta dejada demostraba que era real. Antes de que la volara el viento, la tomó.

Con una precisa caligrafía estaba escrito su nombre y apellido. Dentro, un papel sin firmar con unas pocas líneas:

El próximo jueves a las doce de la noche
en el cementerio de la iglesia de San Sebastián.
Venga solo y no hable de esto con nadie.
Hay mucho en juego y su vida peligra.

ём # TERCERA PARTE

FONTAINEBLEAU

42

> Nuestra imaginación es la que ve, y no los ojos.
> BENITO PÉREZ GALDÓS

Madrid, principios del otoño de 1807

A veces, Bruno soñaba que se hallaba frente a un enfermo antes de comenzar la operación y entonces se le olvidaba cómo proceder. Eso era algo que nunca le había sucedido en la realidad; había veces que se había equivocado, pero no había dudado tanto como para no saber cómo empezar. En otras ocasiones se veía solo en medio de la sala anatómica, rodeado por las figuras de cera. De repente, una a una tomaban vida y comenzaban a moverse. La pesadilla se prolongaba hasta que llegaba a la escultura de la parturienta, que en ese mismo momento daba a luz a su criatura.

Y entonces se despertaba.

Aquel sueño era recurrente, lo tuvo de madrugada y lo recordó ese domingo de camino a la plaza Mayor. La cual siempre se hallaba animada y, por extraño que pareciera, estar rodeado de gente lo ayudaba a pensar mejor.

Necesitaba reflexionar, se hallaba confuso. Aquella carta había sido la gota que colmaba el pozo de su incertidumbre y la hacía rebosar. Como le advirtió Olivares, se le acumulaban las preguntas y no tenía ninguna respuesta, ni visos de encontrarlas.

Oyó su nombre y alguien lo abordó por la espalda.

—Señor cirujano.

—¿Vega? ¿Qué hacéis por aquí?

—Puedes tutearme, que no nos oye nadie —sonrió—. Me gusta pasear por Madrid en los días festivos; es una ciudad tan caótica...

—¿Caótica?

—Sí, no es como París. ¿Has estado alguna vez en París?

—Me temo que no.

—Tienes que ir. París es... París es simplemente perfecta.

—Ha habido una revolución... —le recordó Bruno—, y han decapitado a sus reyes.

—Una revolución del pueblo, recuérdalo. Los franceses se levantaron en armas para acabar con unos reyes déspotas e injustos. Por eso ahora Francia quiere llevar los mismos ideales a todos los rincones de Europa.

—Napoleón, querrás decir.

—Es lo mismo. Napoleón es Francia —concluyó la joven—. No charlemos de política, ya tengo suficiente con aguantar a mi padre. Hay noches que vienen amigos suyos y están hasta tarde hablando y hablando. Y yo los oigo desde la biblioteca de arriba.

—Tu padre tendrá amistades importantes ahora que somos aliados de Francia.

—Supongo que sí; mi padre no es tan solo un comerciante. Siempre que puede ayuda a Francia y a los hijos de la revolución —afirmó—. ¿Por qué no me llevas a un sitio bonito?

—¿A dónde?

—No sé, ¡sorpréndeme! Te desafío.

—¿Cómo que me desafías?

—¡Claro! ¿O es que no sabes a dónde llevar a una dama, Bruno Urdaneta?

—Déjame pensar...

—¿Me invitas a un chocolate? —preguntó Vega.

—¿No me has dicho que te sorprenda? Tomar un chocolate

caliente no me parece muy original. Has dicho que te gusta pasear, entonces te llevaré a un rincón que no está lejos.

Pasear junto a Vega Marèchal era un placer que Bruno no contemplaba ni en sus mejores sueños para aquel domingo. Subieron por el paseo del Prado, bromeando y contándose confidencias. Vega tenía el don de la alegría, parecía su estado natural. Irradiaba felicidad igual que otras personas desprenden carisma o respeto. Además tenía la difícil habilidad de hacerlo sonreír, porque su risa era contagiosa, un don escaso. Bruno disfrutaba a la vez que intentaba, sin éxito, no perderse dentro de sus ojos.

—Ya hemos llegado, *mademoiselle*.

—*Oh, la, la*. ¿Una fuente?

Tenía un cuerpo central con una escalinata en el centro, adornada con seis conchas, tres en cada lado en las que caía el agua a través de surtidores a media altura que salía de unas máscaras.

—Es del mismo artista que las fuentes de Neptuno y Cibeles, pero esta es la hermana menor y está más escondida. Doña Josefa me da clases de latín y para hacer más amenas las lecciones me dicta las leyendas romanas, y la de Apolo es una de ellas y me habló de esta fuente escondida.

—Me gusta. ¿Sabes qué representan las esculturas de la parte central?

—Las cuatro estaciones. La figura de la Primavera simboliza el nacimiento del año, una joven con flores en las manos; el Verano es una mujer representando la siega de los campos, con una hoz; el Otoño es la figura de un hombre con uvas, y el Invierno es el final del año y la vida, un anciano.

—Qué alegórico todo; me gusta. La figura superior tiene que ser Apolo. Porta una lira en una mano y a la espalda un carcaj pero sin las flechas, y a sus pies una serpiente.

—Es Apolo, inventó la lira para utilizarla con sus musas. Ya que era el dios de las artes y la luz, la poesía y...

—La medicina —se anticipó Vega.

—¿Cómo lo sabías?

—A mí también me daban lecciones de latín desde pequeña con ayuda de la mitología. —Arqueó las cejas—. Los clásicos... —suspiró—, todo lo que necesitamos saber del mundo lo descubrieron ya ellos.

—¿A que no conoces que este Apolo posee una particularidad? Su rostro tiene los rasgos del rey Carlos III.

—¡No es verdad! —Vega se echó a reír—. Eso de poner tu cara al dios Apolo es un poco narcisista, ¿no?

—Supongo que no para un monarca.

—Por desvaríos así se produjo la Revolución francesa, los reyes no son dioses, son hombres y mujeres, como tú y yo —dijo decidida, mirando a la escultura—. El mundo clásico parece tan perfecto... con sus dioses, ninfas y héroes...

—¿Qué diosa antigua te gustaría ser a ti?

—Némesis —respondió Vega sin vacilar.

—No esperaba que respondieras tan decidida y no sabía que Némesis fuera una diosa. Pensaba que ibas a decir Afrodita o Atenea.

—Némesis es sobre todo la diosa de la venganza.

—¡Cómo!

—No tengas miedo. —Vega rio—. Némesis se considera que era la diosa griega que medía la felicidad y la desdicha de los mortales, a quienes solía ocasionar crueles pérdidas cuando habían sido favorecidos en demasía por la Fortuna.

—Mi tío hubiera estado a favor de castigar a los que la suerte favorece en exceso.

—También recibía los votos y juramentos secretos de su amor y vengaba a las parejas infelices o desgraciadas por el perjurio o la infidelidad de su amante.

—¿En serio?

—Alguien debe vengar los corazones rotos, las promesas incumplidas, los amores traicionados.

—Nunca había oído decir cosas así.

—¿Sobre nuestros sentimientos? ¿Sobre el amor? El amor

es esencial en la vida, no debe tomarse a la ligera. No es un capricho, por eso me gusta Némesis. Defiende las pasiones, no la razón.

—Pero Vega, estamos en la época de la Ilustración, de la razón

—A mí me fascina el arte, creo que es lo que más nos define. Pero hoy en día todo es demasiado academicista, demasiado frío y servil al poder. Nos dicen cómo deben ser las cosas. Cómo debemos sentir, pintar, escribir, componer. Todos esos cuadros de santos y vírgenes. ¿Dónde están los hombres y las mujeres de carne y hueso? Todo tan perfecto..., esos dibujos que solo muestran una realidad tan ideal que se vuelve irreal.

—Pero el arte consiste precisamente en eso, en representar el mundo lo más real posible, lo más exacto.

—No estoy de acuerdo contigo, Bruno. El mundo no se dibuja despacio con un pincel; la vida está llena de pinceladas largas, fuertes, impulsivas. No solo vemos, usamos otros sentidos, de hecho a veces la vista nos engaña. Y en otras ocasiones la realidad no puede ser dibujada. ¿Dónde está lo singular en esos dibujos academicistas? —dijo Vega con pasión—. ¿Lo oscuro? ¿Lo deleznable y cruel?

—Quieres decir lo diferente.

—Sí, sea sublime o vulgar. ¿Qué hay de malo en experimentar, en crear de la nada algo nuevo?

—En que puede salir mal... —balbuceó Bruno.

—¿Y? ¿Equivocarse es un pecado capital? No creo en la perfección, es una ilusión. Me fío más de lo imperfecto, de lo que nos da miedo. ¿A qué temes tú, Bruno?

—Al dolor —confesó—, a no poder luchar contra él. Cuando vivía en Barcelona aprendí que es lo que más teme la gente humilde. No les asusta la muerte, pero sí el sufrimiento.

—Quizá el dolor también tenga su aspecto positivo.

—¿El dolor?

—Sí, claro. ¿Por qué existe el dolor? —inquirió Vega—. Los hombres de hoy en día supeditáis todo a la razón, ¡olvídate de ella!

—Pero ¿qué hay de malo en eso, Vega? Durante siglos hemos estado sometidos a la ignorancia y a las supersticiones.

—Existe algo mucho más poderoso que la razón, son los sentimientos y la pasión. No todo debe ser perfecto; mira ese edificio todo alineado. ¿Qué te sugiere? A mí nada. En cambio, piensa en un castillo desmochado sobre un acantilado, ¿qué habrán visto sus muros? ¿Qué secretos oculta?

—Sí, no cabe duda de que es sugerente. Pero si está en ruinas, ya no sirve...

—Y aun así puede ser más evocador —recalcó ella—. ¿Qué es más hermoso un paisaje ordenado por el hombre, de campos cultivados y caminos, o una naturaleza salvaje? ¿Una apacible noche de verano o una tormentosa tarde de invierno con truenos y donde se ve el relámpago inflamar los cielos sobre nuestra cabeza?

»¿Un estanque inmenso y tranquilo o una catarata que se quebranta y rompe entre los peñascos, estremeciendo al pastor que la oye lejos, apacentando su rebaño en la montaña?

»¿Un beso corto a plena luz del día o uno salvaje y prohibido entre la penumbra de la noche?

»¿Qué sientes cuando algo te duele, Bruno? ¡No lo pienses!

—Es que no sé, es algo que se siente en el momento.

—Exacto, no sirve la razón. Hay cosas que sencillamente debemos temer, es su naturaleza. El miedo como el dolor también deben existir en el mundo.

Sonaron las campanadas de una iglesia cercana.

—Es tarde... Me tengo que ir, Bruno.

—Espera, ¿nos vemos pasado mañana?

—Sí, me encantaría —respondió con alegría—, ¿dónde?

—Yo te recojo en la puerta de Toledo.

Bruno nunca se había cuestionado ciertas cosas. Era cirujano y entendía el cuerpo humano como una máquina, con sus mecanismos y sus reglas. Y para él el mundo también era así, un orden establecido, con verdades absolutas. Sin embargo, horas después, sentado al pie de su cama en la alcoba de la Real Inclusa, pensó en que quizá la verdad no era un ente objetivo.

Pensó en el dolor, ¿por qué existe el dolor físico? ¿Por qué nos duele una enfermedad?

También en el alma, ¿de verdad su tío la habría encontrado?

Y lo más importante: ¿por qué Vega Marèchal le nublaba la mente de esa manera?

43

El bloqueo a Gran Bretaña había sido un fracaso. Portugal, tradicional aliada británica, se había negado a acatarlo y entonces Napoleón había decidido su invasión. Para ello necesitaba transportar sus tropas terrestres hasta su frontera. En octubre de 1807, Manuel Godoy, valido de Carlos IV, firmaba el Tratado de Fontainebleau, en el que se estipulaba la invasión militar conjunta franco-española de Portugal, para lo que se permitía el paso de tropas francesas por territorio español.

Un hecho inaudito y una noticia de enorme calado y de la que la prensa se olvidó rápido. En los periódicos se hablaba más del espectáculo de moda: el teatro. A Fustiñana le perdía asistir a las representaciones. El navarro era un hombre apasionado; no entendía otra forma de hacer las cosas. Así que era de los que abucheaban en las malas actuaciones y vitoreaban con fervor en las buenas.

Bruno siempre quedaba abrumado con el conocimiento que tenía Fustiñana sobre las obras, sus textos, los escritores, los actores y sobre todo las actrices.

—Bruno, no hay nada mejor que el teatro.

—Bueno, también están los libros.

—No, el teatro es el espectáculo del pueblo. El que todo el mundo entiende, el más ingenioso, el más difícil de hacer. El teatro es donde mejor se refleja la vida.

—¿De verdad crees eso?

—Por supuesto; todas las pasiones están en él: la lujuria, los celos, la ambición, la traición, el orgullo..., ¡es el alma del pueblo! Si quieres conocer cómo somos los españoles, tienes que ir al teatro.

Bruno lo acompañó a varias sesiones más y poco a poco comenzó a apreciarlo. Así avanzó un invierno particularmente frío, entre las clases de partear y las visitas con Fustiñana al teatro. Dejando a un lado sus pesquisas sobre los decapitados y sobre las andanzas de su tío. También frecuentaba La Fontana, donde a lo largo del mes de febrero comenzaron a oírse conversaciones sobre los franceses en las cuales se mostraba cierto recelo.

Bruno guardaba la carta de aquel desconocido en su chaqueta; la había releído mil veces y seguía dándole vueltas.

¿A qué se referiría? ¿Por qué estaba en peligro? ¿Y si era el asesino y le estaba tendiendo una trampa citándolo en un cementerio?

Le costaba conciliar el sueño y eso repercutió en su concentración en clase. Lo cual era grave en una semana en la que en el San Carlos se centraron en el diagnóstico de distintas dolencias.

Mientras que Fustiñana lo tentaba con la inmediatez y lo popular del teatro, doña Josefa de Amar y Borbón le insistía con la lectura, para lo que ponía a su disposición su propia biblioteca. No en vano ella era escritora y traductora. Por aquellos días apareció publicado en una revista un discurso suyo en defensa del talento de las mujeres y de su actitud para el gobierno:

> Ninguno que esté medianamente instruido negará que en todos los tiempos y en todos los países ha habido mujeres que han hecho progresos hasta en las ciencias más abstractas. Su historia literaria puede acompañar siempre a la de los hombres porque, cuando estos han florecido en las letras, han tenido compañeras e imitadoras en el otro sexo.

Doña Josefa de Amar y Borbón no se detuvo ahí y dejó claro que, si las mujeres tenían capacidad, no era razonable que no se las admitiera en los puestos de gobierno.

Lo lógico sería pensar que doña Josefa de Amar y Borbón hubiera sido rápidamente vilipendiada, sin embargo tenía muchos e influyentes contactos que velaban por ella.

Tuvieron de nuevo clase con el profesor Celadas, las enseñanzas versaron sobre la necesidad de una dieta equilibrada para los pacientes. Algo que se había visto conveniente con motivo de los largos viajes navales, en los que las tripulaciones se alimentaban tomando solo carne salada y galletas duras, y carecían de otros alimentos esenciales para la salud.

Hacía cincuenta años que se descubrió que el terrible escorbuto era el resultado de condiciones miserables de vida y de dieta inadecuada, y que para prevenirlo había que dar a las tripulaciones raciones de fruta fresca. Cosa complicada en alta mar, que se solucionó ofreciendo a los marinos una ración diaria de jugo de limón.

También hablaron de una enfermedad infecciosa: el tifus. Especialmente grave en el ejército debido al hacinamiento de los hombres, a una ventilación inadecuada y a las malas condiciones sanitarias de los cuarteles y hospitales de campaña.

Bruno conocía de primera mano la gravedad de una enfermedad infecciosa. Lo había sufrido en Barcelona y sabía que el mejor tratamiento era un confinamiento severo.

Aquella tarde estudió hasta tarde en el San Carlos, repasando tratados prácticos. Estudiaba sobre todo los que tenían buenas ilustraciones, y no solo de anatomía. También le llamaban la atención las representaciones de los animales, como en el libro de zoología que le prestó doña Josefa.

A aquellas horas quedaban pocos profesores y aprovechó que el profesor Celadas estaba en su despacho trabajando.

—Urdaneta, ¿qué hace usted por aquí? Debería estar en su casa.

—Es que no había tenido la oportunidad de contarle que encontré a Olivares.

—¡No me diga! Desde luego que no se le resiste nada. —De pronto le prestó toda su atención—. ¿Y qué le contó ese viejo loco? ¿No piensa morirse nunca?

—Me habló del alma y me dijo que mi tío y Lahoz la intentaron encontrar.

—Sí, eso era un rumor que circulaba por todo el colegio.

—Usted los conocía y no me dijo nada, ¿por qué?

—No quería alimentar su ya de por sí poderosa imaginación, Urdaneta.

—Pero usted conocía a mi tío —le recalcó Bruno.

—Todos conocían a Alonso Urdaneta, por eso me extrañó tanto que le admitieran a usted en el San Carlos, Bruno —le confesó—. Me cae bien, no tiene la culpa de las locuras de su tío. Es usted un alumno excepcional, con determinación y talento para la anatomía. Céntrese en ser un buen cirujano y no cometa los mismos errores que su tío.

—Necesito saber si lo logró.

—¿El qué? —le preguntó con un tono de reproche—. Su tío encontró el camino de la ruina y del exilio. No quise saber antes sus fechorías y menos lo voy a querer ahora que han pasado tantos años. ¡Olvídese de él!

—Supongo que tiene razón.

—Si Gimbernat lo descubre hablando de lo que hizo su tío, lo expulsará, se lo advierto.

—¿Tal mal se llevaban?

—¡Peor! Gimbernat es complicado, no le gusta que nadie le lleve la contraria. Creo que tuvieron varias discusiones, y si no me equivoco alguna tuvo que ver con el gabinete de las esculturas de cera. Y a Gimbernat se le puede decir cualquier cosa, pero jamás criticar su colección.

—A mí me parecen unas figuras..., no sabría decirle, pero hay algo en ellas que me da mala espina.

—No sé mucho sobre ellas —admitió el profesor Celadas cabeceando—. Todo lo referente a ellas se mantiene en secreto.

—¡Lo ve! Una pregunta, ¿existe un archivo donde se guarden las noticias sobre esta institución?

—¿Por qué lo dice? —El profesor Celadas se recostó sobre el respaldo de la silla.

—Tengo curiosidad por saber más sobre su historia y el funcionamiento.

—No tiene suficiente con las clases... El colegio es reciente, sabe que apenas tiene treinta años.

—Sí, por eso mismo. Es admirable la relevancia que ha adquirido.

—En el despacho de la primera planta junto al del decano se archiva toda la documentación administrativa. No puedo imaginarme nada más aburrido que esos fondos.

—¿Podría tener acceso?

—Urdaneta, ¿de verdad le interesa la historia del San Carlos?

—Por supuesto.

—Está bien, yo lo acompaño —resopló—. Es usted peor que un dolor de muelas.

El profesor Celadas lo llevó a una sala con unos armarios de escasa altura; allí aparecía ordenada por años la correspondencia del San Carlos.

—En dos horas volveré.

A Bruno no le gustaba mentir, pero tenía una curiosidad insana por saber más sobre la sala de las figuras de cera. Así que no perdió un instante y buscó primero en 1785, sin suerte. Para pasar después al año posterior. Durante hora y media solo encontró cartas sobre temas médicos, de profesorado y de gastos de todo tipo. Hasta que halló un curioso escrito:

> Don Juan Cháez, profesor de Escultura, podrá ser útil en el Real Colegio de Cirugía de Madrid, trabajando con el disector don Ignacio Lacaba para dar a las piezas anatomizadas por Lacaba un remate más parecido al natural por su notoria habilidad en este punto, pudiendo también servir para moldear piezas del natural.

¿Qué quería decir piezas del natural?

Prosiguió leyendo y llegó a una parte importante; dos años más tarde encontró la carta que informaba de la incorporación al gabinete del artista italiano Luigi Franceschi para que a las órdenes del mismo disector trabajara en las nuevas piezas de cera para el gabinete anatómico del colegio.

En otra carta de abril del año siguiente, se informaba de que con la intención de acelerar la realización de los trabajos en cera de la colección de partos, uno de los directores del colegio, Gimbernat, impidió a Ignacio Lacaba, a Cháez y a Franceschi trabajar fuera del colegio sin su permiso, hasta la finalización de esta. El interés por su conclusión llevó, en septiembre del mismo año, a que el rey pidiese cuentas sobre el avance del trabajo. La respuesta fue favorable, ponderando incluso que la colección pudiera tener lugar entre las más celebradas de Europa.

Leía todo lo rápido que podía y así encontró un documento donde se informaba de que la segunda parte de la colección, dedicada a los partos problemáticos, originó más gastos de los previstos.

—Urdaneta, es la hora. —Apareció el profesor Celadas—. ¿Ha saciado su curiosidad?

—Al menos la he calmado.

—Me alegro por usted. —Y cerró la sala con llave—. Nos vemos mañana.

Bruno salió pensativo del colegio San Carlos; el origen de la colección de figuras de cera le seguía sugiriendo multitud de interrogantes. Eran demasiado reales, demasiado perfectas...

44

La Fontana estaba más concurrida de lo normal. Un comerciante de paños llegado de Vitoria se había creado un púlpito en una de las esquinas y, como si fuera un vendedor ambulante, atraía la atención de todos con sus historias sobre lo que estaba pasando en el norte.

Los uniformes azules de los soldados franceses avanzaban, fusil al hombro y con una actitud prepotente. En cada ciudad a la que llegaban, desde lo alto de sus enormes caballos miraban con arrogancia a los españoles. En todo el norte, para alimentarlos estaban subiendo los impuestos, eso, a su vez, había aumentado los robos y la inseguridad. Se habían aposentado en palacios y conventos, y habían expulsado tanto a los nobles como a los frailes que los habitaban. Ocupaban las iglesias para las más variopintas funciones: polvorín, cárcel, almacén o como cuadras.

Los parroquianos de La Fontana no lo creían.

Los ciudadanos tenían que hospedarlos en sus propias casas y darles cama y comida gratis. Los oficiales en las más pudientes y los soldados rasos en las de los más pobres, con lo que mantenerlos dejaba arruinados a los más humildes.

—¡La invasión de Portugal es solo una excusa para controlarnos! —alzó la voz.

—Pero ¿qué está diciendo? Los franceses son el futuro, traen las nuevas ideas que gobiernan Europa —habló otro de los presentes.

—¿Qué ideas?

—Una Europa unida, sin fronteras, moderna, ilustrada, que deja atrás las obsoletas tradiciones. Y bien gobernada... Le recuerdo que quien manda en España no es ni Carlos IV ni su hijo Fernando; ¡es el advenedizo de Godoy!

Bruno bebió un par de vinos que traían expresamente de San Martín de Valdeiglesias y entonces apareció a su espalda Fustiñana.

—Si es mi amigo el cirujano. Que mala cara; ¿un día duro?

—Más bien diría intenso. —Y pidió un café caliente.

—Y yo que creía que venías a oír el discurso...

—¿Es verdad lo que dicen?

—A saber. —Fustiñana se encogió de hombros.

—¿Tan nefasto es Godoy?

—No peor que los Borbones, pero al menos estos son de sangre azul. El pueblo puede aceptar que lo gobierne un cornudo, un imbécil o hasta un loco. Lo que no soporta es que mande alguien de su misma clase, porque eso le quita la posibilidad de venir aquí a emborracharse y criticar su mala suerte en la vida. Imagínate que algún día pudiera ser rey el hijo de un zapatero o de un campesino. ¡Qué desgracia sería! Nadie podría poner excusas, todos tendríamos que trabajar duro para que nuestros hijos fueran reyes.

Fustiñana pidió un vaso de vino antes de continuar:

—Godoy no es ni siquiera noble, por mucho que él se empeñe en que sí. Si ha llegado tan alto, demuestra que todos podemos prosperar. Claro que eso significa que quien no lo hace es un fracasado. Es mucho mejor echar la culpa a los reyes, porque ellos son intocables.

—Entonces, Godoy es un hombre válido.

—Es inteligente, de eso no hay duda —respondió Fustiñana a la vez que se tomaba el vino—. También ambicioso, y no sabe dónde se ha metido al desafiar a la alta nobleza y al príncipe heredero. Sin los reyes él no es nadie, así que...

—Pero ¿Godoy es realmente amante de la reina? —inquirió Bruno.

—Eso no lo sabemos, igual es una invención por la misma razón: quitarle méritos. Y que quede claro que en este país no se puede prosperar con la inteligencia, solo con la sangre o la bragueta. De todas maneras, si se repite una mentira cien veces, termina convirtiéndose en una verdad para casi todos. Ese es el problema de muchas mentiras.

—¿Cuál? —preguntó Bruno intrigado.

—Que como mucha gente quiere que sean verdad, terminan pareciéndolo.

Los de antes se habían enzarzado en una discusión cada vez más agresiva.

—¡La Europa de Napoleón se forja a base de sangre de inocentes! ¿Por qué sus soldados siguen aquí si Portugal ya ha caído? —gritaba un brabucón del norte.

—Tienen que mantener el bloqueo a los ingleses, no es fácil lograr que ningún puerto comercie con ellos —le respondía uno que por su acento parecía gallego.

—¿Y por qué siguen entrando tropas a España? ¿Cuántos franceses más van a venir?

—El problema es ese Godoy; los franceses no se fían de que no cambie de opinión.

—¡Pero si el Tratado de Fontainebleau lo firmaron con el propio Godoy! ¡Solo eres un maldito afrancesado! ¿Estáis ciegos? Cuando queramos reaccionar será demasiado tarde, habrá un francés en cada una de nuestras casas... ¡España está en peligro!

Sonó una carcajada generalizada.

—Señores, lo que debería hacer el rey es abdicar en su hijo Fernando. ¡Por Fernando VII de España!

Y la inmensa mayoría alzó su copa, hasta Fustiñana.

—Pensaba que abrazabas las ideas de la Ilustración y la revolución de Francia —le dijo Bruno.

—Y así es, ya es hora de acabar con todo lo antiguo.

—Sin embargo brindas contra los franceses; no tiene sentido.

—Te equivocas. Me opongo a Napoleón, que no es lo mismo.

—¿Y entonces qué quieres?

—Quiero un mundo mejor, Bruno. Donde el pueblo sea libre de elegir a quien lo gobierna. Napoleón es peor que los antiguos reyes. Él no se cree un rey, sino un emperador. Él mismo se coronó y coloca a su familia como reyezuelos de los países que conquista. Si pudiera colocaría a un hermano suyo en el trono de España.

—Eso es imposible. Cómo va a ser un hermano de Napoleón rey aquí...

—Nunca digas de esta agua no beberé —y dio un trago al vaso—, o de este vino. —Sonrió—. Estás más preocupado de lo normal, incluso haces más preguntas de lo habitual, que ya es decir... ¿Qué te sucede, Bruno?

—Mi tío decía que era capaz de oler la muerte —dijo Bruno en voz baja—. Yo creo que la atraigo. He recibido esta carta. —Y se la enseñó.

Fustiñana leyó con interés y al concluir la dejó sobre la mesa y pidió otro vino de Valdeiglesias.

—¿Vas a ir?

—No lo sé. Quien me la entregó era un tipo oscuro; no le vi el rostro, pero te aseguro que daba miedo.

—Quizá te está buscando, la muerte quiero decir. ¿No has pensado en ello?

—Ya me habría atrapado si quisiera. Según mi tío, los cirujanos luchamos contra lo inevitable, robamos tiempo y eso la muerte no lo perdona.

—Entonces, es posible que te tenga miedo.

—¿La muerte? ¿Por qué?

—¿Quién es su enemigo? Lo son esos médicos a la vieja usanza, que parecen sacados de un cuadro de Velázquez. Que visten con la ropilla larga, una capa, se cubren la cabeza y llevan los guantes para hacer ostentación de esos anillos y esa sortija que siempre portan, y que proclaman su condición. ¿O los cirujanos que os mancháis las manos de sangre?

—Los médicos también salvan vidas, Fustiñana.

—El genial Lope de Vega escribió en una obra que el médico busca términos exquisitos para significar cosas que, por ser tan claras, tienen vergüenza de nombrarlas con palabras simples, y así les es necesario hablarlas con términos desusados.

—Eso es cierto.

—Y luego está lo monetario. Hay un relato de un médico segoviano en el que cuenta que los médicos volvían las manos atrás, como teniendo por cosa indigna que se les premiase con dinero. En cambio, ahora lo primero que uno ve son las manos abiertas.

—Mal concepto tienes de la medicina, Fustiñana.

—Solo de los médicos, que no es lo mismo. —Y bebió del vaso de vino—. Yo solo repito a don Lope de Vega, y lo que él escribió va a misa.

—¿Crees en las maldiciones?

—¿Es que ahora vas a decirme que también estás maldito? ¡Por Dios, Bruno!

—No, yo no. Pero conozco a alguien que cree que sí.

—Las maldiciones y todas esas supersticiones suelen esconder algo —respondió Fustiñana y lanzó un inquietante suspiro.

—¿El qué?

—Eso es lo importante, que no lo sabemos. Son la manera de interpretar un suceso, una anomalía para la que no hay explicación.

—¿Y la verdad no importa?

—Como todo en la vida, lo importante es el resultado —contestó Fustiñana—. Si hay que decir que es una maldición se dice, no te centres en esa parte, sino en las consecuencias. Si uno cree que está maldito hay que hacerle creer que se le puede liberar de la maldición. Contra lo incomprensible no se puede razonar, es perder el tiempo.

—Eso quiere decir que tengo que buscar una especie de antimaldición... Fustiñana, ¡que hablo en serio!

—Y yo también. Para cambiar la realidad primero hay que asumirla —recalcó Fustiñana.

—De acuerdo. ¿Y si te dijera que creo que hay un asesino que adormece a sus víctimas con un fármaco desconocido y luego les corta la cabeza?

—Pues te diría que el que ha perdido la cabeza eres tú. —Y soltó una carcajada.

—Lo que te he dicho es verdad, Fustiñana.

—En tal caso, ándate con cuidado. ¿En cuántos tejemanejes andas metido, muchacho?

—En demasiados...

—Entonces, tienes que dejar de hacer tantas preguntas y formular solo las correctas. Pierdes mucho tiempo y energía de esa manera; Bruno, debes pensar mejor, eres demasiado impulsivo. La pasión es buena, pero en su justa medida.

—No es tan sencillo.

—Yo no he dicho que lo sea. Pregúntate lo fundamental, el porqué. Te aseguro que nadie hace las cosas sin un motivo. Puede parecer que sí, pero no funcionamos de esa manera. Siempre hay una razón para todo en la vida. A veces hasta nosotros ignoramos por qué hacemos determinadas acciones, y es que en el fondo resulta incluso difícil conocernos a nosotros mismos. Lo que ordena nuestra vida son las pasiones ocultas y fuerzas incontrolables, que no podemos contar a nadie. Pero en realidad sabemos mucho sobre ellas, de lo que creemos y cuándo logramos conocerlas, entonces es cuando somos realmente capaces de lograrlas.

45

El extraño personaje lo había citado en el cementerio de la iglesia de San Sebastián. Con la caída de la noche lo intimidaba hallarse en un camposanto, pero le podía la curiosidad. Tal y como decía la nota, cuando empujó la verja de la puerta se hallaba abierta. La cerró tras él y avanzó entre las tumbas.

Las siluetas de las cruces lo rodeaban, pisó algo blando y temió lo que pudiera encontrar si echaba la mirada al suelo. Así que continuó avanzando y casi tropezó con una losa, a riesgo de despertar a su morador.

Al final llegó hasta un frondoso árbol; la luz de una luna casi llena iluminó una figura ante él.

—Bruno Urdaneta, habéis hecho bien en venir —dijo una voz forzada, poco natural.

—Un sitio peculiar para vernos.

—Es un lugar seguro.

—Es un cementerio y estamos en medio de la noche, yo no lo consideraría tan seguro.

—¿Sabe que la palabra cementerio tiene su origen en una palabra griega que significa sueño? Siempre ha habido dos formas de sepultar a los fallecidos. Una es la cremación basada en la creencia de que el cuerpo es una carga y la persona ha de ser liberada de ella, entonces a través del humo el alma puede subir al cielo.

»La segunda forma es el enterramiento, que se basa en la

idea de que los seres humanos provenimos de la tierra y hemos de volver a ella. El cuerpo se consideraba algo impuro. Solo los mártires o los santos eran enterrados en las iglesias. Ya que para que se pudiera celebrar misa en una iglesia era necesario que una reliquia de un santo estuviera en el altar.

—Pero luego las iglesias comenzaron a utilizarse también para enterrar a los difuntos. Cuanto más importantes o ricos eran, más cerca del altar eran enterrados. ¿Qué quiere de mí? —Bruno se impacientó.

—¿Qué está dispuesto a hacer por sus sueños, Bruno?

—¿Cómo? No he venido para escuchar tonterías...

—Y no lo son. A pesar de que Dios no le dio más que diez mandamientos, el hombre se ha afanado en crear reglas que son barrotes de una prisión en donde estamos presos, sin embargo podemos romperlas. ¿Está dispuesto a hacerlo?

—¿De qué reglas habla?

—Mire este lugar, no todos los cementerios son iguales. Hay cementerios dedicados específicamente a los suicidas. Se los considera pecadores y no pueden descansar en tierra sagrada, así que se entierra solo el cuerpo en tierra sagrada.

—¿Y la cabeza? —insistió Bruno con sus preguntas.

—Justo al otro lado del límite del camposanto —respondió.

Bruno tenía tanto miedo como curiosidad por aquel personaje que parecía un verdadero fantasma.

—Sabe algo de las decapitaciones, ¿verdad? ¿Es el responsable?

—El avance de la ciencia nunca ha sido fácil y desarrollar el conocimiento menos. William Hunter y William Cullen han realizado grandes avances anatómicos. Usted estudia los embarazos y las enfermedades de las mujeres; sabe que hasta ellos la reproducción humana era todo un misterio y no se comprendía el proceso del embarazo o el nacimiento.

—Eso es cierto. Ambos crearon las guías anatómicas más avanzadas y precisas. ¿A dónde quiere ir a parar?

—A que las formas para conseguir esa comprensión no fueron para nada éticas. El conocimiento tiene un coste, Bruno. A menudo uno alto.

—Explíquese. ¿Qué hicieron?

—En Londres es alarmante el aumento de desapariciones, con especial énfasis en mujeres embarazadas en el noveno mes. Tan es así, que el rey Jorge III ha endurecido la pena por asesinar a una mujer embarazada.

—Está queriéndome decir que... Eso no es posible, ¡es una inmoralidad!

—Lo es. Ya le he dicho que el coste suele ser alto, a veces demasiado. Hay asesinos a sueldo que se ganan la vida vendiendo los cadáveres de sus víctimas a los anatomistas. La práctica del robo de cadáveres para su utilización en las escuelas de medicina es algo común en Europa. Hay demasiados jóvenes, como usted, ansiosos por practicar en un cuerpo humano real, y pocos cadáveres.

—Yo nunca haría algo así.

—Dicen que en Londres, una vez que los restos de esas mujeres estaban en posesión de los científicos, eran decapitadas y sus extremidades amputadas para evitar despertar cualquier suspicacia con su paradero. Usted es cirujano, ¿cuántos cadáveres de mujeres embarazadas ha diseccionado en el colegio? Es muy difícil que tenga la oportunidad, a no ser que la busque, claro.

—Aquí los decapitados son todos hombres... ¿Por qué? —Bruno retomó el rumbo de las preguntas.

—Cuestión de demanda, Bruno. El fin justifica los medios. Gracias a esos cuerpos frescos pueden conocer mejor el gran misterio del funcionamiento del cuerpo de la mujer.

—¡Es repugnante! —exclamó Bruno indignado—. El fin nunca, ¡jamás!, justifica los medios.

—En la época en que vivimos, eso cuesta creerlo. Ya le he dicho que Dios solo nos entregó diez mandamientos, todo lo demás lo ha decidido el hombre por su propia voluntad, la cual es voluble y cambiante.

—Dios dijo ¡no matarás!

—Y en cambio nosotros hemos hecho la guerra desde que tenemos uso de razón. Ahora mismo hay decenas de miles de soldados franceses cruzando España. Mandados por un déspota que arrasa los campos de batalla en nombre de la libertad y la modernidad. Curiosa manera de difundir los más altos ideales, bañando de sangre Europa.

—¿Habla de Napoleón?

—Lucha contra el absolutismo de unos reyes arcaicos y necios, como los Borbones, pero trae un régimen imperial tirano. ¿Justifica los ideales de la revolución esos medios? ¿Ese fin?

—Siempre ha habido guerras...; eso es inevitable.

—Exacto, y en ellas no hay reglas. El fin, la victoria, lo justifica todo. En la guerra y en el amor todo vale, Bruno Urdaneta. Y ahora soy yo el que va a preguntar. No estoy aquí solo para responderle.

—No pienso contarle nada.

—Piénselo bien: si ha venido es porque sabe que puedo ayudarle.

El silencio se apropió de la escena y solo entonces Bruno percibió la realidad de su situación. Se hallaba en un cementerio, de noche, solo, con un siniestro hombre que le estaba hablando de asesinatos y atrocidades. A sus pies había decenas de enterramientos y justo entonces una nube ocultó la incipiente luna, sumiendo el camposanto en la más absoluta penumbra.

—Está bien —claudicó el joven cirujano—, ¿qué quiere saber?

—¿Qué es lo que persigue, Bruno?

—Yo solo quiero ser un buen cirujano, quiero evitar el dolor de los pacientes.

—Claro, el dolor. Me temo que no está preparado para esa lucha; en cambio...

—¿En cambio qué?

—Hay alguien que le va a necesitar muy pronto —dijo la sombra en un tono más familiar.

—¿Quién?

—Eso debe descubrirlo por usted mismo.

—¿Va a decirme quién es el asesino que amputa las cabezas?

—Esa no es su guerra, Bruno. En la vida debemos saber elegir qué batallas queremos librar, no podemos meternos en todas. No podemos abrir frentes a un lado y a otro, si no terminaremos derrotados. Aunque seamos el más brillante general de la historia.

—¿Me está amenazando? ¿Es eso? Quiere que deje de investigar.

—Veo que aún no lo entiende, yo estoy de su lado. No le amenazo, le estoy dando un consejo, uno que pueda salvar su vida y la de más gente.

—¿Como la de mi tío? ¿O la de Lahoz? ¿Cree acaso que no sé que los mató?

—Yo no le hice nada a su tío.

—Estuvo en su casa la noche en que murió —afirmó Bruno muy enervado.

—Sí, llevaba tiempo buscándolo. Sin su fama tras practicar aquella cesárea en el Carnaval de Barcelona nunca lo hubiera encontrado. Solo quería hablar con él, necesitaba hacerlo.

—¡Y lo mató! —Bruno avanzó hacia él con los puños preparados.

—No, salvé su alma. —Él sacó una pistola y lo encañonó—. No dé ni un solo paso más, no quiero hacerlo, así que no me obligue.

Bruno se detuvo enrabietado.

—Ni se le ocurra moverse. Recuerde todo lo que le he dicho.

El personaje dio un par de pasos atrás para ocultarse en las sombras. Aunque no la veía, Bruno sentía la boca del cañón apuntándolo. El tiempo pasaba muy deprisa y Bruno no estaba dispuesto a perderlo de nuevo. No podía permanecer más tiempo parado y corrió hacia él, ya no lo encontró.

Se había vuelto a esfumar.

46

Las noches en la Real Inclusa nunca eran tranquilas; cuando sonaba la campana del torno el guarda lo despertaba a toda prisa y debía acudir para auxiliar al niño que acababan de abandonar. Por suerte, hasta entonces todos habían llegado en unas condiciones aceptables, pero temía que llegara el día en que apareciera una criatura gravemente enferma. Al día siguiente estuvo toda la tarde atendiendo a las nodrizas. Hacía días que no veía a Carolina, así que preguntó a los guardas de la puerta por ella y le contaron que había dejado de ir. Al insistir, uno afirmó que vivía cerca de la puerta Cerrada y que, como era bastante discreta, poco más sabían de ella.

Doña Josefa andaba algo alterada con la situación política. Mientras ella y Bruno tomaban un café le contó que Godoy, aunque poseía un poder inmenso, se había dado cuenta de que si moría Carlos IV sus días de gloria estaban contados. Por ello había firmado el tratado con Napoleón y pretendía que, cuando Francia conquistara Portugal, entregara a España un pedazo, con Godoy de soberano, y a cambio Francia se quedaría con un trozo de España. Desde el Ebro para arriba, incluyendo la cornisa cantábrica y Asturias. Bruno le dijo que eso era un disparate, que no le daba credibilidad alguna. Pero doña Josefa no pensaba lo mismo, y en una mujer tan pragmática como ella daba qué pensar.

Doña Josefa de Amar y Borbón se incorporó; su físico imponía. Con un vestido ajustado, se la veía robusta y a la vez increíblemente ágil para su edad. También sofisticada y, por supuesto, de una firmeza y una integridad a prueba de todo.

—Napoleón ha corrompido las ideas revolucionarias, la propia Revolución francesa lo ha dinamitado todo. Nosotros estábamos logrando enormes avances en España sin derramar una sola gota de sangre. Carlos III y su hijo Carlos IV creían en el progreso y dejaban hacer a sus ministros ilustrados. Sin embargo, al estallar la revolución en París, el rey vio peligrar su cabeza y dio marcha atrás.

—Lo dice como si la Revolución francesa hubiera sido contraproducente para la libertad.

—Y así es. Cayeron los reyes franceses, pero de tal manera que todos los demás monarcas absolutistas de Europa vieron el peligro y levantaron murallas para volver a refugiarse en las antiguas ideas. Los afrancesados quieren que España sea como Francia, y se equivocan: nosotros podemos seguir el verdadero camino de la libertad y de los ideales liberales, sin tiranos que nos gobiernen.

—¿Cómo podría ayudar yo?

—Eres cirujano; esto no va contigo.

—Doña Josefa, la libertad siempre irá conmigo.

—Pero esto es política, hay que ser de otra manera.

—¿Cómo?

—Sin sentimientos, Bruno. No hay nada de romántico en la política, ni espacio para la compasión. Eres demasiado bueno para esto —sentenció doña Josefa—. En la política hasta los buenos tienen que ser malos para hacer triunfar sus ideas.

Ese mismo día, cuanto acabaron las primeras clases fue a la sala de anatomía. Solo estaba el profesor de partos, el vicerrector Agustín Ginesta, inconfundible con su pomposa peluca y sus pómulos enrojecidos. No había hablado demasiado en persona con él y observó que ordenaba unos documentos.

—Buenos días, soy Bruno Urdaneta, alumno suyo, y quisiera pedirle un favor.

—Sé perfectamente quién es usted —dijo, mirándolo con cierto recelo—. Estoy ocupado, así que sea breve.

—Hace unos meses, en la clase de anatomía, diseccionamos un cuerpo, recuerdo que no tenía cabeza. No sabrá usted por qué, ¿verdad?

—Nos llegó así; precisamente al no poder identificarse nos ceden esos cuerpos, que de otra manera son difíciles de lograr. Sobre todo en el caso de hombres jóvenes y sanos.

—¿Y no le parece extraño que le cortaran la cabeza?

—He visto cosas más raras, se lo aseguro.

—¿Pudieron cortársela después de muerto?

—No. Ya sabe que la sangre se coagula y se espesa después de la muerte. Los cortes en el cuello de aquel cuerpo evidenciaban que estaba vivo cuando lo decapitaron. ¿Es usted estudiante o policía?

—Solo creo que estaría bien coger al asesino —respondió Bruno.

—Difícil lo veo, la verdad. Hace unos siglos, la gente era condenada por asesinato, basándose en la idea de que un cadáver sangraba espontáneamente en presencia de su asesino.

—Eso no tiene ningún sentido.

—Por supuesto que no, pero la gente lo creía y se usaba como prueba. —El vicerrector Agustín Ginesta se encogió de hombros—. Es una pena no tener la cabeza, a algún profesor le habría gustado examinarla. En Europa se está poniendo de moda la frenología, el estudio de la forma de las cabezas.

—No es la primera persona que me lo dice, vicerrector. Sabemos poco sobre el funcionamiento de nuestro cerebro, el porqué cuando envejecemos vamos perdiendo habilidades, memoria o directamente el buen juicio.

—Ese es el futuro de la medicina.

—¡La cabeza! —dijo Bruno.

—Sí, durante demasiado tiempo nos hemos centrado en el corazón, las extremidades, el hígado o el estómago, y nos hemos dejado lo mejor para el final. —El vicerrector Agustín Ginesta se colocó ligeramente su vistosa peluca—. Pero yo soy profesor de partos, esa no es mi especialidad.

—Lo sé y siento molestarlo, pero tengo una última pregunta: ¿recuerda si ese cuerpo que examinamos tenía una pequeña herida en el brazo?

—Hace usted unas preguntas de lo más extraño.

—Sí, no puedo evitarlo.

—Ya veo. —El vicerrector Agustín Ginesta arqueó las cejas—. Espere, siempre se dibuja los cuerpos diseccionados en unas láminas. Solo son unos carboncillos, pero el dibujante es bastante detallista. No todos los días nos dan un cuerpo en tan buen estado para estudiar, hay que aprovecharlo.

El vicerrector fue hasta un voluminoso armario como el que usan los impresores y abrió un cajón delgado y alargado de donde extrajo una colección de láminas.

—Vamos a ver, el brazo... —y recorrió con sus dedos la anatomía de la figura—, ¡manda narices! Pues tiene usted razón, le han dibujado una pequeña herida, ¿cómo lo sabía?

—Creí verla cuando lo examinamos y la tenía rondando por la cabeza, necesitaba asegurarme.

—¿Y por qué es tan importante? Es solo un rasguño.

—Pero es el único que tiene —recalcó Bruno—. Le cortan la cabeza y no tiene ningún otro hematoma o herida. ¿No se resistió? Usted sabe lo difícil que es cortar un hueso, imagínese la cabeza con todos sus músculos, tendones y articulaciones. El muerto tenía que estar muy quieto para que pudieran realizar un corte tan perfecto.

—Como un condenado ante un verdugo —murmuró el vicerrector Agustín Ginesta.

—¡Exacto! Pero no estamos hablando de un ejecutado. ¿Cómo es posible que este hombre no presentara resistencia? Y, por el contrario, tenga esa leve herida. Por la coagulación de su sangre sabemos que lo decapitaron cuando estaba vivo. ¿Y si le inyectaron una sustancia que lo adormeció? Sé que hay un método. Mi tío me enseñó un cilindro con una aguja... o algo parecido.

—¿Un cilindro? —El vicerrector suspiró—. Ese método ha dado muchos problemas.

—¿Lo conoce?

—Con los descubrimientos realizados acerca de la circulación de la sangre por William Harvey, se ha iniciado una investigación más sofisticada para las transfusiones de sangre con experimentos acertados de transfusiones en animales.

—En animales lo entiendo, pero traspasar sangre de una persona a otra... no parece tan sencillo. Además, los reyes aseguran tener sangre azul..., ¿quién sabe? Igual no toda la sangre es igual.

—Yo le aseguro que sí lo es —zanjó el vicerrector Agustín Ginesta—. Hasta hace poco, para depositar un medicamento en la piel de un paciente se hacía una incisión y se colocaba una pasta. Otras veces se introducían o extraían fluidos con unos tubos médicos a través de la boca y de todos los demás orificios, como el recto o la vagina.

—Y si el cilindro se ha perfeccionado y, además, se ha descubierto algún fármaco más potente para adormecer al paciente. De ser verdad lo que sospecho, podría salvar a miles, qué digo miles, ¡cientos de miles de vidas!

—Se olvida de un detalle: quien usó ese método cortó una cabeza. —El vicerrector se señaló el cuello.

—Cierto, ¿usted sabe quién podría ayudarme? ¿Quién puede conocer algo al respecto?

—Pregunte al señor Gimbernat, quizá él haya oído hablar de algún trabajo en Francia o Gran Bretaña.

—¿Y a otro cirujano o médico?

—Si no lo sabe Gimbernat, dudo de que alguien más esté al corriente de un avance de tal trascendencia. Tendrá que esperar, ahora está en Barcelona; creo que tardará un par de semanas en regresar. A no ser que logremos otro cuerpo para diseccionar.

—¿Y eso por qué? —Bruno lo miró confundido.

—Viene siempre que conseguimos uno óptimo, le gusta hacer él mismo las disecciones.

—¿Y el profesor de anatomía, el señor Celadas?

—Se queda con las ganas. —El vicerrector no pudo evitar que se le escapara una media sonrisa maliciosa—. Nuestro profesor de anatomía se esfuerza mucho por conseguir los mejores cuerpos, pero luego es el gran jefe quien los abre.

—Una cosa más, ¿no sabrá cómo logró Gimbernat unas esculturas de cera tan reales y con tantos estados de la gestación? Usted es el profesor de partos, las ha repasado y no entiendo cómo es posible el haber representado tan bien todo el proceso del embarazo.

—Impresionan, ¿verdad? Ya me gustaría a mí saberlo también, pero es un secreto. Solo Gimbernat lo conoce, por eso él es el director de los colegios de cirugía —concluyó el vicerrector Agustín Ginesta.

47

Aquella tarde tenía su cita con Vega; la puerta de Toledo se hallaba cerca del matadero y por ella circulaban abundantes reses destinadas al abasto de carne, que estaba en un cerro que llamaban popularmente el Rastro. Los aledaños de la puerta eran terreno de los gremios de curtidores y marroquinería. La puerta era humilde, construida en ladrillo, nada que ver con la de Alcalá.

Vega lo hizo esperar, cuando apareció sostenía con suma delicadeza un abanico, y lo recibió con una dulcísima sonrisa, replicada por su siempre seductora mirada. Se saludaron y le propuso dar un paseo por las afueras de Madrid.

—A los seguidores de san Antonio se les denomina con el mote de «guinderos» porque portan un escapulario en el cuello con la representación de una guinda y llegado el día de hoy ofrecen cerezas al santo.

—No entiendo el mote.

—Es una leyenda sobre un campesino que subía por la cuesta con su burro cargado de cerezas y derramó su mercancía por la rotura de los amarres. Al ver las cerezas rodando cuesta abajo, el campesino rezó a san Antonio y apareció un monje que lo ayudó a recoger las frutas derramadas.

—Qué oportuno...

—Al finalizar, el monje hizo prometer al campesino que llevaría un puñado de estas a una parroquia. Cuando el campesino se dirigió a la iglesia la encontró vacía, y comprobó que el monje era san Antonio de Padua por la representación que había de él en un cuadro.

—Me gusta la historia.

—Hoy es la fiesta, es muy popular, ya verás.

Vega tenía razón, cerca de una ermita había un enorme gentío al llegar.

—Vayamos mejor hacia el río, a la fuente del Abanico.

La pareja se alejó de la multitud y recorrió un frondoso sendero en el que abundaba la vegetación y unas flores silvestres azuladas.

—¿Qué tal tus clases? —preguntó Vega.

—Francamente bien, el cuerpo humano es fascinante.

—Tiene que ser muy difícil comprenderlo, ¿siempre quisiste ser cirujano?

—Nunca me lo había preguntado; mi tío fue quien me inició y enseñó. Siento que es mi destino —afirmó Bruno con franqueza.

—¿No te da miedo? Quiero decir, operas a personas y tienes su vida en tus manos.

—Eso es cierto, es una enorme responsabilidad. Pero debo hacerlo, debemos intentar que la medicina mejore mucho más y sobre todo que ayude a todo el mundo.

—Creo que es la profesión más bonita del mundo, Bruno. ¡Salvar vidas! Es realmente algo fabuloso, ojalá yo fuera capaz. Supongo que hay todavía detalles que no sabemos de nosotros mismos, de las enfermedades y de su curación —dijo Vega, que lo observaba con la cabeza ligeramente inclinada y apoyada en la mano derecha.

—¿Lo dices por tu maldición?

—En cierto modo sí. ¿De verdad crees que solo es un problema médico?

—¡Por supuesto! —dijo Bruno con determinación en la voz.

—Me gusta tu pasión, es contagiosa. Tiene que ser maravilloso...

—¿El qué?

—La sensación de creerte capaz de cualquier cosa —dijo Vega

con tristeza—, yo nunca podré sentirla. Una mujer no puede hacer lo que quiere, sino lo que debe.

—Lo sé, pero el mundo está cambiando.

—Muy despacio, y no siempre da pasos hacia delante.

—Yo tampoco lo tengo fácil... —suspiró—. A veces pienso que me estoy equivocando. Que debería parar de buscar.

—¿De buscar el qué? ¿Qué te sucede, Bruno?

—Nada.

—No me mientas. Puedes contármelo, de verdad. Confía en mí —suplicó Vega.

—Es complicado.

—Seguro que sí, ¿y qué no lo es?

Finalmente, le contó a Vega su teoría sobre un individuo que había encontrado una sustancia que inhibía del dolor y la suministraba a sus víctimas antes de cortarles la cabeza. Le habló de su tío y de su vida en Barcelona y de todas las preguntas que rondaban su mente como animales hambrientos ansiosos por devorar una respuesta.

¿Encontró su tío el alma? ¿Y qué pasó con aquel hombre?, ¿resucitó?

¿Existe un método para eliminar el dolor?

¿Cómo logró Gimbernat crear su colección de figuras de cera?

¿Quién es el asesino de las cabezas cortadas?

¿Y el hombre del cementerio?

—No te puedo dejar solo... —Vega tenía la habilidad de saber escuchar y tener siempre la serenidad suficiente para darle una respuesta que lo tranquilizara—. A partir de ahora no me voy a separar de ti.

—Vega, no te burles de mí.

—Perdona, tus indagaciones me parecen brillantes. Si encontraras un fármaco que eliminara el dolor, ¡sería increíble!

—¿Crees que tengo razón? —insistió Bruno.

—¿Por qué no? Aunque no sé cómo vas a descubrirlo; dices que han matado a tres hombres en Madrid.

—Cuatro contando el de Barcelona, que yo sepa. Aunque no me extrañaría que hubiera más víctimas.

—Peor me lo pones... Persigues a un asesino, ¿no te parece un poco peligroso? —preguntó Vega.

—Sí, claro que sí. No sé por qué..., pero tengo la sensación de que debo hacerlo, de que es mi obligación.

—El cuerpo que diseccionaste en Barcelona, te lo proporcionó tu tío. ¿No te parece raro? Eso significaría que él tenía tratos con ese supuesto asesino.

—Quizá mi tío no sabía nada al respecto. Estaba ese alguacil, Balcells; él debía de ser el que le proporcionó el cuerpo.

—¿Y por qué no le preguntas?

—¿A Balcells? Tendría que ir a Barcelona...

—Bueno, no está tan lejos. —Vega se encogió de hombros.

—Era un tipo poco recomendable. —Bruno se quedó pensativo—. ¿Sabes? Mi tío era consciente de que iba a morir, eso no puede ser casual.

—No le cortaron la cabeza... —le recordó Vega.

—¡Dios santo, no! Además, está lo que me han contado sobre él aquí. Mi tío quería encontrar el alma. No sé cómo, pero creo que todo está relacionado.

—Pues si es así, te aseguro que es un rompecabezas difícil de encajar.

—Son demasiados cadáveres en la misma historia —se lamentó Bruno—. Su amigo Lahoz también murió.

—Es el que nombra en la carta que te escribió tu tío. Vivía aquí, ¿por qué no indagas sobre él? Pero tampoco te vuelvas loco, Bruno. Cómo sois los cirujanos..., por algo tenéis esa fama.

—¿Qué fama? —preguntó Bruno mientras se pasaba la mano por la nuca.

—Por favor. No me dirás que no lo sabes. —Vega se mostró indignada—. Me lo ha contado la cocinera, tenéis fama de llevar una vida... disipada, por decirlo de manera sutil.

—¿Cómo que disipada? ¿Qué quiere decir eso?

—De ser unos vividores, para ser más claro. Propensos a

todo tipo de actividades nocturnas, frecuentar antros poco recomendables, malas compañías, exceso de alcohol. Nada que quisiera el padre de cualquier familia acomodada de la capital para su hija.

—Yo te juro que no hago nada de eso.

—Pues qué pena...

—¿Cómo?

—Ja, ja —Vega soltó una sonora carcajada—. Me vas a decir que no vas a ninguna taberna, ¿eh? ¿Lo ves? —Y lo señaló con el dedo de manera acusatoria.

—No es lo que piensas. —Intentó apartarle la mano, pero Vega lo esquivó y se echó a reír—. Solo voy a trabajar, hay que conocer a la clientela.

—De todas las excusas que podías inventarte, Bruno Urdaneta, esa es de las peores.

—Piensa lo quieras. —Bruno refunfuñó mientras Vega seguía riéndose.

—No te enfades, ya sé que estás muchas horas estudiando y luego en la Inclusa ayudas a las nodrizas. Y además estás buscando esas cabezas perdidas.

—Qué graciosa...

—Hablando de cabezas, hay algo que llevo tiempo queriéndote preguntar. No te ofendas, es por tu propio bien, créeme. ¿Por qué no te compras una peluca?

—No te entiendo. —Bruno torció el gesto.

—A mí no me gustan, pero eres estudiante del San Carlos, debes parecerlo. No puedes ir por ahí sin peluca. Hazme caso.

48

Bruno era el que mejor comprendía la forma en la que funcionaba el cuerpo. Pero Gálvez tenía un don para intervenir de manera delicada entre venas, tendones y nervios. Tan era así que le permitieron atender directamente a enfermos las tardes de los miércoles y viernes. Conforme avanzaban en las clases teóricas, comenzaron las prácticas. Las asignaturas de la cátedra de Partos se cursaban durante el tercer año de la carrera, desde el 1 de febrero hasta finales de julio. Las lecciones se daban en una sala separada del resto de los alumnos los lunes y viernes de cada semana, de cinco a seis de la tarde. A falta de una enfermería práctica de partos, en la que los colegiales pudiesen aprender las maniobras del arte de partear, a veces se suplía en la Real Casa de los Desamparados, donde acudían cuando avisaba el vicerrector Agustín Ginesta.

En una de las clases de aquellas semanas, el vicerrector los ilustró sobre la pelvis, que servía para contener el intestino recto, la vejiga de la orina, y las partes internas de la reproducción, defenderlas de las injurias de los agentes externos y de las compresiones que recibirían de las vísceras del abdomen. Y sus posibles deformidades de tamaño afectaban al parto.

—El sacro inclinado muy hacia delante y la vértebra lumbar última hacia atrás forman en su unión un ángulo que disminuye el diámetro anteroposterior superior, tanto más cuanto más sobresalientes hacia delante. En las mujeres que andan con el cuerpo inclinado hacia delante se puede sospechar esta deformidad —explicaba el vicerrector Agustín Ginesta—. Conviene reconocerla para dar a la parturienta la situación más propia para su parto, como lo será el que tenga el cuerpo inclinado hacia delante.

Bruno atendía y estudiaba después todos sus apuntes cuando un afán inusitado, confiado en encontrar en aquel saber la forma de acabar con la maldición de Vega.

El invierno de 1808 fue como otro cualquiera, había animadas tertulias, los cafés y botillerías estaban en auge. Solo en las trastiendas de las librerías de más prestigio en la calle de la Montera y en la calle del Arenal había comentarios de quienes señalaban que los franceses habían empezado a entrar en España y asentarse en las principales ciudades del norte. En ellas, además de libros se vendían muchos grabados; uno de los más vendidos era de Napoleón representado con la figura de un demonio y Godoy a su lado.

Su tío nunca le perdonaría si caía en la tentación de ponerse una de esas pelucas empolvadas. Pero sabía que Vega tenía razón: si quería ser bien visto en el colegio de cirugía, debía pasar por ese trago.

Después de que le colocaran la peluca en la cabeza, el peluquero procedió al empolvado con polvos de arroz y de trigo, soplándolos en un cono de papel grueso. Eran caras de comprar y de mantener, y por tanto un símbolo de estatus. Por ello, era habitual que se produjeran a menudo robos de pelucas, las cuales enseguida tenían comprador en el mercado negro.

Él solo pudo permitirse alquilar una sencilla.

Las pelucas de mayor calidad eran las realizadas en pelo natural, también podían hacerse de crin de caballo o de lana de cordero. Por su demanda por las clases humildes, llegaban a venderse pelucas hechas de cabello de humanos ejecutados.

Porque ese era otro aspecto que enervaba a Bruno. Como él bien sabía, a pesar de todos los avances, las ejecuciones seguían siendo uno de los espectáculos favoritos para todas las clases sociales. Fustiñana, siempre propenso a hablar de estos temas, le dijo que él estaba convencido de que las autoridades decidían cada cierto tiempo buscar entre los criminales a quienes condenar con el fin de apaciguar los impulsos de la población. A la que si no se le mostraba sangre fresca era capaz de buscarla por sus propios medios, y eso siempre era peligroso, si no que les preguntaran a los reyes franceses. En Francia se había demostrado hasta dónde pudo llegar la violencia de una población alborotada, lo de menos eran las razones, lo importante era siempre la sangre.

Para la gente la sangre tenía un componente casi religioso o, mejor dicho, mágico. El profesor Celadas lo abordó un día en clase.

—Que se sepa, la sangre de un hombre sano siempre ha sido del mismo color. De un rojo brillante cuando sale de los pulmones, y de un rojo más espeso y oscuro cuando circula por las venas antes de llegar a ellos.

—¿Y la sangre azul? ¿Qué nos dice de ella, profesor?

—¡Claro! Seguro que ustedes la tienen morada, porque descienden no de reyes, sino de gigantes, del mismísimo Hércules.

Todos rieron.

Al terminar aquella tarde, Bruno tenía muy decidido a dónde iba a ir.

Cuando caminaba a buen paso oyó su nombre, lo llamaban. Imaginó que sería Gálvez, en cambio los gritos procedían del cochero de un carruaje aparcado en la calle. Bruno dudó, pero el hombre era insistente, así que caminó receloso hacia él.

—¿Bruno Urdaneta?

—Sí, soy yo.

—Suba.

—¿Por qué? ¿Quién es usted?

—Le están esperando, suba, hágame caso.

Aquello no le olía nada bien, temía a quién podía encontrarse en el interior. Aun así obedeció, abrió la puertecilla y al entrar se quedó atónito.

El corazón le dio una punzada, que nada tenía que ver con problemas médicos y sí de otro tipo.

—Señor Marèchal; ¿le ha ocurrido algo a la señorita Vega?

—Siéntese, por favor —dijo a modo de orden.

—¿Vamos a algún sitio?

—No, solo quiero hablar con tranquilidad con usted. Las cosas se están poniendo tensas, mis paisanos están a las puertas de Madrid.

—Camino de Portugal, lo he oído.

—Sí, de Portugal. —Sonrió de forma forzosa, se colocó bien la chaqueta y se quedó mirándole—. Mi familia está maldita. Sí, lo que ha oído, ¡maldita! Mi hija ya se halla en edad casadera, debería buscar un marido y tener hijos, pero no quiere.

—Señor Marèchal, yo...

—Sé que mi hija se lo contó, que sabe que las mujeres de la familia de mi difunta esposa mueren al dar a luz a sus hijos. Si tienen suerte y nace una hembra, nada malo les sucede.

—¿Ninguno sobrevive? ¿Nunca? Usted lo sabía y accedió a desposarse y a tener...

—Sí, dígalo, accedí a dejarla embarazada con lo que eso suponía —asintió con firmeza—. Yo no quería; la sola posibilidad de perderla me desesperaba, pero ella era muy valiente. Estaba convencida que nacería una niña y se salvaría. Con Vega fue bien, aunque el parto fue difícil. Quizá por eso nos confiamos y cometimos el error de que volviera a quedarse embarazada. Seguro que será otra niña, me decía. Pero no, fue un varón.

—Es terrible, señor Marèchal.

—No puede hacerse una idea, joven, por eso no quiero que a mi hija le ocurra lo mismo, no lo permitiré.

—Vega puede encontrar un marido que no quiera tener hijos.

—Usted es un hombre y sabe que eso es imposible, tarde o temprano la dejará embarazada. De todas formas, si no puede tener hijos, ¿quién se casará con ella?

—Señor Marèchal, usted puede volver a casarse y tener más hijos... Es un hombre bien posicionado, no le faltarán candidatas.

—No puedo casarme de nuevo. Se lo prometí a mi esposa en su lecho de muerte, y también a Dios. Le juré que si salvaba a mi hija no volvería a desposarme. ¿Entiende por qué no puedo casarme otra vez?

—Pero, señor Marèchal, ¿qué quiere de mí?

—Sé que estudia el arte de partear, que trabaja en la Real Inclusa y que se lo ha prometido a mi hija. ¿Cómo va a lograrlo? Solo es un estudiante. No quiero que Vega se haga falsas expectativas y sufra aún más.

—Le aseguro que esa no es mi intención.

—Os he visto juntos, he observado cómo os miráis. Mi mujer y yo también nos mirábamos así. Sé que ella confía en usted y no creo en las casualidades, se lo dije el primer día que lo vi. Si os habéis encontrado tiene que haber un motivo. —Los ojos del padre de Vega brillaban como presagio de unas incipientes lágrimas—. Busque la manera de salvarla llegado el momento.

—Está poniendo sobre mis hombros una enorme responsabilidad.

—Usted conoce a mi hija, creo que es un riesgo que vale la pena correr, ¿no cree?

49

En marzo, Bruno comenzó a palpar cierta tensión en las calles, habían llegado numerosas gentes del norte que habían abandonado sus ciudades por la presencia francesa. Había comerciantes y políticos, pero también familias humildes enteras que contaban haber perdido sus casas por culpa de la subida de precios, los nuevos impuestos y la ocupación de tierras, viviendas y establos que provocaba la incesante llegada de galos para la invasión de Portugal.

El clima volvió a la normalidad al coincidir el inicio de los Carnavales. Madrid se llenó de alegría, de fiestas, bailes, máscaras y desfiles callejeros. Él aún tenía en la memoria aquel primer Carnaval en Barcelona.

«El tiempo pasa tan rápido y es tan inexorable...», pensó.

Tenía la mente nublada. Por un lado Vega y su maldición suponían un incierto dilema, por otro ansiaba encontrar al asesino de las cabezas cortadas y con él, quizá, el remedio para el dolor, y luego le daba vueltas a las andanzas de su tío de joven. Y, por si fuera poco todo esto, pensaba en la turbadora Carolina, en la blancura de porcelana de su piel, y en su marido decapitado.

Pese a todas sus preocupaciones, aquella mañana Bruno obtuvo las mejores calificaciones en el colegio de cirugía. Recibió las felicitaciones de todos sus compañeros y profesores. *A priori*, nadie de ellos pensaba que aquel muchacho fuerte y alto, con aspecto de soldado, fuera a ser un cirujano brillante, el mejor de su promoción.

El profesor Celadas, tan efusivo como de costumbre, lo felicitó dándole la mano con fuerza y varias palmadas en la espalda.

—En la *Ilíada*, «Néstor conduce a Malaón herido a su tienda para curarlo» y «Eurípilo herido en el muslo por una flecha demanda a Patroclo que le extraiga la punta, le lave la sangre con agua tibia y le aplique aquellos fármacos lenitivos que el centauro Quirón ha enseñado a Aquiles».

—Eso nos lo explicó en clase.

—Y usted lo usó en el examen; lo que yo no les conté fue que en los poemas homéricos se describen ciento cuarenta y una heridas; las hay superficiales y penetrantes, extracción de cuerpos extraños, se indica el modo de cohibir la pérdida de sangre, la aplicación de emplastos o fibras de raíces y, finalmente, la aplicación de vendajes.

—Mi tío me dijo que leer era la mejor forma de invertir el tiempo, que si no sabemos qué hacer, leamos. Y eso hice, me leí la *Ilíada*.

—Urdaneta, usted llegará lejos. No se tuerza, no se tuerza.

Gálvez fue el que más se alegró e insistió en ir a celebrarlo con unos vinos, pero Bruno sentía la necesidad de compartir sus éxitos con otra persona.

Doña Josefa de Amar y Borbón se emocionó, y eso en una mujer como ella era tan difícil como que abdicara el rey de España. Su protegido había cumplido con creces sus mejores expectativas. En la Real Inclusa todos lo felicitaron, le habían cogido un especial aprecio. Su esfuerzo y dedicación allí eran muy valorados.

—Ahora no te relajes —le advirtió doña Josefa.

—Todos me dicen lo mismo, estese tranquila.

—Yo ya advertí que podías llegar lejos.

—Aún no he hecho nada.

—Eso es verdad —asintió, orgullosa por la modestia de su protegido—, debes seguir trabajando, y para eso lo mejor es presentarte.

—No la entiendo, doña Josefa.

—El domingo hay un baile en el palacio de Santa Cruz; no pensarás dejarme ir sola, ¿verdad? Una mujer como yo quedaría estupendamente cogida del brazo de un joven y prometedor cirujano.

—¿Quiere que sea su acompañante?

—Habrá que comprarte un buen traje. Cortarte el pelo, bañarte por supuesto. Y, sobre todo, tirar ese horrible abrigo negro que llevas siempre como si fueras la mismísima muerte.

—Era de mi tío.

—Más bien parece de tu abuelo —suspiró—, no puedes ir por ahí con eso. Dámelo, te aseguro que nadie echará de menos que lo lleves puesto.

Al hacer su entrada en el palacio, doña Josefa iba acompañada de un joven alto y bien plantado, que lucía una peluca nueva y reluciente. Bruno jamás había estado en un evento de tal índole. El salón de baile del palacio era una maravilla, de sus paredes colgaban lienzos de paisajes y retratos de la familia. Había unas alargadas mesas repletas de distintos platos: faisán, marisco, pasteles de pollo, pavo, pato, jabalí, venado, sopa, e incluso delicias que no sabía qué eran, y que él preguntó con disimulo, y resultaron ser ostras y salmón.

La vajilla era de plata, el vino se servía en copas doradas y al fondo había un sexteto de cuerda amenizando la velada. Las mujeres portaban vestidos de una exquisitez que él jamás había visto antes. Entre los hombres destacaban los oficiales con sus uniformes engalanados y su multitud de condecoraciones.

Estaba abrumado, tenía que contenerse para que su mirada no fuera de un lado a otro. No quería de ninguna manera parecer fuera de lugar, así que se esforzaba en parecer tranquilo y relajado, aunque en ocasiones le temblaban las piernas. Doña Josefa le iba presentando a los invitados, en una multitud de nombres, cargos y títulos que no era capaz de retener. Cuando ella le soltó el brazo y le dijo que la aguardara unos minutos hasta que volviera de saludar a unos marqueses, se quedó solo, como un náufrago en medio del océano buscando algo donde amarrarse. Por eso se llevó una inmensa alegría al ver que había un conocido en la fiesta.

—Doctor Arrieta, que gusto verlo —dijo de manera muy sincera.

—Lo mismo digo. Doña Josefa anda por ahí diciendo maravillas suyas.

—Es una mujer increíble.

—De eso no hay ninguna duda —pronunció el doctor—. Tengo que presentaros a mi querido amigo Francisco de Goya, el pintor de cámara del rey, ¿dónde andará ahora?

—Doctor, ¿puedo preguntarle sobre un tema mitad médico, mitad... filosófico, casi religioso? Sé que es usted un hombre pragmático y me gustaría su opinión.

—Miedo me da...

—¿Alguna vez se ha preguntado dónde se ubica el alma dentro de nuestro cuerpo?

—¿El alma? —Se quedó mirándolo—. Una pregunta peliaguda para una fiesta, ¿no cree, Bruno?

—Lo sé, no estamos en el lugar más adecuado. Siento si le incomoda.

—No, no es eso —respondió el doctor Arrieta—. Yo soy un hombre de ciencia, pero también cristiano. Y, como a todos, me importa saber de mi alma. Este tema le gustaría mucho a mi amigo Goya, ¿dónde estará?

—¿El pintor? ¿Por qué?

—Sí. Él, como yo, piensa que la razón puede crear monstruos.

—No entiendo qué significa eso.

—El sueño de la razón produce monstruos, es una de sus frases. —El doctor Arrieta no dejaba de buscar a su amigo con la mirada—. Somos gente ilustrada, Bruno. Aborrecemos la barbarie y la superstición, hemos cogido la razón por bandera, pero eso tiene sus peligros. Si razonamos todo, hasta lo más sagrado, corremos el riesgo de hacer preguntas que nos terminen devorando.

—¿Me quiere decir que es mejor vivir en la ignorancia y la superstición?

—No, en absoluto. Pero sí que no todo es luz en la razón, también hay tinieblas.

—Eso es muy perturbador...

—Lo mismo dice Goya —sonrió el doctor Arrieta de manera sutil.

—Entonces ¿cree que es posible que el alma se aloje físicamente en nuestro interior?

—Debo creerlo —suspiró el doctor Arrieta—; se lo acabo de decir: la razón puede crear monstruos. Si el alma es física, es obvio que debe ocupar un espacio dentro de nosotros y, en tal caso, debemos poder encontrarla. Pero ¿a qué vienen estas preguntas? ¿Qué le ha pasado, Bruno?

—Hace unos días me cité con un desconocido en un cementerio.

—Un lugar bastante inquietante...

—No fue idea mía, se lo aseguro. Ese individuo me habló de ladrones de cuerpos, ¿qué sabéis de eso?

—Otro tema de lo más alegre... —refunfuñó el doctor—. Ser ladrón de cuerpos es un oficio muy lucrativo en grandes ciudades como París o Londres; los colegios y hospitales pagan bien por los cadáveres que necesitan para realizar estudios anatómicos. Ya sabe que no hay muchas opciones de obtener cuerpos.

—Eso es realmente deleznable —musitó Bruno.

—A veces la ciencia también recurre a atajos. Sé que ha llegado a ser un verdadero problema en Londres. Los familiares, que no desean ver profanadas las tumbas de sus seres queridos, han inventado ataúdes reforzados, sistemas antirrobo e incluso guardan los cuerpos hasta que se pudren para enterrarlos sin riesgo de profanación. Por su parte, los ladrones de cuerpos llegan a robar el muerto durante el funeral ante la mirada horrorizada de los familiares.

—Suena a un cuento.

—La realidad es a veces increíble —afirmó el doctor Arrieta—, dese cuenta de que las familias más pobres no pueden pagar las medidas de seguridad necesarias, de modo que son las más afectadas por el expolio de cuerpos.

—¿Y en Madrid ha habido casos?

—Sí, algo he oído. Aunque fue hace años.

—¿Qué sucedió? —insistió Bruno con indomable curiosidad.

—Recuerdo que yo era estudiante, como usted; se oía una historia de un ladrón de cuerpos. Hacía lo mismo: cuando había un entierro esperaba a que llegara la noche, desenterraba el cuerpo aún fresco y luego lo vendía.

—¿Lo cogieron?

—Algo pasó, porque dejaron de robarse. Pero siguen siendo necesarios para los estudios anatómicos, como usted bien sabe.

—Y entonces ¿cómo se consiguen esos cuerpos ahora?

—Supongo que de los ajusticiados y los muertos sin identificar. Por lo que sea habrán aumentado ese tipo de muertes. —El doctor vio que salían nuevas bandejas de comida—. Deberá disculparme, ese plato me encanta.

Era una pierna de oveja al real adornada con remolacha. Aunque lo que más le llamó la atención a Bruno fue la rica y abundante fruta, que se presentaba apilada en forma de pirámide y rodeada de flores.

Se fijó mejor en los trajes de los invitados, tanto de damas como de caballeros, estaban adornados con encajes. En la apariencia de las damas, tan importantes como el vestido en sí eran los accesorios. Todas llevaban las manos y brazos con guantes, si iban sin mangas. Pero si algún accesorio lucía en las mujeres en aquellas fiestas era el abanico. Que era útil para el arte del disimulo. Bruno, siempre observador, se percató de las miradas entre hombres y damas, y el lenguaje gestual que servía para comunicarse a la hora de la seducción. Porque también los caballeros los utilizaban, aunque sus modelos eran más sobrios.

Doña Josefa regresó al poco tiempo y le presentó a más invitados. Entonces, para su sorpresa, vio aparecer al otro lado de la sala a Vega Marèchal del brazo de su padre y no pudo contener la emoción. Sin guardar las apariencias, ella dejó a su progenitor y fue directa hacia él.

—¡Bruno! —La joven sonreía de forma tan efusiva que hasta él se percató de que no era conveniente mostrarle ese afecto en aquel lugar con tantas miradas indiscretas.

—Déjame que te presente a doña Josefa de Amar y Borbón.

—Es un placer señorita, cuídemelo.

—Desde luego —respondió Vega mientras doña Josefa los dejaba solos, no sin antes echarles una mirada de aprobación.

—¿Qué haces aquí? Estás... ¡muy elegante con esa peluca!

—No te rías, que es culpa tuya.

—Me alegro de que te hayas quitado ese abrigo oscuro, este traje es mucho mejor y destaca tus ojos.

—¿Mis ojos?

—Sí, me vas a decir ahora que no sabes que tienes unos preciosos ojos claros...

—Tu joven amigo —apareció su padre—, qué sorpresa. Madrid es demasiado pequeño para usted, Urdaneta.

—Padre, no digáis eso.

—No te entretengas con él, que tenemos que ver a ese pintor.

—¿A Goya? —inquirió Bruno.

—¿Es que acaso lo conoces? Es nuestro favorito, ¿verdad, Vega?

—Ya lo creo, lo que daría por una obra suya...

—Vamos a verle, *ma chérie*.

—Bruno —le susurró—, este palacio tiene un jardín en la parte trasera, os espero allí en media hora. —Y se marchó.

Bruno se quedó tan sorprendido como nervioso; a su lado, un religioso conversaba junto a un hombre que llevaba una peluca a todas luces excesiva para su escasa estatura. Con todo el disimulo que pudo, escapó hacia el jardín. No sin sortear por dos veces a los camareros. Se había quedado buena noche, siguió por un suelo empedrado hasta llegar a una fuente.

—Esta no es la de Apolo —dibujó una escueta sonrisa, menor de lo normal en ella.

—¿Qué te sucede?

—Es esta fiesta... —Puso mala cara—. Mi padre no quería venir, dice que la corte está llenándose de conspiraciones, que le recuerda a París antes de estallar la revolución.

—Si es una fiesta muy tranquila...

—Mi padre dice que el diablo hace la olla pero no la tapa. Que una vez que se organiza una maquinación, si no se cubre por completo al final todos ven qué se ha cocinado.

—¿Estás hablando de alguna conspiración en concreto?

—Sí, Bruno. Mi padre está preocupado, habla de irnos de Madrid.

—¿A dónde?

—Ese es el problema, primero dijo a Portugal, aunque ahora asegura que eso sería todavía peor porque va a ser invadida por Napoleón. Está nervioso, nunca lo había visto así.

—Vega, no puedes dejar Madrid.

Las miradas de los dos jóvenes se entrelazaron como si cada uno de ellos pudiera entrar en la pupila del otro.

50

Una ley romana, la *lex caesarea*, prescribía la forma de sacar al bebé del vientre de la madre cuando esta acababa de morir, a fin de enterrarlos por separado y, en raras ocasiones, para salvar la vida del niño. Cuenta la leyenda que Julio César nació mediante una operación así y de ahí provendría el nombre. El profesor de partos era el vicerrector, don Agustín Ginesta, y gustaba de hacer una introducción histórica cada vez que abordaba un tema nuevo.

—Presenta una mortalidad de casi del cien por cien, por lo que se ha llegado a prohibir en mujeres vivas, y solo está permitido ante situaciones desesperadas.

Se hizo un murmullo incómodo.

—Tengan en cuenta que se realiza como último recurso para que den a luz las pacientes a las que se les alarga el parto sin éxito y quienes, a causa de una infección intrauterina y deshidratación, se hallan en pésimas condiciones. Además, la hemorragia derivada de la incisión uterina aumenta la fatalidad en el posparto.

No sonaba nada alentador.

—La incisión suele hacerse en el abdomen de manera longitudinal, por fuera de los músculos rectos, hasta dejar abierto el útero. Deben colocar un empaste y una cánula para el drenaje, dado que la causa principal de la muerte es la infección.

Bruno volvió a pensar en las malditas infecciones tras las operaciones, de las que no se sabía la razón.

—La cesárea no es otra cosa que una operación desesperada, condenada al fracaso. Pero no se equivoquen, es un reto que los cirujanos necesariamente tendremos que aceptar. Así que no queda otro camino que el de la experimentación. Quizá uno de ustedes encuentre el método adecuado. Aunque les daré un dato: durante los últimos doscientos años ninguna madre ha sobrevivido en Madrid a una cesárea.

»Para que se hagan una idea, las dos primeras mujeres del gran rey Felipe II murieron encinta: María de Portugal a los pocos días de haber dado a luz al príncipe Carlos y su segunda mujer, Isabel de Valois, al sufrir un aborto a los cinco meses.

—Han pasado dos siglos de aquello, vicerrector Ginesta. En aquella época la cirugía era arcaica.

—¡Exacto! Dar a luz sigue siendo una de las cosas más peligrosas que puede hacer una mujer. Aunque ha habido avances: hace veinte años un cirujano inglés realizó la primera cesárea con éxito en Inglaterra, al extraer un feto muerto a través de una incisión en el lado izquierdo de la línea media de una paciente.

Bruno no se atrevió a mencionar lo que había visto hacer a su tío.

Al terminar las clases en el San Carlos, doña Josefa le había pedido que fuera a visitar a una niña enferma. Vivía en las proximidades de la puerta Cerrada, que había sido la segunda en importancia en el Madrid medieval, y estaba construida de tal manera que los que iban a salir no veían a los que estaban fuera, ni los que entraban podían vislumbrar a los que se hallaban dentro. Así que este angosto acceso, con dos revueltas, era aprovechado por ladronzuelos para robar a víctimas desprevenidas. La situación llegó a ser tan grave que el Concejo mandó cerrar la puerta, dando lugar a su nombre.

Llegó a un edificio destartalado, de tres alturas y con una puerta en arco de medio punto. Se hallaba abierta, preguntó en el primero a una mujer entrada en años, que le dijo que siguiera subiendo. Así lo hizo, y en el último piso dio un par de golpes, creyó que no había nadie, así que se dispuso a bajar cuando la puerta se abrió y apareció el rostro angelical de Carolina. Con unos labios rojos formando un pequeño corazón.

—Bruno, ¿qué haces aquí?

—Yo... —No salía de su asombro—. Me manda doña Josefa para atender a una niña.

—Es mi hija, pasa.

Carolina abandonó el umbral, dejó la puerta entreabierta y desapareció dentro de la casa. Meneaba de forma sigilosa el cuello, como un ave, y caminaba con los brazos separados del cuerpo, balanceando ligeramente las caderas, con la espalda estirada como una torre.

Bruno sintió una inmensa duda que le recorrió todo el cuerpo.

Aun así dio un par de zancadas y entró.

El interior era humilde, apenas había muebles. Daba la impresión de que los hubo y que estos habían ido desapareciendo, lo que había dejado huecos. Las paredes necesitaban que las pintaran, lo mejor eran los generosos ventanales que los rasgaban, por donde entraba abundante luz. Las estancias también eran amplias, lo que todavía enfatizaba más la sensación de decadencia. Carolina parecía una parte más del decorado, su aire melancólico impregnaba aquella vivienda. Por ella se movía como si levitase, y la luz hacía brillar su larga cabellera, lo que le daba un aspecto novelesco. Ella se detuvo en el salón, junto a una puerta entreabierta que dejaba ver una cama deshecha donde yacía una pequeña versión de Carolina, con el cabello igual de dorado y brillante.

—Muy guapa, como su madre. —Se acercó y le acarició el cabello—. Vamos a ver qué te ocurre.

—Es la rodilla —intervino Carolina.

Bruno levantó la manta que la cubría, tomó la pierna y examinó la articulación. Estaba muy inflamada y llena de pus.

—¿Cómo se lo ha hecho?

—Fue una caída tonta, tropezó y rodó por el suelo.

—¿Y qué hacía una niña tan pequeña cargando algo así?

Abrió el estuche y sacó el material. La infección se había

propagado y corría el riesgo de tener que amputar la pierna. Hizo una incisión y comenzó a drenar todo el pus acumulado. Limpió a conciencia la articulación y desinfectó con alcohol. Cosió la herida como le enseñó su tío, dejando espacio entre cada punto individual para que saliera toda la sustancia maliciosa. Cuando terminó, pasó la mano por la frente de la niña.

—En unos días bajará la hinchazón y en dos semanas podrá apoyarla.

Entonces, Bruno se percató de que había una muñeca bajo la manta y de que le faltaba una pierna.

—Mi madre me dijo que me ibas a cortar la pierna y quería que la muñeca fuera como yo.

—¿Dónde tienes su pierna?

La niña la llevaba escondida en su mano, Bruno la tomó, buscó una aguja e hilo y se la cosió a la muñeca.

—Ya está, ahora sí que sois iguales.

Bruno recogió su material y avanzó hacia el salón, la frágil y hermosa figura de Carolina se quedó junto a una de las paredes. Él no pudo fijarse en sus labios, sensuales, dulces y que exhalaban una fragancia dulce.

—Quería saber qué tal estabas, no te veo ya por la Real Inclusa.

—Me han contratado como nodriza en una casa de bien —contestó Carolina—. Me pagan más; las mujeres pudientes no quieren amamantar a sus hijos, piensan que se envejecerán y afearán y no podrán ponerse sus bellos vestidos.

—No lo sabía.

—Además, los deseos de los hombres de tener numerosa descendencia hacen que no quieran que sus esposas amamanten para que así puedan volver a quedarse embarazadas lo antes posible.

—Quería preguntarte algo..., es sobre tu marido. Sé que no viste su cuerpo, pero ¿por casualidad sabes si encontraron alguna pequeña herida o una señal en sus brazos? —Carolina lo miró con el rostro serio y sin inmutarse—. Sí, ya sé que suena a una locura, pero... Discúlpame si te he molestado.

—Te preocupas más por mi marido muerto que por mí —dijo ella.

—Eso no es verdad.

—Entonces sí te preocupas por mí. ¿Te importo? —preguntó acercándose hacia él.

—Carolina, yo...

—¿Tú qué? —Y ella le besó sus carnosos labios.

Bruno se trastabilló al retroceder y quedó con la espalda apoyada en la pared.

—Qué gracioso eres —murmuró ella.

—No puedo hacerlo, lo siento —dijo con una determinación que hizo retroceder a Carolina.

—Si quieres que te diga lo que has venido a preguntarme, tendrás que darme un beso tú, así estaremos en paz.

—Carolina, eso es...

—Un juego, ¿no te gusta jugar? Venga, Bruno...

Era tan tentadora que Bruno no necesitó más excusas o acicates, fue hacia ella y la besó. Carolina sabía dulce y, cuando sus lenguas se entrelazaron, sintió un delicioso placer. La abrazó con fuerza y notó toda la levedad de su endeble cuerpo y la firmeza de sus pechos.

Entonces paró y separó sus labios.

—Hay otra mujer, Carolina.

—Tranquilo, Bruno. Siempre hay otra mujer, los hombres sois así. —Le acarició la mejilla y él sonrió—. ¿La quieres?

—Sí.

—¿Y ella?

—Aún no lo sé.

—Sería tonta si no lo hiciera. —Para Bruno era duro oírla decir eso—. Sí, el cuerpo de mi esposo tenía una pequeña marca en el brazo.

—¿Estás segura?

—Claro que sí. Y no la tenía la última vez que lo vi, se la tuvieron que hacer antes de matarlo. Es eso lo que querías saber, a lo que has venido. ¿O era una excusa para verme a mí?

—No, Carolina. Pero ¿cómo estás tan segura? Te estoy hablando de una herida poco evidente, podía pasar desapercibida a cualquiera.

—Yo no soy cualquiera, y una mujer conoce hasta el último rincón del cuerpo y el alma de su marido, para bien o para mal.

—Entonces ¿estás segura de que la tenía?

—Ya te he respondido que sí, Bruno. Si solo quieres eso, es mejor que te vayas. Bruno, ya no volveremos a vernos, lo sabes, ¿verdad? Ojalá tengas suerte —dijo Carolina, entreabriendo sus labios rojos.

—Tú también.

51

Con el inicio de la Cuaresma comenzaron los rumores sobre extraños viajes de los reyes y la aproximación del ejército francés. La irritación popular contra Godoy iba en aumento, lo culpaban de la entrada de los franceses camino de Portugal.

A mediados de marzo los periódicos publicaron un escrito de Su Majestad, Carlos IV, donde se reconocía la tensión y se llamaba a la calma. Confirmaba a la vez que el emperador era su aliado y sus huestes atravesaban España con ideas de paz y de amistad. Toda la prensa era unánime y solicitaba que dichas tropas, en el tiempo que permanecieran en Madrid y sus contornos, fueran tratadas con toda la franqueza, amistad y buena fe que corresponde a la alianza que subsiste entre el rey y el emperador francés.

Sin embargo en La Fontana se decían otras cosas menos favorables a los franceses.

En todo ello le costó concentrarse, al menos Bruno se sentía cada vez más suelto con el latín, hasta entonces jamás había imaginado lo trascendental que podía ser conocer otras lenguas. Conforme leía y repasaba el tratado de Trotula descubría detalles nuevos que lo dejaban asombrado. Hasta que llegó a los capítulos donde se adentraba en la sexualidad femenina.

Según Trotula, la libido no solo era masculina, sino de ambos sexos. Advertía en su tratado a las solteras, monjas o viudas de los inconvenientes de una prolongada abstinencia sexual.

Para ella era esencial el placer del cuerpo. Bruno jamás había leído ni oído a una mujer afirmar cosas semejantes.

Los tratados de Trotula le tenían fascinado.

Hablaban del bienestar físico y mental, y en sus exposiciones daba varias recetas dirigidas a las mujeres que habían tenido relaciones sexuales, pero que deseaban parecer vírgenes a ojos de los futuros maridos.

Para aquella época sería poco menos que escandaloso, Bruno no se quería imaginar qué haría la Iglesia, y sobre todo algún marido engañado, si supiera de la existencia de ese libro.

Más aún cuando Trotula también hablaba del derecho a decidir sobre la maternidad y daba consejos sobre métodos para no quedarse encinta.

Toda aquella información sobre la sexualidad femenina le estaba afectando, porque irremediablemente la imagen de Vega le venía una y otra vez a la mente y así le era imposible concentrarse.

Cuando doña Josefa de Amar y Borbón le preguntaba por el tratado, tenía pudor de hablar sobre ciertos temas. Aunque era ella misma la que terminaba sacándolos con todas las consecuencias.

—La figura de Trotula de Salerno siempre ha estado rodeada de controversia, y son muchas las voces que han llegado a sugerir que no existió y que sus tratados médicos fueron escritos por un hombre.

—¿Eso es verdad?

—Y eso que tuvo una difusión enorme y fue traducido al francés y al alemán.

—Lo que sí he podido ver es que Trotula fue una de las primeras en afirmar que el cuerpo es como un organismo interrelacionado que tiene que mantenerse sano y en armonía con la naturaleza. Da importancia a la higiene personal, como decía siempre mi tío, a la alimentación equilibrada y a la actividad física, como promulga usted.

—Veo que te ha calado.

—Es que incluso se preocupaba del aspecto monetario de la medicina, por lo que recomendaba métodos que estén al alcance de todos. Para muchas patologías sugería un tratamiento con baños y masajes, en vez de usar métodos drásticos que dañan el cuerpo y son más costosos.

—Estás cambiando, Bruno, lo digo para bien. Me gusta que hables así, la pasión es esencial en la vida. Pero no te dejes llevar por ella, huye de los sentimentalistas.

—¿Eso qué quiere decir?

—Somos seres racionales, por ello debemos usar la razón —respondió doña Josefa de Amar y Borbón—. ¿Sabes lo que ha costado crear este mundo? ¿La sangre que se ha derramado? El orden y las leyes son esenciales, si no nos volvemos primitivos.

—Pero también libres, ¿no?

—Cuidado con la libertad, Bruno. Puede desembocar en el caos.

—Sí, lo sé. Solo quiero decir que no todo tiene que seguir las reglas de la razón. ¿Qué me dice del amor?

—Eres muy joven y debes tener cuidado —le dijo casi regañándolo—. Si nos dejamos llevar por la pasión y no por la razón, será nuestro fin. Tú eres cirujano, un científico. El amor está bien en la literatura.

—El amor es...

—No es nada, una ilusión. Usa la cabeza, lo que tienes entre las piernas —le echó una mirada— sirve solo para una cosa y nada tiene que ver con el amor.

Doña Josefa le insistía en que esmerara su formación en partos y él no dudaba en hacerlo. Las clases en el arte de partear eran cada vez más instructivas. Una de las más interesantes fue la del uso de los fórceps, que tenía riesgos notables. Para empezar, la madre podía sufrir desgarros graves, que podrían requerir una recuperación prolongada, o problemas para orinar y defecar después del parto. No obstante, lo verdaderamente trascendente eran los riesgos para el bebé.

—Dense cuenta de que los fórceps deben comprimir la cabeza y esta compresión disminuirá su volumen. A la disminución del diámetro lateral del cráneo seguirá el aumento de los otros diámetros, si lo permite la pelvis de la madre —explicó el vicerrector Agustín Ginesta con ayuda de las manos.

Bruno se estaba imaginando la cabeza aplastada del bebé.

—La naturaleza nos ha manifestado que el cráneo de un feto regular puede disminuir la mitad de uno de sus diámetros, aumentando los otros para darle salida por la pelvis. Al salir recupera su figura natural, pero depende de nuestra pericia con los fórceps, porque la naturaleza ejecuta la compresión de manera gradual, comunicando las fuerzas por medios más suaves, por más puntos, y con todo no siempre consigue conservar la vida del feto.

»Por esta razón no se puede asegurar que todos los fetos ayudados con el fórceps saldrán vivos.

»Además, puede sufrir protuberancias o marcas en la cabeza o la cara del bebé. La cabeza puede hincharse o estar en forma de cono. O cortarse. Normalmente todo ello sanará en unos días o semanas. También puede haber sangrado dentro de la cabeza del bebé. Esto es más grave, pero muy poco frecuente.

Al terminar la clase, Bruno fue a hablar con el vicerrector Ginesta.

—Urdaneta, ¿qué le ocurre? ¿Tiene dudas con las lecciones sobre los fórceps?

—No, señor. Pero hay algo que me tiene desconcertado. Vicerrector, da la impresión de que los partos son mucho más complicados en nosotros que en los animales.

—Bueno, es que son animales. No nos podemos comparar.

—Cierto, pero ellos dan a luz a sus crías sin ayuda, en medio del campo —puntualizó Bruno—. Y nosotros precisamos de asistencia médica y aun así la tasa de mortalidad es altísima. ¿No es extraño?

—La verdad es que no lo sé.

—Cogí un libro de zoología y he visto que en los caballos y los perros, el canal del parto es mucho más recto que en nosotros. Creo que es por la posición en que nos movemos, al apoyarnos sobre dos piernas tenemos la pelvis desarrollada de una manera que dificulta mucho la salida de los bebés.

—¿Y qué sugiere, que andemos sobre cuatro patas?

—Claro que no, además también influye nuestra cabeza. Parece muy desproporcionada con respecto a nuestro cuerpo si se la compara con la de otros animales.

—Urdaneta, ¿a dónde demonios quiere ir a parar?

—No lo sé, vicerrector. Solo me pregunto por qué los partos en nosotros son tan complejos. Además, cuando nacemos estamos indefensos. No solo eso, parece que estamos inacabados, que deberíamos seguir más días dentro de la madre.

—Obviamente los partos son difíciles —el vicerrector Agustín Ginesta tomó una pose sería—, así que lo que debe hacer es trabajar con ello.

—Pero hay muchos nacimientos en los que el bebé no puede salir.

—Para eso está estudiando, para sacarlos usted.

—¿Y si no puedo? ¿Y si literalmente no cabe? Ya sé que nos ha explicado lo flexible que es la cabeza, pero ¿y si por mucho que lo intentemos simplemente no hay espacio?

—Eso ocurre, por ejemplo, con los partos que se retrasan. Hay parturientas que se van a la semana cuarenta y uno, o incluso a la cuarenta y dos. Yo no lo recomiendo, en esos casos es mejor provocar el parto. Además, debe tener en cuenta el sexo, un varón será más grande que una niña.

—Pero saber el sexo no es posible, nos han explicado que por la forma de la barriga no puede saberse, que eso es solo una creencia.

—Las mujeres de poca estatura suelen tener la barriga más grande y sobresaliente que las mujeres más altas. La razón es que los torsos cortos ofrecen menos espacio para que el útero crezca hacia arriba entre la pelvis y las costillas. Como resultado, el bebé crece y la barriga se expande hacia fuera.

—Entonces, en un torso más largo el útero se mantiene estrecho, lo que da lugar a una barriga más pequeña —continuó Bruno.

—Eso es; en las mujeres de baja estatura el embarazo se muestra antes al llevar el peso alrededor de las caderas y la parte inferior, mientras que las mujeres más altas llevan al bebé más hacia delante, Y recuerde que los padres más altos tienen más probabilidades de tener bebés más altos.

—¿Y entonces? Eso de que las barrigas bajas son de niña y las altas de niños...

—Falso, por supuesto. Pero sí es cierto que los varones son más grandes al nacer, por tanto también les cuesta más salir del canal del parto. Quizá una madre que tiene varios hijos podría intuir el sexo por la diferencia de tamaño respecto de otros embarazos.

—Sigue siendo poca información para saber el sexo de la criatura —se lamentó Bruno.

—Por supuesto, pero tiene dos elementos para ayudarlo con eso. Primero el tamaño de la barriga y luego los antecedentes. Si la abuela tuvo, pongamos, cinco hijas y un hijo, es más probable que la madre tenga también más hijas —explicó el vicerrector Ginesta.

—¿Sería posible algún tipo de enfermedad por la cual las mujeres de una familia murieran al dar a luz a varones, pero no a niñas?

—Lo dudo. Eso que plantea no tiene sentido.

—¿Y si conociera un caso que hubiera sucedido?

—Eso no quiere decir nada, puede haber una causa oculta que lo explique —dijo el vicerrector Ginesta.

—No lo entiendo.

—Recuerdo a una mujer; tuvo diez embarazos. De ellos nacieron seis hijos sanos, pero los otros cuatro fueron abortos y eran niñas.

—¡Qué me dice! ¿Y cuál fue la razón?

—No lo sé, pero a veces se dan hechos extraños en la medicina para los que no encontramos explicación. Eso no quiere decir que no la tenga, solo que no somos capaces de encontrarla.

—Eso no me consuela, pero gracias.

El viernes, después de las clases prácticas, Bruno fue a presenciar un parto al Hospital General. Al parecer la paciente era primeriza y llevaba con dolores desde hacía dos semanas. No solo eso, había sangrado de forma abundante y comenzado las contracciones.

Lo primero que vio al entrar en la sala lo enervó: el cirujano no se lavó las manos y, además, les explicó que venía directamente de operar a un hombre que había sido herido de bala en el abdomen. Todavía tenía las ropas y las manos manchadas con su sangre.

Bruno era prudente, sabía que era absolutamente insultante pretender que se lavara las manos. Después de todo, eso era insinuar que las tenían sucias, y era más que consciente de que los cirujanos del colegio se consideraban caballeros y las manos de un caballero siempre están limpias.

Fue un parto complejo, el niño venía del revés y se quedó atascado: el cirujano pidió ayuda a Bruno y a otro estudiante para que sujetaran fuerte a la parturienta por las axilas, mientras él realizaba una serie de movimientos para intentar liberar al recién nacido. Lejos de conseguirlo, se quedó totalmente obstruido.

—¿Cómo está mi hijo? ¿Viene bien? —le preguntó la madre a Bruno, que le había cogido la mano y se la apretaba con fuerza.

El joven miraba al catedrático, que hizo un nuevo intento de salvar al recién nacido antes de incorporarse, levantar la mirada y mover la cabeza de izquierda a derecha.

La madre era poco menos que una niña; Bruno la miró, incapaz de pronunciar palabra alguna.

No hizo falta.

Y no hubo consuelo posible en el mundo para ella.

Más aún cuando tuvieron que forzar a la criatura para sacarla y que no muriera también ella.

Cuando Bruno abandonó el hospital, se encontró con una

enorme turba gritando proclamas contra Godoy y Napoleón. Y es que esa misma noche, después de ocupar plazas fuertes como Pamplona, Barcelona, Figueras y San Sebastián, el mariscal Murat, cuñado de Napoleón, había llegado a las inmediaciones de Madrid al mando de un poderoso ejército.

La capital aún vivía en un espacio definido perimetralmente por la cerca levantada en tiempos de Felipe IV, de la casa de los Austrias. Apenas existían núcleos de población extramuros, con la excepción de Chamberí y los caseríos sueltos del otro lado del Manzanares.

Al tenerse noticia en la villa de que un ejército extranjero se acercaba, por mucho que fuera aliado, hubo una explosión de ira popular contra el primer ministro del rey, Godoy, cuyo palacio fue asaltado. En la plazuela de Antón Martín la turba, airada, intentó irrumpir en la iglesia de San Juan de Dios porque los frailes tenían colgado un retrato de Godoy, que fue quemado.

No ayudó a calmar los ánimos la noticia de que la familia real se había trasladado a Aranjuez por orden del propio Godoy ante el temor de tener que huir a Andalucía. No tuvieron la oportunidad: antes de la medianoche un grupo de paisanos, criados de palacio y soldados comenzaron un alboroto frente al palacio de Aranjuez.

Amedrentado por las circunstancias, sin Godoy a su lado, el rey accedió esa misma noche a destituirlo. Al día siguiente, Carlos IV, rey de España, acorralado por la aristocracia, sin su mano derecha, traicionado por su propio heredero, abdicó a favor de su hijo, que a partir de ese momento pasaba a ser el nuevo monarca de España, Fernando VII.

CUARTA PARTE

FERNANDO VII

52

> Nadie se conoce. El mundo es una farsa, caras, voces, disfraces; todo es mentira.
>
> Francisco de Goya

Madrid, marzo de 1808

Aquella mañana, como la inmensa mayoría de los madrileños, el doctor Arrieta se hallaba junto a la puerta de Alcalá viendo desfilar a las imponentes tropas francesas, preludio de la entrada del nuevo rey Fernando VII. No podía perdérselo, quizá sería la única vez que vería coronarse a un monarca.

¿Cuántas veces había abdicado un rey español? Es posible que fuera la primera. Como decía un amigo suyo, los reyes de entonces se morían en la cama, viejos, gordos y flácidos. Los de antes caían en batalla con una flecha en el ojo o una lanzada en el costado.

Impactaba ver un ejército extranjero desfilando por la capital de España. También era algo inaudito; el doctor Arrieta era consciente de que no era una invasión ni un ejército conquistador lo que se mostraba ante sus ojos. Aun así, ver soldados de otro país en pleno Madrid era una escena perturbadora.

Recordó a los viejos reyes de la casa de Austria, ¿qué pensarían Carlos I o su hijo Felipe II si descubrieran que las huestes de sus archienemigos franceses campaban a sus anchas por Madrid? Estaba seguro de que se estarían revolviendo en las tumbas del monasterio de El Escorial. Y que cualquier noche sus fantasmas romperían las laudas de sus sepulcros e irían a atormentar a los culpables.

Los tiempos cambian y, aunque España seguía siendo una potencia mundial, era evidente que vivían la época de oro de Francia con Napoleón al frente, cuya Grande Armée no conocía la derrota en toda Europa.

La proclamación de Fernando VII desató el júbilo, aunque no calmó la inquietud de los madrileños ante la cada vez mayor y más molesta presencia de las tropas francesas de paso a Portugal.

El doctor Arrieta había quedado para examinar a su amigo, el pintor de cámara del rey, Francisco de Goya. Así que se apresuró para no llegar tarde, el aragonés se enojaba cuando lo hacía. Además, la sordera no terminaba de remitirle y poco a poco le estaba endureciendo el carácter.

Goya tenía una nefasta opinión de los médicos, a los que tachaba de matasanos y sangradores. Sus aguafuertes de los *Caprichos* crearon un enorme revuelo en las altas esferas de la sociedad. En uno de ellos, titulado *¿De qué mal morirá?*, había un médico representado por un asno, elegantemente vestido y con una gran sortija en la pezuña, como era costumbre entre ellos.

—¿Nunca cambiaréis de opinión, don Francisco?

—Bien sabéis que no.

—Se nota que sois aragonés...

—Lo que soy es sensato, que no es lo mismo. A los cirujanos les gusta la reputación de ser sanguinarios y violentos. Muchos de ellos se dedican a ese oficio más por la naturaleza sangrienta y visceral de la profesión que por la competencia y el compromiso.

—Eso era antes, don Francisco —le decía Arrieta condescendiente, moviendo la cabeza de un lado a otro—. Las cosas están cambiando, mire el trono de España. Y a los franceses desfilando por Madrid.

—En eso tenéis razón, amigo mío. Por fin España se ha subido al carro del progreso.

En temas médicos, don Francisco de Goya solo se fiaba de su amigo el doctor Arrieta. Aunque también prestaba interés por cierta rama de la medicina, la que estudiaba la forma de la cabeza. Él, que era muy observador, se había percatado de que las personas con ojos saltones tenían una memoria prodigiosa. Lo que vino a corroborar la ciencia de la que tanto había oído hablar, que explicaba que las características intrínsecas a cada individuo tenían su origen en la cabeza y, como el cráneo la rodea, sus apéndices y hendiduras reflejarían dichas características.

Así había diferentes zonas del cráneo que se correspondían con cualidades como la vanidad, la valentía, la inclinación al delito, la capacidad artística. La llamaban frenología y hacía solo unos años que el emperador austriaco la había prohibido por considerarla contraria al catolicismo. Lo cual había despertado todavía más el interés de Goya por la cabeza humana.

—Pensadlo, Arrieta. Si las distintas partes de nuestra cabeza determinan cómo somos, si pudiéramos entender cómo funcionan podríamos cambiar nuestra personalidad.

—No sé qué deciros...

—Pues a mí no me importaría que tras mi muerte experimentaran con mi cabeza...

—¿Qué locura es esa, don Francisco? Creéis en esas teorías y no os fías de un cirujano.

Hacía ya más de diez años que Francisco de Goya había contraído una enfermedad mientras estaba de viaje en Andalucía y comenzó a sufrir fuertes dolores de cabeza, alucinaciones, vértigos o dificultades para caminar, entre otros síntomas que terminaron por provocarle una sordera notable, que lo obligaba a afinar mucho el oído y a leer los labios.

Para el doctor Arrieta la causa de la enfermedad de Goya era un auténtico misterio médico que se afanaba en resolver.

Al menos ese día estaría contento, el artista era un firme defensor de las ideas ilustradas y la modernidad que se presumía que traería consigo la alianza con Napoleón.

Él no estaba tan convencido de ello, de hecho, desconfiaba

de los franceses, y sobre ello estuvo discutiendo acaloradamente. Goya estaba reunido con un grupo de aristócratas y personas influyentes que iban a rubricar un manifiesto de apoyo a Francia. Al doctor Arrieta lo sorprendió, no entendía la necesidad. Él era un liberal convencido, pero no un afrancesado. Las ideas liberales no eran patrimonio de Francia y menos de un tirano como Napoleón.

La discusión que tuvo con ellos fue apasionada, solo Goya intentó apaciguarla. No obstante, lo más acertado fue abandonar la casa, además era tarde y ya no había un alma por las calles de Madrid.

Goya vivía entre dos colinas, cerca del barranco de Leganitos, que se salvaba con un puente. La llamaban la calle de los reyes porque uno de sus solares se usó como taller para labrar la colección de estatuas de monarcas españoles que luego decoraron la balaustrada del Palacio Real. El doctor Arrieta se imaginó por un momento que las figuras talladas de los reyes aún estuvieran allí, qué pensarían todos ellos de lo que estaba sucediendo.

Entonces creyó ver moverse algo en la oscuridad de la noche.

Y luego tuvo una extraña sensación de estar siendo observado.

El doctor Arrieta tuvo un mal presentimiento.

Echó a correr, pero a su encuentro salieron varios soldados con los inconfundibles uniformes franceses y, entre ellos, un oficial, un coronel a juzgar por sus insignias.

Lo escrutó con un odio visceral y le retiró la misma mirada con un gesto de desprecio absoluto. Siguieron su camino y entonces él pudo ver que custodiaban a un prisionero que caminaba con grilletes y con la cabeza tapada con un saco. Tras ellos iba un civil, un hombre alto con una capucha que le ocultaba el rostro.

El doctor Arrieta era un hombre de ciencia, pero sintió el miedo más irracional que jamás había imaginado. Se fue corriendo a su casa, de la que tardaría en salir, y jamás de noche.

53

Se produjo la entrada triunfal en la ciudad de Fernando VII, a quien los madrileños recibieron con un entusiasmo inusitado. Era fácil manipular al pueblo. Lo que realmente inquietaba era cómo se había fraguado la abdicación. Cuánto poder tenían los que lo habían provocado, que habían podido derrocar a todo un monarca de España sin derramar ni una gota de sangre.

Murat y el contingente principal de las tropas francesas también habían accedido a Madrid camino de Portugal. Aquello fue más trascendente para la ciudad que el propio cambio de rey.

La llegada de los miles de soldados franceses trastocó el día a día de la capital, que se vio inundada por los uniformes azules. No obstante, la felicidad por el ascenso al trono de Fernando VII era mayor que el malestar por el ejército extranjero. El nuevo gobierno y las ideas liberales que traían los napoleónicos fueron aplaudidas por miles de afrancesados y liberales que aguardaban ansiosos los aires de cambio. En las esquinas se hablaba de que España entraba por fin en la modernidad y que el rey velaría por el futuro del país.

En el colegio de San Carlos la excitación era igual que en todos los ámbitos de la ciudad. Se esperaban con expectación las mejoras que podrían recibir, sabedores de los avances médicos que se producían en París y que ahora llegarían con más celeridad.

Bruno se dio cuenta de que estaba viviendo un cambio histórico, el fin de una era. España acababa de abandonar la edad oscura, se habían cortado las amarras medievales que le impedían zarpar hacia la época de las luces y el conocimiento. Comenzaba el imperio de la razón y la libertad.

Se dejó embaucar por la ilusión, como todos.

¿Cómo no hacerlo en el ambiente que se vivía en Madrid?

Con la mayoría de los estudiantes, y hasta de los profesores, en las calles festejando al nuevo rey y sus aliados, Bruno encontró un momento idóneo para bajar en solitario a la sala que más le fascinaba del colegio, la de anatomía donde se exponían las figuras de cera.

Pero ya había alguien allí, era el vicerrector de anatomía, Agustín Ginesta.

—Urdaneta, usted es el único que podría estar aquí con la que está cayendo en Madrid.

—Necesitaba revisar las figuras de cera.

—Impresionantes, ¿verdad? Parecen tan reales..., tan perfectas... A veces creo que pueden hablarme, decirme qué sienten, cómo debemos tratarlas para que la gestación llegue a buen término.

—Lo entiendo, vicerrector. Esta es realmente impresionante, *La parturienta*.

—Cierto, posee una serie de peculiaridades que la hace diferente de las tradicionales venus médicas de otras colecciones europeas.

—¿Cuáles, si puede saberse?

—En primer lugar, la figura no se presenta recostada o tumbada, sino sentada, con las caderas semiflexionadas, de forma que el sacro permanece sin apoyo y con posibilidades de moverse. Es la posición idónea —explicó el vicerrector Agustín Ginesta en un lenguaje técnico.

—Pero ya no se usan las sillas de parto...

—La posición horizontal es reciente, es un lujo que los más humildes no pueden permitirse, así que todavía muchas campesinas dan a luz sentadas.

—¿Sabe a quién usaron de modelo?

—Es posible que el escultor se inspirara en algún grabado. Piense que es una escultura ejecutada en una única pieza, en la que el abdomen se encuentra diseccionado en cuatro partes, lo que hace posible que se vea en su interior un feto perfectamente formado, a diferencia de las venus anatómicas con partes desmontables, que permiten acceder al interior del cuerpo para facilitar la observación anatómica de los diversos órganos.

—Pero hay algo que me desconcierta, vicerrector Agustín Ginesta: el rostro. ¿Por qué tiene esa expresión de dolor y de abandono ante el acontecimiento, con los ojos cerrados y la boca semiabierta? ¿Qué necesidad de mostrar tal sufrimiento en un modelo médico?

—Ninguna.

—Entonces ¿por qué se hizo así?

—Ni idea, pregúntele a Gimbernat —respondió el vicerrector.

—Creo que no soy santo de su devoción... Sé que en su creación participaron Ignacio Lacaba, Cháez y Franceschi; ¿sabe si podría hablar con alguno de ellos?

—Ignacio Lacaba era el maestro disector cuando se realizaron, él sabrá sobre los modelos y el proceso. Pero no está en el colegio, Lacaba fue exonerado de su cátedra de Anatomía y pasó a ocupar el puesto de cirujano de cámara en la Casa Real. Y tal y como está ahora la cosa, imagino que habrá vuelto con Fernando VII a Madrid, debería probar en el Palacio Real.

—¿Y cómo lo hago?

—En eso ya no puedo ayudarle.

Bruno salió del colegio y caminó hacia el centro; al llegar a la altura de una librería se cruzó con un grupo de soldados. Sus uniformes azules, sus botas altas, esa arrogancia en la mirada..., eran franceses. Apenas una docena. Pero al verlos marchar por Madrid, con esa naturalidad, como si estuvieran en la orilla del Sena en París, sintió una punzada.

«Acaban de llegar —pensó— y parece que lleven toda la vida aquí».

La patrulla formó frente a la librería y el oficial al mando entró junto a dos soldados. Los demás se quedaron haciendo guardia.

El aspecto era realmente imponente, eran jóvenes, no veteranos de la Grande Armée de Napoleón que coleccionaba victorias por Europa atemorizando a todo aquel pobre desgraciado que se atreviera a plantarles batalla. Pero aun así imponían un serio respeto.

Cuando ya casi los perdía de vista, llegó a ver cómo sacaban a patadas a un librero y confiscaban decenas de grabados y textos.

54

Agazapado en una esquina frente a la basílica de San Francisco el Grande, Bruno Urdaneta aguardaba a que Vega Marèchal saliera del palacio. Llevaba una hora allí, quería verla y, a la vez, darle una sorpresa, que pareciera un encuentro casual.

Por fin salió, iba acompañada de una única dama de compañía. Ambas tomaron un carruaje y Bruno maldijo su suerte. Cuando arrancó, él echó a correr en un acto desesperado por no perderla. Intentaba no desfondarse y, a la vez, no perderla de vista. Como había mucha presencia de jinetes imperiales, el carruaje se detenía a menudo y eso le daba la opción de recortar la distancia.

Comenzó a faltarle el aire y a sentir un dolor en el costado, pero no podía detenerse. Sacó fuerzas de donde pudo y recortó un buen trecho hasta tenerlo de nuevo al alcance. Pero esta vez el cochero encontró el camino despejado y arengó a los caballos, que, con enorme facilidad, pusieron una distancia insalvable con Bruno.

Quien, derrotado, se detuvo, cayó de rodillas. Comenzó a toser y toser y buscó con tanta ansia el aire que casi se ahoga. Se incorporó desanimado y siguió caminando.

Miró a su alrededor, desconocía dónde se hallaba, además había una multitud en las calles. Se abrió paso con dificultad y por fin pudo ver qué ocurría: era un desfile del nuevo rey, Fernando VII. El gentío que lo observaba a su lado derrochaba un entusiasmo que rayaba el delirio.

Decían que nunca un monarca había sido tan deseado.

Se retiró de las primeras filas agobiado por el gentío; ojalá el nuevo soberano hiciera honor a todas las expectativas que se habían puesto en él.

Entonces vio de nuevo el carruaje de Vega, que se alejaba.

Ya sabía que era inútil perseguirlo, bajó la cabeza y pensó que era un estúpido. Había perdido el tiempo, si quería volver a verla debería trazar un plan mejor.

Se apoyó en un muro y observó a la gente, estaba rabiosa de felicidad. Se acordó de cuando vio por primea vez a Vega en la ribera del Manzanares, cuánto envidió entonces la alegría de ella y sus amigos.

—¡Bruno!

No podía creerlo, era ella. Con un abrigo blanco de piel y el cabello recogido en un moño alto y sofisticado.

—¿Qué te ha parecido el desfile del nuevo rey? Yo no quería perdérmelo por nada del mundo, hemos venido a toda velocidad. Hay tanta gente en las calles que casi no llegamos.

—Ha sido increíble —mintió—; yo también vengo corriendo. ¿Y tu carruaje?

—Prefiero volver andando, así estiro las piernas. Además, Madrid está lleno de soldados franceses, ¿qué podría sucederme?

—Eso es cierto.

—¿Tú adónde vas ahora? —le preguntó Vega con la mirada rebosante de entusiasmo.

—Tengo que ir a la Real Inclusa.

—¿Puedo acompañarte?

A la entrada de la Real Inclusa, Bruno temió que a ella le desagradara el ambiente. Lejos de ser así, Vega se mostró radiante. Saludó a las nodrizas, sonrió y jugó con los niños, los cuales parecían hipnotizados por la alegría de Vega, que los colmaba de risas. Las niñas venían corriendo a verla y se peleaban por que les dedicara unos instantes, y los jóvenes la miraban embobados. No solo dispensó atenciones con los más pequeños, Vega habló con todo el mundo y con todos mostró respeto, interés y agradecimiento por su trabajo. Aquello, sin duda, reconfortaba a los sufridos trabajadores de la institución.

Justo cuando conversaba con varias nodrizas, uno de los ayudantes vino a buscarlo con el rostro desencajado.

—Bruno, es muy urgente.

—¿Qué sucede?

—No hay tiempo, ¡vamos, ven!

Sobre un camastro, sudorosa y con una terrible mueca de dolor aguardaba una pobre embarazada y, al lado de ella, una matrona mayor. Bruno se quitó la chaqueta y puso las manos sobre el vientre, mientras Vega asistía en silencio a la auscultación.

—Creo que no está bien situado.

—Ha roto aguas —dijo la matrona— y las contracciones son rápidas, ¡viene ya!

—Lo sé, traed agua caliente, sábanas limpias y mi maletín.

—Tranquilízate, todo saldrá bien. —Vega se acercó a la parturienta y le cogió la mano.

—Vega —Bruno le hizo un gesto y se alejaron unos pasos—, el bebé viene atravesado y ella tiene fiebre, no pinta nada bien.

—¿Quieres decir que no va a poder salir?

—En el estado en que está, si no sale, la madre también morirá.

—¡Santo Dios! ¡Tienes que hacer algo, Bruno!

Volvió con la embarazada, los siguientes minutos fueron de enorme tensión, la madre no dejaba de gritar y de moverse bruscamente. La matrona le pedía que empujara y ella lo intentaba con todas sus fuerzas, pero en vano.

La realidad era que él no sabía qué hacer con seguridad y el parto se encaminaba a un fatal desenlace.

—Dígale al guarda que llame a Luisa —le dijo la vieja matrona que lo ayudaba.

—¿Qué Luisa? —inquirió Bruno.

—Es otra matrona, solo ella puede salvar a esta mujer y a su hijo.

—Pero...

—¡Haga lo que le digo o prepárese para verla muerta!

—Bruno —Vega se colocó a su espalda—, hazle caso. Toda ayuda es buena, ¿verdad?

Accedió, pues la situación no cesaba de agravarse, y entonces llegó una señora de escasa estatura. Era una mujer de una edad indefinida. Por las arrugas de su rostro, sus labios desgastados y su desprovisto cabello parecía casi anciana, pero por el brillo del fondo de sus ojos él diría que era mucho más joven. Se arrodilló frente a la parturienta y le susurró al oído. Lo que quiera que le dijo pareció tranquilizarla. Después puso sus diminutas manos por donde debía salir el niño. No fue rápido, ni sencillo, mucho menos académico, pero logró sacar la cabeza del pequeño.

—Ahora debes empujar con toda tu alma, muchacha. ¡Empuja! Como si el que viniera al mundo fuera el mismísimo rey Fernando VII.

—¡Vamos! —saltó Vega—, mírame, cariño. Tú puedes hacerlo.

Y lo hizo.

Un enorme y precioso bebé con abundante cabello vino a este mundo el mismo día en que el nuevo monarca había entrado en Madrid.

Bruno se quedó impactado por cómo Luisa Rosado había resuelto la situación con prontitud.

—No es una matrona más —susurró la otra.

Comprobó que el niño y la madre estaban sanos y pidió que le avisaran ante cualquier problema que pudiera surgir aquella noche. Él y Vega salieron juntos, era tarde y hacía frío

—Lo siento, si te ha incomodado.

—¿Incomodarme?

—Ha sido fantástico y esa mujer es un ángel. —Vega quedó pensativa.

—¿Qué ocurre Vega? ¿Te encuentras bien?

—Quiero ser madre, Bruno. Quiero tener un hijo.

—¿Y la maldición?

—De eso mejor hablamos otro día, si no vuelvo a casa pronto mi padre se preocupará por mi ausencia.

55

Luisa Rosado era una matrona de larga trayectoria, mujer segura de sí misma y de sus conocimientos. Sabedora de su capacidad y experiencia en el arte de partear, era conocida porque había tenido la original idea de publicitar sus servicios con un cartel. También se había enfrentado al tribunal del Protomedicato e incluso había llegado a pedir en reiteradas ocasiones al rey su ingreso en la corte como partera. En la última ocasión en la que se había dirigido al monarca, no había dudado en ofrecerse para asistir al parto de la princesa de Asturias.

Cuanto más le contaban sobre ella, a Bruno más le fascinaba.

Era viuda, como muchas compañeras de su profesión. Trabajaba como matrona del Real Colegio de Niños Desamparados. Las matronas tenían limitada su actividad a lo que se consideraban como partos normales; cuando se presentaba alguna complicación era obligatorio que estuviera presente en el proceso un cirujano. La realidad era que Luisa Rosado había salvado decenas de vidas asistiendo partos de riesgo.

Era cristiana vieja y de buenas costumbres, con coraje y ambiciosa. Bruno sabía tirar de humildad y entendió rápido que podía ayudarlo.

—Muchas mujeres están convencidas de que si el trance del parto hubiera recaído en los hombres, la especie humana habría desaparecido hace cientos de siglos —afirmó la vieja matrona.

—Es una buena teoría.

—Es cierto que las mujeres somos más delicadas, pero resistimos mejor el dolor. Los hombres tiemblan como un cadete en primera línea de una batalla y lloran como niños llamando a sus madres cuando sufren, por muy mayores que ya sean.

—Eso es mucho decir —comentó Bruno.

—No se equivoque, somos más resistentes al dolor que ustedes.

—Nunca lo había pensado, a mí me interesa mucho la forma de combatir el dolor. De mejorar la situación de los enfermos y poder operarlos en mejores condiciones. Y también me interesa el arte de partear, quiero especializarme en ello.

—Es usted un cirujano peculiar —le dijo Luisa Rosado.

—Lo cierto es que aún no he terminado mis estudios.

—Yo nunca estudié, lo he aprendido todo trabajando —recalcó Luisa Rosado.

—¿Y qué más puede contarme del dolor?

—¿No me pregunta por los partos?

—Por eso también, pero es usted la que ha dicho que las mujeres resisten mejor el dolor que los hombres —Bruno se mostraba ansioso por saber más de la matrona—, ¿por qué sostiene tal cosa?

—El dolor en una mujer fluctúa en relación con las fases del ciclo menstrual. Justo antes del periodo, el umbral del dolor cae en picado.

—Dice que antes de menstruar son más sensibles al dolor.

—No lo dude, haga la prueba con su esposa si no me cree —sugirió ella.

—Yo no estoy casado aún.

—¿Cómo? ¿Y la francesita de la otra noche?

—Ella es española, su padre es francés. Y es solo una amiga.

—Soy vieja, pero no tonta —advirtió la matrona.

—Bueno, eso da igual... A lo que íbamos, el dolor antes de menstruar.

—Pues lo que le he dicho: una mujer en ese momento tiene poca resistencia. Sin embargo, en el tercer trimestre de embarazo, la futura mamá pasa a un estado de inhibición del dolor de cara al parto.

—No hay estudios que afirmen esto que dice —atestiguó Bruno.

—Es la verdad y es lógico. ¿Sabe lo doloroso que es un parto? No, claro que no.

—Así que sostiene que de alguna manera el cuerpo de una mujer genera de forma natural un modo de disminuir la sensación de dolor.

—Sí, pero no de eliminarla. No se vaya a creer que las parturientas no sufren. Pero lo que le decía. Pueden soportarlo, un hombre le aseguro que no —afirmó con rotundidad la partera.

Le explicó cómo asistir partos complicados por la retención de la placenta y prevenir los abortos mediante un emplasto de su invención. Bruno quedó prendado de la sabiduría de aquella vieja partera. Y tuvo la convicción de que ella tenía una experiencia de la que carecían los cirujanos y que podía ser la clave para entender mejor el arte de partear. Confiaba en unir esa experiencia a la sabiduría del San Carlos, mejorar los partos y con ellos..., llegado el momento, salvar a Vega y a su futuro hijo.

Acudió a verla casi todos los días al salir del colegio de San Carlos.

—¿Cómo cree usted que hay que actuar con las secundinas? —le preguntó Bruno.

—Expulsar bien toda esa masa que se expele después del nacimiento de la criatura es esencial. Hay que extraerla manualmente, nada de los remedios internos como purgantes o diuréticos —respondió Luisa Rosado.

—Y hay que comenzar suavemente...

—Sí, siempre buscando la contracción de la matriz mediante la compresión manual del vientre, incluso tirando levemente del cordón.

—¿Y si esto fracasa?

—No queda más remedio que introducir la mano en el útero y extraer la placenta —contestó ella.

—¿Es que acaso la placenta no se expulsa sola?

—A menudo sí, pero hay que tener paciencia. Y en los pocos casos que no, ser agresivo no es necesario. Basta con poner las manos sobre el vientre de la madre, sin aplicar más fuerza que el propio tacto.

—Eso parece..., no sé..., poco científico.

—Mire usted, hay cosas que no necesariamente tienen explicación, simplemente son así —recalcó Luisa Rosado.

—Pero necesito saber el porqué.

—Yo no; a mí lo que me interesa es si funciona o no, les dejo a ustedes perder el tiempo buscando las razones. Las mujeres somos más prácticas, no tenemos tiempo para divagar —dijo algo molesta.

—De acuerdo. ¿Y cómo hace para evitar los abortos?

—La amenaza del aborto siempre está ahí. Se puede controlar con reposo, baños, alimentación suave y bebidas atemperantes como el cocimiento de cebada con gotas de limón o el agua con flor de naranjo. Y un emplasto que preparo —afirmó Luisa Rosado.

—¿Y podría decirme en qué consiste?

—Usted pregunta mucho.

—Sí, me lo dicen a menudo.

—Debe aplicar sobre el vientre y la región lumbar una servilleta empapada en vinagre, zumo de llantén y hierba mora.

Bruno compaginaba las clases en el San Carlos con las visitas a Luisa Rosado. Y terminaba emocionado de lo que lograba uniendo ambos saberes y, para ponerlos en común, quedó con el vicerrector Agustín Ginesta.

—Si quiere tener éxito con una cesárea, debe hacer una incisión uterina baja transversal.

—Pero eso es temerario, puede causar una hemorragia que podría producir la sección de las venas del útero.

—Es admirable el interés y el esfuerzo que pone en el arte de partear y en especial en las cesáreas, nadie quiere intentarlas —comentó el vicerrector Agustín Ginesta—. Déjeme hacerle una pregunta, ¿por qué esta fascinación por los partos? Tiene que haber algo personal, de otra manera no lo comprendo.

—Sí que lo hay, es por una mujer.

—¿Está embarazada?

—Todavía no.

—¿Tan seguro se halla de que vaya a necesitar todos estos conocimientos? ¿Y además una cesárea?

—Tiene antecedentes familiares de partos difíciles.

—¿Cree que ha podido heredarlos?

—En efecto.

—Entonces, mucha suerte, Urdaneta.

56

En el bando proclamado el 2 de abril se anunciaba la organización de rondas para conservar el orden y arbitrar varias medidas: cierre de tabernas, aguardenterías y tiendas a las ocho de la tarde, y exigencia de que los dueños de fábricas y talleres controlaran la asistencia diaria al trabajo y dieran parte de las ausencias, y de que los padres vigilaran a sus hijos o criados.

Para Bruno, aquellas nuevas constituían la clara prueba de que las cosas no marchaban bien a pesar del reciente monarca. Además, pocos efectivos debían de ser los llamamientos a la tranquilidad pública, cuando se reiteraban tan a menudo.

Al menos el colegio de San Carlos seguía funcionando con normalidad, o eso creía él. Porque al acceder aquella mañana le sorprendió encontrar varios uniformes azules en los pasillos.

Soldados armados en una institución médica no dejaba de ser, como poco, curioso. Pronto se percató de que, como siempre que había franceses por el medio, nada era casual y todo tenía una razón perfectamente planificada.

Al sentarse en el aula, el profesor Celadas llamó la atención a un par de alumnos por llegar tarde.

—Debo anunciarles que a partir de hoy tendremos a un representante del ejército francés en el claustro de profesores. Un reconocido cirujano de Marsella.

Se hizo un murmullo nada halagüeño.

—Ahora que los franceses están aquí, quizá compartan con

nosotros sus últimos avances en medicina —murmuró Gálvez—. Dominique-Jean Larrey es el mejor cirujano militar que existe.

Gálvez le contó cómo durante la guerra franco-austriaca revolucionó la obsoleta organización sanitaria militar por la cual los soldados heridos en combate permanecían en el campo de batalla hasta la finalización del enfrentamiento. Después eran evacuados hasta el hospital de campaña que se situaba a unas seis leguas del escenario bélico. Una distancia y tiempo suficientes para que la mayor parte de los heridos no fallecieran antes de recibir cualquier tipo de ayuda médica. Todo ello contando con que los soldados tuvieran la suerte de pertenecer al bando victorioso. En caso contrario, los heridos eran abandonados o rematados en el mismo campo de batalla.

Bruno escuchaba estupefacto a su amigo.

—Creó un servicio de ambulancias, compuesto por equipos formados por un cirujano, un oficial de intendencia, un suboficial y una veintena de soldados. Diseñó una cámara cerrada unida a un carro ligero tirado por dos caballos. Hasta las pistoleras de las sillas de montar las transformó en bolsas de transporte para material sanitario.

—¿Cómo sabes todo eso? Jamás te había visto tan aplicado en clase.

—¡Es que es Larrey! —respondió Gálvez con efusividad—. También en Oriente cosió la lengua de un oficial gravemente herido, antes de hacer que lo alimentaran por sonda y después con biberón. Contrariamente a las recomendaciones de Ambroise Paré practicadas por los cirujanos desde hace dos siglos, Larrey cierra las heridas torácicas acompañadas de hemorragia; y ese éxito le ha abierto las puertas de los manuales de medicina.

»Napoleón lo tiene en la más alta estima. Porque considera un elemento importante en sus campañas el efecto que en la moral de la tropa ejerce la nueva organización en la evacuación de los heridos.

A Gálvez no le faltaba razón, con los franceses llegaron tratados con novedosas operaciones. De pronto, el colegio se había colocado a la vanguardia de Europa. Como en todo lo que tocaba, Francia traía la modernidad con una enorme fuerza, como si fuera un huracán que dispusiera patas arriba todos los axiomas que habían gobernado los aspectos de la vida desde siglos atrás.

Las primeras remesas de libros fueron habilitadas en una nueva librería. Bruno fue de los primeros en acceder a ella e investigar el nuevo material. Había tratados auténticamente maravillosos de cualquier materia. Buscó con voracidad alguno relacionado con el dolor y los partos. Y no despreció uno excelente sobre los grandes mamíferos.

Aunque lo más interesante para él de todo aquello fue que el maestro disector, don Ignacio Lacaba, retornó al San Carlos, pues con la llegada francesa había perdido su puesto en la corte. En cuanto Bruno se enteró, se precipitó en ir a verlo. Al estar excluido del profesorado, no tenía despacho, pero lo encontró en el patio principal.

—¿Don Ignacio Lacaba? Soy estudiante del colegio.

Frente a él, un hombre elegante, con una peluca ligeramente más prominente de lo habitual. El gesto serio y una mirada de cansancio, como si le pesaran los años.

—Así es; hacía tiempo que no estaba entre estos muros. Yo los vi levantarse, veo que gozan de buena salud.

—He leído mucho sobre usted.

—Es un detalle, se lo agradezco joven. ¿Cómo ha dicho que se llama?

—Bruno Urdaneta. Me gustaría preguntarle por las ceras de la sala de anatomía, sé que fue el maestro disector, ¿cómo lograron tanto realismo?

—Impresionantes, ¿verdad? —sonrió Ignacio Lacaba.

—¿Por qué en cera?

—El mármol da paso a la cera y esta, a la carne. Con la organicidad de la cera, las esculturas se hacen carne.

—Yo pensaba que las esculturas se realizaban en materiales pétreos.

—Como le explicaba antes, la cera proyecta las figuras hacia una realidad orgánica, frágil y efímera.

—Pero la piedra durará para siempre y la cera no —añadió Bruno.

—Como nosotros mismos. Joven, dese cuenta de que a lo largo de la historia la manipulación de la carne, viva o muerta, ha sido y es una transgresión de lo prohibido, lo metafísico y lo religioso.

—Dicho así suena casi alquimista...

—Eso no debería ser así, son esculturas científicas —puntualizó Ignacio Lacaba—. Son el soporte definitivo, en ellas se conjugan arte y ciencia.

—Es una manera de evitar las disecciones.

—Así es —afirmó Ignacio Lacaba—, aunque hay profesores del colegio que no están de acuerdo. Que no les gusta tener que recurrir a ellas.

—¿Quiénes? Porque Gimbernat es quien las ideó.

—Solo sé que hay alguno de los que dan clase que no aprueba su utilización, que prefieren los cuerpos a toda costa. —E hizo un gesto de no poder hablar más—. Los avances científicos siempre han tenido que superar una serie de dificultades morales y religiosas con las disecciones humanas. Antes, para realizar la disección, el anatomista debía convencer a las autoridades de que el hombre estaba ausente del cuerpo.

—¿El hombre ausente del cuerpo? —inquirió Bruno de manera persistente.

—Eso es, para ser más claro: que el alma había abandonado el cuerpo físico. Así lo exigían las autoridades eclesiásticas.

—¿Y cómo se aseguraban de que ya no estaba el alma del difunto? —Bruno no le daba tregua—. ¿Tenía que venir un sacerdote?

—Más o menos... Ese tema es complejo.

—Me interesa, cuénteme.

—Llegó un momento en que las disecciones proliferaron incluso entre el público profano, cada vez más curioso y morboso, hasta generar la necesidad de crear nuevos teatros anatómicos, o ampliar los ya existentes, con el fin de exhibir el cuerpo inerte. Había cada vez menos cuerpos y empezaron a necesitarse para los nuevos colegios de cirugía, así que se pensó en las esculturas de cera.

—Que como no se pudren duran mucho más tiempo que la carne.

—Exacto. —Ignacio Lacaba parecía disfrutar con sus explicaciones—. Las figuras anatómicas de cera se ajustan a una estética que les imprime la belleza y la virtud ausentes en un cadáver. Los muertos son muy desagradables; en cambio, hay ceras que son hasta hermosas —bajó la voz—, por no decir eróticas. Esto que quede entre usted y yo. —Y le guiñó un ojo.

—En el San Carlos hay una parturienta que lo que expresa es sufrimiento, ¿por qué la representaron así? —inquirió Bruno.

—Gimbernat quería que las ceras fueran objeto de exhibición pública, no solo para ojos científicos, sino también para los profanos. Había visto en París y Londres colecciones que se exhibían como parte del espectáculo científico, hasta el punto de trivializarse —Ignacio Lacaba volvió a bajar el tono—, de manera morbosa.

—Y no estaba de acuerdo con eso...

—Claro que no —Ignacio Lacaba mostró cierta indignación—, pero en las primeras ordenanzas del San Carlos ya se colocó la anatomía en un lugar central, tanto del conocimiento médico como del espacio físico del colegio.

—Así que Gimbernat quería realizar la colección desde un inicio y que fuera el centro del colegio.

—Eso es, quería ser famoso en toda Europa —enfatizó Ignacio Lacaba—, no le bastaba con que hubieran dado nombre a una parte del cuerpo, quería más y encontró en la colección de ceras el medio a sus fines.

—Entiendo... —La cabeza de Bruno echaba humo y eso precipitó un brillo en su mirada.

—Aunque la normativa del colegio establecía la obligatoriedad de acceso a las plazas de profesores mediante concurso oposición, la primera plantilla docente fue elegida entre catedráticos conocidos y reconocidos por Gimbernat. Y para la plaza de disector anatómico depositaron la confianza en mí. Pero los favores, tarde o temprano, se pagan —respondió Ignacio Lacaba con una mueca de sonrisa.

—Se pagan... ¿cómo?

—El comienzo de la colección fue mío. A mi vuelta de París en el año 1786 —hizo una pausa— presenté a los príncipes de Asturias doce piezas de anatomía en cera. Todas con un realismo escrupuloso, pero sin lo desagradable de la corrupción de la carne.

»Al año siguiente hice una figura de un cuerpo femenino de tamaño natural, de pie, que imitaba a la clásica Venus y que costó más dinero que las doce anteriores, para que se haga una idea...

»Entonces Gimbernat tomó el mando con el propósito de convertir el gabinete anatómico en el mejor del mundo, lo que llevó a la contratación de ceroescultores que, según sus propias palabras, lograsen aportar la maestría artística y el gusto estético en la elaboración de las piezas anatómicas.

—Leí que poco después se contó con la presencia de Juan Cháez, un escultor malagueño que colaboró con usted en la realización de piezas de cera.

—Sí, pero el que mandaba era Gimbernat —recalcó Ignacio Lacaba.

—¿Y el modelo para la parturienta? ¿Cómo lo lograron?

—Es usted insistente, Bruno, Bruno Urdaneta. —Torció el gesto—. Yo conocía a un cirujano que se apellidaba así.

—Sería mi tío, murió hace unos años.

—Así que es sobrino de Urdaneta... Ahora lo entiendo.

—¿El qué? ¿Qué sucede? —preguntó Bruno contrariado.

—Su tío no congeniaba mucho con Gimbernat.

—¿Por alguna razón en especial? —preguntó Bruno, intentando mostrar un inusitado interés en saber más de ese tema tan peliagudo.

—Veo que no lo sabe... Antes me ha preguntado cómo podía saber cuándo el cuerpo perdía su alma y se convertía en una simple carcasa. Pues bien, ellos se hicieron la misma pregunta, y también otro cirujano.

—Eusebio Lahoz.

—¡Exacto!

—¿Lo que quiere decir es que intentaron encontrar el alma dentro del cuerpo? ¿Lo lograron?

—Nunca lo supe a ciencia cierta, pero sí, o al menos ellos creían que sabían cómo hallarla. Había quien los llamaba los cirujanos de almas.

—¿Y qué pasó? Él nunca me comentó nada al respecto.

—Eso no lo sé..., aunque algo se torció, porque su tío se marchó de manera precipitada. Solo hay dos personas que pueden responderle a esas preguntas, su tío o su amigo Lahoz.

—Ambos han fallecido.

—¿Y Lahoz no tenía ningún hijo? ¿Familia?

—Lo ignoro.

—Pues averígüelo, Urdaneta, ¿a qué espera?

57

El rey Fernando VII salió el 10 de abril de Madrid camino de Bayona para encontrarse con Napoleón en persona, y diez días más tarde lo hicieron sus padres, los anteriores reyes, lo cual implicaba malas perspectivas. Tras la abdicación a favor del hijo, una reunión de la familia real, en suelo extranjero y con Napoleón de anfitrión, no auguraba nada bueno. Mientras, decenas de miles de soldados franceses campaban por España a sus anchas.

Al pueblo no le gustó; parecía que los monarcas eran los únicos que no se daban cuenta de la gravedad de la situación. Cuanto antes regresaran, mejor. Pocos entendían la necesidad de aquel encuentro y menos llevarlo a cabo en territorio francés.

Doña Josefa de Amar y Borbón daba instrucciones a unas nuevas nodrizas que se echaron a reír cuando Bruno apareció, se quitó el sombrero y saludó. Ella las llamó al orden y echó una mirada de reproche al aprendiz de cirujano. Cuando terminó con ellas, se dirigió malhumorada hacia él.

—Señor Urdaneta, ya me han dicho que das paseos con una francesita, qué oportuno ahora que están por todas partes...

—Es española, su madre era sevillana —recalcó Bruno.

—Lo que tú digas, pero cuídate de los franceses. Ahora aseguran que solo quieren pasar camino de Portugal, y voy yo y me lo creo. Ándate con ojo, el padre de tu amiga no es un cualquiera.

—Ya sé que se trata de un rico comerciante.

—No es solo eso —recalcó doña Josefa.

—¿A qué se refiere?

—A cosas que he oído... Digamos que tiene amistades poco recomendables en los tiempos que corren. Más no te puedo contar. Si eres listo, lo entenderás —suspiró—. Hoy ha salido de Madrid nuestro querido rey Fernando VII, marcha a un encuentro con Napoleón. Bien podría haber venido el francés a Madrid..., pero los Borbones nunca han destacado por su gallardía.

—Somos sus aliados.

—Qué remedio, Bruno, qué remedio —asintió doña Josefa de Amar y Borbón—. ¿Sabes que ha aparecido un comandante francés asesinado en Carabanchel? Han acusado a un sacerdote del crimen.

—¿Un cura ha matado a un comandante francés?

—Lo han condenado y lo ahorcarán mañana. Eso, junto a la marcha del rey y avivado por unos pasquines que proliferan contra los franceses, está poniendo el ambiente de lo más tenso. Así que cuidado, no quiero perder a mi cirujano.

—Y lo del padre de Vega, ¿de verdad no puede contarme nada más?

—He oído que en su casa se reúnen ciudadanos franceses, pero no militares. Esperemos que las nubes de este mes de abril no vaticinen una tormenta en mayo.

Bruno se quedó preocupado pensando en Vega y en lo que le había dicho su padre en el interior del carruaje.

—Otra cosa más, doña Josefa —Bruno masculló bien las palabras—, quería pedirle ayuda para averiguar el paradero de la familia de un cirujano amigo de mi tío, que falleció hace unos meses. Y me gustaría saber si tenía hijos para presentarles mis respetos.

—¿Cómo se llamaba?

—Lahoz, Eusebio Lahoz.

—Veré lo que puedo hacer.

De la Real Inclusa se dirigió directamente a las Vistillas, subió la escalinata del palacio y llamó dos veces a la puerta. Una de las criadas abrió y lo dejó pasar al interior.

—La señorita Vega no está.

—A quien deseo ver es a su padre. ¿Puede avisarle?

La mujer asintió sorprendida y lo invitó a esperar en el despacho mientras iba a buscarlo. Tardó más de lo esperado, pero finalmente el señor Marèchal apareció.

—Señor Urdaneta, ¿sucede algo? ¿Vega tiene algún problema?

—No, quédese tranquilo —contestó Bruno—. Quería hacerle unas preguntas sobre cuando nació Vega.

—Hace ya mucho de eso.

—Me hago cargo, pero es importante para lo que me pidió.

—¿Qué desea saber?

—Todo, pero principalmente el nombre del cirujano que atendió a su mujer.

—Tendría que consultarlo.

—Esperaré —dijo Bruno a la vez que se llevaba las manos a la espalda.

El señor Marèchal fue a su gabinete y buscó la documentación en los cajones de un elegante bargueño. Bruno aguardó paciente, sin moverse ni abrir la boca.

—Es extraño, pero por alguna razón no está la firma del cirujano. Aunque no me extraña, él fue un desastre, fue la partera la que en realidad trajo a Vega a este mundo.

—¿Y aparece su nombre?

—Pues no lo sé, deme un segundo.

»Aquí está, se llamaba Luisa Rosado.

—No sé por qué, pero me lo imaginaba. ¿Hubo alguien más con el cirujano?

—Solo aquella mujer. Me dijeron que era la mejor. ¿Es que acaso hice mal?

—Desde luego que no, señor. Esta información va a ser de enorme utilidad. —Le dio la mano y se despidió.

58

Madrid había vivido a lo largo de esas semanas una tensión refrenada. El cambio en la titularidad del trono, la ausencia de la familia real —en un goteo de salidas que contemplaban los madrileños con aprensión creciente—, y los roces con los franceses y la conducta autoritaria del mariscal Murat no hacían sino aumentar la ira de la población.

A Bruno no le agradaban las formas: a Carlos IV lo habían obligado a abdicar a favor de su hijo. Eso era algo realmente inaudito, y los propios franceses habían firmado una alianza con el mismo Godoy que ahora todos detestaban. Doña Josefa también estaba inquieta por la situación cuando la comentaban. Pero él debía seguir con sus investigaciones, por eso una noche fue a ver a Luisa Rosado mientras atendía un parto en el Hospital General.

Bruno entró en la sala y se quedó mirando la cama donde agonizaba una parturienta que había dado a luz hacía dos días. Una terrible infección de origen desconocido la consumía. Su hija estaba sana y había llegado a este mundo gritando con una fuerza vigorosa. Apenas sufrió durante el parto y, de repente, una fiebre alta le había subido a la madre, que comenzó a vomitar y a tiritar.

—Es la fiebre de las parturientas —comentó Luisa Rosado.
—¿Y cuál es la causa?
—Eso no lo sabe nadie.

—Pero tiene que haberla —insistió Bruno, que difícilmente se conformaba con una explicación tan poco razonada.

—Sin duda; pero no es solo con las parturientas. Ya sabe que muchos pacientes sufren infecciones tras ser operados.

—Sí, he visto cómo la infección se extiende a la circulación linfática y al torrente sanguíneo. También pueden producirse complicaciones locales.

—Cuando llegan aquí no la padecen —recalcó Luisa Rosado para luego echar un vistazo a su alrededor y proseguir—, tiene que estar en el ambiente.

—¿Y ya está?

—Mire, Bruno, la fiebre de la parturienta lleva sucediendo desde siempre y a todas las mujeres. Lucrecia Borgia, la hija del papa Alejandro VI, murió al contraer fiebre puerperal tras el parto de su octavo hijo.

—Pero ellas vienen a dar a luz y en cambio mueren por otra enfermedad —puntualizó Bruno, alzando su dedo índice—. ¿No ve que no hay una relación causa efecto? No vienen infectadas; ¿no ha pensado nunca que la causa pueda estar aquí dentro?

—¡Por Dios! ¡Claro que sí!

—¿Y cómo? ¿Dónde? —insistió Bruno para incomodo de Luisa Rosado.

—Pues en la sala de operaciones, en la sala de recuperación, en nosotros mismos. Una vez vi a un cirujano abriendo un cadáver, con tal mala fortuna que, mientras le clavaba el cuchillo, el muerto se movió y el cirujano terminó haciéndose él mismo un amplio corte en el brazo.

—Un cirujano bastante torpe —murmuró Bruno.

—Poco después de sufrir esa lesión, ese cirujano enfermó de manera inexplicable y sus síntomas eran muy similares a los de las mujeres con fiebre puerperal.

—¿Qué está insinuando, Luisa?

—¿Y si los cirujanos que operan en la sala de disección transportan la infección con ellos a las salas de parto?

—¿Es consciente de lo que está proponiendo? —le advirtió

Bruno, sorprendido con los derroteros que había tomado la conversación.

—Piénselo bien, muchos cirujanos van directamente de una autopsia a atender a otros pacientes o a las parturientas. Sabe que no es extraño verlos aún con trozos de carne o manchados de sangre en la ropa.

—Sí, es lo normal —confirmó Bruno.

—Pero a que no está al corriente de que hay menos infecciones cuando los cirujanos no asisten a los partos. Lo he comprobado en los registros —aclaró Luisa Rosado—. La gran diferencia entre la sala de médicos y la de parteras es que los médicos realizan autopsias y nosotras no. Estoy convencida de que la fiebre es causada por material infeccioso de otro paciente y que, de alguna manera, nosotros lo transmitimos.

—Eso que propone es muy atrevido. —Bruno se llevó ambas manos a la nuca—. Harían falta más pruebas.

—Usted sabe que tengo razón. —La partera clavó sus ojos en él.

—No puedo ni mencionar algo así en el colegio; me matarían. —Y Bruno negó con ambas manos—. Mire, Luisa, dejemos este peliagudo tema. Tengo algo importante que preguntarle, por eso he venido a verla. Hace veinte años atendió un parto.

—Eso es hace mucho tiempo, yo era muy joven —sonrió la partera.

—La parturienta murió al poco tiempo de fiebre y la niña logró sobrevivir.

—No puedo acordarme de los partos de hace veinte años...

—El padre era francés, le pagaría bien. La madre era sevillana y seguro que le dijo que estaba maldita.

—Vaya... claro que me acuerdo —torció el gesto en una mueca—, fue un parto horrible. ¿A qué viene ahora hablar de él?

—Quiero que me lo cuente todo, absolutamente todo lo que recuerde. Es de enorme importancia, Luisa, por favor.

—Solo si antes consigue que los cirujanos que atienden los partos se limpien antes de atender a mis parturientas.

—Pero... ¿cómo voy a lograr yo eso?

—Sé que está de acuerdo conmigo en que es la causa de las fiebres —le recordó Luisa Rosado. Era increíble como aquella menuda mujer no se dejaba intimidar por nada.

—Sí, quiero decir, ¡es posible! Pero solo soy estudiante, no me van a hacer el menor caso mis profesores.

—Tendrá que apañárselas. —La partera se le quedó mirando en silencio.

—De verdad que...

—Ya me ha oído. —Y permaneció de brazos cruzados.

—Está bien. Sé que me voy a meter en un buen lío —resopló Bruno.

Un par de horas después, Bruno entró en el San Carlos y buscó al vicerrector Agustín Ginesta. Lo encontró revisando unos documentos en la sala de operaciones. Le explicó que había estado en la sala de partos del hospital y que creía que había un tema que no se había tratado nunca y que tenía una relevancia mucho mayor de la que se creía en un nacimiento, y en cualquier tipo de operación. Llamó sin duda la atención del vicerrector Agustín Ginesta, tan fue así que le cambió literalmente el rostro cuando le dijo que se trataba de la limpieza. Intentó que no se ofendiera cuando le explicó que las dependencias y las salas donde operaban se hallaban muy sucias.

—María santísima..., ¡lo que me faltaba por oír! Esto no es el Palacio Real, Urdaneta.

—Ni falta que hace, aunque podríamos limpiar la mesa de operaciones cuando cambiamos de paciente, y el suelo... ¡está lleno de sangre!

—Porque somos cirujanos, trabajamos así igual que un marinero lo hace rodeado de agua.

—Las cubiertas de los barcos e incluso las bodegas están más limpias que esas salas, señor. Yo mismo me encargaré de organizarlo si me da permiso.

—Pero ¿por qué? ¿A qué demonios viene este interés mayúsculo por la limpieza? —inquirió, elevando la voz el vicerrector.

—Es por los pacientes, se nos mueren de fiebres que no tienen cuando llegan a nosotros, ¿no le parece extraño? Especialmente en el caso de las parturientas —respondió Bruno.

—¿Cree que limpiando se van a curar?

—No solo limpiando las instalaciones, también lavándonos nosotros.

—Un momento, ¿de qué habla? —El vicerrector Agustín Ginesta no podía creer lo que estaba escuchando.

—De lavarnos las manos antes de atender un parto, con una solución que prepararé.

—¿Insinúa que por alguna extraña razón que solo usted sabe, nosotros infectamos a las pacientes? Antes que cirujano soy un caballero, ¿insinúa que estoy sucio? —dijo indignado el vicerrector Agustín Ginesta.

—Nada más lejos de mi intención, es solo que si viene de amputar una pierna, por ejemplo, se ha podido ensuciar con el paciente. Así que es lógico que se lave antes de atender a una mujer que va a dar a luz.

—Lo que yo decía: me está diciendo a la cara que estoy sucio —recalcó ofendido el vicerrector.

—Usted no, su paciente anterior.

—No pienso lavarme las manos para atender un parto. Si quiere limpiar esto usted mismo con una escoba, por mí puede empezar; ahora tengo que trabajar, si no le importa. ¿O prefiere que me lave las manos? —Y se volvió con un mal gesto.

59

Al día siguiente, Bruno entró en la sala de las parturientas. Junto a la cama más esquinada, Luisa Rosado lo observaba expectante. Bruno fue hacia el armario donde guardaban medicinas y material diverso. Rebuscó en los estantes y, poco conforme con lo que encontró, se dio la vuelta y salió a toda prisa de la habitación.

Regresó a la media hora con una palangana y la colocó a la entrada de la sala de intervenciones, donde el vicerrector Agustín Ginesta se disponía ya a traer una nueva vida al mundo.

—Es usted persistente, señor Urdaneta.

—Es una solución de cal clorada, no perdemos nada por lavarnos con ella. Además, es algo que no saldrá de aquí, nadie tiene que enterarse en el colegio ni en las calles de Madrid, si es eso lo que le preocupa.

El vicerrector lo miró, la mujer que estaba postrada en la mesa gritaba con cada contracción. Él resopló, se incorporó y fue hacia el cuenco, se remangó y sumergió las manos.

Después volvió al trabajo. A la media hora había nacido un niño sonrosado de estupenda salud.

Aquella primera victoria de Bruno Urdaneta no fue testimonial. Sobre todo cuando, al poco tiempo después, notaron que las infecciones comenzaron a reducirse.

Había aún mucho por hacer, por ejemplo cuando, cada vez que una mujer moría de fiebre, un sacerdote caminaba lentamente por la sala con un asistente tocando una campana. Bruno se percató de que aquel ritual aterrorizaba tanto a las mujeres después de dar a luz que también desarrollaban una fiebre, se enfermaban y morían.

Así que, envalentonado, no dudó en dialogar con el religioso y con mucho tacto y persuasión logró que el sacerdote tomara otra ruta y abandonara el uso de la campana.

A final de la mañana salió a la calle a tomar el aire, Luisa Rosado apareció a su espalda.

—Lo ha hecho bien, muy bien, Urdaneta —murmuró ella—, pero esto le traerá consecuencias con los cirujanos.

—Me da igual. Tenía razón, debía hacerlo.

—¿Quiere qué hablemos de ese parto de hace veinte años?

—Se lo agradecería —suspiró—. ¿De verdad lo recuerda?

—Yo no olvido a ninguna parturienta que fallece en mis manos, es imposible. Por las noches las veo a todas ellas.

—Tiene que ser duro. Mi tío también veía fantasmas.

—Es un precio alto, pero va en el sueldo. —Luisa Rosado se encogió de hombros—. Le contaré todo lo que sé. Fue un parto difícil desde el principio, la madre estaba muy nerviosa. Lo recuerdo porque no paraba de decir algo de una maldición.

—Sí, lo sé.

—Yo ayudé a un cirujano que ya murió, pero todo se complicó. El bebé no salía, no había manera —explicó Luisa Rosado muy apurada—. Llegó un momento en que le dijo a la madre que lo mejor era dar por perdida a la niña y salvarla a ella, pero la madre no quiso.

—¿Cómo? ¿El cirujano quiso detener el parto?

—El parto fue mal desde el principio. La criatura era grande y la pelvis de la madre, pequeña; era muy difícil que el bebé lograra salir. La madre empujó durante horas, se dejó casi literalmente la vida, el esfuerzo que hizo fue titánico.

—El cirujano se dio por vencido, ¿cierto?

—Sí, pero yo también creí que la criatura nunca podría salir, sin embargo la madre... La madre dijo que saldría aunque le costara la vida.

—¿Y qué pasó luego?

—El cirujano utilizó unos fórceps, aun así era imposible, la cabeza del bebé estaba atascada en el canal del parto. La madre empujó con todas sus fuerzas y entre ese esfuerzo y la habilidad del cirujano lograron que saliera. La madre estaba exhausta, se había quedado sin fuerzas.

—¿Usted ha visto más partos así?

—Muchos bebés se atascan y no pueden salir, ocurre a menudo si son de buena talla, ¿sabe? En ocasiones, la cabeza, por mucho que se flexione, no hay manera de que pase...; sucede más con los hombres.

—Quieres decir que si hubiera sido un niño...

—Imposible, ya sabe que los varones son más grandes, no hubiera pasado, de ninguna manera.

—¿Cree que el cirujano podría haber hecho algo más?

—En mi opinión... no. Ya fue un milagro salvar a la niña, como le digo, un niño se hubiera quedado atrapado.

—¿Recuerda el nombre del cirujano?

—No, pero sí que murió hace años. Pero no era un buen cirujano, creo que jamás había usado los fórceps y aun así logró salvar a la niña. Por eso necesitamos cirujanos como usted, comprometidos con los partos y que conozcan el cuerpo de las mujeres y las nuevas técnicas —recalcó Luisa Rosado.

Bruno le agradeció la información y se despidió de ella.

60

El día 1 de mayo de 1808, el mariscal Murat había acudido a pasar revista a sus soldados en el paseo del Prado; al regresar cabalgando a su residencia escoltado por la caballería, su montura recibió una pedrada en el momento que atravesaba la puerta del Sol. El caballo se encabritó y casi derribó a la mano derecha de Napoleón.

Había demasiada gente para buscar al culpable.

Murat era inteligente y entendió en ese momento que lo más seguro era seguir adelante.

No era ni el lugar ni el día para demostrar a los madrileños quién mandaba. Sus sueños de llegar a ser rey estaban cerca de materializarse y para ello no podía fallar a Napoleón, debía demostrarle que podía ser lo suficientemente hábil para dirigir una nación.

Así que regresó al palacio donde se alojaba y llamó de inmediato al jefe del servicio secreto y despachó con él sobre lo sucedido.

—Ya os informé de que la tensión es alta, podría suceder cualquier cosa.

—¿Y eso por qué? El emperador ha logrado la abdicación de sus dos reyes —afirmó Murat—. Fernando VII le ha pedido ser hijo adoptivo al emperador, ¿os imagináis? Al final abdicó de nuevo en su padre y este, que todavía es más tonto que el hijo, le entregó el trono a Napoleón. Y les ha dado cobijo en un palacio de Francia, creo que más por pena que por otra cosa. Ningún reino se merece unos reyes tan pusilánimes.

—Estoy completamente de acuerdo con que Napoleón ha realizado una maniobra perfecta con los Borbones, padre e hijo son dos necios a partes iguales. Aunque —el jefe del servicio secreto francés tragó saliva antes de continuar— con su permiso, he de deciros que el emperador no ha pensado en el pueblo español.

—¿El pueblo español? ¿Cómo que el pueblo español?

—Sí, mariscal Murat: los españoles.

—Esos holgazanes que rinden pleitesía a estúpidos reyes, se merecen el mismo respeto que sus monarcas, ¡ninguno!

—Ellos no lo ven así.

—¡Es la realidad! —exclamó Murat—. Nunca imaginé que vería a un rey humillarse como un lacayo. ¡Ni dignidad tienen!

—Debo insistir, mariscal Murat. Los españoles no lo van a aceptar de buen grado.

—Pensaba que teníamos apoyos, afrancesados los llaman.

—Así es, muchos e importantes —asintió el jefe del servicio secreto—. Políticos, comerciantes, hasta el pintor de cámara es un afrancesado.

—Estamos en guerra con media Europa, no estamos para tonterías. ¿Por qué me han atacado esta mañana?

—Alguien se nos ha tenido que escapar —respondió el responsable del servicio secreto—. Podría levantarse una revolución a pesar de todo nuestro trabajo.

—Precisamente para eso estáis aquí —añadió Murat—. El emperador quiere ocupar España sin ninguna complicación, es algo que no podemos permitirnos con el frente oriental abierto.

—Los españoles hacen lo que dicen sus reyes, aunque sean tan incompetentes como los Borbones.

—¿Hay alguien dirigiéndolos? ¿No habrá un nuevo «Godoy»? —Murat amenazó con la mirada a su subordinado.

—No, en absoluto. Nos hemos encargado concienzudamente de ello.

—¿Entonces?

—Temo que se nos escape alguien menos importante, que pase más desapercibido y que podría provocarnos problemas, hasta una verdadera revolución.

—Bien, en ese caso..., si va a haber un levantamiento lo provocaremos nosotros, tenemos experiencia. Esperad. —Fue a la mesa, tomó papel y pluma y redactó una carta—. Tomad.

El jefe del servicio secreto la leyó y su rostro no pudo ocultar una mueca de desaprobación.

—Si os lleváis al último miembro de la familia real de Madrid, intentarán impedirlo a toda costa.

—Eso espero, que se filtre esta carta. Que corra la voz, quiero que sepan lo que vamos a hacer.

61

Doña Josefa de Amar y Borbón le facilitó dónde había vivido Eugenio Lahoz, la casa se ubicaba cerca del cuartel de Conde Duque. Allí dio con su hijo, que no mostró mucho interés en hablar de su padre y que, para quitarse de encima al siempre insistente Bruno, le dio una dirección que se encontraba en uno de los arcos de la plaza Mayor. Era una vieja botica cuyo propietario se apellidaba Enciso. Solo añadió que fuera allí y dijera que iba de parte de Lahoz.

Las boticas eran conocidas por sus fórmulas magistrales, que eran realizadas por profesionales que tenían una trayectoria personal intachable, cualificación profesional, pericia y arte suficientes, así como la autorización necesaria del Colegio de Boticarios y de la corte.

De joven, Javier Enciso había sido boticario de renombre, pero ahora tenía fama de brujo. La Inquisición le había echado la mano en varias ocasiones y vivía trastornado a causa de las torturas que le fueron propinadas por los inquisidores.

Su botica ocupaba una gruta en el subsuelo de Madrid a la que se accedía por un patio interior, por lo que se encontraba oculta al exterior. Se trataba de un lugar lúgubre, húmedo y oscuro. Allí, rodeado de redomas, frascos, tarros y hierbas, había un hombre encorvado, esquelético, que se apoyaba en un bastón para andar. Con el cabello largo y lacio, y un rostro con profundos pliegues, donde sobresalía una nariz puntiaguda, bajo unas cejas abundantes y oscuras.

—¿Qué desea usted? —preguntó con una voz grave.

—Soy estudiante de cirugía.

—Ya no trabajo para cirujanos, me quitaron la autorización.

—Sé que conocía a Lahoz, ¿cierto? ¿Y quizá también a Urdaneta?

—No, lo siento. —Se dio la vuelta.

—Pero me han dicho que...

—¡Pues le han dicho mal! —lo cortó de inmediato el boticario.

—Estoy al corriente de que Lahoz y Urdaneta buscaron la ubicación del alma —esta vez Bruno no se anduvo con rodeos—, y también que la Inquisición ha sido dura con usted, pero...

—¡Basta! ¿Qué pretende? —se revolvió el boticario—. ¿Me está acusando de algo?

—Sálveme Dios de hacer tal cosa. Escúcheme, solo quiero información.

—Manda narices, ¿se cree que yo trato con cualquiera? ¿Cómo sé que no es otro agente de la Inquisición?

—Los franceses van a abolirla, los tiempos están cambiando.

—Ojalá tenga razón, pero hasta que no lo vea...

—Sé que es boticario y que a veces no se reconoce su labor. La medicina se ha sustentado hasta ahora en tres pilares. Los médicos dictaminaban un tratamiento, los cirujanos operaban y lo aplicaban y los boticarios facilitaban los fármacos. Pero tanto a los cirujanos como a los boticarios se les considera de segunda fila en el mundo médico —recalcó Bruno, enérgico y locuaz—. Ha sido y es una terrible injusticia. Pero tanto para ustedes como para nosotros las cosas van a cambiar.

—Un cirujano de la nueva escuela —afirmó el boticario en un tono más suave—. No me diga más, estudia en el San Carlos.

—Así es —confirmó manteniéndose firme—, y Urdaneta, que en paz descanse, era mío tío, por eso estoy aquí.

—Joven, si eso es cierto..., sabe de la manera que terminó su tío, ¿verdad?

—Lo dice por las pesadillas... por cómo olía la muerte.

—Sí, su tío cruzó una frontera peligrosa. —El boticario se rascó la cabeza—. ¿Cómo murió el bueno de Urdaneta?, tengo curiosidad.

—Se murió, simplemente. Los últimos días estaba apático y..., no sé exactamente qué le pasó. Murió solo, aunque un hombre vino a verlo ese mismo día.

—¿Cómo era ese oportuno visitante?

—Yo no lo vi bien, parecía como una sombra, oscuro como la noche.

—No era un hombre lo que vio, era la mismísima muerte hecha carne. —El boticario se quedó mirándolo en silencio.

—Eso no es posible, me está diciendo que... —Bruno hizo aspavientos con las manos y dio varios pasos—. No, eso que propone es una auténtica locura.

—Venga conmigo, si tanto le interesa. —Ambos cruzaron la botica hasta un pasillo alargado que daba a un almacén—. Aquí, yo antes criaba sanguijuelas. Hace años la mayoría de los médicos creían que la transmisión de las enfermedades infecciosas se debía a algún medio, como aires malévolos, o por generación espontánea desequilibrando, por ejemplo, los cuatro humores que componen la especie humana.

—El equilibrio da salud y lo contrario, enfermedad.

—Exacto, de ahí las sangrías. Ni se imagina las sanguijuelas que he vendido en mis buenos tiempos. Las vendía por unidad. Hubo un año que vendí más de veinte mil a un maravedí y medio cada una.

—Se tuvo que hacer rico...

—Si fuera rico no estaría aquí, ¿no cree? —Llegaron a un espacio más amplio y diáfano.

—¿Por qué ha dicho antes que el hombre que visitó a mi tío era la muerte?

—Recuerdo perfectamente a su tío; era buen cirujano y además le gustaba construir máquinas y cosas...

—¿Cosas?

—Sí, era habilidoso —puntualizó el boticario—, buen dibujante y mañoso con las manos. Lahoz era diferente, más reflexivo; hacían buena pareja. Y eran brillantes cirujanos, tuvieron relevancia por sus operaciones de corazón.

—¿De corazón? Nunca mencionó nada al respecto —advirtió Bruno confundido.

—Sus razones tendría, los recuerdo en una lúgubre sala del Hospital General; su tío con un escalpelo en la mano abrió el pecho de un comerciante de paños. Lo hizo a la altura de la sexta costilla —y el boticario se señaló el abdomen—, a continuación introdujo unas pequeñas pinzas anulares para levantar al pericardio que rodeaba al corazón. Para ello, practicó un ligero corte con unas tijeras curvas y de esa forma logró evacuar el líquido seroso que causaba los males al enfermo.

—¿Salvó a un hombre operándole directamente el corazón? Es un procedimiento dificilísimo.

—Era bueno su tío, tanto que a las pocas semanas se atrevió con una segunda intervención en el mismo escenario. Se la llevó a cabo a un curtidor que mostraba signos de tener acumulación de líquido en el peritoneo, y que varios médicos habían catalogado como una enfermedad incurable. Y también le salvó la vida por el mismo procedimiento, y evacuó un líquido sanguinolento que llenó dos vasos. A las cuatro semanas el enfermo ya estaba curtiendo pieles.

—En el San Carlos no he leído nada parecido.

—Lahoz le echó una mano en ambas intervenciones, lástima que un tercer paciente no tuvo tanta suerte y falleció a consecuencia de la alta fiebre producida por la herida de la incisión. —Y el boticario torció el gesto de su rostro—. Urdaneta ofreció cierta cantidad de dinero para que se le permitiera el examen del cadáver, pero un sacerdote no lo permitió; ¡con la Iglesia nos hemos topado! Y lo amenazó con denunciarlo a la Santa Inquisición, y eso son palabras mayores, se lo digo yo, que me duele hasta respirar desde que me invitaron a sus instalaciones.

—Vaya, eso sí me lo creo. —A Bruno se le pasó por la cabeza todo lo que había debido de sufrir aquel boticario en manos de la Santa Inquisición. A los boticarios se los solía acusar de ser brujos o alquimistas; era una profesión siempre en entredicho por la Iglesia.

—Aquella muerte los afectó bastante —continuó el boticario— y el no poder estudiar el cadáver para saber la causa exacta lo empeoró. Tratar a diario con la señora de la guadaña tiene siempre funestas consecuencias, muchos dicen que los hombres se vuelven malditos.

—Eso es una tontería —refunfuñó Bruno, que no soportaba las supersticiones.

—¿De verdad? ¿Cree que sale gratis robarle víctimas? ¿Pisar la delgada línea que separa este mundo del de los muertos? Un paso en falso y estás al otro lado... —pronunció de manera siniestra.

—¿Quiere decirme que mi tío quedó trastornado por aquella muerte?

—No, Urdaneta era fuerte, ambicioso y tenaz. Veían a muchos pacientes morir y algo debió de llamarles la atención en esas muertes, porque creyeron que...

—El alma existía físicamente y podían encontrarla; es eso, ¿no? —se adelantó Bruno, queriendo encauzar la conversación del boticario.

—Sí, joven. Pero no la encontraron, la buscaron sin éxito en cada cuerpo que caía en sus manos. Aquello los frustró y estuvieron a punto de abandonar el proyecto, ¡ojalá lo hubieran hecho! —se lamentó el boticario—, hasta que pensaron en comprobar si la salida del alma del cuerpo era acompañada de alguna manifestación indirecta que pudiera registrarse con algún medio físico.

—¿Y qué hicieron?

—Lahoz y Urdaneta partían de la premisa de que el alma dejaba el cuerpo en el momento de la muerte, así que no estaban poniendo en duda su existencia. Ya le he dicho que su tío era bueno construyendo máquinas; pues bien, como ellos estaban convencidos de su existencia, pensaron que si no eran capaces de encontrarla, sí podían demostrarlo pesándola —dijo de forma rotunda—. Sí, no me mire con esa cara. Construyó una cama especial colocando un marco ligero sobre escalas delicadamente equilibradas sensibles a dos décimas de onza. En ella acostarían a pacientes en las etapas finales de enfermedades terminales para pesarlos justo durante y después del proceso de morir. Cualquier cambio correspondiente al peso sería medido.

—Pretendían pesar el alma —la mente de Bruno no paraba de imaginarse todo el proceso llevado a cabo por su tío—, descubrir el peso que disminuye nuestro cuerpo al morir.

—Pero no les permitieron hacer tal cosa en el Hospital General. Así que trasladaron el ingenio a una casa de curas, pero necesitaban pacientes que accedieran a ello —siguió relatando el boticario—. Los encontraron pagando una cuantiosa suma de dinero, para lo cual tuvieron que pedir préstamos a gente poco recomendable.

»Lograron realizar las mediciones con al menos cuatro pacientes, que yo sepa, y parece ser que lograron resultados satisfactorios, sí había una disminución del peso justo en el momento de la muerte.

—Eso es realmente increíble...

—Pero necesitaban demostrar que solo nos ocurría a los hombres, no a los animales. Así que repitieron el mismo experimento con una docena de perros y los resultados fueron siempre negativos, sin pérdida de peso al morir.

—Y eso corroboraba la hipótesis de que la pérdida de peso registrada en los hombres se debía a la salida del alma del cuerpo, ya que los animales no tienen alma —añadió un Bruno visiblemente emocionado.

—Sí, pero precisaban seguir pesando a pacientes terminales, y encontraron a un joven labrador del sur de Madrid. El pobre tenía un tifus avanzado, le quedaban semanas cuando contactaron con él. Le pagaron lo que pidió y se postró para ellos en la cama que ideó su tío. La enfermedad galopaba y llegó la fecha de su muerte, no podía demorarse más que unas horas.

—Qué situación, que te paguen a cambio de verte morir y pesarte. Es algo tétrico. —Bruno intentó imaginarse la situación.

—Se trataba de gente desahuciada, que quería dejar un dinero a sus familias. Era lo último que podían hacer por ellos.

—Aun así, es terrible...

—El problema fue otro.

—No le entiendo, ¿cuál? —inquirió Bruno.

—Si su tío y Lahoz olvidaron que eran cirujanos y debían salvar vidas.

—¿Qué insinúa?

—Pues que quizá no realizaban todo lo posible por los pacientes. Salta la duda de si les dejaban morir para bien de sus experimentos. Si su loable fin, justificaba unos medios tan macabros como permitir morir a los enfermos o, quién sabe, incluso acelerar su muerte.

—¡Eso es una barbaridad! Mi tío nunca haría algo así.

—Hubo quienes no pensaron lo mismo. —Y el boticario suspiró—. Sé lo que digo cuando afirmo que la ciencia tiene poderosos enemigos. Nosotros, los boticarios, lo hemos sufrido. Al igual que tantos otros: mujeres sabias que eran tachadas de brujas y asesinadas, hombres sabios a los que se los ha acusado de herejes por sus investigaciones y, como ya sabrá, humildes boticarios que solo buscaban ayudar a los demás con sus fármacos.

—¿Lo acusaron de hereje a mi tío?

—No hizo falta, porque las reticencias a su experimento se agravaron cuando murió ese labrador. Los acusaron de no tratarle el tifus con todos los medios a su alcance. El hombre falleció y ellos realizaron la medición, y en efecto: perdió el mismo peso que los anteriores, aunque algo salió mal.

—¿Mal en qué sentido?

—Joven, ese labrador no dejó este mundo. Minutos después de certificar su muerte por la firma de su tío, despertó. Y no solo eso, al cabo de un tiempo se curó.

—¡Santo Dios! —Bruno hizo aspavientos con ambas manos—. ¿Cómo pudieron darlo por muerto? Ese es un error imperdonable; mi tío jamás cometería tal torpeza.

—Cierto, pero no es la principal pregunta que debe hacerse, sino, ¿cómo pudieron pesar que, en efecto, había salido el alma de su cuerpo?

—Es verdad..., y en cambio lo hicieron.

—Sí, una de dos. O estaban equivocados en todo, o aquel hombre, en efecto, murió y perdió su alma, para luego regresar de entre los muertos —sentenció el boticario—. Eso fue lo que pensaron ellos.

—Un momento. —Bruno hizo gestos con las manos para que se detuviera—. ¿Usted cree que lo que sucedió en verdad fue que ese hombre perdió de verdad su alma, pero no murió? —inquirió Bruno con el rostro compungido.

—Yo solo sé que enseguida su tío se marchó de Madrid, por miedo. Asolado por las pesadillas y asegurando que desde ese momento podía oler la muerte.

62

Bruno estaba asustado, jamás hubiera imaginado que su tío se había atrevido a realizar algo tan cruel. Ahora entendía las pesadillas y los remordimientos que sufría cada noche.

Alonso Urdaneta había traspasado todas las líneas rojas.

Deambulaba confundido por las calles de Madrid, el toque de queda se aproximaba a su hora de inicio. Si los franceses lo descubrían, entonces sería apresado. No quería ir a dormir, ¿cómo iba a poder después de lo que había averiguado?

Necesitaba hablarlo con alguien, así que fue a visitar a la única persona que creía que podía entenderle. Cruzó medio Madrid hasta llegar a la residencia del doctor Arrieta, quien lo recibió con una mezcla de sorpresa y preocupación debido a las intempestivas horas de la visita. Y al que relató todo lo que había descubierto.

—Eso que cuentas es algo inaudito.

—¿Usted cree que puede ser cierto? ¿Pudieron medir el peso de nuestra alma?

—Es una muestra demasiado pequeña para sacar conclusiones. Dices que pudieron ser cinco fallecidos; son muy pocos. Necesitaríamos aplicar esa misma prueba como mínimo a cien o doscientas personas.

—Pesaron a perros y estos no adelgazaron.

—Sí, eso es cierto... —El doctor Arrieta dudó—, aun así, sigue siendo insuficiente muestra.

—¿Y el hombre sin alma?

—Bueno, Bruno. No sabemos si ese hombre perdió de verdad su alma.

—Pero si el boticario tiene razón y en realidad es...

—Bruno, cálmate. —El doctor Arrieta le puso la mano en el hombro—. Somos científicos, debemos ceñirnos a los hechos, ¿de acuerdo? Seguramente, ese paciente sufrió un traumático acontecimiento, date cuenta de que lo dieron por muerto y no lo estaba.

—¿Cómo iba mi tío a fallar en determinar que ese hombre había fallecido?

—Porque antes que médicos o cirujanos somos hombres, y todos nos equivocamos —le dijo el doctor Arrieta, poniéndole una mano en la espalda—. Nadie es perfecto, yo desde luego que no. Y tú, Bruno, tampoco.

—Lo sé, aun así me cuesta creer que mi tío cometiera un error tan flagrante.

—¿Y si aquel hombre estaba tan profundamente dormido que parecía estar muerto? Quizá le suministraron un fármaco para evitarle el dolor, como a los decapitados que tú buscas.

—No había pensado en eso... Pero no puedo dejar de imaginar que ese hombre resucitó. ¿Y si es el mismo que me citó en el cementerio?

—Te lo vuelvo a decir: somos científicos —le recalcó el doctor Arrieta con su serena voz—. Nos debemos a los hechos; la medicina es una ciencia.

—Sí, soy consciente de ello.

—La vida es una lección continua. No es fácil, claro que no. Somos el resultado de nuestras elecciones, ni más ni menos. Tienes demasiados frentes abiertos. Estás buscando a un asesino que decapita a sus víctimas y les inyecta algún adormecedor en la sangre. Por otro lado, has averiguado los experimentos de tu tío y ahora tienes que buscar a un hombre que, podemos decir, resucitó. Pero, que yo recuerde, tú estudias el arte de partear porque querías acabar con una maldición.

—Lo sé... —suspiró Bruno—, mi vida parece no tener rumbo ahora mismo.

—No puedes abarcar tanto, amigo mío. Sencillamente, no es posible, debes elegir.

—Pero es que presiento que todo está relacionado, por ejemplo ¿quiénes son los decapitados? Uno de ellos podría ser el marido de una nodriza de la Real Inclusa.

—¿Y por qué no le preguntas a su protectora?

—¿A quién? ¿A doña Josefa?

—Por lo que sé esa mujer controla la institución. ¿No crees que estaría al corriente del fallecimiento del marido de una de sus nodrizas? Quizá las respuestas las tengas más cerca de lo que crees.

QUINTA PARTE

LA GUERRA

63

> Iremos probablemente a España. Si es así, queridos padres, rezad por mí como hago yo mismo. Todos tenemos miedo de España.
>
> Carta de un soldado francés

Madrid, 2 de mayo de 1808

Bruno atravesó la puerta del Sol, en la que un variado y numeroso grupo de hombres y mujeres gritaban proclamas por la libertad y el rey Fernando VII. Decían estar dispuestos a no moverse de allí hasta que el monarca retornara a Madrid. Los observó allí reunidos como si fuera una asamblea y se preguntó si no estarían realmente cambiando las cosas en España. Por desgracia, luego miró al otro lado de la plaza, desde donde un grupo de soldados franceses los vigilaba en la distancia. No era su número lo que más temió Bruno, puesto que era una pequeña compañía, sino su forma de observar a los madrileños. Como si no les importara, confiados, demasiado confiados. Y, al mismo tiempo, armados hasta los dientes.

Siguió su camino y entró con paso firme en la Real Inclusa. Doña Josefa trabajaba en su despacho, estaba transcribiendo unas traducciones de unos textos extranjeros. Bruno pidió permiso para entrar, cerró la puerta y se plantó frente a ella.

—¿Qué te sucede? Ni que hubieras visto a un fantasma.

—Pues a decir verdad, últimamente veo alguno. ¿Usted conocía al marido de Carolina? Seguro que sí, lo controla todo, no dejaría entrar aquí a nadie sin investigarlo antes. Ese hombre desapareció, y creo que es uno de los que decapitaron.

—Bruno, abandona ese tema. Céntrate en los partos, recuerda nuestro acuerdo.

—No lo olvido, pero también debo averiguar qué le sucedió a mi tío, y esas decapitaciones juraría que están relacionadas de algún modo.

—Bruno, yo creo que no. Y te lo digo porque yo conocí a tu familia —doña Josefa se mantuvo seria.

—¿Cómo dice?

—Lo que oyes; tu tío Alonso era un hombre excepcional, apasionado, brillante. Le encantaba dibujar edificios imposibles, máquinas llenas de artilugios y, por supuesto, era un fabuloso cirujano.

—Conocía a mi tío y lo ocultó... —Bruno se mostraba desconcertado—, ¿qué sentido tiene eso? ¿Por qué no me lo dijo antes?

—¿Para qué? Cuando te vi entrar, un Urdaneta, fue... especial. Pronto me di cuenta de que no eras como tu tío; él era paciente, reflexivo, pragmático —respondió doña Josefa de Amar y Borbón—, y tú eres pasional, incisivo, abarcando todo y más. Quizá deberías aprender de tu tío y centrar tus esfuerzos en un único objetivo.

—En eso seguramente me parezco a mi padre; mi tío ya me lo advertía.

—Sí, Bruno, ten en cuenta que las preguntas en la vida no cuentan, cuentan las respuestas —asintió doña Josefa de Amar y Borbón—. Una pregunta puede ser una chispa, una respuesta puede ser más que un terremoto.

—Entonces respóndame, dígame lo que sabe.

—Tu tío... quiso llegar a donde nadie lo había hecho.

—Sé lo de pesar el alma, también que ideó una jeringuilla con una aguja hueca para administrar fármacos que creo es la que usa el asesino antes de decapitarlos para adormecerles. Pero ¿qué fue del hombre que resucitó? ¿Sabe quién es? Es él el asesino, ¿verdad? El que corta las cabezas e inocula el fármaco —enumeró desafiante—; aún no he descubierto qué sustancia es.

—Bruno, ¿por qué quieres entrar por esa puerta? No es lugar para ti, y una vez dentro... no se puede volver atrás, es imposible salir. Céntrate en el arte de partear, ese es tu futuro, ese debe ser tu objetivo. Hazme caso, por favor.

—Eso lo decido yo.

—Cierto. —La dama resopló—. Mira, uno puede tomar muchos caminos en la vida —le indicó doña Josefa de Amar y Borbón en un tono amigable—. Algunos son cortos, otros tienen ramificaciones, pero los hay que no conducen a ninguna parte. Tú estás a punto de meterte en un callejón sin salida, y eso siempre termina mal.

—Si es así, será solo responsabilidad mía —afirmó Bruno con firmeza.

—¿Y qué hay de Vega? No crees que ella vale más que todo esto.

—Vega... A ella no la meta, usted no la conoce.

Dieron unos golpes y una de las nodrizas entró sofocada.

—¿Qué demonios ocurre? ¿Cómo entras así sin permiso? —se enervó doña Josefa de Amar y Borbón.

—Es en toda la ciudad —dijo la nodriza con la voz entrecortada—, calle a calle.

—Sé más concreta, chiquilla.

—El pueblo, todo el pueblo. Mujeres, hombres, ancianos..., están todos luchando.

—¿De qué está hablando? —inquirió Bruno en un tono más amigable.

—Lo que intenta decir con poco éxito es que Madrid se ha alzado en armas contra los franceses —se anticipó doña Josefa, y se llevó la mano al pecho—; que Dios nos asista.

—Es una carnicería, los franceses los están masacrando y aun así no se rinden —continuó la nodriza—. No respetan nada, ni unos ni otros. El pueblo destruye todo lo que suena a francés; y ellos matan a quienes encuentran a su paso.

A Bruno le dio un pálpito el corazón y salió corriendo de la Real Inclusa sin mirar atrás.

64

Murat ordenó la marcha de la Guardia Imperial acompañada de artillería hacia el Palacio Real. No dudó en cañonear a los civiles allí reunidos, que lejos de amedrentarse desafiaron a las tropas imperiales embriagadas de una gallardía manchada de imprudencia. Al mismo tiempo, partían correos desde el puesto de mando francés para tomar el control de la ciudad, y de los acuartelamientos de los alrededores de Madrid salían las tropas dispuestas a aplastar la sublevación.

Por su parte, los españoles habían levantado en cada calle una barricada y la defendían desde hombres armados con fusiles hasta mujeres con cuchillos, o incluso ancianos apertrechados con rudimentarias herramientas. Había carpinteros, panaderos, carniceros; era el pueblo quien desafiaba al mayor ejército de Europa.

Bruno tenía que ir saltando esos obstáculos, abriéndose camino por donde nadie pasaba, entre los gritos y el fuego cruzado de disparos. Y un espeso humo, como si fuera una niebla, cubría Madrid y hacía la atmósfera irrespirable. Con hogueras levantando columnas negras que ocultaban el cielo y presagiaban un día aciago.

Madrid había dejado de ser una ciudad, ahora era un campo de batalla.

Retumbó un ruido ensordecedor y vio que un edificio se desmoronaba ante sus ojos y una polvareda avanzaba como una ola de mar. Buscó refugio en un callejón, y al llegar al otro extremo se encontró con una turba que arrastraba a dos franceses hasta una plazuela, donde los degollaron ante un júbilo exaltado y sediento de sangre.

Tenía que seguir avanzando, no disponía de tiempo que perder.

Llegó a las inmediaciones del Palacio Real, allí había mucha sangre corriendo por el suelo. Le vino a la mente la imagen de su padre tirado en la cocina de su casa en Bilbao. Fue la primera vez que vio desangrarse a un hombre.

Un cuerpo de húsares en formación marchó al trote cerca de él. No lo vieron, prosiguió hasta la siguiente esquina, rodó por el suelo para ocultarse tras un carro abandonado y, desde allí, alcanzó la calle que llevaba hasta el palacete de los Marèchal.

Al llegar frente a él, una docena de hombres gozaban viendo que el edificio era pasto de las llamas, que cubrían toda la primera planta y comenzaban a tomar la segunda.

Si Vega y su padre se ocultaban dentro...

Rápido dio la vuelta al inmueble buscando algún acceso trasero y apareció una columna francesa, que formó de inmediato. La primera línea rodilla a tierra, mosquete al ristre. Dos descargas consecutivas, la mitad de los insurgentes cayeron muertos o heridos. Un tercio de los restantes huyeron despavoridos y los que resistieron se lanzaron contra los extranjeros con los cuchillos entre los dientes.

No tenía tiempo para ver el resultado.

Aprovechó la confusión para cruzar al otro lado y bajar por una callejuela. Bordeó el edificio en llamas y entonces la vio. Una pareja había prendido a Vega y la arrastraban por el suelo. Mientras otros dos portaban objetos de valor en los brazos. Y un último amenazaba al padre de Vega con un cuchillo de carnicero deslizándoselo por el cuello.

Eran cinco hombres armados, demasiados para él.

Una nueva descarga proveniente del otro lado detuvo a los asaltantes. Los que cargaban con el botín huyeron y uno de los que sujetaba a Vega también. Cuando los otros dos parecían discutir apareció un jinete imperial, se vio brillar un sable y las cabezas de ambos rodaron por el suelo. El caballo dio la vuelta y volvió al trote hasta Vega y su padre. El jinete desmontó, era un oficial francés engalanado con un brillante uniforme y una pose imponente.

El padre de Vega comenzó a hablar efusivamente en su idioma, pero entonces el oficial volvió a empuñar el arma y atravesó el pecho del comerciante.

Vega lanzó un grito de dolor tan desesperado que se alzó sobre los disparos y los cañonazos que se habían convertido en la música de fondo de aquel Madrid en llamas.

Bruno se quedó atónito, aquel francés acababa de asesinar al padre de Vega, ¿por qué?

El oficial galo se desabrochó el último botón de su casaca, mientras Vega gateaba por el suelo, intentando huir y sumida en un llanto perpetuo.

El francés ladeó la cabeza hacia un lado y después hacia otro, haciendo un ruido con el hueso de la base del cráneo. Tomó a Vega por uno de los tobillos y sonrió con una mueca verdaderamente aterradora.

—¿Por qué? ¡Lemar! —Vega lo reconoció—, *ne continue pas s'il te plait, piété!*

—*Trop tard*, haberlo pensado antes de traicionar a Francia. Hacía tiempo que quería darle su merecido a tu padre. A ti te di una oportunidad, y me despechaste.

Entonces el oficial cayó derribado por Bruno, que lo empujó haciéndole perder su sable y provocando que se golpeara contra el firme. Vega aprovechó para huir, pero el francés estiró el brazo y la cogió por el tobillo. Ella intentó zafarse y le soltó una patada, a la que él reaccionó propinándole una sonora bofetada que la dejó aturdida. En ese momento, Bruno cogió una piedra, lo golpeó en la mandíbula y lo derribó, y justo en ese momento oyeron que el hueso le crujió.

Bruno corrió a auxiliar a Vega, que pudo levantarse y quedó

sorprendida al ver el rostro de su salvador. No tanto cuando el coronel Lemar surgió de nuevo y agarró a Bruno con ambas manos del cuello. Con tal empeño que empezó a asfixiarlo a la vez que gruñía como un animal. Bruno intentó librarse de él, pero la fuerza con que lo sujetaba era tremenda, desmesurada. Comenzó a faltarle el aire y sintió que se le iba la cabeza, fue entonces cuando aquellas enormes manos le soltaron el cuello y la sangre comenzó a resbalar por la axila del oficial francés.

El coronel Lemar se percató de la daga que tenía clavada en la espalda y de que había sido un hombre oculto bajo una capucha quien le había dado la estocada. Lemar logró incorporarse y salió huyendo malherido. Casi se tropieza y cae al suelo, pero recuperó el equilibrio con la destreza que solo puede tener un soldado experimentado y logró subirse a su caballo. Mientras, Vega corría hacia el cuerpo inerte de su padre para romper a llorar.

Bruno observó al encapuchado salvador, era el mismo del cementerio.

—¡Corred! Ocultaos antes de que os encuentren. Ese francés volverá a por vosotros —pronunció el fantasma.

—Un momento, ¿por qué nos ayudas?

No obtuvo respuesta, la sombra se dio la vuelta y se alejó camino de las columnas de humo. Bruno no podía perseguirla, Vega se hallaba rota de dolor en el suelo y comenzaban a oírse nuevamente gritos cercanos.

Bruno dudó un instante más, hasta que tomó a Vega del brazo.

—Tenemos que dejarlo, ¡vamos!

—No puedo, es mi padre.

—Vega, está muerto —le dijo tajante—. Lo mejor que puedes hacer por él es ponerte a salvo. Sé dónde podemos escondernos.

65

El astuto y minucioso plan de Napoleón había comenzado. Con la excusa de llegar hasta Portugal, Godoy firmó el Tratado de Fontainebleau, mediante el cual los franceses obtenían la autorización para atravesar España con más de cien mil hombres. En su paso, el disciplinado y organizado ejército francés fue ocupando diferentes ciudades clave hasta llegar a Madrid. Así, lo que en un principio comenzó como un controvertido permiso de paso, acabó convirtiéndose en una invasión total. A su vez, las artimañas políticas de Napoleón lograron dar el trono español a su hermano y terminaron por minar la paciencia de la población, que a partir del primero de mayo comenzó a levantarse contra los casacas azules.

En Madrid se oía el retumbar de los cañones y disparos cada pocos metros. Era como una temible melodía, y la capital, el escenario de una de esas obras de teatro que tanto gustaban a la gente de allí como Fustiñana.

Bruno llevaba cogida de la mano a Vega; se detuvieron al ver pasar una compañía de granaderos francesa y continuaron después hasta la siguiente esquina. Aquellas calles parecían más alejadas de los enfrentamientos. Las ventanas y puertas de las casas estaban cerradas a cal y canto, aunque Bruno sabía que por las rendijas asomaban miradas furtivas que seguían sus pasos.

Miró a Vega, le apretó fuerte la mano y salieron corriendo hasta un edificio de piedra con un enorme portalón. Se hallaban en la Cava Baja y buscaron la única casa con la fachada amarilla. Llamaron a la puerta, varias veces. Y nadie respondió. Buscó otra puerta o una ventana, pero el edificio se hallaba completamente cerrado y nadie respondía a sus reclamos.

—¿Quién vive aquí? —inquirió Vega.

—Un amigo. Él... digamos que tiene muchos recursos.

Bordearon el edificio hasta una tapia de barro y la saltaron; al otro lado se abría un establo amplio y al fondo una puerta destartalada. Al zarandearla, Bruno descubrió que era más consistente de lo que parecía a simple vista. Al lado había un ventanuco que no aguantó el golpe y por el que podían colarse. Se asomó por la ventana al interior para comprobar que nadie los esperaba al otro lado. Cuando volvió la vista a Vega, vio tras ella el cañón de un viejo trabuco que los apuntaba con malas intenciones.

—¡No dispares! Soy Bruno Urdaneta.

—¡Maldita sea! ¿Qué haces aquí? —inquirió Fustiñana tras bajar el cañón—. ¿Y esta joven? ¿Es la francesita?

—¡Soy española!

—Está en peligro, Fustiñana. Acaban de asesinar a su padre. No han sido los del levantamiento, sino un oficial de Napoleón. Y luego un... Otro hombre lo ha herido a él —intentó explicar Bruno aceleradamente.

—¿Cómo? Bueno, entrad antes de que os vean.

Una vez dentro, Fustiñana fue abriendo y cerrando con llave todas las puertas que iban encontrando, hasta llegar a su despacho, en el cual había bloqueado las ventanas con los muebles de las librerías y tenía dos trabucos, munición y pólvora a mano, además de una botella de vino.

—Esto se veía venir, nadie puede decir que no lo esperaba —dijo el anfitrión—. Pero no hay peor ciego que el que no quiere ver.

—¿Y qué sucederá ahora?

—Pues que los franceses acabarán con todos esos inconscientes que se han alzado —contestó Fustiñana de malas maneras—. ¿A quién se le ocurre levantarse contra Napoleón?

—He visto muchas barricadas, la gente está armada, habrá resistencia, quizá...

—¿Quizá qué? Panaderos, criadas, campesinos y un puñado de soldados sin experiencia militar frente al ejército de Napoleón. Bien que no es la Grande Armée, pero Murat no se va a dejar sorprender por ellos. Los que no maten hoy los fusilarán está misma noche, y a los que escapen, los buscarán para colgarlos. —Miró a Vega con desconfianza—. ¿Por qué ha matado un oficial francés a tu padre? Eso es de lo más extraño.

—Yo tampoco lo entiendo —respondió ella.

—¡Válgame Dios! De todas las mujeres de Madrid te tenías que enamorar de una medio francesa.

—¿Enamorar? Bueno, yo... —Bruno se quedó mirando a Vega, que callada esperaba una respuesta—, sí, Fustiñana, me tenía que enamorar de ella.

Su anfitrión les dio de comer y Vega aprovechó para dormir algo. Bruno y Fustiñana hablaron de la situación y para no inquietar a Vega se retiraron a otra sala.

—Aquí no estáis seguros, debéis buscar otro refugio.

—¿Por qué dices eso?

—¿A qué se dedicaba el padre de tu amiga?

—Comerciante, de algodón creo —respondió Bruno sorprendido por la pregunta.

—Tiene que haber algo más; eso que me has contado... Los franceses fueron a por ellos muy rápido. Tuvo que ser por una buena razón, los tendrían vigilados, estoy seguro.

—¿Qué insinúas Fustiñana?

—Nada, solo digo lo que veo. ¿Seguro que conoces bien a esta dama?

—Sí, eso creo.

—Es muy peculiar, lo confieso. Nunca había visto unos ojos tan exageradamente grandes y separados. No es una belleza clásica ni a la moda, pero es indudable que tiene algo especial, poco frecuente amigo Bruno.

—No desconfíe de ella, te lo ruego.

—Yo no me fío de nadie —pronunció separando más de lo normal cada una de las sílabas—. Andaros con ojo. Pero si os persigue un oficial francés, aquí no podéis quedaros. ¿Por qué no vas a la Real Inclusa?

—No quiero comprometer a doña Josefa, la situación allí será complicada.

—Entonces... Debéis huir de la ciudad.

—Con los franceses en cada puerta, ¡imposible!

—Que fácil te rindes, amigo mío. —Y buscó su botella de vino y sirvió dos vasos—. Existe una forma de salir de Madrid sin ser vistos por los franceses —masculló Fustiñana con un brillo especial en las pupilas—, los pasadizos del agua.

—Los que usan los que roban el agua.

—¿Recuerdas lo que te expliqué? Pueden ayudaros, aunque no es fácil llegar hasta ellos, tenéis que atravesar muchas calles.

—Dinos dónde ir y nosotros nos apañaremos.

—De acuerdo, si quieres un consejo —se aseguró de que Vega no les oía—, averigua en qué estaba metido el padre de tu amiga.

—Fustiñana...

—Hazme caso. —Le cogió fuerte del brazo—. Por favor.

—Está bien. —Y Bruno se bebió el vino de un trago.

Al caer el sol salieron de la Cava Baja ocultos entre las sombras. La noche lucía aterradora, Madrid parecía otra ciudad, más oscura, triste y peligrosa. El humo y el olor a quemado lo impregnaban todo. Los destrozos eran visibles en cualquier calle o esquina. De vez en cuando se oían disparos y gritos. Bruno y Vega estaban aterrorizados y les costaba respirar aquel aire tan espeso y desagradable.

Justo al llegar a la siguiente calle se toparon con una patrulla francesa, en total eran una veintena de soldados. Todos jóvenes, hasta el oficial al mando tenía pocas primaveras y parecía recién salido de la academia. Sabido era que la Grande Armée estaba en Austria expandiendo el Imperio francés hacia Oriente. Marchaban perfectamente uniformados, al paso, y el golpeteo de los tacones de sus botas contra el empedrado producía un eco sonoro y perturbador.

Tuvieron que ocultarse tras un carromato que había desparramado por la calle y observarlos en la distancia. La patrulla entró a registrar un edificio que tenía aspecto de ser alguna dependencia oficial. Ellos permanecieron escondidos sin atreverse a dar un solo paso.

—Tu padre —susurró a Vega—, ¿además de comerciante tenía otros asuntos?

—¿A qué te refieres?

—Algo que ver con política o..., no sé..., algún trato especial con los franceses...

Los enormes ojos de Vega mostraron una profunda desazón.

—Mi padre era un hombre íntegro, había apoyado la revolución, estuvo en las barricadas de París, con el pueblo, y luego en la Asamblea. No era solo un comerciante, era un ilustrado y creía en los ideales de la revolución.

—¿Y por qué vino a España?

—Pues no lo sé con seguridad, tendría negocios aquí. Yo nací cuando él trabajaba en Sevilla, luego nos fuimos a París. Cuando Napoleón asumió el poder simplemente nos trasladamos a Madrid.

—Habría un motivo concreto, ¿no? Si tu padre era un partidario de la revolución, ¿por qué abandonarla y venirse a Madrid? Donde precisamente nuestro rey buscaba la manera de que las ideas francesas no cruzaran los Pirineos.

—Bruno, juro que no tengo ni idea de a dónde quieres ir a parar. ¿De verdad te parece el momento adecuado para hablar de mi padre?

—Lo siento, Vega. Pero es importante, ¿qué pensaba tu padre de Napoleón?

—Eso... ¿qué más da ahora? Mi padre está muerto.

—Vega, dímelo. Creo que estás en un grave peligro, debes contarme lo que sabes.

—Pues solo sé que en las reuniones en casa criticaban al emperador. Decían que se había convertido en un déspota, que había usado la revolución para alzarse con el poder y era peor que los propios Borbones.

—¡Maldita sea! Tenías que habérmelo dicho antes —lamentó Bruno llevándose las manos a la cara—. ¿Hay más? ¿Planeaban algo?

—Cuando España firmó la alianza, mi padre y sus amigos se preocuparon y luego, cuando vuestros reyes abdicaron, temían que España terminara como una provincia francesa. Querían evitarlo, decían que aquí había gente que pensaba lo mismo y se estaban organizando.

—¿Te das cuenta en qué situación te pone eso?

—Mi padre ha sido asesinado, ahora no importa lo que...

—¡Claro que importa! Ellos pensarán que tú conoces algo, nombres, contactos... ¡yo qué sé! —Bruno tuvo que ocultar su nerviosismo—. ¿Qué más oíste en esas reuniones?

A escasos pasos de ellos, los casacas azules no se percataron de lo que estaba a punto de suceder, ni los ruidos ni la falsa calma los alertaron. El primer golpe fue tan rápido que cuesta creer que lo propinara un viejo desdentado. Al siguiente francés le cayó encima de la cabeza un enorme sillón lanzado desde un segundo piso. Y los que marchaban en primera fila fueron pasados a cuchillo sin miramientos por una turba de sanguinarios ciudadanos convertidos en crueles asesinos. Los chillidos y las blasfemias en francés retumbaron por todas las calles. Era una emboscada perfectamente planeada, surgían asaltantes de los más recónditos lugares. Salían por las ventanas, de entre los escombros, algunos saltaban desde las azoteas y otros disparaban desde grietas y orificios en los muros. Era tal la confusión que el batallón francés no sabía dónde apuntar, y uno a uno iban cayendo.

En un momento la patrulla se vio diezmada de tal forma que el oficial ordenó que se replegaran, cuando una docena más de madrileños llegaron por su espalda y se abalanzaron sobre ellos. No les dieron tiempo a disparar, solo pudieron defenderse con las bayonetas.

—¡Corre, Vega! Ahora es el momento.

La pareja salió de su escondite aprovechando la escaramuza y logró llegar a la siguiente esquina.

Tras ellos, la emboscada se tornó en una lucha sangrienta cuando un francés logró zafarse y disparó derribando a uno de los asaltantes. Acto seguido tomó un sable y él solo hizo retroceder a los sublevados españoles. Mientras, el resto de sus compatriotas se reagrupaban y tomaban sus armas.

Bruno y Vega ya corrían a dos calles de allí cuando llegaron los húsares para poner orden.

Siguieron hacia poniente, tuvieron que salvar un control francés y rodear una plazuela, donde estaban haciendo salir a los ocupantes de una casa. Las represalias francesas no cesaban, estaban purgando la ciudad. La dejaron atrás y pasaron junto a una iglesia al mismo tiempo que los húsares montando unos enormes sementales se abrían paso mostrando todo su poderío.

No tenían escapatoria, las calles estaban cortadas, los franceses controlaban toda la ciudad.

—¿Qué hacemos? —Vega estaba muy inquieta.

—Hay que esconderse, no podemos llegar ahora hasta los aguadores. —Bruno miró hacia el sur—. Sé dónde refugiarnos por el momento.

Alcanzaron la calle Atocha y Bruno continuó hasta un muro, más alto que el de la casa de Fustiñana. Tuvo que hacer un apoyo con sus propias manos para que Vega hiciera pie y saltara al otro lado. A él le costó más; cogió impulso, se apoyó y saltó, pero falló en la primera ocasión. Fue con la segunda y se propinó un doloroso golpe en el costado. Lejos de rendirse lo intentó por tercera vez, saltándolo aunque la caída le supuso una dolorosa contusión en su hombro.

Vega fue a auxiliarlo y a duras penas pudo levantarlo para entrar juntos en el edificio del colegio de San Carlos. Recorrieron los largos pasillos de la institución, que parecía vacía, hasta la segunda planta. Allí tomaron un pasillo más estrecho que desembocaba en una galería, y al fondo entraron en una estancia que era una de las salas de operaciones del colegio. Bruno bloqueó la puerta empujando un pesado armario con evidentes muestras de que no soportaba el dolor. Se sentó abatido en una de las mesas ante la atenta mirada de Vega.

—Tienes que ayudarme con el hombro. —Al quitarse la camisa comprobó que estaba amoratado—. Se me ha salido, tendrás que tirar de mi brazo hacia atrás y luego hacia fuera.

—Quieres que lo ponga en su sitio, ¿yo?

—No hay nadie más, ¿podrás?

—Vaya pregunta, ¡vamos! —exclamó Vega enérgica.

Frente a ellos había un gran dibujo anatómico que ofrecía dos imágenes. En la de la derecha estaban marcados los órganos y músculos, en la otra, los huesos.

—Hazlo rápido o no podré aguantar el dolor.

Vega se remangó, Bruno asintió y ella tiró con todas sus fuerzas.

El crujido dio auténtico pavor, y el grito de Bruno todavía más. Vega corrió a abrazarlo y lo apretó fuerte contra ella.

A Bruno le desapareció cualquier dolor que hubiera tenido antes; entre aquellos brazos, tan cerca de su pecho, el joven cirujano sintió una sensación nueva.

Después de todo, Carolina tenía razón: había dolores placenteros.

Ahora no sabía qué hacer.

Hubo silencio.

Ninguno de los dos se movía. Él alzó la mirada y encontró los ojos infinitos de Vega esperándolo. Lo siguiente que encontró fueron sus labios y se besaron.

Fue un beso que abrió una puerta que ambos deseaban cruzar. Las fuertes manos de Bruno abrazaron el cuerpo de Vega. Sintió su calor y su olor. Vega olía dulce y sabía aún más dulce. Recorrió todo su cuello, despacio como si fuera uno de esos descubridores de hace siglos que se abrían camino en un mundo nuevo y excitante. Desconocedores de lo que encontrarían y a la vez sabedores de que sería maravilloso.

Ansioso por avanzar, le desabrochó torpemente el vestido igual que quien cruza por primera vez un caudaloso río, le acarició los pechos, como si fueran altas montañas nunca escaladas. Exploró senderos hasta el oasis de su ombligo y debajo hasta lo más profundo de su cuerpo, como si fuera el interior de un volcán, que lejos de estar extinto humeaba de calor.

Se tumbaron desnudos sobre la mesa de operaciones, Vega se echó el pelo para atrás y se sentó sobre él. Sus ojos estaban tan abiertos que parecían las puertas de un nuevo y fascinante mundo en el que entrar. Al asomarse a ellos, Bruno creyó poder alcanzar el fondo, pero se perdió en ellos.

Entonces gimió como un animal y sintió como algo se apoderaba de él y no podía controlarlo.

—Vega...

Ella le cerró la boca con sus dedos.

—Está bien, Bruno. Solo déjate llevar.

66

La pareja durmió toda la noche abrazada, mientras los disparos y los gritos inundaban la noche de Madrid. Ellos habían prendido una llama a la luz de las mayores hogueras que había visto la capital de España y que iluminaban aquella noche de mayo.

—Madrid está ardiendo y nosotros nos enamoramos —pronunció Bruno.

—Uno no elige cuándo se enamora.

—Pero no es el momento más razonable.

—Eso es porque la razón nada tiene que ver con el amor. —Los enormes ojos de la joven brillaron como la mayor de las lunas llenas que puedan imaginarse.

—Doña Josefa no estaría de acuerdo con esas palabras.

—Porque es de otra generación; cada época tiene que romper sus propias barreras.

—En eso estamos de acuerdo. Nuestros padres se alzaron a lomos de la razón, nuestra generación quizá lo haga a caballo de un sentimiento más profundo. —Vega le acarició el pelo.

—Bruno, tienes que prometerme algo importante.

—Lo que quieras.

—Recuerda lo que les sucede a los amantes que rompen sus promesas. Si me quedo encinta...

—Eso aún es pronto para saberlo. Y si estás embarazada, yo te salvaré, a ti y al niño.

—¿Podrás hacerlo? —insistió ella, ahora con la mirada más triste.

—No lo dudes ni un instante. ¿Por qué crees que empecé a estudiar el arte de partear? Fue por ti, Vega, no por trabajar en la Real Inclusa, sino para salvarte cuando fueras a dar a luz. Y hay algo más... Tu padre estaba de acuerdo, él mismo me lo pidió.

—¿Eso hizo mi padre?

—Lo juro por la diosa Némesis —respondió Bruno llevándose la mano al pecho.

—No bromees con los dioses.

Unos ruidos llegaron a través de la pequeña ventana de la sala. Bruno se subió a un taburete y se asomó con dificultad. Vio que una tropa francesa había entrado al patio del colegio de San Carlos.

—Debemos irnos, ¡rápido!

Se vistieron con toda la premura posible y salieron al pasillo principal. Para entonces, los franceses ya subían por la escalera.

—La de servicio quizá esté aún libre, es más difícil de encontrar si no la conoces.

Hasta ella se dirigieron y descendieron al sótano, después prosiguieron por el alargado pasillo que daba paso a la sala de las figuras de cera.

—¿Qué lugar es este? —Vega casi chocó con la primera de las esculturas.

—Es la joya del colegio, las figuras anatómicas.

—Son... tan reales. Es como si pudieran hablar.

—Lo sé, y no has visto aún la mejor. —Bruno la guio hasta *La parturienta*.

—¡Santo Dios! Es... Parece que fuera a dar a luz ahora mismo.

—Estremecedora, ¿verdad?

—Vámonos de aquí, no me gusta este lugar.

—No podemos seguir más adelante, las siguientes salas se encontrarán cerradas.

—Pues esta parece abierta. —Vega forcejeó con la manivela de la puerta.

—A ver... —Él la empujó con el hombro—. Este es el almacén de utillajes, debería estar cerrado.

—¡Dios! —Bruno corrió a taparle la boca para que no gritara.

—Nos van a oír, tienes que callarte, ¿de acuerdo?

—Bruno... Hay alguien —y señaló al frente—, lo he visto moverse.

—¿Quién anda ahí? Si te buscan por el levantamiento no diremos nada a los franceses, yo soy estudiante de cirugía en este colegio.

—¿Bruno?

—Sí, ¿quién eres?

—Que susto me has dado. —De entre la penumbra surgió Gálvez.

—Pero... ¿qué haces tú aquí? —Bruno se fundió en un abrazo con su amigo.

—Lo mismo podría preguntarte yo. ¿Y esta preciosidad?

—Bruno, ¿quién es? —inquirió sorprendida por la situación.

—Vega, tranquila, es Gálvez, un compañero de estudios.

—¡El mejor compañero de estudios! —le corrigió—. Por fin te conozco —y le besó la mano—, *enchanté, mademoiselle*.

—*Très gentil*. Pero no has respondido a Bruno, ¿qué haces escondido? ¿Y qué llevas ahí? —señaló una mochila.

—Me habéis pillado. —Se encogió de hombros.

—No entiendo...

—Está robando, Bruno —le dijo Vega con las manos apoyadas en la cintura.

—Shhh, más bien estoy poniendo a salvo material que esos franceses confiscarán en cuanto puedan.

—Pero, Gálvez... —Bruno abrió las manos pidiéndole explicaciones.

—Esto es una invasión, y el levantamiento de ayer se trata del principio de una guerra. Estoy haciendo acopio de todo lo que puede ser útil, luego será imposible de obtener.

—Estás robando, vístelo como quieras —puntualizó Vega enervada.

—Un poco deslenguada la señorita. —Gálvez se rascó la barbilla—. Me gusta para ti, Bruno.

—Gálvez es así, no deja pasar una oportunidad, ¿verdad? Así ha logrado sobrevivir e ingresar en el colegio a pesar de venir de una familia humilde como la mía. Tiene razón, Vega. Si hay una guerra, los franceses confiscarán los fármacos y las herramientas. Por cierto, están en el patio, podrían llegar hasta aquí.

—Entonces debo irme, Bruno —le dijo Gálvez mientras se echaba la bolsa al hombro—. No deseo estar aquí si entran por esa puerta. Se avecinan tiempos duros.

—Sobreviviremos —añadió Bruno antes de ofrecerle la mano como despedida.

Gálvez aceptó y al estirar el brazo, Bruno fijó su vista en las marcas de su antebrazo. Había varias pequeñas heridas. Las miradas de ambos se cruzaron y quedaron fijas unos instantes en que el mundo pareció detenerse en el sótano del colegio de San Carlos.

Bruno fue el primero en reaccionar.

Soltó la mano de su amigo y corrió hacia los armarios de la derecha, de donde tomó un cuchillo de operaciones. Cuando se volvió de nuevo hacia Gálvez, este estaba detrás de Vega, a la que tenía agarrada, con un brazo presionándole la garganta y en la otra mano un extraño instrumento cilíndrico con una aguja afilada.

—Bruno, Bruno... tenías que llegar hasta el final, ¿verdad?

—¡Suéltala!

—La primera vez que te vi no me llamaste la atención, hasta que supe que eras sobrino de Urdaneta. Oh Dios mío. Era demasiado bueno para no intentarlo.

—Pero... ¿qué estás diciendo?

—¿Por qué no me dijiste que trabajabas en la Real Inclusa? Te avergonzaba que yo hubiera estado en ella, ¿verdad?

—¡Claro que no!

—Bruno, no me tomes por un estúpido. Mi familia adoptiva

era pobre de solemnidad, no tenían apenas con qué sustentarse, no podían alimentarme, ni casi vestirme. Y por supuesto no podrían darme una educación. Decidieron que por mi bien, para que saliera adelante, lo mejor era traerme a Madrid, a la Real Inclusa.

—Eso no tiene nada de malo...

—¿No? ¿De verdad crees eso? Cuando se despidieron fue el día más triste y difícil de mi vida. Me recuerdo solo en la Inclusa, el ruido de los niños, cómo me sobrecogían los alargados pasillos y las inmensas habitaciones. Y esa sensación de profundo abandono que te crea un vacío infinito. A las pocas semanas me trasladaron al pueblo de Pinto, a un Hogar Infantil, donde vivían niños y niñas de mi misma edad. Después de unos años, de vuelta a Madrid, a otro hospicio.

—Pero dijiste que tu padre era cirujano...

—Mentí. —Sonrió—. En el hospicio, el cirujano que acudía me cogió cariño y me enseñó su oficio. Cuando murió me ofrecieron ocupar su lugar, no podían pagar a nadie más. Lo tomé y pronto supe que lo que yo quería era estudiar en el San Carlos.

—¿Cómo entraste aquí?

—Bueno, encontré una forma de financiarme. Sabía de las necesidades del colegio y me aproveché de ello.

—¿Necesidades?

—¿Cuál es el material principal que necesita un colegio de cirugía?

—¡Eres un asesino! —exclamó Vega.

—Sí, ¿y? Ayer asesinaron a cientos de personas en las calles de Madrid.

—Gálvez, tú eres el... —A Bruno no le salían las palabras—. Mataste a toda esa gente y les cortas la cabeza para que no puedan identificarlos cuando se los vendías al colegio.

—No seas ingenuo, Bruno. Los franceses les van a hacer cosas peores a los que se subleven, ¿o qué te crees? Esperaba más perspectiva de un Urdaneta, sinceramente.

—¿Por qué dices eso?

—Ya sabes lo que hizo tu tío. Increíble, ¿verdad? Pesar el alma... Sencillamente fascinante. Pensé que tú quizá supieras algo más de las investigaciones de tu tío. Yo también he buscado sin éxito a ese pobre desgraciado, a ese fantasma.

—Mientras cortabas cabezas... —añadió Vega desafiante.

—A nadie le importaron esos cuerpos, excepto a Bruno. Realmente estaba haciendo un favor al colegio.

—Pero ¿qué dices? —Bruno lo miró con infinito desprecio.

—¿Cómo crees que conseguían cadáveres en buen estado para las disecciones en el colegio? ¿Cómo crees que obtenían cabezas para estudiarlas los que ahora dicen que es una ciencia? ¿Y crees qué los elegía al azar? Eran liberales, Bruno, que están contra todo, contra el rey, la Corona, la Iglesia...

—¿Y el decapitado de Barcelona?

—Ese muerto no es mío, Bruno. No estoy solo en este negocio, alguien allí se encargará de proporcionar cuerpos a su colegio.

—Ya sé quién; Balcells, seguro —musitó Bruno apretando los puños—. ¿Y las cabezas? ¿Qué haces con ellas?

—Bruno, Bruno. Ni te imaginas los cotizadas que están para hacer experimentos. Una cabeza no es como un cuerpo, se puede ocultar fácilmente y, además, su precio todavía es más alto.

—Cobrabas de todas partes.

—Soy un muchacho humilde, como tú. ¿Cómo iba a lograr yo entrar en el San Carlos? Quiero ser cirujano de cámara, ¿acaso eso es gratis? No he hecho mal a nadie que no se lo mereciera y en cambio he ayudado a la cirugía y a otras ciencias.

—¿Y la jeringuilla?

—Veo que no lo sabes; es un invento de tu tío, o mejor dicho una mejora. Sé que él ideó una aguja hueca para inocular los fármacos, de manera que entran directamente a la sangre. Sí, era un maldito genio de joven. Encontré los planos en el colegio, abandonados, nadie les prestó atención. Lástima que se malograra... Los guardaba Lahoz en su despacho.

—¡Los mataste tú a todos!

—Yo no maté a tu tío ni a Lahoz. Fue el fantasma, el hombre sin alma.

—No te creo.

—¿Por qué iba a mentirte? —le dijo Gálvez con indolencia.

—Entonces suelta a Vega, ella no te ha hecho nada.

—Sí que lo ha hecho; te ha cambiado, Bruno. Tú al principio hablabas de ambiciosos planes, de luchar contra el dolor, ¿recuerdas? Cuando te escuché creí encontrar a mi alma gemela, juntos lograríamos algo grande. Adormecer a los pacientes para poder operarlos. De verdad que me hice muchas ilusiones contigo.

—Pero eso ya lo has logrado sin mí, ese fármaco que les inyectas, ¡funciona!

—No como tú crees —confesó Gálvez—; es un viejo remedio que encontré en un tratado olvidado de una época antigua. Adormecía ligeramente la zona donde se aplicaba y pensé que si lograba que llegara a la sangre... su efecto se multiplicaría.

—Y por eso usaste el invento de mi tío.

—Ya te he dicho que permite inyectarlo en el torrente sanguíneo mediante una aguja hueca, es algo fabuloso.

—Y se multiplicó el efecto.

—Desde luego, te sume en un profundo sueño, pero no es oro todo lo que reluce...

—Es adictivo, ¿verdad? Y lo probaste contigo mismo —Bruno hizo un chasquido jactándose—. Por eso tienes tantos pinchazos. Y perdiste el control y necesitabas recursos para seguir comprando los ingredientes para inyectarte, así ideaste una forma de obtener dinero para sufragarlos: vender cuerpos al colegio.

—No sabes lo dura que ha sido mi vida; el dolor del que tú tanto te preocupas, no solo puede ser físico, también puede ser... interno, mental o como quieras llamarlo —explicó Gálvez con gesto abatido—. Y esa sustancia inoculada también lo elimina, pero sí, es costosa de fabricar.

—¿Y quién te pagaba?

—¿Es que aún no lo sabes? Piensa un poco, Bruno.

—¿El decano? ¿Un profesor? ¿Gimbernat?

—No tienes ni idea —y soltó una media carcajada—, ¿quién podía estar interesado en tener cuerpos con los que estudiar? ¿A quién le disgustaban las figuras de cera?

—Al profesor de anatomía, ¡Celadas!

—Exacto, y tú ibas a preguntarle a él...

—Pero me ayudó en mis pesquisas.

—Solo te enseñó una zanahoria como a los burros. Te hizo que desconfiaras de Gimbernat, alguien inalcanzable para ti, pero que era quien de verdad te podía haber ayudado. Y hasta te hizo buscar a un profesor senil que vive en una cueva para entretenerte. Olivares debía ser una vía muerta que te dio Celadas para que le dejaras en paz.

—¡Maldito Celadas!

—Él fue quien me facilitó la jeringuilla que ideó tu tío.

—Gálvez, deja ya que nos vayamos —interrumpió Vega, que respiraba con dificultad por culpa del brazo en su cuello—. Los franceses nos buscan, debemos huir de Madrid, no somos ningún peligro para ti.

—Prefiero no correr riesgos, lo siento.

Alzó la jeringuilla para clavarla en el brazo de Vega y entonces se abrió bruscamente la puerta de la sala y surgió un hombre alto envuelto en una capa oscura y cubierto con una capucha que impedía ver su rostro. Fue directo hacia Gálvez, que soltó a Vega a la vez que buscaba un cuchillo para defenderse mejor.

—Por fin nos encontramos, pronto sabremos si puedes morir o eres un fantasma. —Y le lanzó una cuchillada.

No pudo esquivarla y le hizo un profundo corte en el antebrazo.

—Sangras, eso es buena noticia. —Volvió a atacarlo propinándole otro corte en el mismo brazo y haciéndolo retroceder hasta tropezar y caer de espaldas.

Entonces un terrible zumbido engulló sus palabras. El estruendo hizo que Vega y Bruno se tiraran al suelo. Cuando alzaron de nuevo la vista, los soldados franceses recargaban ya sus fusiles, mientras al otro lado, Gálvez todavía mantenía los brazos abiertos en cruz, con los impactos de las balas visibles en su pecho.

Cayó de rodillas hacia delante, los miró con unos ojos todavía brillantes y finalmente se derrumbó.

—¡Vega Marèchal! —gritaron con fuerte acento francés.

Era Lemar; el oficial empuñaba su sable y tenía la mirada rebosante de ira.

—¡Salid de aquí! —gritó el fantasma con una voz de ultratumba—, ¡rápido!

Cogió el cuchillo del malogrado Gálvez y se lanzó contra los franceses. Al primero lo cogió desprevenido y le rasgó la garganta de un buen tajo. Al siguiente le lanzó su capa, enredándole en la tela lo suficiente para clavarle la hoja en mitad del estómago. Entonces aparecieron dos más con sus armas cargadas.

—¡Bruno! ¡Iros ya! —les gritó antes de que le apuntaran—, ya te advertí que tendrías que elegir, ¡sálvala! Yo no quería ningún mal a tu tío. Yo estaba condenado y él me sanó. Suerte, Bruno Urdaneta.

Lanzó el cuchillo contra la cabeza del primer granadero y rodó por el suelo para esquivar el disparo del otro, al que luego cogió con ambas manos del gaznate para estrangularlo.

67

Escaparon corriendo atravesando varias puertas; Bruno tiraba del brazo de Vega con tanta fuerza que a ella le costaba no caerse. El miedo los empujaba con tanta energía que no tenían tiempo de dudar o mirar atrás. Alcanzaron una empinada escalera que supusieron un repecho interminable, hasta salir al inmenso patio del Hospital General. Bruno atrancó la última puerta con unos tablones que había en el suelo. Giraron hacia la iglesia y se detuvieron tras su ábside.

—Bruno, ese hombre... ¿era el qué había perdido su alma? ¡Nos ha salvado! —exclamó Vega, poniéndose justo delante de él.

—Pero los franceses siguen tras nosotros. —Intentaba recuperar el aliento—. ¿Adónde vamos a ir ahora?

—Debemos huir de Madrid, no podemos seguir aquí. —Vega no podía estarse quieta ni un segundo—. Ese oficial, Lemar, no me dejará tranquila.

—Maldito Gálvez... Fue él todo el tiempo.

—Bruno, está muerto. Olvídate ahora de él.

—Lo tuve delante y fui incapaz de verlo, soy un estúpido.

—No, ¡claro que no! Eres humano, te equivocas, como todos. Te engañó, ¿y qué? Mira para lo que le ha servido.

—Pero falta el profesor Celadas —musitó Bruno.

—Ya habrá tiempo de rendirle cuentas.

—Y el hombre sin alma dio su vida por nosotros. Lo juzgué

mal todo este tiempo —Bruno se ocultó el rostro con ambas manos—, no podré perdonármelo.

—Si dio la vida por nosotros, es que no te guardaba rencor —le consoló Vega acariciándole el cabello—. Bruno, ahora tenemos otros problemas. Hay que seguir antes de que nos atrapen los franceses.

Aquel día, los uniformes azules napoleónicos tomaron todos los edificios representativos de la capital de España; las puertas de la ciudad, los conventos e iglesias, los cuarteles militares y, especialmente, el Palacio Real.

Patrullaban las calles imponiendo un estricto toque de queda, se hablaba de fusilamientos en la montaña de Príncipe Pío y de que la caballería mameluca había masacrado a todo aquel que se le había puesto por delante.

Se estaba realizando una purga temible, los galos iban calle a calle, casa a casa, deteniendo a una lista de colaboradores de la insurrección perfectamente identificados, en un alarde de organización jamás visto antes.

Ya estaban cerca de la dirección que le había dado Fustiñana, era una casa de dos pisos junto a una fuente. Parecía abandonada, pero Bruno se percató de que los observaban desde una de las ventanas. El portalón de entrada era amplio, lo golpeó con el puño. Tuvo que hacerlo varias veces hasta que obtuvo respuesta y un niño moreno abrió la puerta. Bruno sabía que no debían fiarse, que podía ser una trampa. Así que con toda la precaución del mundo explicó quién era y lo que quería. Tuvo que aguardar unos instantes hasta que un individuo con un pañuelo atado a la cabeza surgió apuntándole con un trabuco.

—Entrad antes de que os vean los franceses.

Los condujo por sucesivas puertas hasta una sala donde había más niños. El que los apuntaba era el único hombre de edad adulta allí, y lo sorprendente era que él no estaba al mando.

—Lo que pide tiene un precio, alto —dijo un muchacho espigado, que tendría trece o catorce años.

—¿Qué queréis a cambio de ayudarnos a salir?

—Eso. —Y señaló el colgante que lucía Vega en el cuello.

—¡No! Era de mi madre.

—Entonces marchaos por donde habéis venido. —El zagal hablaba y tenía una pose y una forma de gesticular más propia de un hombre de mucha más edad. Incluso su mirada se parecía más a la de un hombre de rango.

—Tiene que haber otra forma de pagaros.

—El colgante —respondió firme el mismo muchacho.

—Está bien, Bruno. —Vega soltó la cadena de su cuello y se la entregó a un chavalín aún más joven.

—Madrid es un laberinto subterráneo —afirmó el cabecilla congratulado por el cobro—. Bajo tierra se despliega un entramado de pasadizos y túneles. Salidas de palacetes, conducciones de agua por las que cabe un hombre, galerías, cuevas secretas, los atajos de la Inquisición y edificios de cuando Madrid pertenecía a los musulmanes.

—¿Podemos huir por ellos de Madrid? —inquirió Bruno expectante.

—Pocos se atreven a entrar en ellos, porque también hay tumbas y fantasmas encerrados. Tenéis que saber que existen puertas ahí abajo que llevan siglos cerradas.

—Eso nos da igual —insistió Bruno, que parecía ansioso por obtener respuestas—, ¿cuál es el camino para salir de la ciudad?

—Hay un pasadizo que parte del palacio de Anglona y sale lejos de las puertas.

—Bien, ¿cómo lo encontramos?

—Dentro del palacio hay una bodega, se entra a ella por una escalera que se halla oculta en la correa de la escalera principal. La trampilla está en el suelo, pegada a la pared norte. Bajad un buen tramo de escalones, una vez abajo debéis seguir siempre hacia la derecha en todos los cruces menos en el último, ahí seguid recto.

68

La rebelión madrileña duró una mañana. La represión posterior no se atisbaba cuando tendría fin. Apenas empezó con el fusilamiento de los participantes en la revuelta o aquellos que portaran armas, siguió con los asaltos a las viviendas desde donde se hubieran producido daño a los franceses y que deberían servir de ejemplo al resto de los ciudadanos, y avanzó hacia la ocupación francesa de Madrid, ya sin los disimulos de un ejército de paso.

Se publicó un panfleto francés que aseguraba que se había sofocado por completo el levantamiento y se amenazaba con dureza, advirtiendo que si se vertía otra vez la sangre francesa, los madrileños darían cuenta ante el emperador Napoleón, cuyo enojo o clemencia ningún enemigo provocaba en balde.

La Junta del Gobierno se sumó al despropósito calificando el 2 de mayo de incidente provocado por un reducido número de personas y, a partir de ese instante, pedía a obispos, prelados, párrocos, nobleza y justicias contribuyeran a la calma y franquearan y auxiliaran a los franceses a su paso por los pueblos. Bandos, edictos y comunicados insistieron sin descanso los días siguientes en este llamamiento.

La sangre había bañado las calles de Madrid; sin embargo, los franceses se comportaban como si fuese un hecho normal que una ciudad entera se hubiera alzado en armas. Quizá el haber vivido una revolución o el asolar los campos de batalla de media

Europa los inmunizaba ante hechos así. Algo de aquello tenía que haber porque recorrían las calles pidiendo a las gentes que siguieran con su vida habitual, que abrieran los negocios, que el emperador era el protector de las Españas y ellos unos soldados amigos.

Bruno se dio cuenta de hasta dónde podía llegar la hipocresía. Sobre todo cuando José Bonaparte, hermano de Napoleón, entró en Madrid para tomar posesión de la Corona de España.

De inmediato hubo alzamientos en Móstoles, con la llamada a la defensa de España, posteriormente en Asturias, Gerona, Zaragoza, Valencia, todo el país se levantaba en armas ante la invasión. La hoguera de mayo en Madrid había sido violentamente sofocada, pero de sus brasas había brotado un incendio que se había propagado por todo el territorio español.

—Los franceses, con la excusa de pretender modernizar España, nos han robado la libertad —afirmó Vega una vez fuera de Madrid, tras recorrer la red de túneles—. Cuando es la libertad la que da sentido a la vida.

—Aunque nos equivoquemos al usarla —interrumpió Bruno.

—Sí, porque es nuestra. La libertad es el bien más preciado de un ser humano, más incluso que la propia vida.

Se iniciaron una serie de revueltas a base de rastrillo y cuchillo en contra del águila imperial. Ante la escasez de tropas regulares, el pueblo no dudó en proteger cada palmo de tierra con su sangre. Además, a lo largo y ancho de toda España, los defensores se fueron constituyendo en pequeñas juntas locales, encargadas de organizar la resistencia, ante la destrucción y la inactividad del gobierno.

Para entonces, Bruno y Vega habían huido hacia la sierra de Gredos. En las montañas creyeron hallarse a salvo de la invasión, encontraron refugio cerca de San Martín de Valdeiglesias, de donde procedía el vino que tanto gustaba a Fustiñana. Era un territorio agreste, cerca de un monasterio cisterciense y con un paisaje adueñado por las vides, cuyas uvas empezaban a pintar con el calor del verano.

—¿Crees qué los franceses llegarán hasta esta zona?

—No tengo ni idea, Vega.

—Sabes... Este no es un mal lugar para vivir. Me he dado cuenta de que aquí el tiempo pasa más despacio, la vida es más larga —reflexionó ella con desazón—. Pienso a menudo en ese pobre hombre sin alma, se sacrificó por nosotros.

—Todos fuimos unos estúpidos por pensar mal de él, al final mi tío le había salvado la vida y solo le estaba agradecido. Seguro que fue a verlo para despedirse de él. Quién sabe, quizá sabía que mi tío iba a morir pronto.

—¿Y su alma?

—No sabemos si fue cierto, solo experimentaron con cuatro hombres y eso es insuficiente. Tendemos con demasiada facilidad a dejarnos conquistar por ideas simples e irracionales, pero terriblemente potentes. Nos pueden nuestros sentimientos, nublan nuestra razón.

—Eso no siempre es malo, si no, tú y yo no estaríamos ahora juntos. —Le cogió la mano.

—Los franceses tienen que pagar por todo el sufrimiento que nos están causando.

—Y lo harán, Bruno.

—Ojalá estés en lo cierto.

—No dejes que el odio y la sed de venganza se apoderen de ti. —Vega se preocupaba al ver la actitud belicosa de Bruno—. Yo he perdido a mi padre y sé que nada va a devolvérmelo. La vida sigue y nosotros con ella.

El joven cirujano estaba distinto, más irascible y de peor humor. La invasión los había afectado a todos, pero a Bruno más después de lo que ocurrió en el San Carlos. Sin embargo, Vega pensaba que era algo más profundo; descubrir la verdad de Gálvez lo había dejado muy tocado. Le notaba distante y perdido, y por mucho que ella se esforzaba no lograba animarlo.

A pesar de los numerosos levantamientos en casi toda España, los casacas azules, mejor pertrechados, los sofocaban sin dilación y solo sitios como el de Zaragoza resistían de manera heroica. Confiando en el éxito inmediato de la ocupación, los invasores marcharon hacia el sur. No obstante, la campaña andaluza salió cara a los franceses, que acosados por los guerrilleros y el hambre, no tuvieron más remedio que replegarse hasta que llegaron nuevos refuerzos.

Mientras, se llamaba a filas a todo ciudadano español capaz de portar un arma y se concentraba un ejército en Sierra Morena, con la firme intención de detener el avance francés hacia Sevilla.

Bruno no lo dudó, había encontrado la forma de encauzar su ira.

Como cirujano podía ser de una enorme ayuda y hacia allí decidió partir, mientras Vega aguardaría refugiada en el monasterio cercano a San Martín de Valdeiglesias.

—No eres un soldado —le dijo ella con la mirada entristecida.

—Casi ninguno de los que lucha lo es, además yo ayudaré con las labores médicas.

—Los franceses no tendrán piedad de quien se interponga en su camino, les dará igual si portas un mosquete o unas medicinas.

—Soy plenamente consciente de ello, pero debo ir. Piensa en lo útil que puedo ser tras una batalla —le insistió Bruno cogiéndola de las manos—. Vega, voy a volver, te lo juro.

—Yo te necesito.

—Lo sé, yo también a ti. Pero esto es mucho más que una guerra, luchamos por la libertad. Tú mejor que nadie sabes lo importante que es eso, ¿estarías dispuesta a vivir sin libertad?

—No, claro que no —suspiró.

—Voy por los dos y por nuestro futuro.

—Lo sé —le acarició el rostro—, cuídate, Bruno. Vuelve pronto.

69

El viaje no fue complicado, eran muchos los que habían acudido a reforzar las diezmadas tropas del general Castaños que luchaban por la libertad. Cuando llegó al campamento principal del ejército español lo sorprendió la escasez de uniformes, casi todos eran voluntarios. Su inexperiencia militar era inversamente proporcional a su entusiasmo y determinación. El ambiente era casi jovial, ¿es qué acaso no saben que luchan contra el mejor ejército de Europa?, se preguntaba mientras los veía beber y charlar animosamente.

Se presentó a un oficial médico; era gallego, tenía aspecto de provenir de buena familia y resultó ser cirujano militar de carrera. Le explicó que apenas había cirujanos, pues casi todos estaban a disposición de la armada. Cuando le dijo que provenía del San Carlos de Madrid esbozó una fragante sonrisa.

—No has estado nunca en una batalla, no has atendido ni fracturas por impactos de bala, ni heridas de metralla o pólvora —espetó el oficial médico—, ¿estarás preparado? Te advierto que nada tiene que ver con curar quistes, caídas, fiebres o venéreas.

—Para eso he venido, se me da bien la anatomía y soy rápido operando, muy rápido; mi tío me insistió en que practicara para ser ambidiestro.

—Eso nos será muy útil —afirmó el oficial, congratulado—. Otra cosa más, llegado el momento deberás también hacer cribados.

—¿Eso qué quiere decir?

—No podrás salvar a todos, de hecho, solo podrás a unos pocos. —El oficial vio por la expresión del rostro de Bruno que no le había entendido—. Tendrás que elegir. Ayudar primero a los oficiales, de mayor a menor graduación, luego los soldados regulares más veteranos; después por edad y por último... —echó una mirada a un grupo de milicianos que pasaba cerca riéndose entre ellos—, seguro que ahora sí me has entendido.

—Sería más lógico auxiliar primero a los que tienen más opciones de sobrevivir.

—Me temo que no, esto es el ejército y estamos en una guerra. ¿Sabes jugar al ajedrez?

—No muy bien, pero conozco el juego —respondió Bruno.

—¿Y vale lo mismo un peón que un alfil? —inquirió el oficial médico.

—Claro que no.

—¿A que puedes sacrificar un peón para acabar con un alfil enemigo? Pues aquí es lo mismo, los oficiales somos la columna vertebral del ejército. Un batallón sin nadie al mando no vale nada, una columna sin su sargento no aguantará ni una carga. Los oficiales primero, ¿entendido? ¡Es una orden!

Bruno asintió. Estuvo dos semanas colaborando en la organización de los suministros sanitarios. A pesar de su inexperiencia militar, en las filas españolas escaseaban los cirujanos, así que fue bien recibido. Los siguientes días fueron de una calma tensa, solo llegaban noticias desalentadoras del avance francés. Así que el general Castaños decidió bloquearles el paso hacia el sur en un intento desesperado de detenerlos.

Marchar con aquella tropa de miles de hombres era indescriptible, Bruno sentía que estaba participando en un hecho realmente importante. Escribió una carta a Vega para que supiera que estaba bien y que marchaban al encuentro del enemigo. El sistema de envío de correspondencia funcionaba inesperadamente bien y rápido. Así que él también recibió una misiva de Vega donde le contaba que allí todo seguía igual, que lo amaba y contaba los días para volver a estar juntos. También que tuviera mucho cuidado, le recordaba que no era un soldado.

Bruno pronto se percató de que la correspondencia era una actividad vital en la tropa. A través de las cartas y gracias a ellas se movía el mundo, llegaban las órdenes de la junta militar; las noticias del frente; epistolares de familiares y amigos. Los que no sabían escribir se las dictaban a los que sí, que amablemente se prestaban a redactarlas. Y el momento en que llegaba la correspondencia era uno de los más importantes del día.

Las cartas se guardaban como auténticos tesoros e incluso había una práctica habitual que era escribir una de despedida y llevarla bien guardada en el interior de la chaqueta, por si caías en combate que pudieran entregársela a tus seres queridos.

Alcanzaron la población de Bailén y se pertrecharon en sus alrededores. Fueron unos días de tensa calma, los soldados estaban nerviosos, intuían que se acercaba el momento de entrar en combate. Bruno también intentaba hacerse una idea mental de cómo sería el momento de la batalla para estar preparado para actuar.

Les llegaron informaciones de una serie de pequeñas escaramuzas iniciales entre avanzadillas españolas y contingentes franceses. Pero poco más sabían, solo que debían aguardar y esperar órdenes. A Bruno esa tensa calma lo carcomía por dentro.

No tenía miedo, se sentía preparado. Es más, Bruno quería oír ya a los cañones disparando.

Esa misma noche escribió una epístola para Vega, por si no volvía a verla más.

70

El general Dupont presentaba la más impresionante hoja de servicios de los altos oficiales que había enviado Napoleón a la conquista de España. Tras la ocupación de Madrid, el general Dupont acababa de ser nombrado conde por Napoleón y se le había enviado a someter a toda Andalucía. Su inicial avance exitoso se había truncado, obligándole a retirarse contra todo pronóstico a los pasos de Sierra Morena.

Aquel revés era algo inadmisible para un general de su categoría, condecorado con la Orden de la Legión de Honor francesa. El general Dupont no iba a permitir semejante afrenta e iba a destrozar a los españoles, no bastaba con vencerlos, ansiaba humillar a sus generales y a aniquilar su ejército. Su honor y el de Francia estaban en juego.

Sabía que los españoles habían dividido sus efectivos, así que no tuvo problema en hacer lo mismo. Al fin y al cabo ellos solo eran un ejército de segunda fila, reforzado por un atajo de milicianos sin experiencia y mal pertrechados. Dividió a sus treinta y cuatro mil hombres en cinco divisiones y, para facilitar la organización, entregó cada una a un oficial de su confianza. Entre ellos destacaba el general de división Vedel, un militar que se había ganado sus galones y el favor de Napoleón combatiendo contra los austriacos.

El general Dupont envió la división de Vedel hacia la población de Bailén, se hallaba convencido que tendrían que enfrentarse a varios batallones españoles que estarían defendiendo la plaza, que según sus informadores habían llegado recientemente y que ni siquiera habían entrado en combate aún, así que serían fáciles de eliminar.

Cuando la vanguardia francesa alcanzó dicha posición, solo encontró un pequeño pueblo vacío, sin rastro de presencia armada.

Una enorme decepción para él.

¿Dónde estaban los españoles?

El general francés creyó entonces que la posibilidad más lógica era que la división española hubiera partido por un paso a través de las montañas en dirección a Madrid para cortar una posible retirada francesa. Así que salió a su búsqueda y por otro lado envió a otras dos divisiones a ubicaciones en la sierra a fin de consolidar su posición.

El grueso del ejército francés permanecería acantonado por ahora hasta la espera de un rival al que enfrentarse. Pero ante la falta de noticias de los españoles, decidió que partiera hacia Bailén dado que los españoles eran unos cobardes y no se habían atrevido a defenderla.

El general Dupont marchaba orgulloso sobre su caballo, admirando el desfile de casacas azules al que precedía. «No hay nada más hermoso que un ejército marchando victorioso sobre un país conquistado —pensó—. Bueno, sí que lo hay —rectificó—. Verlo combatir y aplastar a su enemigo».

Fue entonces cuando llegaron al galope varios de los exploradores que había enviado de nuevo a Bailén para que le hicieran un informe más amplio y detallado. El oficial que los dirigía era de su absoluta confianza, por eso escuchó detenidamente las novedades. Esta vez, para su sorpresa, sus exploradores le informaron de que a las puertas del lugar le esperaban nada menos que catorce mil españoles.

Bruno era uno de ellos.

¿De dónde habían salido?

El general Dupont no podía creerlo, no obstante no le inquietó lo más mínimo. Ya había encontrado a los españoles, es verdad que no de la forma ni en el lugar esperado ni idóneo, pero qué más daba eso. Lo importante era que podía llevar a cabo su venganza sobre ellos, por haber provocado que Napoleón dudara de sus capacidades, y destrozarlos sin compasión. Porque eso era justamente lo que ansiaba hacer: aniquilarlos y humillarlos.

Los españoles tampoco esperaban encontrarse al general Dupont, pensaban que lo habían engañado y que habían logrado evitarlo ocultándose días antes. Así que los dos ejércitos estaban sorprendidos y condenados a enfrentarse en Bailén.

—¿Y ahora qué? —preguntó Bruno a un oficial de artillería que estaba a su lado.

Era extremeño y respondía al nombre de capitán Corbalán. Tenía experiencia militar al otro lado del mundo, en Pensacola, luchando contra los ingleses y al lado de los franceses.

Qué pronto se cambia de amigos en la guerra, se lamentaba.

—Somos superiores en número, no me lo puedo creer... ¿Cómo han podido cometer semejante error? —se sorprendía el oficial extremeño.

—¿Atacaremos? —le preguntó Bruno que andaba perdido en aquel contexto bélico.

—Aunque seamos más, nos sería terriblemente difícil vencer a un ejército tan experimentado. Necesitamos a las tropas del general Castaños, son las mejor preparadas.

—¿Tenemos que esperar? —inquirió Bruno con desánimo.

—Resistir, mejor dicho. Y rezar para que nuestros refuerzos lleguen antes que los suyos o estamos perdidos.

—Pero somos más y este es nuestro país, nuestra tierra. Hay que defenderla a muerte —añadió el cirujano con su característica pasión.

—En la guerra uno más uno no son dos, pueden ser doce, trece o incluso cero —le explicó el capitán Corbalán, más sosegado—. Tú nunca has entrado en combate, debes tomarte todo con más calma, Bruno.

—¡A formar la línea! —gritaron—, ¡a formar la línea!

—Que Dios nos asista. —El capitán Corbalán se santiguó.

Los españoles comenzaron una alocada carrera contra el tiempo para formar su línea defensiva a las afueras de Bailén. Eran unos doce mil infantes, armados principalmente con mosquetes y dieciséis piezas de artillería. Y una sorpresiva caballería de mil doscientos jinetes, entre los que sobresalía un numeroso contingente de pastores que, diestros en el uso de la lanza, se habían incorporado a la llamada de filas para combatir al invasor francés.

Eran las tres de la mañana, la oscuridad todavía no había abandonado Bailén, cuando el ejército español se desplegó en forma de arco con los extremos apoyados en sendos cerros. En vanguardia se situó la infantería como fuerza de choque a base de mosquete y bayoneta. Como apoyo, se intercalaron las piezas de artillería. Tras ella, una segunda línea con unidades de reserva, además de algunos regimientos de caballería con un doble objetivo: apoyar a los cañones y flanquear al enemigo.

Por su parte, el general francés contaba a sus órdenes con unos ocho mil infantes, entre los que se encontraba la temible guardia imperial; y unos dos mil jinetes, sumando a coraceros y dragones. Auténtica caballería pesada, que era usada como un ariete en contra de las formaciones enemigas.

—Han formado con la sólida infantería en el centro y la caballería en los flancos con cañones como apoyo —dijo el oficial de artillería extremeño.

—Eso parece coherente, ¿no?

—Es lo lógico y, si fuera por lógica, la caballería debería aplastarnos. Si se acercan mucho tenemos más piezas de artillería, tienen menos potencia y alcance que las suyas, pero si lograran ponerse a tiro, quizá entonces tengamos alguna oportunidad.

Bruno jamás había pisado un campo de batalla, todo le parecía nuevo y extraño. Además, la oscuridad era absoluta, solo se oían voces y gritos y se veían fogonazos fugaces de la artillería y disparos intermitentes, poco más.

Todo era confusión.

Las armas de fuego eran de chispa, de corto alcance y escasa precisión. Lo más difícil era cebar y cargar el arma. No era posible lograr un tiro preciso contra formaciones cerradas del enemigo a más de cien pasos. Con aquel fuego no se buscaba la precisión, sino el efecto de masa con la descarga cerrada de todos los fusileros a la vez.

Fue al alba cuando empezaron los movimientos. Con las primeras luces, varias unidades españolas avanzaron por el extremo del flanco izquierdo para conquistar sin apenas bajas un cerro estratégico.

Los franceses intentaron retomarlo, pero los valientes defensores resistieron heroicamente. Aquella pequeña victoria supuso una enorme alegría en el ejército español, necesitado de estima a falta de experiencia.

Habían tomado y defendido una posición con éxito, los casacas azules ya no eran tan invencibles como parecían.

—Hay esperanza —murmuró Bruno, subido a la corriente de optimismo que de pronto inundó las posiciones españolas.

Aquel traspiés encolerizó al general Dupont, que ordenó a su caballería entrar en acción para recuperarla de inmediato; la moral de su tropa estaba en juego

—Mal asunto, nunca mandan tan pronto a su caballería, siempre entra en acción después —afirmó el capitán extremeño—. Me temo que los hemos enfadado.

La caballería imperial arrasó sin piedad ni oposición a los dos batallones españoles, demostrando claramente que enfrente estaba el mejor ejército de Europa.

—Si prosiguen y rompen nuestra línea por el flanco izquierdo, la batalla terminará incluso antes de haber empezado... —El capitán de artillería desenvainó su espada—. ¡Hay que impedirlo a toda costa! Que no penetren en nuestras líneas. ¡Oídme! Debemos confundirlos; cornetas, seguidme; mi unidad, quiero que hagáis todo el ruido posible, moveros y formad una y otra vez. Que vean mucho, pero que mucho movimiento.

»Los estandartes, bien visibles. ¡Que nos perciban con claridad!

Todos obedecieron.

—Cirujano, os necesito también. Que todos los auxiliares nos sigan.

—Yo no sé usar un arma y ellos tampoco.

—No quiera Dios que yo lo vea. Pero precisamos que los franceses piensen que sí. Tomad una casaca y coged algo que parezca un arma entre las manos.

Bruno entendió la estratagema, tomó un bastón y formó como un fusilero más. Y así la totalidad del personal sanitario se unió a la línea. Juntos generaron tal movimiento que los jinetes franceses cayeron en la trampa, creyeron que todos ellos eran milicianos y se retiraron al verse demasiado inferiores en número.

Los españoles estallaron de júbilo, entre ellos Bruno, que se abrazaba con sus compañeros. Se hallaban eufóricos, a excepción de uno. El capitán Corbalán permanecía inmóvil mirando el centro del campo de batalla.

—¿Qué sucede? —le preguntó Bruno, a quien no gustó nada aquella mirada impasible.

—Mira, despliegan cuatro columnas cerradas de ataque. Es una maniobra de choque a la bayoneta, un todo o nada. Han lanzado una ofensiva total.

—¡Cómo! ¿Y la resistiremos?

—En los últimos quince años, ningún ejército europeo lo ha hecho...

En inmaculado orden, los soldados napoleónicos avanzaban haciendo retumbar la tierra de Sierra Morena. La artillería española seguía sin disparar, mientras la enemiga cubría con su largo alcance el avance de su infantería y causaba multitud de bajas en las defensas, que los españoles corrían a cubrir con más entusiasmo que orden y acierto.

Bruno observó a los heridos retorciéndose de dolor y recordó cómo el cirujano Levy había desarrollado un sistema de transporte de heridos en batalla. Habló con Corbalán. Al principio, este no le hizo ni caso. Pero conforme se apelotonaban los caídos y Bruno seguía insistiendo, se mostró más dispuesto a escucharle.

—No podemos dejarlos agonizando, y no solo porque son de los nuestros, sino también porque el verlos sufrir y morir solos y de esa manera desanima al resto de soldados, ¿entendéis?

—Bruno, no podemos hacer nada por ellos.

—Claro que sí, dejad que os cuente mi plan.

Haciendo uso de todos sus conocimientos y recursos, explicó cómo podían atender a los heridos en plena batalla, salvando numerosas vidas, acortando los plazos de recuperación y subiendo la moral de la tropa, al saber que caer herido en el campo de batalla no era una sentencia de muerte. Luego el capitán Corbalán, ya ganado para la causa, transmitió la idea a su superior.

—Mi general, solo un ejército que se sabe perdedor dejaría morir a sus heridos —interrumpió Bruno saltándose la jerarquía.

—¿Cómo dice? Pero si usted ni siquiera es militar.

—Exacto, soy cirujano, y estoy aquí arriesgando mi vida como el resto de ustedes, como todo el país. Primero fue el pueblo de Madrid el que comenzó este levantamiento y luego muchas otras ciudades, como los ciudadanos de Zaragoza que se armaron y evitaron que fuera conquistada. Esta es una guerra de todos los españoles, militares y civiles, contra los invasores. Dejadme hacer mi trabajo, permítanme salvar a sus soldados.

—Es usted atrevido —murmuró el general.

—Lo sé y también insistente —replicó Bruno.

—Por gente como usted, estos malditos franceses y el malnacido de Napoleón nunca conquistarán España. Facilitadle a este cirujano cuanto necesite para transportar a los heridos —dijo enérgicamente el general—, ahora sigamos, ¡tenemos una batalla que ganar!

Bruno se sintió tan orgulloso como cargado de responsabilidad, sin embargo no había tiempo para dudar. Tomó como ejemplo el sistema sanitario que aplicaban los propios franceses en batalla y lo aplicó de manera certera en las filas españolas. Estableció el hospital de campaña lo más cerca posible de la línea de defensa, y a él fueron llegando las camillas con los heridos, a los cuales podía comenzar a atender con prontitud. Eran hombres destrozados por los proyectiles, con heridas desgarradoras, como nunca antes había visto. Miembros reventados, quemaduras terribles, cuerpos masacrados.

Se sintió impotente ante tanto sufrimiento, pero sabía que solo le tenían a él. Que debía dar lo mejor de sí mismo. Nunca salvó tantas vidas como aquel día bajo el sol inmisericorde de Andalucía.

A pocos pasos, la batalla seguía su curso. El cuerpo central francés no había dejado de avanzar, cubierto por su artillería. Confiados en que tarde o temprano la línea española se resquebrajaría ante su cercanía y entonces la victoria sería suya. Esa era su gran baza, la cohesión y formación de los galos les hacía no desarmar nunca su formación, pero unos milicianos y soldados inexpertos como los españoles no serían capaces de resistir la presión; las bajas, el miedo y la inexperiencia los harían caer.

No conocían a los españoles.

La línea resistió.

Con dudas, con multitud de bajas, con terror en sus miradas, pero con un corazón que no entiende de lógicas.

Y cuando ya se veían las casacas azules a cien pasos, la artillería española encendió por fin sus mechas. Aquellos robustos cañones tenían poco alcance y precisión, así que su única esperanza era aguardar lo máximo posible, aun a costa de exponerse a ser atacados sin darles siquiera tiempo a disparar.

Y entonces...

Los cañones españoles realizaron una descarga que retumbó por toda Sierra Morena, cogiendo desprevenidos a los franceses. Su vanguardia sufrió un destrozo tan inesperado que detuvo su avance, confundida y desconcertada. Sus oficiales corrieron a reorganizarla y justo cuando lo estaban logrando llegó una nueva descarga; al mismo tiempo, la infantería española se alzó y aprovechó para avanzar, disparando también contra los galos.

Sin darles tregua, la caballería ligera se lanzó a la ofensiva, con un empuje y bravura que hizo estragos en la debilitada vanguardia francesa.

A la reducida distancia a la que se luchaba, el fuego de artillería estaba cayendo del lado español, por su mayor número. La presión fue demasiada para los experimentados casacas azules, que, sin poder resistir ni un segundo más, se retiraron, pero manteniendo la línea incluso en esa dramática coyuntura.

Para entonces, el ímpetu español era imposible de contener, y los jinetes ligeros, ávidos de sangre, no guardaron la formación y se lanzaron solos contra el repliegue francés. Por desgracia, los mosquetes franceses no perdonaron este error e hicieron mella en las filas de los confiados lanceros.

—Esa imprudencia nos va a salir cara —murmuró el capitán Corbalán desde su posición.

Mientras, en el hospital de campaña, Bruno tenía el rostro cubierto de sangre y las manos dentro de las tripas de un cordobés al que habían alcanzado en el abdomen con metralla.

A mediodía, el sol se convirtió en un inmisericorde protagonista de la batalla para ambos bandos, el calor era extenuante. Bruno se afanaba en coser heridas de todo tipo, amputar miembros destrozados, operar heridas de bala en todos los órganos del cuerpo. Tuvo hasta que cerrar una cabeza abierta en dos como un melón.

El calor también hizo mella en él.

Lo hizo en todos, pero especialmente en los franceses, más pertrechados, con uniformes más fornidos y, sobre todo, menos acostumbrados a aquellas altas temperaturas. Además, no contaban con el suministro de agua que llegaba desde el pueblo de Bailén y que, en aquel momento crucial de la batalla, era casi más importante que las municiones o la pólvora.

Abrasados por el calor, extenuados por el cansancio y temerosos ante la posibilidad de que el general Castaños atacase su retaguardia, el general Dupont reorganizó entonces a sus últimas tropas para llevar a cabo un desesperado asalto final contra la población de Bailén. Movilizó todos sus efectivos, incluidas sus preciadas reservas: los marinos de la guardia imperial. Él mismo encabezó en persona a su hueste para el asalto final.

«O ahora o nunca», pensó.

La ofensiva sería digna de quedar inscrita en los mejores tratados de historia militar. Un ejemplo de valentía, honor y coraje. Napoleón iba a estar orgulloso de él. Esas historias solo las escriben los vencedores, siempre ha sido y siempre será así.

Con lo que quizá no contaba el general francés era que para aquellos momentos de la batalla, los españoles habían perdido el respeto, y, sobre todo, el miedo a los napoleónicos. Por ello y por su valía, resistieron el heroico ataque final de los galos.

Los franceses se lanzaron contra una muralla de mosquetes que jamás dudaron y mantuvieron la línea como si tuvieran toda la experiencia del mundo sobre sus espaldas. La última gota de ánimo que aún mantenía vivos a los soldados de Dupont se acabó cuando su general fue herido y casi derribado de su montura. Y, finalmente, la esperanza imperial se desvaneció cuando vieron aparecer a nuevas tropas españolas por su retaguardia.

Todo había acabado.

Cuando dos días después Napoleón conoció la derrota, se enfureció como nunca antes. Pues su ejército jamás había sido derrotado en campo abierto.

71

Bailén fue mucho más que una batalla y tuvo consecuencias inmediatas. El primero de agosto abandonaron Madrid la guarnición y la administración francesas, en escasos días se produjo la entrada triunfal de los héroes de Bailén al grito de ¡libertad! De inmediato el ayuntamiento inició los preparativos para proclamar de nuevo a Fernando VII otra vez rey de España, cuyo regreso se aclamaba por las calles como si fuera el mismísimo mesías.

El público volvió a llenar las salas de los teatros, atraído por una cartelera de obras patrióticas que sintonizaban con los sentimientos populares, y también porque los taquillajes se destinaban a financiar la lucha contra el invasor. Las compañías de cómicos, músicos y cobradores dedicaron el producto íntegro de ocho jornadas a la lucha contra el francés, el de seis días para vestuario y armas y dos días para actos de culto a la Virgen de la Novena.

En las iglesias de Madrid y en otros lugares de culto se sucedieron las honras fúnebres por los caídos en defensa de la patria. Con frecuencia se pronunciaban sermones que tenían tanto de oración patriótica como religiosa, y algunos de ellos se publicaban con enorme éxito.

Todas las armas valían para luchar contra las tropas napoleónicas. El que no disponía de arcabuz podía ser útil escribiendo un panfleto patriótico o el guion de una obra de teatro, o, si se consideraba inspirado por las musas, enhebrando estrofas con metáforas degradantes contra los franceses.

Bruno llegó con los primeros destacamentos, fueron vitoreados con el mismo entusiasmo que cuando entró Julio César en Roma tras la conquista de la Galia. Aunque Bruno no se fijaba ni en los adornos ni en los aplausos ni las flores que engalanaban las calles ni en las miradas de las mujeres. Porque él buscaba los enormes ojos de Vega.

Y los encontró entre el gentío, como dos inmensos faros en medio de una terrible tempestad.

Vega salió de la turba, fue corriendo hacia él y terminó entre sus brazos.

—No vuelvas a dejarme nunca más sola, ¿me oyes? ¡Nunca más! ¡Prométemelo!

—Te lo prometo. —Y se besaron.

En este tiempo de espera, Vega había dejado San Martín de Valdeiglesias y retornado a Madrid, ya que no podía permanecer por más tiempo oculta sin hacer nada útil. Una vez en la capital se había unido a doña Josefa de Amar y Borbón en la Real Inclusa, destapándose como una mujer de recursos y una organizadora de primer nivel. Intimó con las nodrizas y se convirtió en su principal ayuda cuando las jóvenes acudían desesperadas a la institución. También tenía buena mano con los pacientes, y una empatía natural con las embarazadas y los niños.

Esa euforia que llenaba las calles de Madrid tras la retirada de las fuerzas francesas era contagiosa. Vega y Bruno no ocultaban su amor; todo lo contrario, eran dos jóvenes enamorados radiantes. Como muchos en Madrid, donde la alegría corría como el vino de las tabernas. Una de esas primeras noches, Fustiñana casi los emborracha en La Fontana, y el doctor Arrieta les obsequió otro día con una lujosa cena en uno de los mejores restaurantes de la ciudad.

Fue un otoño feliz.

En noviembre, la afrenta al orgullo del emperador le hizo tomar cartas en la debacle de su ejército en España. Napoleón en persona cruzó los Pirineos al mando de doscientos cincuenta mil hombres. La Grande Armée, el más formidable ejército que jamás haya existido, pisaba suelo español. Con él había derrotado a Austria y a Rusia en Ulm y Austerlitz y conquistado Prusia en las épicas batallas de Jena y Auerstadt, forjando la definitiva leyenda de su invencibilidad en la campaña de Polonia y las batallas de Eylau y Friedland contra las tropas del zar.

En apenas tres meses derrotó a cinco ejércitos españoles y arrojó al mar a otro británico. La alegría fugaz se transformó en un miedo infinito e hizo que muchos huyeran de Madrid ante el inminente regreso de los casacas azules.

Esta vez, Bruno y Vega buscaron refugio y ayuda en la Real Inclusa; las aguas habían vuelto a su cauce entre el cirujano y doña Josefa de Amar y Borbón, una vez que él había descubierto que la dama no había tenido nada que ver en los sucesos de los asesinatos.

—Debéis iros, Bruno —sugirió doña Josefa de Amar y Borbón—, antes de que lleguen de nuevo.

—Los echamos una vez, podemos hacerlo otra vez.

—Me temo que en esta ocasión será muy distinto —dijo con pesadumbre en la voz—, hazme caso, marchaos, es lo más razonable.

Mientras dudaban qué hacer, las tropas napoleónicas avanzaban de manera imparable. Hasta que a primeros de diciembre se firmó la capitulación que la Junta Militar y Política de Madrid remitió al emperador. Se entregaron las diferentes puertas a la custodia del ejército francés, y a continuación los cuarteles, almacenes de artillería y el Hospital General. Incluso se desmantelaron todas las defensas de la villa.

Madrid se rendía.

El inicio de la segunda ocupación contaba con Napoleón a la cabeza mientras su hermano, el rey José I, se hallaba relegado temporalmente en las afueras de la capital.

Se prohibió la salida de los domicilios después de las diez de la noche. Los posaderos y fondistas debían poner en conocimiento de la oficina del Estado Mayor de la plaza los nombres y procedencia de los forasteros alojados. Las fondas, cafés, fábricas de cerveza y tiendas de vinos cerrarían a las nueve de la noche. Los extranjeros deberían presentarse en el plazo de veinticuatro horas. Para la vigilancia de la población, los ocupantes se cuidaron de buscar colaboradores forzosos entre vecinos madrileños.

Bruno y Vega decidieron permanecer en Madrid a pesar de las malas noticias. Leían con preocupación una proclama de Napoleón en la *Gaceta de Madrid*, donde afirmaba que los españoles habían sido engañados para una lucha insensata, aseguraba que arrojaría en poco tiempo al ejército inglés de la península y recordaba que el destino de España estaba en sus manos. Pedía desechar el veneno que los ingleses habían inculcado entre los españoles. Y que si confiaban en su nuevo rey serían más felices de lo que habían sido hasta ahora.

—Napoleón es hábil, mezcla promesas y buenas palabras con amenazas, lee aquí —le dijo Vega—. Avisa de que si no correspondemos a su confianza, no le restará otro arbitrio que el de tratarnos como provincias conquistadas, ¿te das cuenta?

—Tienes razón. —Bruno suspiró.

—Si mi padre viviera... estaría horrorizado, siempre desconfió de Napoleón. Él sabía perfectamente que esto podía suceder.

—Lo echas de menos, ¿verdad?

—Mucho, al menos te tengo a ti. Si no...

—Tranquila, no pienses en eso ahora. Bastante tenemos con Napoleón. —Bruno le cogió de la mano—. O nos convertimos en una provincia de Francia o en un reino títere.

—¡O luchamos como tú lo hiciste en Bailén! Es la misma forma de actuar que en París, ¿quién demonios se cree que es? Está arruinando Francia y ahora lo mismo con España.

—Yo pensaba que ya lo habíamos derrotado, que no mandaría a la Grande Armée a España si no lo había hecho hasta ahora.

—La primera vez solo envió a unos críos por el bajo concepto que tiene de España y el desprecio por su ejército. Pensó que podría anexionar el reino con tropas de segunda categoría, con poco presupuesto y escaso equipo —decía Vega con pasión—. Se resistió a considerar seria la resistencia de los patriotas españoles.

—Se equivocó a subestimarnos, un pueblo es fuerte cuando tiene orgullo y lucha por la libertad.

—Sí, pero ahora no lo hará. Doña Josefa tiene razón, debemos escapar de nuevo, Bruno. No podemos seguir aquí cuando entren, ¿lo entiendes?

—Regresemos a San Martín de Valdeiglesias.

—Me temo que esta vez no estaremos seguros en la montaña. Los franceses vienen para quedarse. He hablado con antiguos amigos de mi padre en Madrid, me han avisado de que esta vez Napoleón será despiadado, todo aquel que sea sospechoso de conspirar contra él será eliminado. Y yo como medio francesa estaré en su lista.

—¿Y a dónde quieres que vayamos? —inquirió Bruno, preocupado.

—Huyamos más lejos, dicen que lo que queda del gobierno se marcha al sur, a Cádiz —afirmó Vega, más enérgica que Bruno—. Creen que allí podrán resistir a la invasión. Mi padre decía que Cádiz no puede ser conquistada, que es impenetrable. Una ciudad rodeada por el mar, con la flota inglesa protegiendo su espalda.

—Yo he visto a las tropas de Napoleón en combate, no se detienen ante nada.

—En Cádiz lo harán; por favor, Bruno. Huyamos antes de que sea demasiado tarde. Si Lemar regresa a Madrid...

—Quizá haya muerto.

—No lo creo, Bruno. Hay que marcharse, no podemos perder ni un minuto más, están a las puertas y ya nadie las defiende.

72

Doña Josefa de Amar y Borbón se alegró de la decisión que tomaron y los ayudó en todo lo posible para preparar su marcha, a la vez que llegaban noticias de nuevas victorias de los franceses.

—Tened cuidado, debéis llegar a Cádiz lo antes posible —les dijo—, es la ciudad más segura. Pasad desapercibidos durante el viaje, no interactuéis con nadie, ¿entendido?

—¿Y usted? —preguntó Bruno.

—Mi lugar está aquí, en Madrid. Un último consejo —y lo miró—, no trates de entenderlo todo, Bruno. Porque entonces te resultará todo incompresible. Cíñete a lo importante, a lo práctico. Sé que Vega es mucho más fantasiosa que tú, déjale a ella las ensoñaciones.

—Yo me encargo, doña Josefa —afirmó Vega con una sonrisa.

—Cuidaos mucho.

También se despidieron de Fustiñana, intentaron convencerle de que se uniera a ellos, pero eso aún resultó más difícil si cabe. Para Fustiñana, Madrid lo era todo y no pensaba renunciar a su vida por muchos franceses que hubiera en la puerta del Sol.

—No os preocupéis por mí, sé adaptadme a la situación. Los que nos quedamos no se lo pondremos fácil a los invasores. Ahora más que nunca hace falta gente con mis contactos, alguien tiene que seguir conspirando en la sombra.

—Una pregunta, ¿sabéis qué ha ocurrido con el San Carlos? ¿Sus profesores?

—Lo dices por ese mal bicho de Celadas, ¿no?

—¿Sigue en Madrid?

—No sé nada de él, pero si lo averiguo te lo haré saber.

—Gracias, amigo.

—Tened cuidado —Bruno le dio un fuerte abrazo—, sobre todo con el vino.

Les dejó indicaciones de dónde podían encontrarlo si lo necesitaban o al menos de a qué dirección enviarle cartas para seguir en contacto. Bruno se había aficionado a ellas tras su paso por el ejército. La guerra amenazaba con ser larga y podían tardar en volver a verse.

Dejaron Madrid con pena.

Debían alejarse lo antes posible de la capital, así que cabalgaron durante toda la noche sin vacilar. Las monturas precisaban descansar, buscaron refugio tras una zona de carrascas, junto al curso de un riachuelo.

Vega vestía como mozo, pantalones oscuros y una chaqueta holgada. Bruno no se atrevió a preguntarle cómo había hecho para disimular su pecho. No dudó en que doña Josefa la habría ayudado con una buena artimaña. Vega se quitó el sombrero de tres alas y dejó ver que llevaba el pelo recogido en un moño apretado.

También se bajó el pañuelo con el que se tapaba hasta la barbilla.

Daba igual como vistiera, o que no hubiera dormido ni descansado. Por mucho que se esforzara en lo contrario no podía ocultar sus inquietantes ojos.

—¿Crees que pasaré por un hombre si nos detienen?

—Si no abres la boca...

—¿Y eso por qué? —Vega intentó poner una voz más ronca.

—No te esfuerces, es inútil. Simplemente no digas nada y sobre todo no mires a nadie a los ojos.

—¿Por qué no a los ojos? —preguntó Vega.

—Tú hazme caso, sé lo que digo. Quién sabe cuánto nos tendremos que alejar de Madrid para hallarnos a salvo de los franceses.

—No nos podemos fiar hasta llegar a Sevilla, los caminos secundarios estarán llenos de asaltantes y guerrilleros. Por eso debemos seguir por el camino real, será el más seguro.

—Pero ¿cómo puedes conocer eso, Vega?

—Me he pasado la vida viajando con mi padre, ni te imaginas las aventuras que hemos pasado los dos juntos.

—En cambio yo apenas recuerdo al mío. Ni siquiera sé si está vivo...

—Yo creo que si estuviera vivo lo sabrías. Esas cosas se saben, se siente aquí. —Vega se tocó el corazón.

—Eso es poco razonable, el corazón solo bombea sangre.

—Lo que usted diga, cirujano, pero lo sabrías, créeme. Cuando mataron a mi padre yo sentí cómo se me rompía el corazón. ¿Tú que sientes?

—No lo sé, nunca me he imaginado que estuviera muerto, aunque tampoco sé dónde puede hallarse y qué estará haciendo. —Bruno miró al horizonte.

—Si no has sentido ningún cambio, quizá siga con vida.

—O murió hace tanto que ya ni lo recuerdo. —Resopló—. El camino real también será el que más vigilen los franceses, ¿no?

—Cierto; siempre podemos alegar que tú eres cirujano del colegio de San Carlos y yo tu ayudante. Nos han reclamado en Sevilla para curar unas fiebres altas.

—No sé si con eso bastará, Vega.

—Confiemos en que sí. Mira este paraje, es precioso. No se oye más que el cantar de los pájaros, el paisaje está limpio hasta donde llega la vista. No sabes la suerte que tenemos. Se respira libertad y, en cambio, nos hallamos en medio de una guerra. El mayor ejército que ha conocido Europa avanza asolando España.

—Pero estamos juntos.

—Sí, lo estamos. —Fue hacia él y lo besó en los labios—. ¿Qué te sucede? —inquirió Vega—. Tienes la mirada confundida.

—Es por algo que deseo decirte y no encuentro la manera.

—Dímelo, tarde o temprano lo harás, así que por qué complicarte dilatándolo —le aconsejó ella de forma distendida.

—Creo que sé la manera de acabar con tu maldición.

—¡Cómo! —A Vega se le dibujó una sonrisa enorme en el rostro—. ¿Lo dices de verdad?

—Mi tío me enseñó que un cirujano debe comprender a sus pacientes para diagnosticarles mejor. Escuchar sus historias, interpretar sus relatos, observar sus gestos, descifrar síntomas que ni el enfermo se ha dado cuenta que posee.

—¿Y yo soy la paciente?

—No, Vega, eres mucho más para mí. Me atrevería a decir que eres lo más importante de este mundo.

Lo volvió a besar, fue un beso apasionado, de esos que recuerdas toda la vida.

—Aún no me has dicho cómo vas a salvarme de mi maldición —dijo Vega cuando se separaron sus labios.

—Estudié las figuras de cera sobre la gestación, son extremadamente precisas, casi como si fueran mujeres reales. He leído todos los tratados del arte de partear, hasta los más antiguos de la escuela de Salerno. Pero me di cuenta de que todo eso no era suficiente.

—¿Y entonces?

—También consulté libros sobre zoología.

—¿Sobre animales? —Vega le miró sorprendida.

—Sí, quería comprender cómo son los partos en ellos. Por qué en nosotros es un proceso tan complejo y peligroso, y en ellos es más sencillo y natural. Sobre todo en los animales que más se parecen a nosotros.

—Me vas a salvar estudiando animales, ¿de verdad, Bruno?

—Solo hallé más preguntas, pero seguí investigando y encontré a la partera que te trajo a este mundo —confesó Bruno con un brillo especial en sus ojos.

—Vaya... La verdad es que nunca había pensado en esa mujer. Le debo la vida —suspiró Vega.

—Era esencial que me contara qué sucedió en tu nacimiento. —Bruno le cogió ambas manos—. Creo que ya sé por qué mueren las mujeres de tu familia al dar a luz, sobre todo cuando tienen niños.

—¿Estás seguro de lo que vas a decirme?

—Completamente —respondió Bruno con firmeza—, las mujeres de tu familia tenéis la pelvis demasiado pequeña. Tu madre seguro que era también alta. Lo imagino porque tu padre era de menor estatura que tú, eso siempre me llamó la atención. Saliste promediada, con las caderas más anchas que las mujeres de tu familia materna.

—Quieres decir que la maldición es sencillamente un problema de tamaño.

—Claro que no, es un factor más. —Bruno se dio cuenta de que Vega no le estaba entendiendo—. La pelvis estrecha es común, pero en tu familia se ve agravado porque tenéis una talla grande, que todavía es mayor en el caso de que sea un niño el que nazca, como es lógico. Todos los partos de tus antepasadas maternas han tenido que ser complejos. No creo que solo hayan muerto varones en los partos de tus ancestros, habrán muerto también niñas, pero todo se tiende a simplificar y habrán relacionado las muertes de los varones con la maldición y a las de las hembras las habrán dejado de lado, porque en el fondo, lo importante para una familia siempre ha sido que nazca un varón que pueda heredar el apellido familiar.

—Las niñas no importaban —murmuró ella con tristeza—, las mujeres siempre en un segundo plano, incluso nada más nacer. Doña Josefa me ha hablado mucho de ello.

—Ya sabes cómo han funcionado las cosas hasta ahora, el primogénito varón era el que heredaba todo. Era frecuente olvidar a las hijas y hacer un hincapié inusitado en los hijos. Date cuenta de que una familia sin varones desaparece, puede perderse un apellido, un linaje, hasta una casa real como nos pasó en España con los Austrias. Provocar un enfrentamiento, o una guerra.

—Suponiendo que tengas razón, que no lo tengo claro —le advirtió Vega—, ¿cuál es la solución que propones?

—Cuando des a luz, yo seré tu cirujano y te juro que tendrás un bebé sano y fuerte. Estaré preparado para ayudarte a tenerlo porque la medicina no deja de evolucionar. No te imaginas lo que hemos progresado, ha habido geniales médicos y cirujanos como Ambroise Paré o Vesalio, y mujeres como Trotula de Salerno. La medicina es maravillosa, es la ciencia más importante, la que explica cómo somos, cómo funciona nuestro cuerpo. Con todo lo que he estudiado y aprendido, podré salvarte, ¡salvaros!, cuando estés de parto. Olvídate de supersticiones, ahora estamos en la época de la ciencia y el conocimiento.

—Me gusta cuando hablas con esa pasión. —Le acarició la mejilla.

—Antes no sabía por qué quería ser cirujano, pero tú me mostraste la razón. Quiero ser el mejor cirujano por ti, para salvarte.

—Bruno, eso que dices es precioso. Pero para eso antes tendré que quedarme embarazada. —Vega arqueó las cejas.

—Para eso también me gustaría ayudarte.

Ella se ruborizó un instante, el que Bruno tardó en besarla.

Bruno Urdaneta y Vega Marèchal se amaron como solo se puede amar en medio de una guerra, cuando cualquier día puede ser el último.

73

Por la mañana prosiguieron su camino hacia el sur, hasta que divisaron una columna de humo al frente. Recelosos de lo que pudieran encontrar, decidieron aproximarse con precaución. Al llegar, la escena era dantesca, varios cuerpos desnudos colgaban de lo alto de las ramas de unos árboles.

—¡Vámonos!

—No podemos dejarlos ahí —espetó Vega mientras agarraba fuerte las riendas de su caballo.

—¿Quieres que nos hagan lo mismo?

—Bruno —pronunció su nombre como una madre indignada por un mal comportamiento de su hijo—, no podemos irnos.

—¿Quién te dice que no nos están observando? —Hizo un gesto moviendo su dedo índice en círculos.

—¡Bruno! —Vega le lanzó una mirada como si pudiera partirlo en dos.

—No tenemos herramientas, somos solo tú y yo... ¿No pretenderás que les demos sepultura?

—Al menos bajémoslos y démosles algo de dignidad, por favor.

—Pero... —Bruno observó los cuerpos colgados y a continuación los ojos de Vega—. ¡Maldita sea! Está bien, ¡rápido, ayúdame!

Los descolgaron con terribles dificultades, con el más voluminoso a punto estuvieron de desistir. Finalmente los dejaron en el suelo y colocaron algunas piedras que encontraron cerca sobre ellos. Rezaron un padrenuestro y una breve oración. No eran unas tumbas ni mucho menos perfectas, pero como mínimo mantendrían los cuerpos a salvo de las alimañas.

Prosiguieron el camino envueltos en un halo de tristeza, así cruzaron una pronunciada sierra de escasa vegetación y llegaron hasta un valle frondoso, donde encontraron un pueblo que había sido consumido por las llamas. Solo quedaban en pie algunos muros de adobe y la torre de la iglesia se encontraba desmochada y sin campanas. De los edificios grandes aún salían hilos de humo y los más humildes habían sido pasto de las llamas y ya solo quedaban sus esqueletos moribundos. Lo rodearon aun a costa de dar una prolongada vuelta.

—Los franceses no tienen compasión por nada —musitó Bruno cuando la población ya se perdía de vista—, ¿por qué son tan crueles?

—No lo son todos, solo las tropas de Napoleón.

—¿Acaso no es lo mismo?

—No exactamente —respondió Vega.

—Sea lo que sea, no he visto nada de lo bueno que decían que nos traerían. ¿Dónde están las ideas de la igualdad y la libertad? ¿Esta es la famosa Revolución francesa? Quemar pueblos y ahorcar a campesinos dejando sus cuerpos que se pudran al sol.

—Mi padre me explicó una vez que Napoleón es hijo de la Revolución francesa, sin embargo a veces los hijos no salen como uno espera —respondió Vega con la voz sesgada—. Quizá la revolución no fue tan buena madre como creía, quizá le faltó un padre. Sus ideales eran buenos para el pueblo, trajeron esperanza. Pero Napoleón no lo es, lo ha corrompido todo. Ha utilizado esa esperanza en su propio beneficio.

—No sé, Napoleón era un revolucionario.

—También un militar déspota. No piensa en Francia, sino en sí mismo.

—¿Y qué pinta España en todo esto? —inquirió Bruno haciendo gestos de incomprensión—, ¿por qué nosotros? Entiendo que un estado pueda ocupar territorios en disputa, fronterizos, estratégicos, pero ¡todo un país!

—Un amigo de mi padre decía que la invasión de España es consecuencia de las circunstancias. En Trafalgar, españoles y franceses lucharon juntos y fueron vencidos. A raíz de esa derrota, el sueño de desembarcar en Inglaterra se difuminó, Napoleón entendió que en el mar la superioridad de Inglaterra era ahora incuestionable y dejó de interesarle la alianza con España.

—¿Y decidió invadirnos?

—No; mi padre estaba convencido de que el proyecto inicial era en efecto un bloqueo continental frente a Gran Bretaña, no obstante tampoco eso le estaba funcionando a Napoleón. No es posible controlar todos los puertos de Europa. —Vega tenía la virtud de hablar con erudición, mostrando las evidencias de su ilustrada educación—. La concepción del bloqueo fue una idea gigantesca y en Europa hay muchos puertos donde seguían llegando mercancías británicas, especialmente en los portugueses.

—Sigo sin comprender por qué Napoleón nos ha invadido.

—Muy sencillo, porque puede —afirmó Vega con una rotundidad pasmosa.

—¿Cómo dices?

—Los amigos de mi padre lo mencionaban mil veces en sus reuniones, cuando bebían varias copas de vino se soltaban la lengua. —Sonrió recordando tiempos mejores—. Aseguraban que Napoleón no valora nada a los españoles y mucho menos a sus reyes. Date cuenta de que tanto el padre como el hijo corrieron a darle la Corona, ¿qué reyes hacen eso?

—Los obligaron.

—Por favor, Bruno —pronunció de nuevo como llamándole la atención—. Tanto el padre como el hijo son unos cobardes que lamen la bota de Napoleón. Estoy segura de que hasta el mismo Napoleón sintió vergüenza de los Borbones y se dio cuenta de que España se hallaba gobernada por ineptos, así que la tomó él en su propio beneficio. Se puede decir que se sintió obligado, sé que suena fatal, pero ese hombre se cree casi un Dios —recordó Vega.

—Pero España es de su pueblo.

—No, Bruno. España es de sus reyes y estos la regalaron. Ahora nos toca al pueblo defenderla y recuperarla.

Justo entonces vieron movimiento de jinetes a poca distancia. De pronto apareció una nube de polvo tras ellos y los primeros aceleraron el trote de sus caballos.

—¿Ahora qué hacemos? —Vega torció el gesto.

—Guardar la calma y sobre todo que no descubran que eres una mujer.

—¿Y si lo hacen?

—Entonces tendremos que improvisar; al menos que nunca sepan que eres medio francesa.

En efecto, las dos compañías de jinetes los rodearon, eran guerrilleros. Vestían ropas sin distintivos y portaban armas variadas, sus monturas también eran heterogéneas y hasta sus edades.

—¿Quiénes sois? ¿Adónde vais? —inquirió uno de ellos que tenía un pañuelo anudado en la frente.

—A Cádiz, soy cirujano. Me llamo Bruno Urdaneta. En Cádiz hay un colegio de cirugía de la Armada, vamos para incorporarnos.

—¿Médicos?

—Cirujanos y no portamos armas ni nada de valor.

El que hablaba era alto y tenía el mejor caballo, un semental nervioso, con patas fuertes que impresionaban por su noble porte. Con seguridad lo habían robado porque era un caballo militar.

—Vosotros sois los que habéis descolgado a los muertos que había a seis leguas, ¿verdad?

Bruno maldijo su suerte.

—Sí, no podíamos dejarles allí. No sé lo que habían hecho, pero... era nuestra obligación como buenos cristianos.

—¿Que qué habían hecho? Esos tres hombres eran hijos de España y habían luchado en Bailén derrotando a los franceses. Vuestro acto os honra, si os llegan a ver los invasores os hubieran hecho lo mismo.

—Yo también estuve en Bailén —afirmó Bruno manteniéndole la mirada.

—¿Es eso verdad? ¿No estarás mintiendo?

—Lo juro, en retaguardia, junto al capitán de artillería Corbalán. Repelimos con una artimaña el asalto de la caballería al flanco izquierdo —relató con entusiasmo.

—No sé... Ahora todo el mundo dice que estuvo en Bailén. Solo creyendo a la mitad de los que lo cuentan, sumarían un ejército diez veces el de Napoleón.

—A mí me da igual si me creéis o no, lo importante es que vencimos.

—Bien dicho. —El guerrillero sonrió y luego escupió al suelo—. ¡Malditos franceses!

—¿Por qué habían dejado a esos hombres colgados? ¿Qué habían hecho? ¿Por qué los humillan así? —inquirió Vega ante la cara de asombro de Bruno que la recriminó con la mirada.

—Lo hacen para que nos rindamos, para amedrentarnos. Y también son trampas, los vigilan por si alguien los descuelga, entonces los atrapan y los interrogan. La partida que lo hizo tuvo que replegarse al saber que nosotros andábamos por aquí, habéis tenido suerte. Aunque ahora viene todo un ejército.

—¿Hacia aquí? —inquirió Bruno.

—Sí, con numerosa caballería y artillería. Me temo que os pisan los talones, envían a todos los escuadrones hacia Andalucía. Y más concretamente a Sevilla. Estamos reuniéndonos todos cerca de Valdepeñas, entre Toledo y Córdoba.

—¿Y podéis decirnos cuánto nos queda hasta Sevilla?

—Ocho jornadas de camino y dos más de descanso, la construcción de la nueva variante del camino por Despeñaperros es la mejor opción, todas las rutas que se utilizaban anteriormente han caído en desuso.

—Pero es la más vigilada y por tanto peligrosa, ¿aún se pueden usar esos viejos caminos?

—Por supuesto, si queréis esquivar a los franceses, seguid hasta la Venta de San Juan de Dios, pasado Los Yébenes. Allí avanzad un poco más hasta un castillo que se alza en lo más alto de un cerro. También fue un hospital en los tiempos en que Granada era un reino musulmán, en su interior hallaréis refugio seguro, decid que vais de parte del Chato.

—Muchas gracias.

—Tu amigo tiene una expresión extraña. —El Chato señaló a Vega.

—Acaba de perder a su padre, lo mataron en Madrid delante de él. —Y al decirlo, Vega casi rompe a llorar.

—Cuanto lo lamento, mis condolencias. Podéis seguir y no temáis, vengaremos a vuestro padre. —Y arrearon a sus caballos.

—¿Por qué has tenido que decir eso? —Vega tenía el rostro cubierto de enfado.

—¿Y tú para qué abres la boca? Tenía que improvisar algo; ha funcionado, ¿no?

—Bruno, no vuelvas a hacerlo. —Reemprendieron la marcha, pero Vega estuvo callada durante varias horas.

Siguieron dos jornadas más, hasta llegar a la fortaleza; era un antiguo castillo desmochado, rodeado por una muralla de almenas puntiagudas que recortaban el cielo. Con una planta cuadrangular y una torre en cada esquina. Subieron hasta el empinado acceso, hicieron un giro completo de noventa grados hasta quedar frente a su puerta en arco apuntado. Donde varios hombres armados les dieron el alto desde el adarve de las murallas. Dijeron que los había enviado el Chato y pudieron pasar al patio de armas.

Había un improvisado hospital dirigido por una mujer que aseguraba saber de pócimas y ungüentos. Bruno no creyó posible que existiera todavía un personaje así en la España de principios del siglo.

Decidieron pasar la noche protegidos por los muros del castillo.

74

Al día siguiente llegó un frío más intenso de lo normal incluso para ser invierno, y después apareció con una fuerza inusitada la lluvia y un feroz viento del norte. Tal es así que nadie salió del castillo en varios días. Con el nuevo año el tiempo mejoró lo suficiente para que llegaran víveres de poblaciones cercanas, pero también enfermos buscando auxilio en aquel extraño hospital. Al parecer la curandera tenía fama por la zona, era conocida por sus ungüentos y brebajes. A Bruno le parecía casi una bruja de las que se cuentan leyendas y el estar en un castillo no hacía sino acentuar esa impresión.

Bruno explicó quién era y trató de imponer su grado de cirujano a la hora de atender a los enfermos. La curandera no estuvo de acuerdo y se negó en rotundo.

Eso frustró al cirujano, que se vio impotente al no poder auxiliar a los pacientes que veía llegar con las más diversas dolencias. Fue entonces cuando Bruno vio la realidad sanitaria alejada de las grandes ciudades como Barcelona y Madrid. En aquella España, los avances científicos y la nueva medicina de los cirujanos no estaban presentes. Parecía anclada como el viejo castillo donde se habían resguardado. Ni médicos ni cirujanos ni boticarios, allí solo llegaban los remedios de una vieja mujer, a la que por otro lado todos obedecían.

Bruno se vio retroceder en el tiempo, entre aquellos muros de piedra creyó estar de nuevo en el Medievo y su mentalidad llena de sinrazón y repleta de supersticiones. La Ilustración y la modernidad quedaban lejos de estos hombres armados hasta los dientes, poco tenían que ver con él y sus ideales. Y, sin embargo, eran ellos los que se estaban enfrentando a los invasores.

—Debemos proseguir nuestro viaje —le reclamó Vega—, Cádiz aún está lejos de aquí.

—Es pleno invierno, ¿quién nos dice que no vendrá un nuevo temporal?

—Debemos ir al sur, como habíamos planeado.

—Ayer escuché a unos de aquí decir que en Sevilla las cosas están complicadas. Ahora manda un tal mariscal Soult, que es el lugarteniente general del emperador en España y hace poco obtuvo una importante victoria en la batalla de Ocaña. Ya ha entrado en Sevilla y controla Andalucía entera salvo Cádiz.

—Entonces Cádiz resiste, razón de más para irnos ya —insistió Vega—, antes de que sea imposible llegar a ella.

Empaquetaron sus escasas pertenencias y prepararon las monturas, querían marchar al alba. Decidieron que era mejor dejar el castillo sin decir nada, así evitaban tener que dar posibles explicaciones. Salieron del establo hacia la puerta, cuando desde una de las torres dieron la voz de alarma.

—¿Qué ocurre, Bruno? ¿Hemos hecho algo malo?

—Podemos irnos cuando queramos, no somos prisioneros —observó el revuelo que se estaba formando—, esto no es por nosotros.

Comenzaron a oírse gritos y todos corrían de un lado a otro. Incluso se oyeron disparos en el exterior y enseguida asaltaron el castillo decenas de casacas azules, la mayoría perseguía a los guerrilleros que intentaban huir por una poterna en un flanco de la muralla. Los franceses los acribillaron desde lo alto y mandaron a sus jinetes a dar caza a los pocos que lograron salir. Ahora el castillo se encontraba en manos del destacamento francés. Vega y Bruno se habían metido en la boca del lobo sin darse cuenta.

La tropa invasora tomó de inmediato posiciones en las viejas murallas y en las torres desmochadas. En poco tiempo, el castillo fue totalmente controlado por los franceses. Se trataba de una columna numerosa y cargada con varios carros de avituallamiento.

—¿Ocultáis a más guerrilleros? Es mejor que no mintáis —les advirtió uno de los oficiales napoleónicos.

—No, solo estaban de paso, nada tenemos que ver con ellos. Aquí solo hay enfermos de la zona. —La curandera no se achantó ante el imponente oficial galo.

—¿Qué es este lugar? —preguntó el oficial al mando.

—Es un hospital, yo lo dirijo —contestó la curandera.

—¿Un hospital en un castillo? Qué país más extraño —dijo con desagrado—. Haz que despejen el espacio intramuros para que duerman mis hombres.

—Pero tenemos heridos, ancianos y niños.

—¡He dicho que despejen las salas principales! Llévate a tus enfermos a donde quieras, me da igual. Y acordonaremos toda esa zona para nuestros carros, ¿entendido?

—Está bien, como ordenes.

—Y no quiero ningún problema, si aparecen más criminales y se os ocurre atender o curar alguno de ellos, quemaremos el castillo, ¿entendido?

—Sí, señor.

Los franceses colocaron centinelas en las desmochadas torres, otros patrullando por el adarve y guardias custodiando los pesados carros que transportaban. Todos los españoles fueron desterrados a las bodegas de la fortaleza, bien custodiados por los soldados.

A Vega y Bruno no les quedó más remedio que aguardar a que se marcharan para dejar también ellos el castillo. Sin embargo, los franceses, lejos de irse al día siguiente, se aposentaron con claras intenciones de permanecer varias jornadas. Todos los ocupantes del castillo tuvieron que ponerse a trabajar a sus órdenes, así Bruno y Vega fueron mandados a cortar leña a las inmediaciones del castillo. Ella seguía manteniendo oculta su identidad, aunque cada día bajo la vigilancia francesa implicaba más riesgo.

La sexta noche desde la llegada de los extranjeros se levantó de nuevo tormenta y los franceses los movilizaron para poner a salvo la mercancía de los carros dentro de la sala capitular del castillo. Eran bultos grandes y pesados, bien empaquetados y eran obligados a tratarlos con sumo cuidado. Fue una tarea laboriosa y de intenso esfuerzo físico.

—¿Qué pueden estar transportando? —Vega miraba a Bruno al calor del fuego del patio de armas, donde se calentaban antes de acostarse como todos los demás ya que el interior del castillo era exclusivo para los franceses.

—Ni idea, no parecían víveres. Y no sé qué armas pueden guardar en esos envoltorios tan delgados y pesados.

—¿Y entonces?

—A saber... Este es un lugar inhóspito, donde pasar desapercibido —murmuró Bruno—. Ocultan algo, no sé el qué, pero eso que transportan debe ser valioso para ellos.

75

La estancia francesa se prolongó más de lo esperado, Bruno y Vega se hallaban prisioneros de forma totalmente inesperada. Planearon la manera de huir, pues tarde o temprano podían descubrir quiénes eran. Lograron la ayuda de algunos lugareños, que les indicaron la forma de salir del castillo, puesto que los franceses no conocían todos sus pasadizos. Lo tenían todo preparado para escapar al anochecer del último día de aquel mes, habían logrado reunir unas pocas provisiones y debían renunciar a sus caballos para no llamar la atención al huir bajando por un lienzo de muralla que había en mal estado y rebajado en altura.

Estaban nerviosos y a la vez convencidos de que era la mejor de sus opciones. Les costó conciliar el sueño, todos dormían cuando se pusieron en marcha; entonces se oyeron unos gritos. A continuación unos disparos, los franceses dieron la alarma y se desplegaron tomando posiciones en las murallas.

—Bruno, ¿nos están atacando?

—Me huelo que no, que es algo peor.

—¿Peor?

—Sí, han descubierto a otros que intentaban escapar en plena noche. Shhh —le pidió silencio—, olvídate de huir, Vega, ahora redoblarán los guardias. Además, visto el poco éxito que han tenido ahora no parece tan buena idea lo que habíamos planeado.

Al día siguiente, nadie mencionó nada de lo ocurrido. Vega se encontraba especialmente angustiada entre los soldados galos, temía que tarde o temprano descubrieran que era una mujer y además medio francesa, y que esa información llegara al coronel Lemar. En lo más profundo de su corazón, Vega temía encontrarse de nuevo con el asesino de su padre. Su figura la visitaba en sus peores pesadillas, uniformado y a lomos de un colosal caballo negro. Ella era consciente de que su acento podía delatarla, intentaba disimularlo recordando las canciones que le cantaban de niña. Así que sola las tarareaba buscando su acento materno.

A los pocos días se aproximó una columna numerosa a la fortaleza, ellos estaban trayendo agua del río cuando vieron a un oficial uniformado marchar al galope seguido de dos húsares.

—¡Santo Dios! —Vega se llevó las manos a la cabeza.

—¿Qué sucede?

—Bruno, aquí está pasando algo importante. Ese hombre es un mariscal de Napoleón.

—¿Un mariscal, aquí? ¿Estás segura?

—Sí, ese uniforme es de un mariscal —respondió—, no tengo ninguna duda. Mi padre me explicó cómo visten los oficiales imperiales por si alguna vez me cruzaba con uno.

Cuando volvieron al interior de la fortaleza, los obligaron a alinearse en el patio de armas. El mariscal llegó montado en su imponente montura y pasó frente a ellos mirándolos desde lo alto con un desprecio que Bruno jamás había visto antes en los ojos de ningún hombre. Ni la estatua de Apolo con el rostro del rey Carlos III tenía aquella mirada.

El alto oficial francés comentó algo jocoso con sus acompañantes, para después soltar unas carcajadas. A continuación se dirigió a la capilla donde guardaban los pesados bultos que transportaban.

A los españoles los obligaron a retirarse a las bodegas. Bruno se dio cuenta de que Vega estaba muy callada y con el rostro cubierto por la preocupación.

—¿Qué sucede? Has oído lo que han dicho, ¿verdad?

—Sí, Bruno.

—¿No vas a contármelo?

—Bruno, ese hombre que ha llegado hoy es el mariscal Soult. Es la máxima autoridad de Napoleón en España.

—¿Y qué hace aquí? ¡Este castillo está en medio de la nada!

—Ha venido por lo que guardan en la iglesia.

—¿Qué es? —insistió Bruno.

—No lo sé, pero debe ser valioso, mucho.

—Tenemos que descubrirlo.

—¡Estás loco!

—No podemos quedarnos con los brazos cruzados, no después de todo lo que ha sucedido.

—Tú eres cirujano, no un soldado ni un guerrillero.

—Vega, estamos en guerra. Esos franceses han venido para conquistar España, nos tienen aquí encerrados, masacraron a nuestros ejércitos, humillando a la gente de Madrid, ¿de verdad me estás diciendo que nos quedemos de brazos cruzados?

—No es una buena idea. —Lo miró desde la profundidad de sus enormes ojos, intentando hacerle cambiar de opinión.

—Yo no he dicho que lo fuera, solo que hay que hacerlo.

A la noche siguiente, aprovechando que la luna era menguante, esperaron a que todos durmieran. Los guardas que los custodiaban echaban la llave a la puerta y no prestaban demasiada atención a lo que pasara dentro de las bodegas, confiados en que no podían huir. Sin embargo, el castillo tenía recovecos que por suerte aún desconocían. El problema era que solo comunicaban los subterráneos con la superficie. La curandera les explicó que los que salían antaño del castillo habían colapsado debido a su mayor longitud. Y que de todas formas era peligroso moverse por los interiores, porque estos también podían venirse abajo en cualquier momento.

Les indicó que tras unos bultos había una oquedad que comunicaba con una galería que daba con el piso superior. En su interior se sintieron como en los conductos del agua cuando huyeron de Madrid. Pero esta vez el espacio era menor y tuvieron que arrastrarse entre la roca hasta alcanzar la salida al patio de armas del castillo y deslizarse con sumo sigilo hacia la iglesia. Los guardias franceses que patrullaban sobre las murallas se hallaban más atentos a vigilar el exterior que intramuros.

La puerta de la iglesia sí se hallaba custodiada, aguardaron sin saber qué hacer a continuación. Hasta que el centinela se alejó unos pasos para orinar, dejando desguarnecida la puerta unos instantes, los suficientes para que Bruno y Vega se colaran en el interior del templo guardando el mayor de los silencios. Era un espacio reducido, de una sola nave, la cual estaba llena de la carga de los franceses. Todo eran bultos bien protegidos, imposible saber qué había en el interior sin abrir los envoltorios que parecían cuidadosamente realizados.

—Nos estamos jugando la vida —murmuró Bruno—, y ni siquiera sabemos por qué. Abramos ese que es tan alto.

Con todo el cuidado del que fueron capaces, la pareja retiró las telas y las cuerdas que ocultaban... ¡un cuadro!

Ambos se miraron sorprendidos.

—Es... Parece la representación del Nacimiento de la Virgen. —Bruno quitó las demás telas.

—¿Qué sentido tiene que los franceses transporten cuadros en secreto?

—Solo uno, Vega. Los están robando.

—Eso no puede ser verdad, Napoleón puede ser muchas cosas, pero... ¿un ladrón?

—Me apuesto lo que quieras a que el resto también son cuadros. Es un botín de guerra —afirmó Bruno con ambas manos en la nuca.

—Me gustaría saber si Napoleón está al corriente de lo que está perpetrando su mariscal.

—Mira aquí Vega, hay un par de libros. Este es el *Diccionario de Artistas Españoles* y está escrito por un tal Agustín Ceán Bermúdez. El otro es un informe minucioso de obras de arte y en qué lugares se hallan, la mayoría en Sevilla.

—A ver —Vega tomó un tercero, que estaba escrito en francés—, este es un libro de registro, aquí por ejemplo pone diez lienzos que decoraban el claustro chico del convento de San Francisco.

Oyeron ruidos en la puerta y se apresuraron a volver a embalar la obra.

—Hay que irse —Bruno señaló a una de las ventanas del ábside—, por ahí, ¡rápido!

—Espera —Vega tomó uno de los libros.

Entonces irrumpieron en el templo el mariscal Soult y dos de sus oficiales. Bruno y Vega se ocultaron tras el altar, desde donde observaron cómo los franceses fueron descubriendo algunas de las obras de arte, colocándolas apoyadas en las paredes de la iglesia. Eran auténticas maravillas, escenas de todo tipo, muchas representando a la Virgen. Cuando terminaron, el mariscal Soult quedó rodeado por completo de los cuadros mientras hablaba con sus oficiales.

—¿Qué están diciendo? —preguntó Bruno en voz baja.

—Ese hombre está enfermo, habla de encontrar todos los cuadros posibles de Murillo que hay en España y llevárselos a Francia. Murillo es uno de los más grandiosos pintores de la historia española, quizá solo superado por Velázquez.

—Olvidaba que eres una apasionada del arte, ¿no habrá alguna obra de Goya por ahí?

—Es posible —respondió Vega afectada por los acontecimientos.

—Nunca había oído que un ejército se dedicara a robar cuadros.

—Yo tampoco.

Entonces uno de los oficiales comenzó a gesticular y a buscar algo.

—Creo que se han dado cuenta de que falta el libro —dijo Vega a la vez que lo abrazaba con fuerza—, debemos salir de aquí y esconderlo.

Los franceses comenzaron a embalar de nuevo las obras de arte, mientras el mariscal abandonaba el templo enojado.

—Ahora, Vega.

Corrieron hacia el ábside. Bruno abrió un ventanal y Vega salió. Él tuvo más dificultades por lo reducido del hueco, al final también dio al exterior. Desde el ábside siguieron hacia la galería que comunicaba con la bodega.

—No podemos llevar el libro, ahí abajo no hay dónde esconderlo —espetó Vega.

—¿Qué quieres hacer?

—Espera —dio un par de vueltas alrededor—, ¡ahí! —señaló un hueco en uno de los muros—. Dame.

Cogió el libro y lo introdujo, tomó varias piedras que había en el suelo y tapó el hueco.

Vega sonrió y le dio un beso a Bruno.

Regresaron a la bodega sin ser descubiertos.

76

A la mañana siguiente, las tropas del mariscal Soult formaron en el patio de armas listas para partir, él mismo pasó revista. Sus soldados iban perfectamente uniformados, con sus casacas azules, las altas botas y los mosquetes con las bayonetas caladas. Una primera compañía salió como vanguardia, mientras los carromatos cargados con las obras de arte abandonaban la fortaleza a un ritmo lento, escoltadas por fieros húsares.

Solo el mariscal y los hombres que custodiaban los muros del castillo permanecían entre las murallas de piedra.

—¿Crees qué lograrán llevárselas a Francia? —preguntó Vega en voz baja.

—¿Quién se lo va a impedir?

—No es justo. —Vega se mordía las ganas de alzar la voz—. No es solo robar algo valioso, es arrancar la historia de un país.

Oyeron unos ruidos y dos soldados franceses tomaron a Vega por los brazos.

—¡Qué hacéis! —gritó ella.

Uno de los franceses le quitó el sombrero y el abrigo con brusquedad, también le deshizo el moño, dejando al descubierto su larga cabellera.

—Esa curandera tenía razón, es una mujer.

—¡Soltadme!

—De eso nada, ahora te vamos a enseñar lo que hacemos

con las españolas rebeldes —dijo uno de los soldados con ojos lascivos.

—¡Basta! —saltó Bruno.

—¿Quién te has creído que eres tú? —Le encañonaron con sus armas.

—No la toquéis.

—Haremos lo que queramos, haberlo pensado antes de intentar engañarnos. —Se rio el mismo francés que agarraba a Vega.

Bruno miró a Vega desesperado, apretó los puños dispuesto a batirse con aquellos soldados que le apuntaban. Pero sabía que solo encontraría la muerte.

—El ejército imperial no pueda abusar de una mujer francesa —dijo entonces para sorpresa de los galos—. Ella se llama Vega Marèchal.

—¿Qué has hecho, Bruno?

—No podía permitirlo, Vega. Lo siento.

—¡Alto! —El mismísimo mariscal Soult surgió a lomos de su caballo—. ¿Marèchal?

—Es francesa como ustedes, solo estábamos de paso. No somos guerrilleros, se lo aseguro. Yo soy cirujano y ella...

—¡Silencio! —exclamó el mariscal Soult a la vez que su fiero caballo se alzaba sobre sus patas traseras—. Está en lo cierto, no podemos violentar a una mujer, menos aún cuando es francesa, por mucho que sea una traidora.

—¡Yo soy española!

A Bruno se le heló la sangre al ver al mariscal Soult girar su montura hacia ella con una mirada de cólera.

—Yo conozco ese apellido y sé perfectamente quién era tu padre, y eres exactamente lo mismo que él, una traidora. Vendrá con nosotros —asintió, señalando con la cabeza a sus hombres—, ¡vamos!

Entonces Vega se zafó de sus captores y corrió hacia los brazos de Bruno.

—Salva el libro, por favor —le susurró al oído—, te quiero, no te preocupes por mí.

De inmediato la arrancaron de Bruno y la lanzaron al suelo del castillo.

—¡Soltadla! Ella no ha hecho nada.

—Por supuesto, me olvidaba de ti. —El mariscal Soult acarició el crin del cuello de su caballo—. Dadle cincuenta latigazos, pagad a la curandera y echad a toda la chusma de este lugar, luego prendedle fuego. No quiero que quede en pie ni una sola piedra de este nido de ratas.

SEXTA PARTE
CÁDIZ

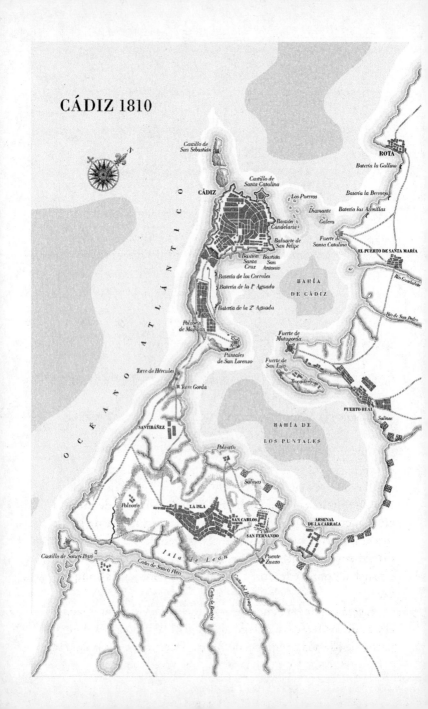

77

> La ciudad de Cádiz, fiel a los principios que ha jurado,
> no reconoce otro Rey que el señor don Fernando VII.
>
> SANTIAGO TERRY, contestación
> al ultimátum del mariscal Soult

Cádiz, año 1810

Solo la Real Isla de León y Cádiz constituían la España libre: el resto era tierra conquistada, con un rey extraño nombrado por Napoleón, el poderoso emperador, el gran tirano de Europa.

Cádiz estaba considerada una de las fortificaciones más monumentales del mundo, toda la ciudad era una fortaleza encaramada sobre un enclave que de por sí se erigía como un castillo natural. Sus habitantes llevaban en la sangre la capacidad de resistencia y la tradición de ser asediados de manera cíclica, como en otros lugares tenían la costumbre de sufrir intensas lluvias, calores sofocantes, o avenidas de ríos. En Cádiz sabían que cada cierto tiempo iban a ser sitiados, puestos a prueba, bombardeados y bloqueados; pero jamás conquistados.

Las raíces de este enclave eran ancestrales y se hundían en época de los fenicios, el legendario general cartaginés Aníbal partió de ella a la conquista de Roma. Decían que era la ciudad más antigua de Occidente, centinela de la unión del mar Mediterráneo y el océano Atlántico.

Toda España estaba ocupada por los franceses, toda a excepción de Cádiz.

Napoleón creía que su invulnerabilidad era exclusivamente por mar, así que los ejércitos del mariscal Soult serían capaces de tomar la ciudad por tierra.

Qué equivocado estaba.

Las tropas imperiales no habían podido ni siquiera acercarse a sus murallas. La línea de defensa española se había establecido antes, en la zona de marismas y salinas que formaba la Isla de León, y que se había convertido en un inmenso foso alrededor del caño de Sancti-Petri. En el istmo que unía la isla con Cádiz se habían dispuesto tres baterías y un gran polvorín. Además, las flotas inglesa y española, que guardaban su bahía, hacían imposible un desembarco en la zona.

Aquel sistema defensivo fue toda una sorpresa para el ejército de Napoleón.

Bruno había llegado hacía poco a Cádiz, porque cuando se recuperó de la paliza que le propinaron los franceses en aquel castillo, buscó desesperadamente a Vega. Deambuló por el amplio territorio entre Madrid y Sevilla, indagando y preguntando en cada pueblo y venta. Custodiando el libro robado al mariscal Soult como oro en paño. Tardó en hallar respuestas, y al descubrir que los franceses se la habían llevado presa a Madrid, la realidad se le echó encima como una pesada losa de piedra. Indagó cómo averiguar más sobre su paradero en la capital, así que aguardó a las afueras de Madrid y contactó con Fustiñana, que había logrado adaptarse a la nueva situación y sobrevivía en un Madrid en transformación. Los galos habían decidido darle un aspecto francés a la capital de España, para ello estaban derribando conventos y abriendo plazas y calles más grandes. Según le contó Fustiñana en una carta, ahora se dedicaba a suministrar materiales de construcción para las nuevas infraestructuras francesas y como siempre estaba bien relacionado.

Bruno esperó un par de semanas hasta que Fustiñana le informó de que Vega se hallaba custodiada en el Palacio Real.

El mundo se derrumbó cuando Bruno lo supo, la residencia real era el lugar mejor protegido de Madrid, jamás podría rescatarla de allí. No obstante, sabiendo de la pericia de Fustiñana, le envió otra carta con el propósito de que se la hiciera llegar a Vega.

Enamorarse en medio de una guerra nunca podía ser una buena idea. Él siempre había sido consciente de ello, ahora solo pagaba las consecuencias. Era una situación terrible, pero Bruno pensaba en Vega y entonces sacaba fuerzas de flaqueza y se rebelaba contra la idea de que todo estuviera perdido. Sabía del coraje de su amada y a él no le iba a faltar determinación para encontrar la manera de volver a estar juntos.

Poco podía hacer por ella ahora, creyó que lo mejor para liberarla era vencer a los franceses y que tuvieran que dejar España, así que marchó a Cádiz a ayudar en todo lo que pudiera a defender la última ciudad libre de España y también con la intención de informar del expolio de obras de arte que habían descubierto, previo paso por Sevilla, donde encontró la ayuda de los monjes de uno de los conventos atacados por el mariscal Soult. Ellos le aconsejaron ir a Cádiz y presentar toda la información a la Junta Central de gobierno de la España libre.

Hizo valer su condición de cirujano para lograr colarse en una patrulla que atravesó las líneas francesas para reforzar el ejército de defensa. Una vez en la ciudad buscó acomodo en el hospital. Cádiz disponía del primer colegio de cirugía de España, pero necesitaba una autorización para poder trabajar en él. Allí llegaban numerosos heridos desde las embarcaciones que arribaban a su puerto, tenían buen suministro de fármacos y utensilios médicos. El hospital se hallaba bien organizado, como el resto de instituciones que se habían configurado en la única ciudad que permanecía independiente en todo el territorio español.

De hecho no parecía una plaza asediada, solo el ruido de los incesantes bombardeos despertaba a sus residentes del sueño de libertad.

Los días pasaron y Bruno se acostumbró a las peculiaridades de vivir en una ciudad asediada, que se había convertido en un miniestado. En ella había políticos de todas las regiones del Imperio español, desde la propia España hasta las provincias de América; altos funcionarios; mandos del ejército; embajadores extranjeros; y numerosas tropas de defensa españolas, portuguesas e inglesas; todos juntos conformaban una plaza única en el mundo.

Desde septiembre se habían constituido unas Cortes que se declararon depositarias del poder de la nación en San Fernando, mientras el frente de batalla estaba en la Isla de León. San Fernando era junto con Cádiz el único bastión de la resistencia. Si caían, la contienda llegaría a su conclusión y Francia ganaría la guerra. La defensa seguía los planes de la Junta Central, que se había refugiado en la ciudad con la consigna de que había que seguir luchando hasta el final. Aquí se concentraba ahora el gobierno y, desde Cádiz, se dirigía la guerra de Independencia en toda la península.

Porque para asombro del resto de Europa, España estaba resistiendo y haciendo frente a Napoleón. Había logrado lo que no había podido hacer ninguna otra potencia, infligirle su primera derrota a campo abierto, y defensas heroicas como la de los sitios de Zaragoza se pregonaban en todas las capitales europeas.

Napoleón ya no era invencible.

España era un rayo de luz para todas las naciones sometidas y amenazadas por el emperador. Y si esa luz se apagaba, la sombra del águila imperial cubriría todos los reinos.

Bruno intentó contactar con algún alto funcionario del estado para revelarle la información que había descubierto en el castillo. Después de mucho insistir, logró entrevistarse con uno de los diputados, José Luis Morales Gallego, representante de la Junta Superior de Observación y Defensa.

—¿Y dice qué había un enorme número de cuadros? —le preguntó al recibirlo en su gabinete.

—Decenas, y este es el libro de registro. —Se lo entregó en mano.

—Estamos al corriente de que, desde que se ocupó Sevilla, los franceses la están expoliando... Pero esta información es mucho más grave —dijo el diputado Morales con tono de preocupación.

—¿No se puede hacer nada al respecto?

—Mire, en el convento de los Capuchinos supieron de las intenciones de Soult antes de que este llegase a Sevilla, por lo que los monjes pudieron desmontar los cuadros de Murillo que había en el retablo mayor de la iglesia, trasladándolos aquí, en donde se encuentran ocultos en casas particulares.

—¿Y el cargamento que yo vi?

—No sabría decirle, los franceses arrasan con todo. Abren sepulturas para arrancar los anillos de los muertos. Roban relicarios y cálices de las iglesias para fundir la plata y mil fechorías más contra nuestro arte y nuestra historia. ¿Sabe lo que quiere decir eso? Yo se lo diré: que han venido para quedarse, para someternos, para acabar con nuestro país. Por eso se apoderan y destruyen nuestra cultura.

Bruno se percató de inmediato de que el diputado era un hombre de indudable inteligencia, tenía esa elocuencia que solo da el haber estudiado, leído y formado de forma concienzuda. Pero además tenía el vigor y la determinación de los grandes hombres. En buena medida le recordaba a doña Josefa de Amar y Borbón, aunque ella era del todo inigualable.

—Entiendo lo que me quiere decir, pero es realmente preocupante.

—No lo dude, joven, no lo dude. —Y el diputado sacó un buen cigarro, le ofreció a Bruno, que lo rechazó, y se lo encendió—. Lo que no cabe duda es de que este libro de registro nos será muy útil cuando logremos liberar Sevilla y el resto de España. Estos franceses tendrán que pagar por sus tropelías cuando ganemos la guerra.

—¡Ojalá!

—No estamos tan desesperados como ellos creen. —Se levantó de su asiento alzando la mano con la que sostenía el cigarro—. Las Cortes de Cádiz están siendo un éxito absoluto, no descarto que de aquí salga la primera Constitución de la historia de España.

—¿Usted cree? Una constitución... es algo que suena demasiado bueno para ser verdad.

—Aún estamos lejos —reculó el diputado volviéndose hacia un ventanal que iluminaba el gabinete—, hay que admitirlo, pero vamos por el buen camino.

—Me gustaría ayudar en el colegio de cirugía. Tengo experiencia militar y le aseguro que soy un excelente cirujano.

—El colegio de Madrid ha sido una profunda desilusión, ¿está al corriente?

—¿Por qué?

—Su director, Gimbernat, nos ha traicionado.

—¡Cómo dice! —exclamó Bruno, apretando con fuerza ambos puños.

—Era el cirujano más influyente del país, presidente de todos los colegios de esta disciplina y médico de la familia real. Y ha decidido colaborar sin reparos con los franceses, ¡y no es el único!

—Por qué no me sorprende...

—Veo que no era santo de su devoción —masculló el diputado Morales.

—Desde luego que no. ¿Sabe qué ha pasado con el resto del profesorado? ¿Con el profesor Celadas?

—Tengo un informe al respecto si tanto le interesa.

—Sí, por favor.

—Lo buscaré y se lo haré llegar. Me alegro de que pueda ayudar aquí —y fue hacia él y puso su mano en el hombro de Bruno—, aunque si quiere un consejo, aprenda a usar un arma, por lo que pueda pasar.

—Nunca he cogido una, ni siquiera en Bailén.

—¿También estuvo allí? Es usted una caja de sorpresas, Urdaneta. Hágame caso, hay clases de tiro en la muralla de Levante. Si los franceses entran, Dios no lo quiera, habrá que defender Cádiz calle a calle, casa a casa, como en Zaragoza.

—Se me da mejor usar un bisturí.

—En tal caso —tomó papel y pluma—, esta es una autorización para incorporarse al hospital de la armada como cirujano de primera.

—Se lo agradezco.

—Si tiene cualquier problema en Cádiz, no dude en dar mi nombre —le recalcó el diputado Morales—. Es un honor ayudar a un patriota que estuvo en Bailén y que nos ha traído esta valiosa información del expolio francés.

—No tiene por qué...

—Sí, sí que tengo. Un pueblo lo es por su historia, su cultura y su arte. No podemos permitir que los franceses nos invadan, nos maten y además nos roben nuestras señas de identidad. No es el mero hecho del robo, sino lo que implica, Urdaneta. Quieren apropiarse de una historia que no es la suya.

—Le entiendo perfectamente, gracias.

—No, gracias a usted.

Bruno salió al bastión de San Felipe y miró a lo lejos uno de los navíos de línea ingleses sobre el suave oleaje. A Vega le hubiera gustado Cádiz, ¡la echaba tanto de menos!

Por las noches le costaba conciliar el sueño, sabía bien que el sueño es capaz de atraer los miedos más profundos. Él se despertaba cada noche asustado, empapado en sudor. Soñaba con Vega, la veía sola, rodeada de casacas azules en una calle solitaria de Madrid.

Para sobrellevar su ausencia y la incertidumbre de cómo estaría, Bruno se centró en lo que mejor sabía hacer y podía ser útil, operar en el hospital de Cádiz, a donde cada día llegaban heridos de las defensas en las marismas y también otros que traían en barco de enfrentamientos más lejanos. Se imaginó como su idolatrado Ambroise Paré, atendiendo heridos en el frente de batalla.

No tardó en demostrar su valía en el hospital. El diputado Morales cumplió lo prometido y le facilitó la información que poseía sobre el San Carlos. El vicerrector Agustín Ginesta se había negado a colaborar con los franceses, pero aun así no había sido depuesto y continuaba ejerciendo, e incluso le habían dado un cargo en la Junta Superior Gubernativa de Cirugía. Leyó todo el informe con detenimiento buscando un apellido: Celadas.

El profesor Celadas se había pasado al enemigo y era considerado un traidor a la patria.

Solo esperaba poder llegar a ajustar cuentas con él.

Tras varias semanas ejerciendo en el hospital, logró mostrar su talento en operaciones complicadas, así que lo ascendieron y le otorgaron mando en las principales cirugías del hospital.

78

El mariscal Soult había tenido que dejar sus tropas en el Rhin para reunirse con Napoleón antes de cruzar los Pirineos. El proyecto de incorporar España al Imperio francés había sufrido un serio revés en la batalla de Bailén y la resistencia de la ciudad de Zaragoza, y se requería la presencia del propio emperador y de sus mejores lugartenientes a fin de enderezar la situación. Para el mariscal Soult, la guerra en la península era una enorme pérdida de tiempo.

¿Qué se nos ha perdido en España?, preguntaba a sus oficiales a la menor oportunidad.

No pretendía cuestionar la estrategia de Napoleón, pero le costaba entender este movimiento.

No podemos ir de punta a punta de Europa, criticaba enervado.

El frente oriental es la clave de todo, ¿qué necesidad de abrir otro al sur? ¿Qué ganamos subiéndonos al trono de España?

Él era un soldado y obedeció las órdenes. Le habían dado el mando del 2.º Cuerpo de la Armée d'Espagne. Lo primero que hizo nada más cruzar los Pirineos fue conquistar Burgos con el objetivo de convertirla en la principal base en el camino entre Francia y Madrid.

Ya que había tenido que venir hasta España, no lo iba a hacer gratis.

Había saqueado Burgos sin piedad y, a primeros del año siguiente, descubrió dónde se ocultaba el ejército inglés de Moore, que había huido hacia Galicia, y Napoleón le ordenó perseguirlo. Porque el emperador regresó a Austria, de donde nunca tenían que haberse ido, como el mariscal Soult bien sabía.

Napoleón le otorgó el mando de cincuenta mil hombres para tomar Portugal, pero que tuvo que usarlos para defender Madrid. Fue el artífice de la victoria en la batalla de Ocaña, que acabó con los sueños españoles de recuperar la capital y que lo animó a marchar sobre Andalucía. Tomó Sevilla, pero para sorpresa suya, se encontró una resistencia feroz en Cádiz.

—Odio este país —masculló ante sus oficiales de más rango—, lo odio. ¿Quién dijo que no me preocupara de Cádiz? Que la tomaríamos por tierra, que solo era inaccesible desde el mar. ¿Quién fue ese inepto?

—La información es del alto mando, directamente de la oficina del emperador... —respondió uno de sus oficiales de mayor confianza.

—Esta maldita guerra está llena de errores, ¡toda esta invasión es un enorme error! En que mal día se nos ocurrió poner un pie al sur de los Pirineos... Qué pérdida de hombres, recursos y tiempo, y todo ¿para qué?

—Para aislar a Inglaterra.

—Eso no se lo cree nadie. No sé qué demonios hacemos atascados en el último palmo de España. No podemos seguir enfangados aquí, si no podemos entrar, hay que hacerles salir.

—¿Cómo, mariscal?

—No lo sé. —Apretó los puños y golpeó con ellos la mesa.

—Es cuestión de tiempo, no pueden resistir eternamente. —El oficial que hablaba era un joven capitán al que le faltaban muchas batallas todavía, pero era obediente y leal, por eso confiaba en él—. Por mucho que tengan el apoyo por mar, tarde o temprano capitularán.

—Pues más vale que logren que sea lo segundo —masculló Soult—, esto es un asedio, ¿sabes cómo se rendían los castillos sitiados en el Medievo?

—¿Por hambre? —dijo poco convencido el capitán.

—Solo los que estaban mal pertrechados.

—Al asalto, señor —adujo otro oficial a su lado, de más experiencia.

—Si quieres perder la mitad de tu ejército...

—Una traición entre los defensores —continuó el capitán.

—No es mala opción, pero dudo que sirva en Cádiz. —Los miró con recelo—. Señores, ¿cómo los obligamos a salir? Piensen, por favor. Quiero una solución y la quiero ya.

El mariscal Soult dejó la reunión con sus oficiales y se retiró a su despacho. Se había instalado en el mejor palacio de Sevilla y se sentó en su mesa de trabajo. A un lado tenía la última correspondencia de Francia, al otro los informes de sus hombres de más confianza en España. Cogió estos últimos y leyó las últimas novedades de sus planes secretos. Si le habían obligado a venir hasta este maldito país, al menos iba a sacar provecho de ello. El primer documento que leyó traía noticias de los últimos cuadros requisados, estaban todos los que deseaba, en especial un Murillo.

Se echó atrás en su asiento y sonrió.

«Uno más», pensó.

«Estos españoles no se merecen lo que tienen».

79

Las Cortes reunidas en la Isla de León habían establecido un sufragio en tres niveles; la parroquia, el partido y la provincia. Tenían derecho a voto todos los españoles con una edad mínima de veinticinco años, con ciertas exclusiones: el clero regular, los procesados o que hubiesen sufrido pena, los deudores de la hacienda pública, los dementes, los extranjeros y los funcionarios que, bajo el dominio francés, continuaran en sus puestos. Bruno leía con asombro las noticias que se publicaban en la prensa de Cádiz resumiendo las sesiones. Como por ejemplo la presencia de los representantes americanos, ya que era la primera vez que estos territorios dejaban de tratarse como colonias para pasar a tener la consideración de provincias.

En la vieja Casa de Comedias isleña, un puñado de hombres, representando a ciudades, provincias y reinos de ultramar y la península, querían dar a España, un país invadido y sin rey legítimo, la libertad para expresar sus ideas, con la definitiva igualdad, como españoles, de un vasto imperio, de los que vivían en otros continentes con los que lo hacían en la península.

Se iniciaron así meses de sesiones agotadoras de mañana, tarde y noche, forjando el futuro de España. Pero por muy apasionante que resultaran las Cortes, la realidad es que estaban en guerra. Desde el levantamiento en Madrid no hubo una única guerra contra los franceses, ni siquiera un único mando que la dirigiera. Ni un solo frente. En realidad existían tres guerras al mismo tiempo, contra los franceses pero realizadas de diferentes formas, medios, fuerzas y mando.

—¿Cuáles? —preguntó Bruno que estaba tomando café en una de las plazas de la ciudad, la más cercana al frente de Santa Catalina.

—Está la guerra del pueblo —respondió el diputado Morales—, de los levantamientos contra los invasores; de los sitios de Zaragoza, que muestran una resistencia más allá de lo razonable y que se propaga con esos guerrilleros que se han echado al monte y los caminos, para incordiar a los franceses y les crea mil problemas, pero que nunca les vencerán.

—Esa la he vivido en mis propias carnes, ¿y la otra?

—Es la guerra del ejército regular, casi siempre derrotado pero jamás vencido del todo, eso nos diferencia también del resto de los países europeos sometidos por Napoleón. Un ejército improvisado, mal instruido, armado y disciplinado. Movido por la prisa de liberar un país cuando aún no se cuenta con la fuerza necesaria para lograrlo. Los demás países se hubieran rendido ya, pero nosotros no.

—Vencimos en la batalla de Bailén, la primera derrota de los franceses desde que Napoleón los manda.

—Cierto, Bruno, pero hemos sido incapaces de defender Madrid y acumulamos derrota tras derrota —recalcó el diputado Morales— y aun así seguimos, siempre combatiendo y reorganizándonos después de cada batalla perdida.

—Dos guerras muy distintas, no cabe duda.

—En realidad tres, porque luego está la guerra de los ingleses; con sus propias metas, como la defensa de Portugal. Aunque el mariscal Soult los expulsó en Galicia y hasta su idolatrado Blake capituló también. Una guerra inglesa en la península, que se apoya en nuestro levantamiento, que impide a los franceses llevar a cabo la concentración de fuerzas que precisarían para vencerlos de manera definitiva.

—Son tres guerras entrelazadas, contra un único enemigo. ¿Y cómo las ganaremos?

—Buena pregunta, Bruno. Quizá cuando se conviertan en una única —reflexionó el diputado Morales—. Afortunadamente, acontecimientos de índole político y militar en Europa han instado a Napoleón a marchar a París.

—Mejor para nosotros. España no es el sueño de Napoleón, eso nos salva.

—¿Cuál será su sueño, Bruno? ¿Qué anhelará ese déspota?

—Supongo que dominar Europa, el mundo.

—Sería bueno saberlo, ¿verdad? Todos los hombres tenemos uno, el mío es que redactemos una Constitución. ¿Qué es lo que busca usted exactamente?

—Antes era un método que eliminara el dolor de los pacientes, que hiciera que la persona no sienta nada. Imagínese que pudiera cortarle la pierna y usted estuviera en un sueño tan profundo que solo al despertar e intentar levantarse se percataría de que ha perdido esa extremidad —se extendió Bruno—. Que cortarle la mano fuera solo un leve cosquilleo.

—¿Eso es posible?

—Yo he visto cosas que parecían imposibles, así que no me atrevo a decir que lo es o no. No obstante, ahora estoy en la convicción de que no está a mi alcance, lo he intentado y solo conseguí perderme por vericuetos oscuros.

—No se desanime. Usted, como yo, cree en un futuro mejor. Para mí la redacción de una Constitución será el inicio de una nueva era para España, de progreso y libertad.

—¿De verdad cree que llegarán a redactarla?

—¡Por supuesto! Y será una de las más liberales, ese es ahora mi único objetivo, por lo que daré mi vida si es preciso —recalcó el diputado Morales.

—Yo no soy político, soy cirujano. Sé que estamos en los albores de una nueva era, también para una nueva medicina que salvará miles de vidas y mejorará como nunca nuestra salud. Pero pensar en el progreso en mitad de una guerra, dentro de una ciudad asediada es, como poco, ser optimista, por no decir un iluso —musitó Bruno mientras apuraba el café.

—El futuro es de los valientes, de eso no tengo dudas.

—Ojalá yo pensara igual, antes lo hacía, pero ahora...

—¿Qué le ocurre? ¿Qué le ha hecho cambiar?

—Una mujer... —sonrió Bruno—, el amor de mi vida.

—Ese siempre es un buen motivo, ¿y dónde está esa dama?

—En Madrid, presa de los franceses.

—Lo siento —el diputado Morales no disimuló la tristeza en su rostro—, pero si algo he aprendido en este tiempo asediados en Cádiz, es que nunca hay que perder la esperanza.

—Lo sé, pero hay situaciones que con la esperanza no basta. Hace falta algo más para no naufragar y hundirte en la desesperación.

—¿El qué? —preguntó el diputado Morales con curiosidad.

—Mi tío decía que todo hombre debía tener un oficio, una vocación a la que amarrarse cuando se está perdido en la vida.

—Pues sabe lo que le digo, que su tío tiene mucha razón.

—Tenía, murió hace años.

Un enorme estruendo se escuchó en la zona del bastión de San Felipe.

—Esos franceses no se cansan nunca. No se apure, nuestras defensas resistirán.

80

Vega Marèchal recorría la alcoba del Palacio Real donde había sido confinada. Llevaba varias semanas enclaustrada sin más contacto que las visitas periódicas de su carcelero, un cabo bretón de aspecto noble que se limitaba a traerle la comida y escoltarla a la letrina o hasta un patio interior donde tomaba aire fresco antes de retornar a su palaciega cárcel. Y donde sus dudas se hacían más plausibles y temía que se tornaran en realidades.

Sin embargo, aquel día alguien muy distinto entró por la puerta de la estancia.

—*Mademoiselle*, espero que se encuentre confortable —dijo el coronel Lemar.

—Quiero salir de aquí, exijo...

—Me temo que no está en condiciones de exigir nada. Sabemos de las conspiraciones de su padre y de su deserción.

—No sé nada de los asuntos de mi padre, yo solo estaba de viaje.

—Disfrazada de hombre, entre sucios rebeldes. ¿De verdad se cree que somos tan estúpidos? —inquirió Lemar mirándola con absoluto desprecio.

—Le repito que mi padre no me contaba nada y... ya sé que eran rebeldes los del castillo, iba a huir de allí en cuanto hubiera tenido la menor oportunidad.

—¿Y por qué no se identificó a las fuerzas del mariscal Soult?

—No lo sé, estaba paralizada.

—¿Paralizada dice?

—Sí, por el miedo —reseñó Vega.

—Ya, claro. Escúcheme bien, necesitamos los nombres de todos los amigos de su padre, eso sí lo sabe, ¿verdad? —inquirió Lemar con tono amenazante.

—Pero yo desconozco cuáles conspiraban y cuáles no.

—Eso lo resolverá nuestra policía secreta, es extremadamente hábil sonsacando información. Mucho mejor que esa Inquisición de la que tanto hablan aquí —dijo Lemar con una amplia sonrisa—. Quiero la lista y la quiero ya. —Y le dejó una bandeja con un papel, tinta y pluma.

—De verdad que yo...

—Shhh, ni se le ocurra, me oye, ni se le ocurra tratar de engañarme. Escriba la lista y vivirá, niéguese y deseará estar muerta.

Vega palideció ante la crudeza de sus palabras.

—No tarde.

Se quedó más sola que nunca, estaba aterrada.

¿Qué habría sido de Bruno? ¿Seguiría con vida? ¿Cómo iba a delatar los nombres de los amigos de su padre? Eso suponía condenarlos a muerte, le habían pedido una lista de ejecuciones, ni más ni menos.

Estuvo todo el día hecha un manojo de nervios, a eso de las doce llamaron a la puerta y entró el cabo bretón que le traía la comida. La dejó sobre la mesita sin decir nada, como siempre, pero antes de irse le señaló la servilleta por dos veces y se fue antes de levantar sospechas.

Vega se acercó, levantó el trozo de tela y halló una carta.

Corrió a abrirla.

Era de Fustiñana, le informaba de que Bruno se hallaba a salvo en Cádiz.

Lloró de alegría, por fin buenas noticias. Había rezado tanto porque Bruno siguiera con vida que sintió una emoción tan enorme que lanzó un suspiro interminable, como si estuviera liberándose de un terrible mal.

Fustiñana le pedía calma, sabía de su encierro y lo imposible de liberarla. Vega se quedó pensativa, imaginándose a Bruno sobre las murallas de Cádiz. Debía informarle, tenía que saber que ella estaba viva y la situación en la que se hallaba. Así que escribió otra misiva con el material que le había dejado Lemar.

Le daría la carta al cabo bretón, confiando en que se la hiciera llegar a Fustiñana, era su única opción. Lo explicaba todo en la carta, necesitaba huir y encontrarse con Bruno o ella moriría en unos meses.

Vega ya había abandonado sus dudas de las últimas semanas, ahora se hallaba plenamente convencida. La maldición se ceñía sobre ella y solo había una persona que podía salvarla.

81

No resultaba fácil dar a luz la primera Constitución de la historia de España, cualquier nacimiento es complicado. En la Isla de León sonaban tanto las balas y los cañonazos como las retóricas de los distintos partidos políticos. Llamaba poderosamente la atención la postura de los diputados más radicales, que por un lado admiraban los logros de la Revolución francesa, pero al mismo tiempo se oponían con tesón a la invasión de España.

Ante tal panorama era prácticamente imposible encontrar un punto de convergencia ideológica. Los había que negaban la soberanía popular y exigían una convocatoria por estamentos al modo tradicional, basada en la persona del rey y las antiguas cortes medievales. Los diputados más conformistas defendían la creación de una doble cámara, al estilo parlamentario inglés. Y frente a ambos, los radicales propugnaban la formación de una única cámara, destinada a proclamar una nueva Constitución escrita que, sin renunciar a la tradición histórica, se adecuara a los nuevos tiempos.

Y lo sorprendente era que estos últimos parecían cada vez más numerosos.

La llegada de los meses de verano a Cádiz suponía un cambio brusco en la forma de vida, pues el calor era sofocante y las ráfagas del viento de levante eran muy intensas y sostenidas. En plena guerra de la Independencia, la situación estival se vio agravada sobremanera ya que la ciudad sufría superpoblación, con la falta de espacio que ello implicaba, a lo que se unía el racionamiento de algunos víveres. Así la tradicional tortilla con cebolla, huevo y patata, se vio privada de las patatas, por lo que se vieron obligados a hacerla solo con huevo. Y a alguien se le ocurrió llamar a esta francesa y a la de patatas, española.

Era solo uno de los ejemplos más sencillos de lo acostumbrados que estaban en Cádiz a los asedios, cómo sabían llevarlos y hacer humor hasta de la comida.

Bruno atendía a todo tipo de pacientes, llegaban desde heridos graves de las luchas en las marismas hasta caídas de marineros de los navíos. En aquel verano, en pocos días, entre los enfermos del Hospital General halló dos con una coloración amarillenta de la cara, el cuello y los ojos. Aquellos síntomas no eran nuevos para él, los había visto antes, con su tío, en un barco, en el puerto de Barcelona. Y recordó la celeridad y determinación con lo que se afrontó la toma de decisiones entonces.

Corrió a dar la alarma al vicedirector del colegio de cirugía, que además dirigía el hospital, Ametller, un cirujano de la Armada que había estado destinado en La Habana tras la ocupación de los británicos, y que ahora se quejaba de que fueran nuestros aliados y tuviéramos que depender de ellos. Aparte de sus lamentaciones, Bruno le creía un buen oficial; competente y honesto. Además era de Barcelona, así que les unía los recuerdos de aquella magnífica ciudad de su infancia.

—Debemos mantenerlo en secreto —ordenó el vicedirector Ametller.

—¿Qué está diciendo?

—Hágame caso, imagínese que cunde la alarma —le comentó el vicedirector Ametller visiblemente nervioso—, la ciudad se halla sitiada, ¿qué haría la gente? ¡No pueden huir! Sería el caos, peor aún, sería el final de España.

—Pero yo estuve en Barcelona cuando llegó un barco con afectados y se declaró una cuarentena, se quemó el barco, se...

—¡Urdaneta! No lo entiende, si se hace público es el fin, la ciudad se rendirá y Napoleón habrá vencido.

—Lo comprendo —Bruno inspiró profundamente—, pero...

—¿Qué vamos a hacer? —El vicedirector Ametller se levantó de su silla y comenzó a andar de un lado a otro con los nervios a flor de piel.

—Tranquilícese.

—¿Que me tranquilice? Es que no se da cuenta... una ciudad sitiada, con más de cien mil habitantes y con una epidemia de fiebre amarilla, ¡es el fin!

—Pensemos despacio, quizá podamos controlarla. —Bruno se levantó decidido—. Lo primero es activar una cuarentena encubierta, lo más importante son los diputados, tenemos que ponerlos a salvo. Ha de haber un emplazamiento seguro.

—Pues entonces es mejor que las Cortes cambien de ubicación y dejen la Isla de León para subir al mismo Cádiz, aquí hay más medios para tenerlos a salvo.

—Habrá que convencerlos de ello. —Y Bruno le señaló con el dedo.

—Mantendremos la fiebre amarilla en secreto durante el tiempo que podamos, tarde o temprano se descubrirá y entonces deberemos quitarle importancia para no causar el pánico en la ciudad y para mantener la moral del ejército en la lucha contra los franceses. No es la primera epidemia que sufre Cádiz, la gente no es tonta y se dará cuenta —recalcó el vicedirector Ametller.

—¿Cuál habrá sido el origen? Sería de capital importancia conocerlo.

—La fiebre amarilla es un mal endémico de zonas tropicales que se transmite por picaduras de mosquitos —añadió el vicedirector Ametller—. La entrada por los puertos de mar es el camino más fácil y lógico para su llegada. Por ejemplo, el pasado mes arribaron varios barcos desde La Habana que transportaban diputados de aquellas provincias.

—Entonces el puerto debe ser una prioridad, hay que poner en cuarentena a todo el que llegue desde América. Ya buscaremos alguna excusa.

—Excelente idea. —El coronel se lo quedó mirando—. Es

usted muy competente, y dado que ha sido quien ha descubierto la epidemia, es justo que tome las riendas de la situación sanitaria.

—Me honra, señor. Le juro que me dejaré la vida en ello.

—Pero necesitamos que los políticos nos den carta blanca. Debemos ser nosotros quienes lidiemos con la epidemia, si las decisiones las toman ellos, estamos perdidos.

—¿Y van a permitírnoslo?

—No lo pondrán fácil, pero eso déjemelo a mí.

Por las calles de una Cádiz confinada y abarrotada, el mal se extendió como un reguero de pólvora. Escalofríos, pulso frenético, temperaturas elevadas, dolor de espalda, vómitos de sangre e ictericia en la piel y los ojos. De forma incontenible comenzaron a surgir enfermos en el barrio de los Capuchinos y, progresivamente, por diferentes puntos de la ciudad, en cárceles y hospitales.

Fue imposible no hacerla pública.

Y a primeros de octubre se planteó trasladar las Cortes a la ciudad de Cádiz. A partir de esta fecha, el debate sanitario empezó a hacerse un hueco en el discurso político, calando en los diputados que se veían asediados por el enemigo y la enfermedad. Muchas de las sesiones de las Cortes empezaban con la lectura del parte sanitario de la ciudad. Y ciertos diputados hablaban de la necesidad de formar una comisión de médicos para informar diariamente de la situación y tomar las medidas necesarias.

En noviembre, dado el alarmante número de muertos, se nombró una comisión de médicos. Pero aquello no impedía que la situación fuera crítica; se intentó controlar la prensa para que rebajara la cifra de fallecidos y contagiados y finalmente se produjo una reunión entre los diputados más influyentes y los responsables sanitarios. El vicedirector Ametller fue uno de los tres elegidos para formar la comisión médica, y Bruno lo acompañó a la primera reunión. No cabía duda de que la epidemia se convertía, así, en un tema fundamental para las recién instauradas Cortes de Cádiz sobre todo en un momento en el que las discusiones sobre la libertad de imprenta y el valor de la opinión pública dentro del debate parlamentario se hacían más que evidentes.

Así que se decidió trasladar la estrategia sanitaria a unas sesiones clandestinas de las Cortes, ocultándose a la población para evitar que saltara la voz de alarma.

Bruno escribía cartas a Fustiñana, que lograba recibir por medio de sus contactos. En ellas le explicaba el entusiasmo que se vivía en las asambleas de las Cortes, la audacia de las medidas que se presentaban, el final del antiguo régimen, el deseo real de prohibir la Inquisición y muchas otras medidas liberadoras. Pero en esa correspondencia epistolar, también le alertaba de la fiebre amarilla.

En las deliberaciones de la junta sanitaria, Bruno fue el que más insistió en iniciar la cuarentena a gran escala en toda la ciudad.

Al final el vicedirector Ametller dispuso que en los distintos brotes, la ciudad aplicara el cierre de barrios. En ese mismo momento se comenzó a prohibir que los enfermos se alojaran en las posadas y se ordenó que fueran enviados con urgencia a hospitales de campaña. Solo se permitía salir a la calle por causas de fuerza mayor. Los contagiados debían estar en hospitales o lazaretos sin contacto con sus familias. Además, hubo prohibición de procesiones y actos religiosos. Las parroquias y conventos no podían celebrar confesiones a los fieles y solo permitían dar auxilio espiritual a los que ya hubieran pasado la epidemia.

Cádiz entero entró en pánico.

Con el avance de los meses, los contagios subieron y el diputado representante de Cataluña falleció víctima del contagio. A partir de entonces comenzaron a fallecer unos veinte contagiados al día y la tristeza y el temor a la muerte se adueñaron de la ciudad.

Bruno y los otros cirujanos y médicos se percataron de que la enfermedad atacaba preferentemente a los hombres del norte, a los obesos, robustos y corpulentos y a los de carácter melancólico, siendo, en cambio, muy benigna para las mujeres de genio alegre y para los naturales de Cádiz.

—¿Por qué todo esto? —inquirió el diputado Morales reunido con Bruno en su despacho del edificio de Gobernación de la Junta.

—La ciudad está hacinada, acoge a más del triple de su población habitual por los refugiados.

—Pero no afecta a todos por igual, los lugareños parecen inmunes.

—Y en gran medida lo son —confirmó Bruno para sorpresa del político.

—No os entiendo, ¿cómo es eso posible?

—Porque no es la primera vez que Cádiz sufre una epidemia de fiebre amarilla, me han informado que en el año 1800 hubo otra que acabó con miles de ciudadanos. Lo he buscado en los informes y es cierto.

—¿Y ahora no los ataca?

—Con las olas anteriores, la fiebre amarilla ha perdido letalidad entre los gaditanos, ya están inmunizados —respondió Bruno con firmeza—. El peligro se centra ahora entre la población foránea que estamos resguardados en Cádiz.

—¡Dios santo! ¿Sabéis que hay varios diputados contagiados? Como el puertorriqueño, o el ecuatoriano, que es uno de los mejores oradores del partido liberal.

—Sí, y ahora la política debe entender la importancia de la sanidad para la población. Debe ser también centro de vuestros debates. Esta es otra guerra, no caen bombas, pero el enemigo es igualmente peligroso. Por eso os ruego que nos apoyéis en las decisiones, si no, perderemos y la epidemia se extenderá. Sé que estáis redactando una Constitución, es el momento de reorganizar la sanidad y de dar un gran paso adelante.

—¿En qué sentido?

—Debéis tenerla en cuenta en los capítulos de la Constitución, crear una sanidad pública.

—Bruno, ¿creéis que es el momento?

—Por supuesto; está mal que lo diga, pero la presión de una epidemia como esta es la que nos puede ayudar a lograrlo. Ahora es cuando se ve lo importante que es una buena sanidad, ¿no?

—Eso es cierto. —El diputado se quedó pensativo.

—Si lo lográramos tendríamos el código sanitario más avanzado del mundo. Estoy convencido de que algún día todos los países tendrán su sanidad organizada, que habrá enormes avances y hospitales donde se sanarán males ahora incurables.

—Id más despacio, estamos en guerra, en una ciudad sitiada y con una epidemia galopante. Trasladaré su propuesta al partido y veremos que se puede lograr, no le puedo prometer más.

De esta forma, el debate sanitario empezó a hacerse un hueco en el discurso político, calando en los diputados que se veían asediados por el enemigo y la enfermedad.

Con el paso de las semanas contaron con un nuevo aliado, el frío. Que mitigó la epidemia aunque muchos temían que fuera de forma puntual, entre ellos Bruno. Un día, agotado por las interminables jornadas atendiendo enfermos, se hallaba sentado frente al mar en el bastión de Candelaria cuando entró un soldado regular.

—¿Bruno Urdaneta?

—Sí, soy yo, ¿qué ocurre? ¿Hay novedades de algún enfermo?

—No, me temo que yo nada tengo que ver con eso. Me envía mi teniente, supongo que sabe que llega correo a través de las embarcaciones inglesas. Hay una carta para usted de Madrid. —Y se la entregó.

Bruno la cogió temeroso y la abrió de inmediato. Era de su amigo Fustiñana, la leyó con el corazón en un puño y la apretó fuerte entre sus dedos.

—¿Se encuentra bien? —inquirió el soldado.

No obtuvo respuesta, Bruno salió corriendo. Se saltó todas las medidas de la cuarentena y accedió al domicilio del diputado Morales.

—Bruno, ¿qué sucede? ¿Un nuevo brote? ¡Dígame que no!

—¿Cómo puedo llegar a Madrid?

—Eh... Eso es prácticamente imposible.

—Se puede salir por barco, ¿cierto?

—Sí, pero...

—¿Puede ayudarme a embarcar en uno? —le preguntó Bruno con el semblante serio y decidido.

—Bueno, puedo hablar con los ingleses y...

—¿Cómo llego luego a Madrid? ¿Tiene algún contacto que pueda echarme una mano?

—¿Qué demonios pasa, Bruno?

—Que mi mujer y mi hijo están en grave peligro.

—No sabía que era padre, Bruno.

—No lo soy aún, por eso debo irme.

82

Pasaban los meses y el vientre de Vega seguía creciendo. Su cuerpo se iba adaptando a su nuevo estado. Por las noches se despertaba sintiendo al bebé moverse dentro de ella. Acariciaba suavemente la piel de su barriga, con una profunda preocupación que ensombrecía sus pensamientos.

«¿Qué va a ser de nosotros?», le decía.

«Y especialmente de ti, mi pequeña nueva vida».

Vega sabía que no podía hacer esperar mucho más a Lemar, así que para ganar tiempo, escribió una lista falsa. El coronel se daría pronto cuenta de la treta, pero al menos le daría una semana, quizá dos, de margen.

El embarazo era más que evidente y dudaba si debía comunicarlo o no a sus carceleros. Estos podrían mostrar misericordia o, por el contrario, ser despiadados, y ella no podía correr ese riesgo.

Fue una noche, después de un concierto que se dio en los exteriores del Palacio Real y cuya música llegó hasta su prisión. Llamaron a la puerta; esta se abrió. Vega se quedó mirándola, expectante. Y en ese momento de incertidumbre entró Fustiñana.

—¡Vamos!

Vega reaccionó de inmediato, Fustiñana le pidió silencio y ella lo siguió por los interminables pasillos del palacio. Llegaron a una escalera de servicio y subieron un piso. Se ocultaron por unos instantes detrás de una puerta hasta que Fustiñana arrancó de nuevo y llegaron a otra escalera, esta vez descendieron tres plantas.

Vega no entendía a dónde podían ir por ese tortuoso camino.

Estaba oscuro, Fustiñana le tendió la mano y la guio hasta un espacio más amplio y después otro pasillo que esta vez estaba iluminado por un candil.

—¿Qué hacemos aquí?

—Este es un plan secreto de nuestro querido Pepe Botella.

—¿De quién? —preguntó Vega confusa.

—El pueblo llama así al hermano de Napoleón, dicen que le gusta bastante nuestro vino.

—¿Eso es verdad?

—Y qué más da, a este lo llaman el túnel Bonaparte. Conozco al arquitecto que lo ha diseñado. Como Pepe Botella está obsesionado con su seguridad han ideado esta vía de escape desde el Palacio Real hacia la Casa de Campo, donde se ubica el palacete de los Vargas.

—Pero habrá vigilantes.

—Aún no está terminado, lo mantienen en el más estricto secreto, pero ya te he dicho que conozco al arquitecto y hoy solo había un guardia por lo del concierto.

—¿Y dónde está?

—¿Quién?

—¿Quién va a ser? ¿Ese guardia?

—Bebiéndose una botella de vino de San Martín. —Fustiñana se encogió de hombros.

Vega casi se echó a reír, y había pasado tanto desde la última vez que casi se alegró a pesar de la imprudencia.

El túnel era largo y oscuro, ellos solo contaban con la luz del candil para guiarse en la penumbra. Habían dado más de treinta pasos cuando oyeron un ruido y Fustiñana se detuvo.

—¿Pasa algo? —le preguntó Vega.

—Shhh, no lo sé.

Aguardaron en absoluto silencio un buen rato, pero nada más se oyó.

—Habrá sido alguna rata o un gato, sigamos, estamos a la mitad del camino.

—¡Aún queda la mitad del túnel!

—Nadie dijo que fuera a ser fácil, Vega.

—Tienes razón, discúlpame. Te estás arriesgando por mí y yo te lo agradezco...

—No te preocupes, con que le pongas mi nombre a tu hijo me conformo.

—¡Fustiñana! Pero si ni siquiera sé cómo te llamas.

—Lo dicho, nadie dijo que fuera a ser fácil —y soltó una carcajada.

Justo entonces oyeron otro ruido y esta vez estaba seguro que no se trataba de ningún animal. Tras ellos surgieron un par de focos de luz y unas voces que les gritaban.

—¡Corre, Vega! ¡Corre!

83

Las Cortes se trasladaron finalmente a Cádiz. El 20 de febrero, en la Isla de León, había tenido lugar la última sesión en la Casa de Comedias. Días después se abrió la primera en el Oratorio de San Felipe Neri, ya en la ciudad de Cádiz.

A los pocos meses se produjo un fuerte rebrote de fiebre amarilla en cuanto se relajaron las medidas de contención. Esta vez lo que más llamó la atención de Bruno fue que surgieron varios focos inconexos al mismo tiempo, o al menos no supieron rastrear el origen de manera fiable, aunque él confiaba en el sistema que había ideado para perseguir al primer paciente de cada foco.

—¿Seguro que no se han contagiado entre ellos? —inquirió el diputado Morales.

—Seguro, uno de los focos no salió del barco y el otro nació en una posada.

—¿Podemos fiarnos de los testimonios que lo afirman?

—Yo creo que sí —respondió Bruno.

—¿Y entonces?

—No lo sé, la verdad.

—Distintos focos... parece como en un incendio —murmuró el diputado—. Hay veces que en el monte un incendio tiene varios focos individuales, todos provocados que hacen imposible controlarlo.

—¿Provocados? ¿Estás sugiriendo que la epidemia es provocada?

—Quizá el inicio no, pero los nuevos brotes... Estamos en guerra, Bruno. Los franceses son capaces de cualquier cosa, créame.

—Mi tío me contó historias de epidemias pasadas, la gente inventaba bulos de todo tipo para explicarlas, conspiraciones, venganzas, enfrentamientos religiosos, hay de todo.

—Yo no digo que sea cierto, pero tampoco pondría la mano en el fuego por que los franceses no tengan nada que ver. Si la fiebre amarilla se descontrola tendríamos que rendir la ciudad y ellos ganarían la guerra. No me digas que por lo menos no es sospechoso.

—La epidemia se originó en embarcaciones que venían de América.

—Bruno, te pido que lo valores y estés alerta, nada más.

—De acuerdo, haré de nuevo los rastreos, más concienzudamente si cabe —respondió.

Así fue, Bruno se dejó el alma en su lucha contra el rebrote, en aislar a todos los contagiados y sus allegados. Puso especial hincapié en los que llegaban nuevos a Cádiz y en los que, aunque llevaran tiempo en la ciudad, no fueran nativos y no habían pasado todavía la enfermedad. Era patente que los afectaba en mayor número y virulencia. Y vigiló con detenimiento que los franceses pudieran estar detrás de cualquier contagio intencionado.

Repasaba a diario las listas de altas, bajas y graves; de manera que aquel parte diario era tan esperado por él como los resúmenes de los debates de los diputados de la asamblea. La sanidad se había convertido en parte de la agenda política y a menudo se seguía debatiendo sobre ella en las reuniones. Nunca había estado tan en boca de los gobernantes la necesidad de dotar al personal médico de recursos, herramientas e instalaciones.

Un día que Bruno estaba terminando de repasar uno de esos listados encontró su mismo apellido. Urdaneta no era muy común, y menos en esas latitudes. El Urdaneta más famoso había sido un marino de la segunda mitad del siglo XVI, el cual llevó a cabo la mítica hazaña del tornaviaje. Navegó hasta las islas de las Especias, como Magallanes y Elcano; pero si bien ellos no lograron encontrar la forma de volver por el mismo camino y tuvieron que seguir hacia delante y dar la vuelta al mundo, Urdaneta sí consiguió hacerlo.

Bruno comprobó que en las anotaciones se reflejaba que Urdaneta era uno de los contagiados. Pero no aparecía ningún nombre de pila. Así que fue a la sala de aislamiento y buscó al paciente. Lo encontró solo, en una esquina junto a una ventana que daba al puerto. Era una imagen melancólica, aquel hombre observaba con detenimiento las embarcaciones que protegían la bahía de Cádiz. Bruno se preguntó si no estaría pensando en navegar en una de ellas, libre de aquel terrible mal. Desde lejos se veían las vendas que evidenciaban la gravedad de la enfermedad en su cuerpo. De cerca vio su rostro, demacrado pero todavía reconocible.

—¿Padre? —preguntó con la voz entrecortada, mientras no salía de su asombro.

Se giró hacia él, pero no dijo nada. Sus ojos eran extremadamente pequeños, como si hubieran empequeñecido hundiéndose en el fondo de las cavidades oculares.

—Bruno, ¿eres tú? —Hablaba con dificultad, su voz sonaba lejana y cansada—. No es posible.

—Padre, ¿qué hace aquí? —Casi no podía contener la emoción.

—Morirme, hijo.

—No diga eso, ¿cómo es que está en Cádiz? ¿Qué ha sido de usted todo este tiempo? ¿Dónde ha estado?

—Luchando, Bruno. —Tosió de forma aparatosa y Bruno se apresuró a darle un vaso de agua—. Gracias —lanzó un suspiro—, ¿de verdad eres tú, hijo? ¿No serás una visión o un delirio?

—No, soy yo. Esto es... ¡increíble!

—Pensaba que me odiarías, que no deseabas volverme a ver después de que te abandonara.

—Nunca pensé en hacerle tal cosa.

—Eres como tu madre.

Y al oír esas palabras le dio un vuelco el corazón y tuvo que contenerse para no echarse a llorar.

—Siento haberte abandonado, hijo.

—Un poco tarde para eso, ¿no cree? ¿Por qué lo hizo? ¿Fue por aquella mujer?

—¿Por quién? —Volvió a toser—. No, claro que no. —Su hilo de voz era cada vez más débil—. Fue por todo esto.

—¿Qué quiere decir?

—Por la libertad, Bruno. Por una constitución, por un gobierno del pueblo.

—Pero yo era muy pequeño... Me quedé sin padres y no he sabido nada de usted durante todos estos años.

—Lo sé y lo siento, no puedo volver atrás y tampoco te voy a mentir, volvería a hacer lo mismo. Pensé que mi hermano te cuidaría mucho mejor que yo.

—¡Si él le odiaba!

—Eso es verdad. —Su padre intentó hablar y lo que logró fue atragantarse, tardó en recuperarse y volver a articular palabra—. Mi hermano y yo siempre fuimos... diferentes. No tenía a nadie más a quien recurrir, ¿te trató bien?

—Me cuidó, me enseñó un oficio y se preocupó de mí hasta que falleció.

—¿Murió? Creí que yo me iría antes que él... Me alegro que te proporcionara una buena infancia, conmigo solo hubieras tenido ensoñaciones. Alonso era más pragmático, mejor para un crío.

—Los sueños son importantes.

—Sí, pero no llenan la tripa, hijo. Por eso te pido que no me guardes rencor. —Repicaron las campanas alertando de un ataque.

A continuación sonaron las baterías francesas y el incesante golpeteo de sus proyectiles contra los baluartes de la ciudad. Una música a la que ya se habían acostumbrado todos en Cádiz.

—Está muy enfermo, padre.

—Cuéntame algo que no sepa, Bruno. No te acerques, podría contagiarte.

—Tranquilo, sé lo que debo hacer, soy cirujano. Es más, yo soy el responsable de este pabellón.

—Cirujano como tu tío y tu abuelo, ahora solo falta que me digas que también te vuelven loco los caracoles... —Sonrió.

—Le aseguro que eso no.

—Hijo, ¿cuánto me queda? Dímelo, sé que es poco. Ahora que te he visto, puedo morirme tranquilo. Era un regalo que no esperaba, ni merezco.

—Es complicado... un mes, dos, una semana... Depende de su cuerpo y lo que luche.

—Entonces haré lo que pueda, ¿vendrás a verme?

—Padre, me abandonó cuando era solo un crío y nunca más supe de usted. No me ha buscado ni ha querido saber de mí, ¿por qué?

—En eso te equivocas.

—No intente arreglarlo ahora, las mentiras solo lo empeoraran —se lamentó Bruno.

—Hijo, cuando llegaste a Madrid me enteré. Nuestro apellido nos delata con facilidad, supe que deseabas entrar en ese colegio.

—¿El San Carlos?

—Así que pedí ayuda a una amiga para que te echara una mano.

—¿A quién? Espere —Bruno se llevó la mano al pecho—, no es posible.

—Claro que sí, doña Josefa comparte mi lucha. Es una mujer excepcional y cree en la libertad y el progreso.

—¿Habló de mí con ella?

—Sí y pagué a aquel crío para que pasara a tu lado dando voces de que buscaban un cirujano. Doña Josefa mantuvo el secreto a petición mía. Accedió a ayudarte, no era bueno para ti que yo apareciera en tu vida, créeme. Pero eso no quiere decir que no te siguiera la pista y quisiera saber que estabas bien.

—No lo entiendo, supo que estaba en Madrid y no hizo nada por verme, ¡soy su hijo!

—Te ayudé cuando llegaste, y no solo por medio de doña Josefa, pero después debías seguir tu camino. Eso es lo que debe hacer un padre, ayudar a su hijo a empezar pero luego darle la libertad, tanto para equivocarse como para acertar. —Hizo una pausa para coger fuerzas—. Además, en esos momentos yo viajaba mucho y no podía llamar la atención. Si me hubiera puesto en contacto contigo cuando iba a Madrid, nos habría puesto en peligro a los dos.

—Pero ¿quién lo perseguía?

—Eso da igual. El progreso tiene siempre muchos enemigos, a veces ni siquiera los conocemos.

—Sigo sin poder entender cómo no hizo nada por contactar conmigo sabiéndome en Madrid —se lamentaba Bruno contrariado.

—La verdad es que cuando quise hacerlo fue demasiado tarde. Al estallar esta guerra te busqué pero te habías esfumado, no... fui capaz. Y la guerra me llevó por derroteros inesperados hasta llegar aquí. No sospechaba encontrarte en Cádiz, ha sido una sorpresa del destino.

84

La iglesia de San Felipe era el edificio donde ahora se celebraban las sesiones de Cortes dentro de Cádiz, era parte de un antiguo oratorio de planta elíptica y con capillas rectangulares. Disponía de dos puertas de entrada, una principal reservada a personalidades y otra lateral por donde accedía el público que ocupaba las estrechas y elevadas galerías que circundaban el templo. Presidiendo su retablo mayor había un cuadro de la Inmaculada Concepción pintado por Murillo, que el mariscal Soult ansiaba unir a su colección particular.

Su padre le explicó que en la primera reunión de las Cortes solo participaron noventa y cinco diputados por las dificultades para desplazarse por un país ocupado y para llegar desde América. El número fue aumentando a medida que pasaban los meses y llegaban refugiados del resto de España y políticos del otro lado del mundo.

Bruno acudía a ellas siempre que su labor en el hospital se lo permitía y así le contaba los discursos a su convaleciente padre, que a pesar de su estado vibraba con los envites políticos. En el fondo a él también le apasionaba lo que se discutía en las sesiones, Bruno observaba la energía y argumentos con que defendían las diferentes posiciones, en aras de construir una España más próspera.

Para él no dejaba de ser paradójico que hubieran tenido que ser invadidos por una potencia extranjera y arrinconados en la última ciudad de la península para que por fin los políticos decidieran crear un país moderno, mejor, y pretender dotarlo de una Constitución.

Quizá fuera a salir algo bueno de todo aquel sufrimiento y desolación que envolvían a España.

Él nunca hubiera esperado encontrarse con su padre y menos aún entenderse con él, así que en verdad podía decirse que los milagros existían. Le contó la situación desesperada de Vega en Madrid y su angustia por el miedo a que diera a luz sola y prisionera de los franceses.

—Debes llegar hasta ella.

—Estoy moviendo todos los hilos que puedo, tengo un amigo allí, Fustiñana. Es un hombre con recursos y he conseguido cartearme con él, pero es casi imposible llegar a Madrid desde Cádiz y aunque llegara, ¡está presa! ¡Y en el Palacio Real!

—Me hago una idea de ello y nadie mejor que yo entiende lo complicado que es, aun así debes conseguirlo. Si aceptas un único consejo de tu padre, no dejes solo a tu hijo, te arrepentirás el resto de tu vida.

Bruno se alegró de que su padre, aunque enfermo, fuera un hombre lúcido y que sus palabras dejaran entrever una disculpa sincera, aunque velada. Su inesperado encuentro fue una oportunidad que no quería dejar escapar de recuperar mínimamente todo el tiempo que habían estado separados. No le guardaba rencor, nunca lo había hecho.

Su padre falleció esa misma noche, él estuvo en vela hasta el alba. En sus últimas horas no era capaz de hablar, solo emitía un gemido constante, con los ojos abiertos pero sin reacción alguna. Respiraba cada vez con más dificultad y sufría un ligero temblor, hasta que se detuvo. Bruno se acercó a él y le tocó la mejilla, estaba fría como el hielo.

Por un momento pensó si su tío estaría en lo cierto y el alma de su padre se habría evaporado bajando levemente su peso corporal. Le gustó pensar que sí, que había algo de él que iba a sobrevivir y quizá se reencontraran en otra vida.

Había visto morir a mucha gente, sin embargo nada fue comparable a ver fallecer a su propio padre. Aunque habían estado años separados, con su muerte se iba una parte de él. Bruno ya no podría ser niño nunca más, porque su padre era el único que salvaguardaba aquellos recuerdos. Sin él, el crío que creció en Bilbao ya no volvería jamás.

Ahora era huérfano y eso es duro de asumir, sin importar la edad que se tenga. Para Bruno, la muerte era incomprensible, y recordó aquellas palabras que le dijeron una vez: no deberíamos nacer, pero si nacemos no deberíamos morir.

Durante los días posteriores le vinieron a la mente todos los momentos juntos. Y recordó pasajes de su niñez que creía olvidados en el baúl del tiempo. Como le cogía en brazos frente al mar y lo lanzaba al aire para recogerlo de nuevo, las carreras por la playa cerca de la ría de Bilbao, el día que viajaron hasta un río y le enseñó a pescar.

Recuerdos sencillos, de una infancia corta y casi olvidada.

Sintió una pena inmensa, como si le hubieran arrancado un pedazo del alma.

Antes de que dejara de respirar, Bruno le contó algo con la esperanza que aún pudiera escucharlo. A pesar de que se encontraba más lejos que dentro de este mundo mortal, le juró que sería abuelo.

No había espacio en el cementerio para su tumba, así que fue incinerado. Bruno enterró sus cenizas junto a la iglesia de San Felipe, con el deseo de que escuchara desde allí como se redactaba en pocos meses la primera Constitución en la historia de España.

Al fin y al cabo, era la generación de su padre la que había creado el sustrato sobre el que se asentaría la próxima primera Constitución. Los intentos reformistas realizados durante el reinado de Carlos III por los ilustrados. Que su hijo, Carlos IV, paralizó y enterró por el estallido de la Revolución francesa. Y que paradójicamente, la invasión de Napoleón había vuelto a resucitar primero en las Cortes de la Isla de León y ahora en Cádiz.

Bruno se había esforzado en que reconocieran la sanidad dentro de ellas, que los políticos dejaran por escrito una nueva organización y visión. Pero tras la muerte de su padre, en lo único en lo que ya podía pensar Bruno era en Vega y su embarazo. Tal es así, que en gran parte dejó de lado la lucha contra la fiebre amarilla, ahora que el invierno parecía haberla contenido, y se centró de nuevo en el arte de partear. El colegio de cirugía de Cádiz pertenecía a la Armada, por tanto poco podía encontrar allí para seguir formándose en ese difícil arte. Así que se enclaustró en una habitación que dispuso para él el diputado Morales en la que llamaban la casa de las Cinco Torres. Dentro de una de las garitas que la caracterizaban, ocupaba el centro de una de las azoteas de madera recubiertas por chapas de zinc.

Allí tuvo que usar su propia experiencia y conocimientos para ampliar su formación. Emuló a su tío y diseñó herramientas para partear a partir de láminas y dibujos que recopiló de los libros, con la ayuda de un herrero del ejército.

Aunque de todos modos lo importante era salir de Cádiz y llegar a Madrid, y por lo que le iba contando el diputado Morales, esto era cada vez más complicado. Los franceses habían lanzado una nueva ofensiva por tierra y mar y todos los efectivos militares debían defender la ciudad.

Sin embargo, el diputado llegó una mañana con excelentes noticias.

—Una fragata portuguesa viene desde Oporto para traer municiones y pertrechos de guerra —le explicó con la mirada brillante—, volverá a zarpar de inmediato.

—¿Hacia dónde?

—El Ferrol.

—¡Galicia! —El rostro de Bruno reflejó una profunda desilusión.

—Sí, lo sé. Está lejos de Madrid, pero es su última oportunidad, ¿de cuántos meses está embarazada su amada?

—Creo que ya de ocho.

—Bruno, si está a punto de salir de cuentas... ¡debéis iros en ese barco! Y cuando lleguéis a Ferrol buscar la manera de llegar a Madrid.

—¿Y eso será fácil?

—No, me temo que será harto complicado —confesó el diputado Morales.

—Lo entiendo, y os agradezco hasta el infinito vuestra ayuda.

—No hay de qué, tú has salvado a mucha gente aquí. ¡Qué digo! Has salvado la ciudad y con ella a todo el país. Eres un héroe, Bruno.

—Solo soy un cirujano.

—Quizá la gente todavía no lo entienda y solo vea gallardía en los militares y los guerrilleros, pero yo creo que has sido el más valiente de todos al enfrentarte a esa epidemia. Tú y los demás trabajadores del hospital habéis sido la primera línea de defensa contra la enfermedad y la habéis contenido en una verdadera batalla contra un enemigo invisible y despiadado.

Bruno corrió a preparar su equipaje, que se componía principalmente de sus nuevas herramientas para operar. Con la tímida luz de la luna escribió una carta para Vega, quería enviársela con la esperanza que la leyera y eso le diera fuerzas hasta que se reuniera con ella en Madrid.

Llegó puntual al puerto, que se hallaba rodeado de parapetos y artillería. Atravesó varios controles hasta que accedió al barco portugués, que en ese momento se encontraba descargando el armamento y las municiones. Sin ese suministro, Cádiz no podía hacer frente al asedio de Napoleón.

Se identificó al capitán y aguantó paciente mientras se preparaba para zarpar lo antes posible. Observó Cádiz desde allí, con los cañones franceses escupiendo sus bombas. La inquebrantable capacidad de resistencia de sus defensores le dio ánimos para la misión que iba a afrontar, la más importante de su vida.

—Es usted cirujano, ¿verdad? —le preguntó un oficial a su espalda y Bruno asintió—. Hay una urgencia médica.

—¿De qué se trata?

—No lo sé, pero puede ser grave.

—¿Qué síntomas padece? ¿No será un nuevo brote de fiebre amarilla? En tal caso debemos poner en cuarentena a todo el personal que haya tenido contacto con el infectado.

—Venga y decídalo usted mismo.

—Pero debo embarcar —musitó Bruno contrariado.

—Esto es más importante —le advirtió el oficial.

—No puedo. Tengo plaza en este buque que zarpa de inmediato.

—¿Tan urgente es que abandone Cádiz? ¿Adónde va a ir? Toda España se halla ocupada.

—Es un asunto personal —insistió Bruno que veía cómo su última oportunidad de encontrarse con Vega corría peligro.

—Peor me lo pone, caballero, este es un asunto ¡oficial! Y Cádiz es una plaza militar, los civiles deben obedecer al mando. Así que le ordeno que me acompañe y examine al enfermo —el oficial tomó un tono imperativo y amenazante—. Si no se demora aún tendrá tiempo de huir.

—¡No estoy huyendo!

—Eso dicen todos —musitó mirándole con desprecio.

—No soy un cobarde y nadie me da lecciones de patriotismo. Yo estuve en Bailén y me he dejado el alma luchando contra la fiebre amarilla en Cádiz.

—¿Pues a qué espera? Sígame.

A Bruno le dio un latigazo el corazón, ¿qué podía hacer? Apretó los puños y pensó en Vega, en Madrid, prisionera de los franceses, sola, embarazada, con la maldición de su familia sobre ella... Le iba a fallar, aunque embarcara hacia el Ferrol sabía que llegar luego a Madrid era toda una aventura, y en el mejor de los casos, si llegaba a la capital, ¿cómo hacía para encontrarla? ¿Y si la hallaba, le dejarían verla? ¿Y atenderla en el parto?

La cabeza le iba a estallar.

—¿Se encuentra bien? —le preguntó el oficial—, ¿a qué está esperando? ¡Vamos!

—Es que... Debo tomar ese barco, se lo ruego.

—Veo que no lo entiende, estamos en estado de guerra, rodeados por los franceses, si un oficial le da una orden tiene que cumplirla —le encañonó con su pistola—. Me da igual a donde desea ir, ¡esto es un asunto de Estado!

Cabizbajo se alejó de la fragata portuguesa. Allí quedaban sus ilusiones, no llegaría a tiempo de salvar a Vega. Caminaron hasta el fuerte de Santa Catalina, donde había abundante trajín. En una camilla junto a unos pertrechos había un joven con el rostro azulado y una fiebre alta.

—¿Cuánto hace que está así?

—Unas horas... pero me han parecido días.

—Le creo, está deshidratado. Me temo que ha sufrido alguna intoxicación alimenticia. ¿Qué ha comido recientemente?

—Solo pescado.

—No es nada contagioso, se lo aseguro —resopló y miró a lo lejos cómo el barco portugués partía de nuevo hacia la mar.

Terminó de atender al enfermo y el oficial le dio permiso para marcharse, por desgracia ya no tenía a dónde ir. Sus esperanzas habían zarpado con aquel barco. Avanzó por el puerto y miró a lo lejos las columnas de humo de la artillería francesa. No le hubiera importado que en aquel mismo momento uno de sus proyectiles impactara contra él y todo acabara.

¿Para qué continuar?, se preguntó a sí mismo.

—Cirujano, necesito de nuevo su ayuda. —El militar volvió a buscarlo.

Asintió, ahora todo le daba igual, le siguió. Esta vez fueron hasta una de las casas más próximas al puerto y entraron en una vivienda.

—¿Qué sucede ahora, oficial?

—Solo sé que uno de los pasajeros que ha desembarcado necesita cuidados médicos y dada la urgencia se ha alojado aquí dentro.

—Eso es peligroso, depende de su procedencia si puede traer algo contagioso, deberían haberle puesto en cuarentena —dijo Bruno mientras entraba a la habitación.

—Creo que esto no es contagioso —murmuró el oficial.

Bruno dio varios pasos más hasta los pies de una camilla y se quedó petrificado. La observó detenidamente, no era capaz de articular palabra alguna.

—Vega, ¿cómo es posible? ¿Qué haces aquí?

—Tienes una promesa que cumplir... Como tú no venías a Madrid he tenido que ser yo quien acudiera a Cádiz. Pensé que no llegábamos nunca y que iba a dar a luz en ese barco.

—¡Es increíble!

—Bruno, he roto aguas. Estoy muerta de miedo, ya viene, Bruno.

85

Había pasado mucho tiempo, Bruno Urdaneta recordó aquella tarde en Barcelona cuando tuvo que ayudar a su tío con su primer paciente. Él era entonces un crío sin más credenciales que su juventud y su desparpajo. Ahora la vida lo había llevado por derroteros que nunca hubiera imaginado cuando salió de Bilbao. Había aprendido tanto por el camino, siempre con el objetivo de hallar la forma de vencer al dolor. Ese sueño no lo había logrado, quizá porque esa no era su batalla. Una vez le dijeron que un soldado no puede elegir las guerras en las que va a combatir, es un soldado y debe luchar cuando se le ordene.

Tenía razón.

Quizá un cirujano fuera lo mismo, no puede elegir las operaciones que va a realizar, como sí hacía su tío, sino que debe auxiliar al enfermo siempre que se le demande. Esa es la grandeza de la medicina, no es un simple trabajo, es una vocación.

Ahora por fin lo entendía, el arte de partear era su destino en la vida y debía demostrarlo salvando a lo que más quería en este mundo, a Vega y a su bebé.

—La maldición, Bruno... no debimos ignorarla.

—Tranquila —le acarició el cabello—, necesito que hagas todo lo que yo te pida —comenzó a palparle la tripa—, tienes que empujar cuando te lo indique y haz respiraciones profundas, coordínalas con tus esfuerzos.

Entonces abrió el maletín y sacó un instrumento formado

por dos grandes cucharas. Pidió agua caliente para calentarlo hasta el temple y preparó manteca fresca.

—¿Y eso qué es?

—Es solo por si es necesario. —Le dio un beso en la frente y entonces ella soltó un grito de dolor.

—¡Ya viene, Bruno! —gritó sudorosa y angustiada por las contracciones, cada vez más intensas y frecuentes.

Vega se agarró fuerte a la cama, el parto era inminente. Bruno le comenzó a decir lo que debía hacer en cada instante y ella le obedecía sin dilación. Los primeros minutos transcurrieron según lo previsto, pero pronto las cosas se torcieron.

—A ver, cariño —abrió sus piernas e introdujo dos de sus dedos para examinarla—, empuja ahora, Vega.

—Me duele mucho, Bruno.

—El bebé no puede atravesar la pelvis, está atascado en el canal.

Vega estaba recostada boca arriba, levemente inclinada, con el rostro cubierto de sufrimiento. Bruno le pidió que se agarrara a las manijas que había a ambos lados de la camilla para hacer más fuerza mientras empujaba.

—Antes de que se puedan utilizar los fórceps, es necesario que el bebé haya avanzado lo suficiente por la vía del parto. La cabeza y la cara del bebé también deben hallarse en la posición correcta. Así que necesito que sigas empujando, falta muy poco hasta que llegue a ese punto, a partir de entonces es cosa mía.

—No sé si podré.

—Has logrado escapar de Madrid y llegar a una ciudad asediada por el ejército de Napoleón, ¡solo tú podrías lograrlo! Yo en cambio he sido incapaz de llegar hasta ti. —Le agarró fuerte la mano—. Durante la próxima contracción, vuelve a empujar con todas tus fuerzas.

Tomó los fórceps por la extremidad del mango, igual que se toma la pluma para escribir. Con los dedos de la otra mano puestos sobre la punta y la parte convexa de la cuchara, cubriéndola para evitar lastimar a Vega.

Inclinó el mango para introducir la punta de la cuchara opuesta en la dirección del eje de la pelvis, bajándolo y trayéndolo hacia el centro. Según iba entrando, subía la cuchara, guiada por su mano hasta dejarla dentro de la capacidad de la pelvis. La acompañó hasta donde pudo y, sin retirar la mano, continuó introduciendo la herramienta, apoyando el extremo sobre la cabeza del feto, y adelantándolo suavemente hasta que logró alcanzarlo.

Estaba muy nervioso, pero la mirada fuerte y decidida de Vega le daba la serenidad para proseguir.

A continuación colocó la otra cuchara en el lado opuesto de la cabeza del bebé y bloqueó los fórceps para sostenerla. Había estudiado que las orejas debían quedar dentro del hueco de las cucharas, o al menos fuera de los bordes.

Llegó la siguiente contracción y Bruno usó los fórceps para tirar y guiarlo con cuidado a través del canal del parto. Cuando se percató que la cabeza del bebé estaba ubicada hacia arriba le dio un vuelco el corazón, pero siguió concentrado. Tuvo que rotarla y ponerla en la orientación adecuada.

Bruno desbloqueó el fórceps y lo extrajo antes de que la parte más ancha de la cabeza pasara a través del canal del parto. Pero lo mantuvo cerca para controlar el avance del bebé.

Era la parte más peligrosa, si se quedaba encajado moriría y Vega correría peligro. En un instante le vino a la mente una tormenta de emociones y recuerdos. La primera vez que la vio en la ribera del Manzanares, el primer beso, su noche en el San Carlos, la aventura en el castillo.

Y el tiempo se detuvo cuando vio que el bebé no avanzaba. Todo pendía de un hilo; hizo una última maniobra con sus manos y entonces se movió.

Una vez que la cabeza y los brazos estuvieron fuera de Vega, la criatura avanzó por sí misma hasta salir de forma natural. Bruno la tomó en sus manos y corrió a cortarle el cordón umbilical. No hizo falta que le hiciera nada para comprobar si estaba vivo, porque su hijo soltó un potente grito y alzó ambas manos al cielo como celebrando que había logrado romper la maldición.

Bruno miró a Vega que lloraba y reía al mismo tiempo. Ella, cubierta de sudor y de sangre pidió que le entregaran a su pequeño.

Vega lo miró.

La besó con suavidad, la acunó y la abrazó largamente.

—¡Vamos! ¡Ven con nosotros!

—Bienvenido al mundo, ¡hijo mío!

Epílogo

La Habana, noviembre del año 1813

Querido Fustiñana.

He tardado más tiempo de lo esperado en escribirte desde la última vez, discúlpame. Vega y nuestro hijo se encuentran estupendamente, ya comienza a hablar y no deja de correr. En todas mis cartas siempre te agradeceré con todas nuestras fuerzas lo que hiciste por nuestra familia.

Aquí la gente está entusiasmada con nuestra Constitución. Todos dicen que es una de las más liberales de nuestro tiempo. Las Cortes se propusieron instaurar la libertad y la igualdad como ejes fundamentales de las relaciones entre los ciudadanos y creo que lo han logrado. Tengo la espina clavada de que no consiguiéramos que se establecieran unas pautas de organización sanitaria. Fue un fracaso, pero creo que es la base de una futura victoria. Logramos que plantearan aprobar los reglamentos generales para la policía y la sanidad del reino, como clama uno de los artículos de la Constitución, y que se esbozaran propuestas de códigos sanitarios.

Sé que Madrid fue liberada del yugo francés y desde allí se avanzó hacia Burgos. Y que el mariscal Soult, temiendo verse aislado, ordenó la retirada de Cádiz. Además me acaba de llegar la noticia de que Napoleón ha sufrido su derrota más trascendental en Leipzig y eso lo ha obligado a abdicar.

Por mi parte yo he encontrado trabajo en el hospital de La

Habana gracias a la ayuda del diputado cubano que acudió a las Cortes de Cádiz.

Un nuevo continente y una nueva vida, un futuro.

Deseo que la vida en Madrid te sea fructífera y que España siga el camino que marcamos en las Cortes de Cádiz.

Ojalá volvamos a vernos pronto.

Su amigo

BRUNO URDANETA

Personajes históricos

Antonio Gimbernat y Arbós está considerado el precursor de la cirugía moderna en España, mejoró el conocimiento anatómico e impulsó los estudios de Medicina, siendo el ideólogo de las nuevas instituciones docentes que fueron los colegios de cirugía. Creó un nuevo método de operar la hernia crural. En los años de la invasión napoleónica colaboró con los franceses, lo que le supuso el cese de sus cargos a la vuelta de Fernando VII.

Josefa de Amar y Borbón, escritora ilustrada, buena parte de su obra estuvo dedicada a reivindicar para la mujer una educación que le permitiera ser útil y provechosa para la sociedad. Publicó su *Discurso en defensa del talento de las mujeres* y de su aptitud para el gobierno y otros cargos en que se emplean los hombres y cuatro años más tarde su *Discurso sobre la educación física y moral de las mujeres*.

Agustín Ginesta, profesor de partos, enfermedades de mujeres, niños y venéreas en el Real Colegio de Cirugía de Madrid, del que fue vicerrector.

El doctor Arrieta, médico español que curó a Francisco de Goya de una grave enfermedad y en agradecimiento el pintor le dedicó su obra *Goya atendido por el doctor Arrieta*, donde el pintor se autorretrató asistido por el médico.

Ignacio Lacaba fue cirujano de Cámara de Carlos IV, siendo «maestro disector» y titular de la cátedra de Anatomía en el Colegio de Cirugía de San Carlos.

Luisa Rosado, partera de larga trayectoria que tuvo la original idea de publicitar sus servicios con un cartel. Se enfrentó al Tribunal del Protomedicato y llegó a pedir en reiteradas ocasiones al rey Carlos III su ingreso en la corte como partera.

Jean-de-Dieu Soult, comandante general de las fuerzas francesas en España. Obtuvo una importante victoria en la batalla de Ocaña. En 1805 contribuyó decisivamente a la victoria napoleónica en la batalla de Austerlitz tomando el cerro Pratzen. También estuvo presente en la guerra contra Rusia y Prusia desde 1806 hasta 1807. Fue gobernador de la vieja Prusia y recibió el título de duque de Dalmacia.

José Luis Morales fue un diputado español que sirvió como tercer presidente del Congreso de los Diputados entre noviembre y diciembre de 1810, siendo uno de los firmantes de la Constitución de 1812.

Notas del autor

Al inicio del siglo XVIII, la medicina en España se hallaba francamente retrasada respecto al resto de Europa, así que fue necesario un profundo cambio que se inició con el despegue de la cirugía, para lo que se fundaron tres colegios: en 1748, el Real Colegio de Cirugía de Cádiz, seguido de la de los colegios de cirugía de Barcelona, en 1764, y el San Carlos de Madrid en 1787.

Así pues, en la segunda mitad de este siglo, el de la Ilustración, es cuando se sientan las bases que posibilitaron el creciente desarrollo de la cirugía en España en los años venideros.

Esta novela pretende ser un homenaje a la medicina y la cirugía, al mundo sanitario en general. Desgraciadamente, después de la llegada del COVID sabemos de primera mano de su importancia. El problema es que lo habíamos olvidado, la humanidad sufre epidemias periódicas que nos recuerdan lo insignificantes que somos, que este planeta no nos pertenece en exclusiva. Que no fuimos los primeros ni seremos los últimos en habitarlo.

Como les decía, este libro se sumerge en el momento del notable cambio, cuando la medicina por fin suelta las amarras del saber clásico, que ya habían sido aflojadas en los siglos del Renacimiento. Es a finales del siglo XVIII cuando la cirugía, que hasta entonces era una práctica en cierto modo repulsiva con muchos peligros ocultos, toma el mando de la medicina.

Los barberos y matasanos de origen humilde y poca formación dan paso a los cirujanos que unen el saber erudito con el práctico, y es este el punto de partida de la medicina actual.

Eran tiempos difíciles; por poner un ejemplo, se creía que el pus era una parte natural del proceso de curación, en lugar de una señal de sepsis, por lo que la mayoría de muertes no se daban en la operación sino después, por todo tipo de infecciones. En la sala de operaciones la higiene no estaba ni se la esperaba. Los médicos eran teóricos que no tocaban a sus pacientes, con un poder total sobre la comunidad sanitaria, encargándose de controlar el acceso, restringiéndolo a hombres eruditos de buena cuna y alto nivel moral. Y las mujeres tenían vetado el acceso a la medicina.

Frente a ellos, los cirujanos venían de una larga tradición de formación gremial, alejada de los centros educativos y de origen humilde, basada en la experimentación manual. El tercer escalafón del sistema médico eran los boticarios, que desarrollaban los fármacos, por lo que todo colegio de cirugía debía contar con un importante jardín botánico.

Nunca es fácil romper un sistema establecido desde hace tanto tiempo, por eso me llamó tanto este tema. Yo había leído novelas sobre médicos, la más conocida la de Noah Gordon, y otras más centradas en el mundo andalusí o judío de época medieval. No obstante, a mí lo que siempre me interesa son las épocas de transformación. La historia tiende a ser lineal, largas épocas uniformes, en las que aunque no se vea a primera vista, se están fraguando profundas revoluciones que llegado un momento concreto explotan, bien por un suceso externo, o interno, o inesperado. Y entonces todo se acelera y cambia.

Con esta premisa pensé en la medicina, tan importante para cualquiera de nosotros, actualmente llena de tecnología, de avances y de descubrimientos. Pero ¿cuándo empezó a ser así? ¿Cuándo la medicina saltó a la modernidad? No es casual que fuera en plena época de la Ilustración. Me imagino lo complejo de diseccionar un cuerpo en épocas antiguas, en una sala oscura, con poca luz, con las manos manchadas de sangre y el temor a ser denunciado a las autoridades religiosas.

La medicina es fascinante; no sé ustedes, pero yo creo que llegará el momento en que toda enfermedad sea curable, que cualquier órgano se pueda reemplazar, que los virus estén controlados por completo y que la esperanza de vida sea tan larga como podamos imaginar. Por eso es importante recordar un tiempo donde entrar en una sala de operaciones era prácticamente firmar tu sentencia de muerte, cuando estábamos a la merced de patógenos desconocidos y las supersticiones aún teñían de mitos el mundo de las enfermedades y el cuerpo humano.

En esta novela aparecen reflejadas las ciudades de Barcelona, Madrid y Cádiz, quería rendirles homenaje por haber albergado los tres primeros colegios de cirugía. Visitar el teatro anatómico de Barcelona es algo que hacen pocos turistas cuando visitan la Ciudad Condal. La verdad es que incluso la mayoría de barceloneses desconocen su existencia. Esta preciosa sala se localiza en la sede de la Real Academia de Medicina de Catalunya, situada dentro del que fuera complejo hospitalario de la Santa Creu, el gran hospital de Barcelona de la Edad Media y cuyo edificio principal forma parte, en la actualidad, de la Biblioteca Nacional de Catalunya. A mí me gusta descubrir estos espacios menos conocidos, cargados de historias fascinantes, y usarlos en mis tramas. Como en el caso de la Real Inclusa o el barrio de la Barceloneta.

Gimbernat fue el impulsor del colegio de cirugía de San Carlos de Madrid (germen de la actual facultad de medicina de la Universidad Complutense) y puso en marcha un proyecto de años para recrear en cera el cuerpo humano en todo su detalle. Fue una iniciativa científica esencial, pues hasta entonces solo se conocía la visión bidimensional, en las páginas de los libros. Hace unos años se celebró la exposición «Arte y Carne», que reunió cuarenta de aquellas figuras de cera hechas en el siglo XVIII y de las que han aprendido anatomía médicos y cirujanos de tres siglos. Algunas de estas figuras alcanzarían cifras desorbitadas en las principales casas de subastas internacionales, al nivel de los grandes maestros de la pintura.

Parte de esta novela fue escrita durante el confinamiento que hemos sufrido en 2020. Creo que un escritor debe reflejar la idiosincrasia de su época, es una responsabilidad que pienso que debe asumir. Ya he comentado sobre las epidemias en general, en la novela aparecen en esta ciudad en varios episodios, sobre todo el de Cádiz. Lo acontecido en esta ciudad recuerda con sorprendente paralelismo a la crisis sanitaria del coronavirus. Ocurrió entre octubre y noviembre de 1810, los gaditanos de entonces sí sabían de la gravedad de una enfermedad infecciosa de origen vírico después de que, en 1800, se toparan por primera vez con su cara más letal. Esas fiebres que hacían amarillear la piel regresaron en 1804, en 1810 y en 1813, estas dos últimas mientras la ciudad acogía a las Cortes de Cádiz, durante la redacción de la primera Constitución de la historia de España. Más de diecinueve mil personas perecieron solo en la localidad durante esos brotes, entre ellos al menos cinco de los diputados que participaron en su redacción.

En Barcelona, el 29 de junio de 1821, atracó en el puerto un mercante llamado El Gran Turco, procedente de La Habana. Su capitán no informó a las autoridades portuarias de que durante el trayecto oceánico habían lanzado por la borda varios cadáveres de tripulantes muertos. En pocas semanas, la fiebre amarilla se convertiría en una epidemia que solo en la capital catalana causaría 6.244 muertes (el 6% de la población de la ciudad).

En *El cirujano de almas* no todo es medicina, al final ese tema sirve para esbozar un lienzo de la época. En la sala de pintura española del Museo del Louvre casi todos los cuadros que hay expuestos provienen de la rapiña perpetrada por el mariscal Soult y las tropas francesas en la guerra de Independencia. Los franceses jamás han pedido perdón por el expolio que cometieron en España. Se cifra en más de ciento ochenta las obras de maestros de la pintura sevillana de los Siglos de Oro que robó el mariscal Soult, que tenía especial predilección por Murillo. Al menos si hubiera tenido mal gusto nos hubiéramos evitado semejante desgracia.

Para mí es esencial defender el arte y la cultura, por eso quería poner el punto sobre el terrible expolio que sufrimos durante la guerra de Independencia.

Me agrada buscar y utilizar personajes históricos importantes pero desconocidos como doña Josefa de Amar y Borbón o Luisa Rosado. Indagar sobre las costumbres de la época, sobre la política y la sociedad. No me interesa tratar en primera persona personajes del calibre de Carlos IV, Godoy o Fernando VII, creo que para eso son mejores las biografías, pero sí intento dejar claro lo que pienso de ellos a través de otros personajes de ficción.

Espero que esta novela les haya transportado a esa España del cambio del siglo XVIII al XIX, donde la luz intentaba abrirse paso entre el humo de los cañones que enmudecían Europa.

España ya no era aquella potencia mundial de los siglos XVI y XVII, pero la primera derrota de Napoleón fue en Bailén y el fracaso del primer sitio de Zaragoza una de sus mayores decepciones.

Eso demuestra que los españoles todavía conservaban intacto su orgullo y la capacidad de defenderse.